地势坤，君子以厚德载物。

美了千年

杨雨品读古诗词

（上册）

杨雨 著

浙江教育出版社·杭州

明月出天山，苍茫云海间。

李白｜《关山月》

何当共剪西窗烛，
却话巴山夜雨时。

李商隐 | 《夜雨寄北》

会当凌绝顶，
一览众山小。

杜甫 | 《望岳》

后宫佳丽三千人，三千宠爱在一身。

白居易 | 《长恨歌》

孤帆远影碧空尽，
唯见长江天际流。

李白 | 《黄鹤楼送孟浩然之广陵》

序

诗词究竟有着怎样的魅力呢？也许每个人的答案都不同，但我深信，长期浸染于诗词之中的人，诗词回馈给他的一定是丰厚而优质的生命质量。

辛弃疾曾惊讶地发现，他与自然之间时常有着深情和神奇的彼此眷顾之心，他说："我见青山多妩媚，料青山见我应如是。"（《贺新郎·甚矣吾衰矣》）这是怎样一种温润而浪漫的情怀和情景？又有谁能够拒绝这样心物交融后纯净而纯美的时刻呢？

类似的情怀和情景，在李白的"相看两不厌，只有敬亭山"（《独坐敬亭山》），王维的"行到水穷处，坐看云起时"（《终南别业》）当中也可以遇到，而人文中的诗词与自然中的"青山"，以及与"我"的关系，是神韵相似的。

我们走进诗词，就仿佛走入自然中的青山绿水，看自然中的云卷云舒，感受着一流诗人笔下曾经的风景和情怀，从而让自己的世界更丰盈、更有姿态、更有内涵。

诗词固然是诗人的个人经历、思想和情感的结晶，但那些能够成为传世经典的作品，其蕴含的深意必然超越了个人的情感，并且超越了时空的距离，成为引发人类共鸣的情感。就像王国维说的那样："若夫真正之大诗人，则又以人类之感情为其一己之感情。彼其势力充实，不可以已，遂不以发表自己之感情为满足，更进而欲发表人类全体之感情。彼之著作，实为人类全体之喉舌，而读者于此得闻其悲欢啼笑之声，遂觉自己之势力亦为之发扬而不能自已。"（《人间嗜好之研究》）

王国维的这段话，实在是说出了我们的心里话。为什么我们总是能够从李清照的"知否，知否，应是绿肥红瘦"（《如梦令·昨夜雨疏风骤》）中，读到对于青春流逝的感叹？为什么我们总是能够从辛弃疾的"少年不识愁滋味，为赋新词强说愁"（《丑奴儿·书博山道中壁》）中，想起无知又无畏的少年时光？为什么我们总是能够从李白的"同居长干里，两小无嫌猜"（《长干行二首·其一》）中，生出对青梅竹马的感情的向往？为什么我们总是能够从秦观的"两情若是久长时，又岂在朝朝暮暮"（《鹊桥仙·纤云弄巧》）中，读到刻骨的相思？为什么我们总是能够从杜牧的"春风十里扬州路，卷上珠帘总不如"（《赠别二首·其一》）中，读到专属于每一个人的特别的爱？又为什么总是能够从李商隐的"何当共剪西窗烛，却话巴山夜雨时"（《夜雨寄北》）中，读到远行时的浓郁乡愁？……

那是因为，这些一流的诗人和一流的诗歌说出了我们每一个人的哀乐悲欢，在那些穿越时空的诗句里，流淌着的其实是我们的生命血脉。

经常读诗的人，一定会比别人具有更敏锐的审美眼光。对自然之美的发现和体验，对人情之美的领会和感受，都会沉淀为我们内在的修养。美是与生俱来的，但发现美的眼睛和表现美的能力却需要后天的培养。诗歌与音乐、建筑、绘画等艺术形式一样，都是在培养我们发现与表现美的能力。

经常读诗的人，一定会比别人具有更高的情商。如果说哲学能够提高人的智商，历史能够增长人的见识，那么文学可以提高人的情商，尤其是当文学中还蕴含着哲学境界和历史规律的时候，它将成为我们增长见识、增进智慧和提高情商的一条必经之路，而诗词，正是中国文学重要的形式之一，也是提高情商重要的途径之一。

我们能在刘禹锡的“东边日出西边雨，道是无晴还有晴”（《竹枝词二首·其一》）中，体察爱情的若即若离、对爱情的患得患失；我们能在苏轼的“且将新火试新茶，诗酒趁年华”（《望江南·超然台作》）中，感受节气变化带来的激昂情绪；我们能在杜甫的“天子呼来不上船，自称臣是酒中仙”（《饮中八仙歌》）中，感受人格的傲岸不羁；我们也能够在纳兰性德的“等闲变却故人心，却道故人心易变”（《木兰花·拟古决绝词柬友》）中，体会人情冷暖；我们还能够在王维的“相逢意气为君饮，系马高楼垂柳边”（《少年行四首·其一》）中，邂逅曾经向往而不得的少年豪侠之气……

因为他们，我们的人生变得丰富起来；因为他们，我们的情感变得明媚起来；因为他们，我们的世态人情也变得温暖起来……

经常读诗的人，一定会变得更加聪慧，因为所有的经典诗词，一定是诗人一生智慧的结晶。请别忘了，古代一流诗人中的一部分人，不仅仅是诗人，他们往往还是一流的政治家，甚至是一流的军事家、科学家、经济学家，例如张衡、张九龄、白居易、杜牧、欧阳修、王安石，等等。他们的诗中，不仅有绵长的情意，更体现了他们为人处世的智慧，那正是我们得以获取人生力量的源泉，而且取之不尽，用之不竭。

所以《美了千年：杨雨品读古诗词》虽然只选择了30多首古典诗词，但我在选择篇目的时候尽可能地照顾到了不同的题材、不同的情感类型、不同的诗人风格，并尽量让我的选择具有一定的代表性和规律性，以便读者掌握解读规律，能够举一反三地阅读、理解更多的经典诗作。

另外，我在解读的时候不仅会深入解读诗句本身，还原文本自身的含义、凸显文学内在的规律，同时还会遵循知人论世的原则，通过诗歌引出作者的经历、思想乃至他所处时代的文化背景，以及由此呈现的历史事件和历史规律等，尽可能地扩充每首诗的丰富内涵，让读者在有限的时间内掌握更多的信息。

最后，我必须老老实实地承认，这本书中选择的作品以及诠释的方法中还暗含了我的一点儿私心，那就是除大家都熟悉的一些诗人、诗作之外，我还特意精选了一些在诗人代表作中并不是最为大家所熟知的诗篇。比如，对于我们最熟悉的李白，我偏偏选了并非最被人所熟知的《长干行二首·其一》，那是因为，我想通过这样的选择，让大家了解一个除豪放、洒脱外，更加丰富、立体的李白。每一个一流的大诗人，都会呈现出多元化的性格特点。浪迹天涯的游子李白，其实也可以是细腻柔情的“阳光暖男”；驰骋疆场的英雄词人辛弃疾也经历过茫然惶惑的少年时光与无可奈何的中年危机；悲悲切切的李清照，曾经也那么调皮可爱过……

每首诗里都隐藏着诗人的气质。同样，在每首诗里，我们都可以找到自己的气质。

因为每一首古典的诗篇，都映照着现代时空中的我们，不必非要去远方才能找到精神的归宿。诗，一直就在我们的生活中，就在我们的血液里，就在我们的气质里。

祝每一位读诗爱诗的你，都拥有一颗不老的诗心。

因为不老的诗心，意味着不老的容颜和不老的气质。

目录

#《诗经》：

战争诗里的山盟海誓（《诗经·邶风·击鼓》）

我们坐着“时光穿梭机”一直穿越到离我们特别久远的时代——公元前719年，也就是鲁隐公四年，这是中国历史上的东周时期，也是我们常说的春秋时期。这是本书中，我们要去的最早的一个时代。那么，在这个时代到底发生了一件怎样的事情？这跟我们要讲的这首诗又有什么关系呢？我们不妨先来读诗，再来讲这个时代和这首诗的密切关系。

诗有点儿长，但其中有两句名句，直到现在依然会在我们的口语中频繁出现，那就是“执子之手，与子偕老”。这两句诗就出自《诗经·邶风·击鼓》：

击鼓其镗，踊跃用兵。土国城漕，我独南行。

从孙子仲，平陈与宋。不我以归，忧心有忡。

爰居爰处，爰丧其马。于以求之，于林之下。

死生契阔，与子成说。执子之手，与子偕老。

于嗟阔兮，不我活兮！于嗟洵兮，不我信兮！

首先我要声明一下，这是一首战争题材的诗。

“执子之手，与子偕老”，这样的爱情金句居然出自一首战争诗，这可能会让很多人大跌眼镜，但事实就是这样，由不得我们不信。所以，要理解这句爱情诗和战争到底有什么关系，我们还得从公元前 719 年的那场战争说起。

公元前 719 年春，卫国发生内乱，卫公子州吁弑杀了他的哥哥——当时在位的卫桓公，自立为君。卫桓公是春秋时期第一位被弑的国君，从此之后，弑君事件在春秋战国时期就屡见不鲜了。

州吁当了卫国国君之后，当年夏天就准备攻打郑国，因为郑国两年前打过卫国，他扬言要报仇雪恨。春秋时期各诸侯国之间打来打去是常态，而周天子早已经名存实亡，根本没有能力节制诸侯。大概是急于通过一场战争来证明自己君临卫国的实力，州吁又联络了宋国、陈国和蔡国，一起大举伐郑。

卫国派出的大将名叫公孙文仲（字子仲），也就是诗中提到的“孙子仲”。

卫国大军将要出征的消息，很快就传遍了街头巷尾，全国上下都投入到紧张的战前气氛中。

这首《击鼓》就是以一位卫国士兵的口吻，描述了他在这场战争中的所见、所闻、所感。诗的前八句描述了紧张的备战状态和士兵出征的情绪：“击鼓其镗，踊跃用兵。土国城漕，我独南行。从孙子仲，平陈与宋。不我以归，忧心有忡。”

“镗镗”的鼓声震耳欲聋，整个城市充满了战争前热烈和紧张的气氛，将士们有的在加固城池，有的已经厉兵秣马准备远征。在公孙文仲的率领下，战士们即将开拔征讨郑国。

这首《击鼓》曾被人誉为“征戍诗之祖”，意思是战争诗的鼻祖。值得注意的是，这首诗从头至尾并没有一句正面描写战争的激烈和战场的惨状。诗一开始就镗镗镗地敲起了战鼓，好像很是振奋人心、军威大振，可很快诗人的情绪就来了一个“180度”的大转折，我们好像清晰地听到了这位即将出征的士兵在哀叹：“不我以归，忧心有忡。”

战争必将是漫长而艰苦的，刀剑不长眼啊，战士们一旦远行，就不知何时能够归来，不舍、担忧的情绪漫上心头，不禁让人忧心忡忡。

可以说，这首战争诗从一开始就奠定了一种忧伤的基调。我们看不到出征时的那种雄赳赳、气昂昂的士气，只看到他心不甘、情不愿的忧虑与悲伤。因为这样的战争无非是统治者争权夺利的工具，对老百姓不仅没有任何益处，反而会给无数家庭带来无法弥补的灾难。孟子不是说过“春秋无义战”吗？也难怪这位被迫应征入伍的士兵会发出“忧心有忡”的哀叹。

冷兵器时代的战争当然是残酷、惨烈的，先秦两汉时期无数战争诗篇都渲染过战场的血腥。例如，屈原的《国殇》：“严杀尽兮弃原野”“首身离兮心不惩”；汉乐府的《战城南》：“战城南，死郭北。野死不葬乌可食”。没有人愿意打仗，尤其中国是以农耕文明为基础的社会共同体，农耕文明最重要的需求是稳定与和平，因为只有稳定的社会，才能够让土地和劳动力发挥最大的效用，以满足人们生存和繁衍的基本需要。因此，从《诗经》时代开始，以战争为题材的诗大多是这种悲凉、沉重的情调，主要反映一种厌倦战争、思念家乡亲人的情绪。例如，我们熟悉的唐诗“不知何处吹芦管，一夜征人尽望乡”（李益《夜上受降城闻笛》），“可怜无定河边骨，犹是深闺梦里人”（陈陶《陇西行》），还有李白的《子夜四时歌·秋歌》，从思妇的角度抒发对出征丈夫的牵挂：“长安一片月，万户捣衣声。秋风吹不尽，总是玉关情。何日平胡虏，良人罢远征”，皆是如此。

当然，中国人不好战，并不意味着中国人怕死，中国人也有慷慨赴死的英雄气概，但那是在特定的前提之下。这个特定的前提就是，如果我们的家园遭到敌人的入侵或者破坏，那中国人一定会为了保卫家园而奋不顾身、视死如归，譬如曹植的《白马篇》就有“捐躯赴国难，视死忽如归”的豪言壮志，之后的诗人像陆游、辛弃疾、文天祥的战争诗都表现出了矢志报国、舍生取义的气节。

但显然，公元前719年卫国与郑国的这场战争，并不属于这种保卫战或者自卫反击战。为了满足少数统治者利益的战争向来是不被人们所支持的，可以这么说，厌战思乡正是中国绝大多数战争诗篇的基本情调，也就是这首《击鼓》所感叹的：“不我以归，忧心有忡。”

我们可以想象战争的酷烈，一场又一场激烈的厮杀过后，战袍被撕破了，一个又一个伤员在营帐里痛苦地呻吟，一个又一个战友牺牲了，可是战争仍然在继续，战士们仍然没有时间休整，他们仍然看不到战争的尽头。

接下来，这首诗跳过了战争的具体过程，直接展现了一场大仗之后的狼狈情形："爰居爰处，爰丧其马。于以求之，于林之下。"这四句，虽然没有直接描写战场厮杀的血腥场面，却勾勒出战后混乱不堪的景象：战友们被冲散了，连战马也在混乱中迷了路，在树林里惊慌地寻找着主人。而战马的主人，此时此刻也正拖着疲惫的、伤痕累累的身体，在战场周围到处寻找他的坐骑，好不容易才在树林深处找到那匹同样疲惫和伤痕累累的战马。

诗写到这里，还是在对战争前后进行写实性的描绘。但接下来的几句突然有了情绪上的巨大跳跃，正是这个突如其来的跳跃，让我们对下面几句有了不同的理解："死生契阔，与子成说。执子之手，与子偕老。"

理解了前面所说的战争背景，我们现在就能明白"执子之手，与子偕老"的深刻含义了。这不是一般的离别，而是战争环境下的生离死别，所以诗人才会说是"死生契阔，与子成说"，无论是战死沙场，还是平安归来，我们生生死死，永不分离。

将"执子之手，与子偕老"理解为生死不渝的感情当然是没有任何问题的。问题在于，这样的誓言到底是出自什么人之口呢?

历代学者对这两句诗至少有两种理解。一种是“爱情说”，认为这是战士在打仗休息的间隙，回忆起在出征前与妻子离别时候的誓言，虽然战场上生死难卜，但夫妻之间生死不渝的誓言无疑是战士内心最柔软的部分，也是支撑他坚持活下去的精神后盾。

另外一种理解是“战友说”，认为这是战友之间许下诺言，要在战场上同生共死，彼此扶持，永不分离。

我个人更倾向于“爱情说”。因为战友之间彼此发誓要同生共死，这是完全可以理解的，但发誓要白头偕老，这就有点儿勉强了。而夫妻之间发誓要白头偕老却是人之常情。

如果将“执子之手，与子偕老”理解为爱人在分别时候的誓言，那么最后的四句就更好理解了：“于嗟阔兮，不我活兮！于嗟洵兮，不我信兮！”当战士在战争的间隙想念起远在家乡的爱人时，他的内心变得柔软，却也充满了忧伤。战争让相爱的人分隔两地，再见却遥遥无期，不知道爱人是否还会相信我当初许下的山盟海誓。这就是诗歌最后四句要表达的感慨：唉，我们相距那么遥远，何时才能结束战争再度相拥？我们离别已经那么久了，你知道我还活着吗？你还会相信当初我和你“执子之手，与子偕老”的承诺吗？

这样的反问真是最痛苦、最无奈的感慨！一边是生死相许的爱情，一边是生死未卜的战争。爱情，就这样面临着最残酷的考验。

这是典型的中国式战争诗，也是典型的中国式爱情考验。我之所以说这是典型的中国式，是因为与西方的战争诗和爱情诗比起来，中国式的情感的确有其独特之处。

西方的战争诗往往继承了古希腊罗马人的英雄主义，就像斯巴达人那样，战士在出征之前，他的母亲或者妻子会交给他一面盾牌，并且告诫他："你要么英勇地战死沙场，让盾牌托着你的尸体荣耀而归；要么你就从战场上凯旋，手里拿着这面象征着英雄胜利的盾牌。"欧洲中世纪的骑士抒情诗，更是将战场凯旋的荣耀，视为骑士们追求爱情最重要的资本，因为英雄主义的光荣，会让他在心爱的女人面前，更加显示出一个顶天立地的男子汉形象。

从这样的角度来看，在西方诗人的心目中，战争并不是对爱情的残酷考验，反而是赢得爱情和尊重的一条光辉大道。

爱情原本就是诗歌中最永恒的话题，以战争为背景，更为爱情增添了一分传奇的色彩。其实越是面临生与死的考验，爱情就越能显示出战胜一切考验的巨大力量。《击鼓》中的"死生契阔，与子成说。执子之手，与子偕老"就是这样。

其实，这类战争兼爱情的诗歌在中国诗歌历史上并不罕见，我再举一个类似的例子，这首诗的知名度相当高——汉乐府《上邪》。

上邪！我欲与君相知，长命无绝衰。山无陵，江水为竭，冬雷震震，夏雨雪，天地合，乃敢与君绝！

我想，很多人第一次听说这首诗，可能是通过一部曾经红透半边天的电视连续剧《还珠格格》。电视剧里那位多才多艺又温柔多情的紫薇，总是眼泪汪汪地对尔康表白她的爱情："山无棱，天地合，才敢与君绝。"这三句就是从《上邪》化用过来的，只不过作者琼瑶将诗中的"山无陵"改成了"山无棱"，这一句的意思也就变成了"当山峰没有棱角的时候"。其实"山无陵"才是原版，因为"陵"原本是指山凸起的高地，也就是山峰、山头的意思。山没有棱角似乎并不稀奇，但山没有峰就不可能称之为山了。

这首《上邪》也是爱情的誓言，而且一连列举了五件自然界不可能发生的事情，来表达爱情绝不会改变的忠贞：

第一件事，山无陵。

第二件事，江水为竭。滔滔江水都枯竭了。

第三件事，冬雷震震。冬天打雷。

第四件事，夏雨雪。大夏天下起了鹅毛大雪。

第五件事，天地合。天和地都合拢在一起。

这五件事合在一起，就好比我们平常说：某某事情是绝不可能发生的，要真发生了，那除非是太阳打西边儿出来了。

不错，《上邪》表达爱情中的山盟海誓，就是这么一往无前，用最极端的方式来宣告爱情的强度。但在这里我要强调的并不是爱情的忠诚，而是《上邪》和《击鼓》类似，都不是纯粹的爱情诗，它们的本来面目都是战争诗。

你也许会觉得奇怪，《击鼓》说的是战争，这个好理解，可《上邪》自始至终都没有出现一点儿和战争相关的影子啊，怎么也是战争诗呢？

这就要说到《上邪》这首诗的基本性质了。《上邪》在汉代的乐府诗中属于铙歌一类。所谓“铙歌”，其实就是军歌、战歌，既是军队中为了鼓舞士气而演唱的歌曲，也有可能是庆祝军队凯旋的歌曲，属于军乐的性质。

所以《上邪》的创作背景或者说创作目的，更像是一位“军嫂”在送丈夫出征的时候，向他表白爱情的忠贞，目的是解除丈夫的后顾之忧，让丈夫能够在战场上安心杀敌。因此，《上邪》虽然也是爱情歌曲，却不是那种悲悲切切、缠缠绵绵的风格，既然是军嫂，既然是军中鼓舞士气的歌曲，那这样的爱情誓言当然是铿锵有力、掷地有声的，很符合战地爱情的特点。

是的，还有什么考验比得上被战火洗礼的考验呢？“我欲与君相知，长命无绝衰”与“死生契阔，与子成说。执子之手，与子偕老”的誓言何其相似！

战地爱情，自有其震撼人心的力量，因为它将风花雪月的爱情，直接推到了生与死的边缘，让爱更加具有生命的温度与情感的深度，爱情在烈火中得到了永生。

捎带着补充一下，公元前719年，卫国州吁发动的这场战争，并没有取得他想要的战果。因为州吁弑君篡位，又苛待百姓，穷兵黩武，大失人心，就在同一年九月，州吁被杀。州吁当卫国国君的日子，前前后后加起来还不到一年。卫国人拥立公子晋为国君，这就是历史上的卫宣公了。

当然，在春秋历史上，这只是一场很不起眼的战争，但对于不得不卷入其中的无数士兵来说，这场战争造成了无数家庭的“伤离别”，甚至还有可能成为无数家庭中最绝望的痛。

我们常常说，希望爱情天长地久。我们总是在希冀着永远不变的爱。其实没有人能知道，一辈子到底有多久，永远到底有多远。所以，“执子之手”是我们能够珍惜的当下，“与子偕老”则是我们愿意期待的永远。当我们能够“执子之手”的时候，请好好珍惜身边那个与你手牵手的人。“满目山河空念远，落花风雨更伤春。不如怜取眼前人。”（晏殊《浣溪沙·一向年光有限身》）当我们爱得足够深的时候，请一定为“与子偕老”而竭尽全力。爱得无怨无悔，才会让有限的生命少一些遗憾。

“死生契阔，与子成说。执子之手，与子偕老。”《击鼓》和《上邪》，虽然写的都是战地爱情，但真正的爱情，又何必一定要通过战争来考验。生命的过程原本就是一场漫长的战斗，而在爱情里，我们每一次战胜自己，战胜生命中种种可知和未知的苦难，都将是爱情的一次升华。

陶渊明：

在心里修篱种菊（《归园田居·其三》）

说起陶渊明，我们脑海里可能马上会浮现出两个关键词：一个是“桃花源”，另一个是“采菊东篱”。陶渊明的《桃花源记》在我们读中学的时候是要求全篇背诵的。最有意思的是，他笔下的“桃花源”原型到底在哪儿，好几个地方争得不亦乐乎。最具有竞争力的两个地方，当然就是陶渊明隐居的江西庐山和湖南常德的桃源。作为湖南人，我自然要支持湖南常德的桃源，毕竟连唐代大诗人刘禹锡都写过《桃源行》《游桃源一百韵》等诗，留下了“误入桃源行数里”（《桃源行》）、“渊明著前志”（《游桃源一百韵》）等句子。刘禹锡可是在常德住过十年的人，桃源也去过无数次，可见很多古代诗人都相信陶渊明笔下的桃花源就在湖南常德。

好了，这桩公案我们暂且按下不表。“采菊东篱下，悠然见南山”写的应该是庐山，这个倒是没有疑问的，毕竟庐山是陶渊明主要的隐居地，也就在今天江西的九江。这首《归园田居·其三》，应该也是写于他隐居庐山的时候。

种豆南山下，草盛豆苗稀。
晨兴理荒秽，带月荷锄归。
道狭草木长，夕露沾我衣。
衣沾不足惜，但使愿无违。

《归园田居》是一组诗，有的版本认为有六首，但第六首也有人认为是江淹的仿作，因此通常的版本确定为五首，我们要讲的是其中的第三首。

《归园田居》整组诗都写于东晋晋安帝义熙元年（405 年）之后，例如其中的第一首，也是最著名的“少无适俗韵，性本爱丘山。误落尘网中，一去三十年”就是写于义熙二年，即 406 年。405 年，是陶渊明一生中最后一次做官的时间，当然也是他最后一次辞官的时间，之后他就开始了自己彻底而纯粹的隐居生活。

《归园田居·其一》很可能是写于他辞官之后的第二年春天。至于他辞官的原因，就是那个大家都熟知的“不为五斗米折腰”的故事了。

陶渊明的最后一任官职是江西九江彭泽县县令。义熙元年十一月，当地督邮要来视察彭泽县，于是，“县长秘书”好心地提醒陶“县长”：“督邮大人是郡太守派来的上级长官，您得穿好官服、束上带子，穿戴得整整齐齐，备好礼品了才能去拜见。”

陶渊明看着“秘书”战战兢兢、小心谨慎的样子，不由得长叹了一口气，心想这位督邮大人在本郡早已是臭名远扬，谁都知道他仗着自己是奉太守之命巡视各地，每到一处都耀武扬威，到处搜刮民财。可是，彭泽县并不富裕，我本人更是一贫如洗，拿什么去侍奉这位贪得无厌的督邮大人呢？难道当一方父母官，主要工作就是一天到晚赔着笑脸、恭恭敬敬地伺候上司吗？！

陶渊明一边想着，一边又是一声长叹："罢了罢了，看来我天生就不是当官的料。我怎么可能为了区区五斗米的'工资'，就去向那种小人打躬作揖呢？不干了，回家种地去！"说完，他转身就把身上的官印取下来交给"秘书"，收拾行李回了老家。

就这样，陶渊明这年八月被任命为彭泽令，十一月主动挂冠，辞去了仅仅上任八十多天的官职，也结束了他一生中最后一次出仕，回到老家浔阳柴桑（今江西九江），当了一名真正的"田园诗人"。

从此，陶渊明再也不接受官府的任何征召，与他朝夕相伴的就是山水田园、父老乡邻。日出而作，日落而息，虽然辛苦，却也自由自在，了无挂碍。春天到了，他起早摸黑，带领妻儿、童仆去南山（庐山）脚下开荒、耕种。每天早上太阳刚探出头来，他就和家人下地干活儿——他在前面耕田，妻子翟氏在后面播种，孩子们虽小，却也能帮着砍柴挑水。虽然干农活儿很累，但他的心情却很轻快。

《归园田居·其三》里描绘的场景就是这种农村生活的写照。从诗意来看，这首诗应该作于春季或者春夏之交，诗歌描述了陶渊明一天的劳动情形："种豆南山下，草盛豆苗稀。"他在南山新开垦的荒地里种下了豆子，高兴地看着豆种发芽成长。因为土地荒芜太久，野草丛生，豆苗稀稀疏疏地长在草丛里，看上去反而是野草比豆苗还要茂盛得多。

有的老师根据这两句诗，开玩笑地调侃陶渊明："你看他哪里像一个合格的农民？根本就不懂种田嘛！忙活了半天，长的全是野草，一看就知道没啥收成。"

其实，陶渊明真正想说的并不是他的种植水平如何，他想描绘的是这种随心所欲的自由状态。

这两句诗其实是有出处的，汉代杨恽曾经写过这样的诗句："田彼南山，芜秽不治。种一顷豆，落而为萁。人生行乐耳，须富贵何时。"（《报孙会宗书》）杨恽诗句翻译过来大概就是：我在南山下开荒种田，地里长满了野草，我也懒得去除掉它。我种下了一顷豆子，结果到了收成的时候只收到了一堆没用的豆茎。"萁"，就是豆子的秸秆。

还记得曹植的《七步诗》里那句"煮豆燃豆萁"吧？"豆萁"不能吃，一般只能用来当柴火烧。可是这又有什么要紧的呢？人生苦短，不如及时行乐，你想要享受富贵，谁知道要等到什么时候呢？

看来，杨恽的原意是想表达一种自由自在的生活意愿。杨恽又是谁呢？他就是著名历史学家司马迁的外孙。司马迁的《史记》能够流传下来，杨恽做了很大的贡献。杨恽是官二代、富二代，但他却不好钱财，为人既正直刚烈又狂放不羁，他的万贯家财主要都用来救济穷人了。

陶渊明化用杨恽的诗，这说明他真正的用意并不是想写自己干农活儿的水平到底怎么样，而是想强调他真心喜欢这种自由自在、无拘无束的田园生活状态。因为追求自由，所以通往自由必须付出的代价，他也心甘情愿甚至是欢欢喜喜地承担了下来。毕竟，陶渊明和杨恽的生活环境是不一样的。杨恽是有钱人，钱多得花不完，他当然可以藐视富贵，表现出清高、桀骜的个性；可陶渊明没那个本钱啊，甚至可以说，他就是个穷人。

当然，说起陶渊明的身世，那还是很厉害的。他的曾祖父陶侃是东晋鼎鼎大名的大将军，封长沙郡公，一度“家僮千余，珍奇宝货，富于天府”(《晋书·陶侃传》)，可谓富可敌国的豪门大户。可惜的是，他的后代子孙并没有将祖辈的这份家业好好地传承下来。陶侃有十七个儿子，特别有出息的却并不多，其中几个不争气的儿子甚至在父亲死后为了争夺巨额家产兵戈相向，大打出手，这场内讧使得陶氏家道中落成为必然。

何况，陶侃出身也很贫寒，他是凭借赫赫军功才挣得显贵高位的，但在重视世族门第的东晋，出身寒门的陶氏家族是得不到世袭贵族的认同的。在那些世袭贵族看来，陶侃不过是一个“暴发户”而已，他的后代很难再像他一样建功立业。陶渊明生逢乱世，那时水灾、旱灾等天灾不断，政坛上更是刀光剑影、血雨腥风，他晚年还经历了从东晋到南朝宋易代的政变，生活的大环境可以用四个字来概括，那就是“天无宁日”。

陶渊明这样性情淡泊之人显然不能适应这种混乱的政治环境，但是家境的贫寒又逼得他不得不接受现实。他不喜欢做官，但因为养家糊口的需要，他又不得不违心地几次出来做官，挣一点可怜巴巴的工资。就在他辞去彭泽县令的时候，他还写下了一篇著名的抒情小赋《归去来兮辞》，这篇小赋的序言就老老实实地承认了他不得不出仕的原因：“余家贫，耕植不足以自给。幼稚盈室，瓶无储粟……”他有一群幼小的孩子，米缸里没有一粒多余的米，家里又没有足够的劳动力，光靠种几亩薄田实在是无法维持生计。在这种情况下，他不得不接受叔父的推荐，出任彭泽县令，当时县令除了有一定的俸禄，还可以靠种植官地来增加一部分收入。

很显然，我们心目中那个高雅的隐士陶渊明并不是一开始就不食人间烟火，相反，现实生活的残酷，也曾经把他压得喘不过气来。只是在几番挣扎过后，他终究没有让自己的精神与人格屈从于现实压力之下，而是及时地超脱出来，舍弃了大多数人都舍不得的官位，靠自己的双手自食其力，维护他心中至高无上的自由与尊严。

那么，自由的代价是什么？

是没有了官方按时发放的工资，一切经济来源都得靠自己动手一点一点去获取了。更重要的是，在晋宋时代，名士们普遍看不起体力劳动者。那个时候的名士，享受着世袭的爵位和财富，认为穿着宽袍大袖的衣裳，挥着麈尾、高谈阔论着玄学才是时尚。当农民？那是要被人瞧不起的。

可是陶渊明呢，终究能够下定决心，从事别人看来最卑贱、最艰苦的活儿。我相信陶渊明在做这个决定之前，内心也经历过反复、痛苦的挣扎。否则，他为什么会在《归园田居·其一》中说“误落尘网中，一去三十年”呢？这两句诗有的版本写作“一去十三年”。无论是十三年，还是三十年，这个挣扎的过程，对于陶渊明而言，都可以说是一个无比漫长的煎熬过程。换句话说，陶渊明花了很长的时间才想明白，自己这一生最想要的到底是什么。

陶渊明的可贵之处就在于，一旦他想清楚了，就会毅然决然地去做，而且从此不再后悔。自从辞去彭泽县令的官职归隐田园之后，陶渊明还曾被朝廷征为著作佐郎等官职，可他丝毫不为所动，安心地享受着从风雅的知识分子向最朴实、最辛苦的“农民诗人”的转型。

别人看不起那又怎么样呢？真正的尊严不是别人给你的，而是你自己内心的智慧与信念铸成的。只有你自己才能让自己活得体面而有尊严。

不被别人的眼光和说三道四所左右的人，才是真正强大的人。

陶渊明就是这样一个强大而自尊的人，哪怕他每天一大早就要下地干活儿：“晨兴理荒秽，带月荷锄归。”他要先把地里的野草除干净，一直干到明月东升，才扛着锄头、哼着轻快的歌往家里走去。

日出而作，日落而息，这正是农民最日常的生活状态。

田间的小路很窄，草木长势很快，傍晚的露水沾湿了衣裳，让他感觉到阵阵清凉，但衣衫被沾湿没有什么可惜的，这丝毫不影响他愉悦的心情："道狭草木长，夕露沾我衣。衣沾不足惜，但使愿无违。"只要能这样过着符合自己本心的简单生活，不需要低眉顺眼地看别人的脸色，他就心满意足了。

最后一句"但使愿无违"，无疑是整首诗的关键句，只要不违背自己的意愿就好了。陶渊明的意愿是什么呢？其实就是他在《归园田居·其一》中强调的"久在樊笼里，复得返自然"。"复得返自然"可以说是陶渊明一生追求的终极目标，这里的"自然"不仅仅是指大自然，更是指内心的自然，是一种自由自在、无拘无束的人生境界，这是陶渊明一生最大的梦想。如今，他的梦想终于实现了。

"久在樊笼里，复得返自然。"陶渊明的人生梦想真是独具一格，跟绝大多数人不同。有人可能觉得官场就是一个围城，城外的人想进去，城里的人想出来，但在古代，对于绝大多数人而言，官场是他们削尖了脑袋想要进去，一旦进去就绝对不想也不能够再出来的地方。因为，一个人甚至一个家族的富贵、荣耀、名望，包括子孙的前途等都系于官场。辞官归隐这事儿放在嘴上说说容易，真要做到可是难上加难，而且陶渊明的辞官归隐跟别人还不同，魏晋时代隐士并不少见，可那个时代大多数的隐士本来就出身于世族大家，即使他们不当官，凭借自家祖传的成片庄园、成群奴仆也能丰衣足食，过着衣来伸手、饭来张口的日子，他们不仅不用亲身参与劳动，甚至还非常鄙视体力劳动。他们既“有闲”又有钱，既可以畅游名山大川，又可以邀集名士聚饮欢宴，更可以吟诗作赋或者著书立说，根本不用操心生计问题。像陶渊明这样放下身段自食其力的名士，可以说是绝无仅有，从这个意义上来说，陶渊明才是一个真正的、纯粹的隐士。

当然了，陶渊明毕竟不同于一般的农民，他更是一个具有独特审美眼光的诗人，因此他往往能够从艰苦的农业劳动中跳脱出来，以审美的眼光欣赏着田园里清新自然的春天，抒发着自己独特的人生感悟。除了田间劳动，他最爱的事情大概还是读书和喝酒：“既耕亦已种，时还读我书。”（《读山海经十三首·其一》）劳动读书两不误，这是陶渊明最日常的生活方式。“欢然酌春酒，摘我园中蔬。”农村往往在冬季开始酿酒，春天正好酿成，所以称为“春酒”。初夏时节启开醇香扑鼻的春酒，此时正是园子里蔬菜成熟的旺季，这么好的下酒菜，新鲜水嫩，虽不及大鱼大肉，却也清新爽口。

陶渊明还会自己酿酒，著名的“葛巾漉酒”的故事说的就是他。有一次，当地郡守来拜访陶渊明，正好碰上陶渊明自酿的酒熟了。只见陶渊明摘下头上戴的葛巾滤酒，过滤完后又将头巾戴到头上，丝毫不在意一旁等候了许久的郡守。要知道，郡守可是当地的最高长官啊！想想看，换了其他任何一个人，自己不过是一介平民，当地的“市长”专程登门来看望，有谁能像陶渊明这样洒脱率性呢？

“但使愿无违”的陶渊明，在他生活的那个时代是一个独一无二的另类，但他却拥有无数隔代知音。他有两个超级“真爱粉”，其中一个是唐代的李白：“梦见五柳枝，已堪挂马鞭。何日到彭泽，狂歌陶令前。”（《寄韦南陵冰，余江上乘兴访之遇寻颜尚书笑有此赠》）李白连做梦都梦见自己到了陶渊明家，和陶渊明一起把酒言欢、痛饮狂歌。李白“安能摧眉折腰事权贵，使我不得开心颜”（《梦游天姥吟留别》）的宣言，显然也是受到陶渊明“不能为五斗米折腰”的影响。

陶渊明另外一个“超级粉丝”是宋代的苏轼。苏轼公然宣称他对别的诗人都没有特别的偏好，“独好渊明之诗”，连李白、杜甫在他心目中的地位都比不上陶渊明。他甚至和了109首陶诗，把陶渊明当成他这辈子要努力赶超的典范。

李白、苏轼之所以愿意对陶渊明献上自己的“膝盖”，顶礼膜拜，正是因为他笔下的诗句、他的人格风度、他的风骨气节，无一不呈现出最真率、最自然、最有尊严的境界。

“种豆南山下，草盛豆苗稀。晨兴理荒秽，带月荷锄归。道狭草木长，夕露沾我衣。衣沾不足惜，但使愿无违。”

是不是能够做一个幸福的人，其实并不取决于世俗的标准，标准只有一个，那就是你是否能够静静地倾听自己的本心。无须刻意地避开车马喧嚣，只需在自己的内心修篱种菊，尊重自己的内心，便自然而成一种悠然优雅的境界。这样看来，“晨兴理荒秽，带月荷锄归”的人生状态，和一首现代诗所描写的境界真是同样美好：

从明天起，做一个幸福的人
喂马、劈柴，周游世界
从明天起，关心粮食和蔬菜
我有一所房子，面朝大海，春暖花开
从明天起，和每一个亲人通信
告诉他们，我的幸福
那幸福的闪电告诉我的
我将告诉每一个人
给每一条河每一座山取一个温暖的名字
陌生人，我也为你祝福
愿你有一个灿烂的前程
愿你有情人终成眷属
愿你在尘世获得幸福
我只愿面朝大海，春暖花开。

（海子《面朝大海，春暖花开》）

王勃：

距离阻隔不了知己之情（《送杜少府之任蜀州》）

我们读唐诗，通常都会把目光聚焦在盛唐以后，尤其到了唐玄宗“开元盛世”的时候，诗坛好像突然一下子遍地开花，每一朵都绚烂无比，让人眼花缭乱。但其实无论是初唐还是盛唐、中唐、晚唐，唐朝都为我们奉献了太多一流的诗人。这一篇我们要聊到的就是“初唐四杰”之一王勃和他的代表作《送杜少府之任蜀州》：

城阙辅三秦，风烟望五津。
与君离别意，同是宦游人。
海内存知己，天涯若比邻。
无为在歧路，儿女共沾巾。

王勃是位列“初唐四杰”的第一号人物，“初唐四杰”依次是王勃、杨炯、卢照邻、骆宾王。这个排名可不是排名不分先后的那种排名，而是代表了当时的普遍评价。“四杰”其中的一位杨炯就曾经说过："吾愧在卢前，耻居王后。"杨炯的意思是，他觉得自己的才华比不上卢照邻，却绝对不比王勃逊色，所以他对这个排名是非常不满的。

也不能说杨炯说得完全没有道理，的确，就文才而言，有时候是很难分出诗人的高下的，就好比有人认为唐代诗人里李白应该排第一，可有人就是认为杜甫才是当之无愧的第一，这样的争辩意义不大。我们只需要知道，他们都是唐代最优秀的诗人就行了，至于不同的读者喜欢不同风格的诗人，那是完全可以见仁见智的。

所以杨炯虽然不满王勃排名在他之上，但恐怕他也不得不承认，王勃的确是一个天才型的诗人。话说到这里，我想把这首《送杜少府之任蜀州》暂且放一放，先稍微介绍一下身为"初唐四杰"之一的王勃。

王勃是唐代众多神童诗人之一，他六岁就以擅长写文章而闻名，当然"初唐四杰"其实都是以神童著称。比如，杨炯还不到十岁就参加了神童科的考试，以神童的名义应举登科，是典型的"别人家的孩子"。即便是"四杰"中排名最后的骆宾王也很厉害，那首著名的，据说他七岁时候写的"鹅鹅鹅，曲项向天歌。白毛浮绿水，红掌拨清波"，直到现在仍然是大多数孩子背唐诗的启蒙作品。

但王勃的神童之名即便是在"四杰"当中也完全可以傲视其

他“三杰”。明代的状元大儒杨慎在读王勃作品的时候，情不自禁地感叹：“王勃还只是一个十四岁的小孩子，可他胸中藏有万卷诗书，他引用的那些典故，千载之下，即便是宿儒也未必能够知道出处。”

有人可能会有疑问，杨慎为什么偏偏要感叹王勃十四岁时候的学问呢？这是因为王勃在十四岁的时候就干了件大事——给当时的宰相刘祥道写了一封自荐信，这封信口气大得让人咋舌！其中有两句翻译成白话文大意是：希望您能够说服皇上，用“上宾”“国士”的礼仪来对待我，那我一定愿意披肝沥胆，拿出我所有的本事报效朝廷。

小小少年居然敢向当朝宰相提要求，让皇帝以“国士”之礼相待，这是何等的狂妄和自信！可是，妙就妙在宰相居然真的很欣赏王勃的才气与狂气，立即向唐高宗推荐了王勃。唐高宗自然信任宰相，于是亲自组织“专家”面试，破格提拔了王勃。这个不满二十岁的毛头小子，居然被授予七品的朝散郎。要知道，唐朝士子考中进士以后通常要从末等的九品官职做起。可见王勃的牛皮真不是吹出来的，而是靠真才实学拼出来的。

更让人羡慕的是，很多人写诗作文都要绞尽脑汁，一番冥思苦想之后写出来的作品可能还不尽如人意，王勃却是下笔如有神。每次他要创作之前，都先磨好几升墨汁，然后畅饮一通美酒，拉过被子躺下呼呼大睡，一觉醒来之后，提起毛笔，饱蘸墨汁，一篇妙笔生花的文章就像瀑布一样倾泻而出，而且写完之后不需再改动一个字。王勃写文章之前的这个过程被人们称为“打腹稿”。

出身书香门第又少年得志，王勃当然有狂傲的资本。通常我们读他的《送杜少府之任蜀州》，重点都在感受天涯比邻的知己之情，却忽略了其中蕴含的少年意气与阳光心态。从古至今，赠别诗多少都包含着依依惜别之情，即便像李白那样洒脱不羁的人，在送别孟浩然的时候，也依依不舍地说：“孤帆远影碧空尽，唯见长江天际流。”(《黄鹤楼送孟浩然之广陵》) 王维在送别元二的时候也不无伤感地说：“劝君更尽一杯酒，西出阳关无故人。”(《送元二使安西》) 江淹亦曾感叹过：“黯然销魂者，唯别而已矣。”(江淹《别赋》) 离别当然是一件伤感的事，不然怎么会有一个词叫作“伤别”呢?

可是，在意气风发的少年王勃这里，这都不是事儿！我们来看他的送别诗是何等的才气纵横、阳光灿烂。

首联一开始就避开了凄凄惨惨戚戚的俗套，显示出开阔宏大的气势：“城阙辅三秦，风烟望五津。”“阙”本来是指皇宫，代指朝廷。我们熟悉的岳飞的《满江红》中“待从头、收拾旧山河，朝天阙”，“阙”就是指朝廷。王勃在这里用“城阙”代指京城，也就是长安。当年秦亡以后，项羽三分关中之地，将秦国降将章邯封为雍王，司马欣封为塞王，董翳封为翟王，合称“三秦”，也就是今天陕西一带。因此，“城阙辅三秦”说的是辽阔的三秦之地拱卫着雄伟壮丽、气势恢宏的长安城，这就点明了送别之地在长安。

那么好友杜少府要到哪里去呢？“风烟望五津”，“五津”指的是长江从湔堰到犍为一段五大渡口的合称，分别是白华津、万里津、江首津、涉头津、江南津。这里泛指蜀州，今天四川一带，是杜少府此行的目的地。

少府在唐代是县尉的别称，大概相当于今天的县公安局局长，只是九品官，品级很低。杜少府到底是谁，在长安本来担任什么官职，生平事迹主要有什么都很难考证了，但可以知道的是，年轻的王勃一度成为长安城中颇受欢迎的人物。少年得志的他在长安颇有一些好朋友，其中不乏王公子弟、达官贵人，这位姓杜的官员应该是王勃在京城交往比较密切的朋友之一。

估计杜少府本来与王勃在京城长安同朝为官，不知道什么原因被调任四川（蜀州）。一般人可能会觉得，在京城为官，生活条件、工作条件都比外地要好，而且离皇帝近，机遇应该更多，地位也比地方官显得清贵一些。实际上，地方官也有地方官的好处。作为公务员，要想更快地升迁，总是需要一些基层工作的历练，以便为自己的仕途积累一些政治资本，所以杜少府虽然被调离京城，但并不见得是贬谪，很有可能是平调甚至还略有晋升。因而无论是对即将远行的杜少府，还是对少年得志尚未经历人生坎坷的送行者王勃而言，心情都不像一般离别时那样悲悲切切、难分难舍。

不过，从长安到蜀州，毕竟是一段不近的距离，而且其间隔着崇山峻岭，交通十分不便，后来李白不是还说过嘛：“蜀道之难，难于上青天。”作为好朋友，王勃当然要有一番离别的嘱托或者祝福。于是，王勃端起酒杯，豪爽地说道：“老兄，我敬你一杯。今天一别，虽然你在蜀州，我在长安，但咱俩的命运其实是一样的——都是身不由己，都是为了做官背井离乡、四处漂泊。你如今从长安远赴蜀州，也是为了更好的前途。来，我祝你一路平安。”

当然，这段话并不是王勃的原话，是我自己揣测出来的，因为接下来的一联表达的就是这么个意思：“与君离别意，同是宦游人。”

这就是王勃对朋友善解人意的安慰了，他的意思是，兄弟啊，你就别因为离别而太难过了，其实我和你一样，都是为了前途而漂泊天涯的游子啊！

王勃这样说也是有道理的。那个时候的王勃，虽然在京城混得风生水起，但他毕竟不是京城人，他的老家在山西，他属于典型的“京漂”一族，当然对“宦游”这样的生存状态感同身受：有一些无奈和伤感，有一些孤独与无助，但更多的是对机会的渴望和对前途光明的信心。因此，这首离别诗才显得情绪饱满激昂，毫无颓丧悲伤之态。

“城阙辅三秦，风烟望五津。与君离别意，同是宦游人。”我们在离别的地方遥望着风烟凄迷的蜀州，此刻我和你的心情是完全一样的，因为我们同是官场中人，同样了解离别对我们而言，是人生必须要经历的磨炼。

正是出于这样的阳光心态，这首诗中的千古名句才显得格外顺理成章：“海内存知己，天涯若比邻。”请你不要再难过了，无论你走到哪里，只要你知道，你在这个世界上还有我这样的知己，能够懂得你、珍惜你，那么即便我们暂时天各一方，也能如同邻居一般彼此关心温暖。

“海内存知己，天涯若比邻。”这样令人惊艳的句子体现的不仅是少年王勃天才型的才华，其实还反映了王勃深厚的学识积累。因为这两句诗中明显有三国诗人曹植的影子，曹植的《赠白马王彪》中就写过：“丈夫志四海，万里犹比邻。”曹植的原意是要从悲凉的离别中执拗地翻出豪情来，将眼光看向更远的将来，看向更远的希望。

因为只有朝前看，眼前的离别才能生发出让人前行的力量。

王勃的“海内存知己，天涯若比邻”在曹植《赠白马王彪》的基础上，又强化了知己的情感力量，一洗送别诗悲伤低沉的情调，展示出一位少年才子纵横洒脱的个性。“海内存知己，天涯若比邻”也让我们领略到了友情的巨大力量。

什么才是朋友的最高境界？对于真正的知己而言，年龄不是问题，身份不是问题，性别也不是问题，距离当然更不是问题！

“海内存知己，天涯若比邻。无为在歧路，儿女共沾巾。”“无为”就是不用、何必的意思。既然距离阻隔不了知己之情，既然离别是为了追求更好的前程，是为了邂逅更加美好的人生，是为了在下一个路口更好地相聚，那么我们又何必像那些小儿女一样，在分别的岔道口哭哭啼啼，以泪洗面呢？

说到这里，我突然想到了一个问题，王勃虽然写出了这样震撼人心的诗句，但仅仅就他和杜少府的友情而言，恐怕还未必达到了“天涯若比邻”的知己境界，因为除这首诗之外，没有其他任何证据证明王勃和杜少府的交往有什么特别之处。我倒是想到了另外一个非常典型的故事，能够证明“海内存知己，天涯若比邻”的感情并不是空谈。这个故事说的是中唐的一对知己——著名诗人白居易和元稹。

元和四年（809年）三月上旬，三十一岁的元稹被派去梓州（今四川三台）审理案件。大概走后不到半个月，白居易与弟弟，还有一些朋友一起到长安城南的曲江和慈恩寺春游。玩了一天，晚上回到朋友家喝酒，就在人家兴致都很高的时候，白居易想起独独缺了元稹，忽然就有些伤感，他一边叹气一边放下酒杯说：“元稹走了快半个月了，应该到梁州了吧？”梁州也就是现在的陕西汉中，是元稹出差的必经之路。白居易说完提起笔就在墙壁上题了一首诗——《同李十一醉忆元九》，诗是这样写的：

花时同醉破春愁，醉折花枝作酒筹。

忽忆故人天际去，计程今日到梁州。

你相信朋友之间会有心灵感应吗？我想说的是，至少白居易和元稹是相信的。因为，就在白居易写完这首诗之后不久，有个从梁州来的朋友就给他带来了元稹的一封信。元稹在信里说他到梁州的当晚就做了个梦。梦到的是什么呢？梦到的居然是自己和白居易在曲江游玩，游完曲江又去了慈恩寺。正在兴头上的时候，驿站备的驿车到了门口，说天亮了，要启程了，他便被惊醒了。醒来后，元稹非常伤感，就写了一首诗——《梁州梦》：

梦君同绕曲江头，也向慈恩院院游。

亭吏呼人排去马，忽惊身在古梁州。

你看，白居易“掐指一算”，元稹应该到了梁州，于是写了一首思念元稹的诗，而几乎就在同一天，元稹真的在梁州，还梦到了白居易，并且在梦中和白居易同游曲江与慈恩寺。这简直太神奇了吧！

不管你信不信，反正我是信了。

我信，是因为元稹与白居易的这种知己之情并非绝无仅有。又如，杜甫在著名的《梦李白二首》中也写过这样超越距离的深情厚谊：“故人入我梦，明我长相忆”（其一）；“三夜频梦君，情亲见君意”（其二）。现实当中的遥远距离，在梦中化为了促膝相亲的温馨记忆。

“海内存知己，天涯若比邻。”这样的诗句、这样的友谊一定是超越时空，有着巨大的感染力的，因此才会被后来的诗人不断地化用。例如，著名的边塞诗人高适在送给朋友的诗中有过“相思犹比邻”(《答侯少府》) 的句子；金代元好问的《赠答杨焕然》中的“古来知己难，万里犹比邻”，更是融汇了曹植和王勃两个人的诗情。

只有长相思，才会长相忆。只有长相忆，两颗心才会永远比邻而居。

张九龄：

月亮每挪一步，相思更深一层（《望月怀远》）

大唐王朝最有风度的宰相诗人——张九龄，他最著名的作品是《望月怀远》：

海上生明月，天涯共此时。
情人怨遥夜，竟夕起相思。
灭烛怜光满，披衣觉露滋。
不堪盈手赠，还寝梦佳期。

在讲这首诗之前，我还是先隆重地介绍一下张九龄其人。因为大唐的明星诗人实在太多了，多到一不小心我们就会忘掉其中几位重量级人物，张九龄就是其中最重要，然而又是最容易被人遗忘的一个。

你可能会说，张九龄既然是最重要的诗坛“大咖”，那他又怎么可能轻易被人遗忘呢？

别急，听我慢慢来解释。我先说说他为什么容易被人遗忘。

在我们熟悉的那些大唐诗人中，无论是李白、杜甫，还是王维、孟浩然，或者是王昌龄、王之涣，又或者是白居易、李商隐、杜牧，他们都是真正靠诗歌杀出一条成名大路的。这其中虽然也有做官做得位置比较高的，例如王维、白居易等，但说实话，人们提起这两个人，首先想到的并不是他们的政绩，而是他们的诗歌成就。

张九龄就不一样了，人们提到大唐的明星诗人有可能会一不小心就忘了他，但一提到盛唐最重要的政界明星，却绝对不可能忘记他，也就是说，他的政治成就甚至超过了他的诗歌成就。然而事实是，张九龄在政坛上、诗坛上都具有开创一时之风气的领袖气质。

我们先来看看张九龄在盛唐诗坛的地位。张九龄生活的时代介于初唐到盛唐的过渡期，李白、杜甫都受到他的影响。这话可不是我的吹捧，这是清代著名文学批评家刘熙载说的："陈子昂、张九龄能独标一格，为李、杜开先。"（《艺概》）张九龄从政二十多年，团结了一大批诗坛俊才，像王维、孟浩然、王昌龄等，都受到过他的提拔或者是关心、奖掖。没有张九龄，诗坛的"开元盛世"大概也不会那么群星璀璨了吧。

清代蘅塘退士编《唐诗三百首》——这是现在最为普及的唐诗选本了——开篇第一首就是张九龄的《感遇》。这样的诗坛地位，就不用我再废话了吧？

再来看看张九龄在盛唐政坛的地位。我们都知道“安史之乱”是盛唐转向中唐的历史性转折。后人在反思这段历史的时候，曾有过一个非常有名的故事：

中唐时候的唐宪宗被视为盛唐以后的中兴之主，他经常与大臣们讨论大唐王朝到底为什么会由盛转衰。有一天，唐宪宗又主动聊起了这个话题，他说：“想当年开元、天宝年间，万国来朝，四夷宾服，我大唐王朝是何等兴旺啊！怎么一个小小的安禄山就能毁了我大唐的江山呢？朕每每想起这事，心情就沉重得很哪。”

这时，中唐的一位名臣崔群走上前来，大胆地说出了自己的看法：“以臣的愚见，一国之兴衰，和宰相的人选关系最为密切。宰相弄权，风气败坏，再强大的国家也会走向衰落的。”

宪宗显然觉得这个看法有道理，于是追问了一句：“你能不能说得更具体一点？”

崔群接着说：“大家都认为安禄山造反，是大唐王朝从盛世走向乱世的分界线，但我不这样看，我认为，从张九龄被罢相、李林甫被起用开始，就已经注定了大唐王朝必乱无疑。就算没有安禄山，也还会有‘李禄山’‘王禄山’的。”

显然，崔群就是想借用唐玄宗和张九龄的故事敲打一下唐宪宗，作为皇帝，一定要慎重对待宰相这个治国理政最重要的人选！

果然，唐宪宗听了崔群的话，也陷入了深深的沉思。

的确，唐玄宗一朝任用的三十四位宰相中，张九龄无疑是最有影响力的一位，甚至可以说，将大唐王朝送到“开元盛世”巅峰，张九龄功不可没。可惜的是，唐玄宗后期荒于朝政，将张九龄贬到荆州，把宰相的位置腾给了李林甫，这一事件，不只是张九龄政治生涯的转折点，更是大唐王朝由盛转衰的分水岭。这并不是崔群一个人的看法，宋代的苏轼就对崔群的观点表示完全赞同。

也许可以这么说，大唐政坛上的张九龄时代，其实也是大唐盛世最辉煌的时代，在这样的辉煌中，作为宰相的张九龄功不可没。

不过，我们这里并不是要评价张九龄的政治贡献，我只是想借这个机会，聊聊这位大唐历史上独一无二的、最有风度的宰相诗人。他是大唐宰相里面写诗写得最好的诗人，又是大唐诗人里面政治地位最高、政治成就最大的宰相，这样耀眼的双重身份，一般人不得不服吧？

张九龄还是一个风度翩翩的大帅哥。据说，自张九龄以后，每次宰相向唐玄宗推荐公卿等高官人选的时候，唐玄宗总是要问一句：“风度得如九龄否？”风度气质比得上张九龄吗？看来唐玄宗还是一个“颜值控”啊。

好了，讲了这么多关于张九龄这位诗人的故事，现在我们该来细细品诗了。

在我看来，作为张九龄最有名的诗篇，这首《望月怀远》是最具有盛唐气质的代表作。

首联就颇具盛唐的开阔气象："海上生明月，天涯共此时。"张九龄很擅长描写自然风景，他的山水诗被视为盛唐山水诗成熟的标志。跟初唐山水诗比起来，张九龄笔下的山水风光，在雄浑宏大的气象之下，又蕴含了深沉幽远的情思。"海上生明月"，一下子就在我们面前铺开了一幅壮美的画面。"明月"当然是自古以来诗人最钟爱的意象之一，但将"明月"置于一望无际的大海之上，如此宽广的视线和胸怀倒真是有大唐的气魄。

被誉为"孤篇压全唐"的《春江花月夜》，一开篇也是说："春江潮水连海平，海上明月共潮生。"这首诗仿佛开启了盛唐的序幕，到张九龄的"海上生明月，天涯共此时"，再到李白的"明月出天山，苍茫云海间"（《关山月》），一轮明月就这样从亭台楼阁的狭小庭院中，走向了波涛汹涌的江河湖海，甚至走向了茫茫的边塞大漠。盛唐就这样迈着豪迈的步伐自信而稳健地向我们走来了。

但一味的豪迈并不是张九龄的气质。首联在这幅山水画卷上先大胆"泼墨"之后，第二联的情调突然变得柔美婉转起来，这一轮冉冉升起的海上明月，引发的是亘古不变的相思："情人怨遥夜，竟夕起相思。"我真是喜欢"遥夜"和"竟夕"这两个词。"遥"是遥远的意思，"遥夜"就是长长的夜。从空间的距离之远延伸到时间之漫长，我们好像能够看到钟摆或者滴漏，在一点点、一步步计算着时间那缓慢而艰难挪动的轨迹。

南朝宋著名的诗人谢灵运也用过这个词——“遥夜明月鉴帷屏”。诗人在失眠的漫漫长夜里，眼睁睁地看着月亮一点点地从东边升起，又一点点地从西边降落。如果月亮也有脚，那么它迈出的每一步，都是重重地踩在了失眠人的心上。

通常而言，我们总是嫌时间过得太快，而生命又太短暂，但对于两地相思的人来说，每一个夜晚都是“遥夜”，都是怎么熬都熬不到头的折磨，这怎么不叫人心生幽怨呢？

“竟夕”就是整夜、通宵的意思。“竟夕起相思”，月亮每挪动一步，相思就更深一层，幽怨就更多一分。一方面，怨夜晚太漫长；另一方面，却又宁可睁着眼睛独自守到天明。相爱却又不能相守的人，就是这么矛盾吧？

你有没有过失眠的经历呢？我是有过的。明明特别困、特别累，却又总是睡不着的感觉真是无比痛苦。关了灯睡吧，觉得房间太黑、太寂寞；开着灯吧，又觉得刺眼，影响睡眠；打开音频课听书吧，平时可能听着听着就不知不觉地睡着了，可是这个晚上偏偏越听越兴奋。反正，就是你越想睡越睡不着，做什么都不对劲。看来张九龄也是深谙失眠的痛苦，因此在睡不着的相思夜，他“灭烛怜光满，披衣觉露滋”。明月的光辉洒满了天地云海之间，明亮得就像白天一样，有这样可爱的月色，屋里的烛光反而显得有些多余了，于是他吹灭蜡烛，披上外衣，来到屋外，让自己全身心地沐浴在月色之中。

夜更深，天气更凉，而寒意袭人的露水竟然不知不觉中浸湿了衣裳。

“披衣觉露滋”，真是有情之人望月相思的经典状态。以前曹丕在写望月思乡的时候，就写到过类似的场景：“辗转不能寐，披衣起彷徨。彷徨忽已久，白露沾我裳。”（《杂诗二首·其一》）只有出神的时间太长，才会出现被露水浸湿衣裳还浑然不觉的境界啊。

后来杜甫在写望月相思的时候，也写到了相似的情境：“今夜鄜州月，闺中只独看……香雾云鬟湿，清辉玉臂寒。”（《月夜》）

“披衣觉露滋”再一次呼应了上一联的“遥夜”“竟夕”这两个词，因为只有漫漫长夜的久久伫立，才会出现寒露沾衣这样的结果。所以，“披衣觉露滋”看上去并没有直接的情绪描写，我们却分明感受到了这位失眠人难以言传的孤独与忧伤。

正因为有了前面三联一环套一环的铺垫，最后两句的情绪才会顺势推上最高潮：“不堪盈手赠，还寝梦佳期。”虽然这两句诗化用了西晋诗人陆机的“照之有余辉，揽之不盈手”（《拟明月何皎皎》），但旧的意象却被张九龄翻出了新的诗意。无论是明亮的月色，还是浸湿衣裳的寒露，诗人此时此刻能够看到的、能够感受到的，都只能独自消化，没有办法与思念的那个人分享。“不堪盈手赠”，用什么来遥寄相思呢？这满手的白月光吗？这满身的寒露水吗？双手握不住月光的美，也握不住露水的凉，更不要说将这满手的月光当成最美的爱情信物，遥寄给远方的“她”了。

“不堪盈手赠”，爱你，却只能藏在心里，不能告诉你。这是多么无奈的痛呢？

罢了罢了，我的失眠，你未必知道；我的相思，你未必能懂。我还是回去睡吧，也许在梦里，我反而能够插上隐形的翅膀，飞越千山万水，与你梦中相会。

“不堪盈手赠，还寝梦佳期。”对梦中佳期欢会的期待，好像是张九龄给这首诗安上的一个愉快的尾巴，但我们只要仔细揣摩就能明了，谁又能真正在梦中相会呢？即便是真的梦到了，梦醒时候的凄凉现实又该如何面对呢？

诗读完了，我也真是由衷地佩服张九龄。我甚至不由得浮想联翩，张九龄笔下的那位“情人”，应该对应他生命中的哪一段情感呢？

很遗憾，对于这位唐朝最有风度的宰相诗人，我们的历史文献却并没有留下他太详细的有关爱情与婚姻的资料。但鉴于张九龄是唐玄宗最为怀念的盛世宰相，是被唐玄宗盛赞为身兼“儒学之士”和“王佐之才”的这样一位“动为苍生谋”的政治家，被公认为有才有德、有胆有识的一代贤相，如果他这首《望月怀远》只是被简单理解为儿女情长的爱情诗，那真是太小看他了。

那么，除爱情之外，还可以怎样来理解这首诗的情感呢？

当年屈原写过一篇《思美人》，其中有几句翻译成白话文大意是这样的：思美人兮——我深深地思念着心爱的美人啊，我独自伫立，拭去满脸的泪水，久久地凝视着她所在的方向。那么深厚的情意盘结在心里，我要向我的美人表白，可是道路那么遥远，也没有媒人能为我传递消息。我这满腹的忧愁和冤屈又能向谁倾诉、向谁发泄呢？我每日每夜地抒发着内心堆砌得满满的情感，却只能郁积在内心，没法传递给远在他方的美人啊！

原来，屈原笔下那个让他“竟夕起相思”的美人，就是高高在上的楚国君王。屈原开创了这种用男女爱情关系隐喻君臣关系的象征手法，从此成为古代诗人、词人常用的艺术手法，这就是所谓的“香草美人”手法。

将张九龄的《望月怀远》中的“情人怨遥夜，竟夕起相思”理解为屈原《思美人》那样的象征含义，是完全说得过去的。

很显然，张九龄将屈原首创的这种象征手法运用得炉火纯青。《唐诗三百首》的开篇之作，张九龄在《感遇》中写道“草木有本心，何求美人折”，就明显有“香草美人”的象征寓意，用香草代指诗人高洁的品德，用美人眷顾象征君王的赏识与信赖。

顺便再呼应一下我在开头讲到的唐玄宗与张九龄的君臣关系吧。张九龄其实很早就看出了安禄山是一个有狼子野心的人，开元二十四年（736 年），安禄山因为贪功冒进打了一场本来应该是必胜的败仗，理应按军法处置，张九龄力劝唐玄宗立斩安禄山，以正军威。结果，唐玄宗一时心软，居然赦免了安禄山，让他回去了。

张九龄所料不错，安禄山后来在范阳起兵叛乱，发动了将大唐推向深渊的“安史之乱”。据说唐玄宗狼狈出逃的时候，还曾经泪流满面地说：“我一路听着马车的铃声，便一直想着张九龄当年说过的话，现在真是悔之晚矣。像张九龄这样有预见能力的宰相，我以后还能到哪里去找呢？”

而这个时候，离张九龄去世已经十五年了。

不知道唐玄宗在忏悔的时候，会不会想起张九龄早年写的那首《望月怀远》。“不堪盈手赠，还寝梦佳期。”月亮还是那一轮月亮，但唐玄宗手捧着的那一缕月色，再也不可能送给张九龄了。

当然了，从“香草美人”的角度来诠释《望月怀远》，这只是我们的一种合理推测，其实古人在诗里面将同性朋友的关系抒发成类似于“情人”的关系，倒也是很常见的。那么，张九龄诗中的“情人怨遥夜，竟夕起相思”，到底是男女爱情，还是君臣之情，抑或是朋友之情呢？我想，每一个读者尽可以见仁见智吧。

“海上生明月，天涯共此时。情人怨遥夜，竟夕起相思。灭烛怜光满，披衣觉露滋。不堪盈手赠，还寝梦佳期。”

既有开阔宏大的格局，又不乏细腻深微的情致；既有婉转缠绵的相思，又有清新高远的格调。这大概正是张九龄《望月怀远》的魅力，也是张九龄所代表的盛唐风度的魅力所在。

王昌龄：

荷叶深处传来的歌声（《采莲曲二首·其二》）

现在特别流行“穿越”的话题。有人问我：假设我穿越到了盛唐，那我最想认识谁呢？

这个问题我还真的认真想过，而且答案竟然是他——王昌龄。

为什么是王昌龄，而不是李白、杜甫或者王维、孟浩然呢？

我心里是打过一个“如意算盘”的。如果真能穿越到盛唐，我当然希望认识的大诗人越多越好，而在盛唐诗坛，人脉最广的大约就数王昌龄了。换句话说，无论你想认识谁，通过王昌龄准能要到他的电话号码或者微信号。无论是田园诗派的王维、孟浩然，还是边塞诗派的高适、岑参，甚至是位高权重的张九龄、傲岸不羁的李白，等等，都跟他交情不浅——当然前提是盛唐诗人得有智能手机。甚至还有人开玩笑说，王昌龄怕不是驻京接待办主任吧？不然他的诗集里怎么会有那么多赠某某、送某某、留别某某的诗呢？

除了朋友圈阵容超级强大、超级豪华，王昌龄还有两大身份，其中一个是边塞诗人的代表，他和高适、岑参、王之涣，并称唐代四大边塞诗人。

我们最熟悉的诗句，例如“秦时明月汉时关，万里长征人未还”（《出塞二首·其一》），“黄沙百战穿金甲，不破楼兰终不还”（《从军行七首·其四》），都是他非常有名的边塞诗代表作。

王昌龄的另一个身份是“七绝圣手”，他的七言绝句写得特别好，甚至具有标杆、典范的意义。像“洛阳亲友如相问，一片冰心在玉壶”（《芙蓉楼送辛渐二首·其一》）这样的诗句的确是脍炙人口。

但除了这两个身份，我们可能都没有太注意，王昌龄还有一绝。是什么呢？写女性形象。甚至还有学者将王昌龄的诗大致分为三类：第一类边塞诗，第二类送别诗，第三类就是闺怨诗。我们这一篇要品读的就是王昌龄非常有代表性的一首女性题材的诗歌《采莲曲二首·其二》：

荷叶罗裙一色裁，芙蓉向脸两边开。
乱入池中看不见，闻歌始觉有人来。

先说说这首诗的诗名《采莲曲》。因为词牌名中有《采莲子》，所以这两者很容易被人混淆，而且早期的《采莲子》的确大多是写采莲的女子，例如晚唐词人皇甫松那首著名的《采莲子》：“无端隔水抛莲子，遥被人知半日羞。”

王昌龄的《采莲曲》虽然有个“曲”字，但其实是乐府曲名，是南朝梁武帝创制的《江南弄》七曲之三。

梁武帝的长子昭明太子就写过《采莲曲》："桂楫兰桡浮碧水，江花玉面两相似。"所以，《采莲曲》最早也是能够演唱的，而且用这个曲调来创作的诗，内容大多是描写江南水乡的风光，尤其是采莲女子的生活情态。

除了王昌龄，还有不少诗人也用《采莲曲》的调子来创作诗歌。例如，王昌龄的至交好友李白也写过《采莲曲》："若耶溪旁采莲女，笑隔荷花共人语。"后来白居易也写过《采莲曲》："菱叶萦波荷飐风，荷花深处小船通。逢郎欲语低头笑，碧玉搔头落水中。"王勃、贺知章等诗人都写过《采莲曲》。他们的共同点在于都是写采莲女，而且都将荷花与采莲少女的青春美貌相比拟。那么，这么多《采莲曲》，题材都差不多，作者又都是一流大诗人，王昌龄的诗又凭什么能够脱颖而出呢？

我觉得，有两大原因让王昌龄的这首诗在众多的《采莲曲》里显示出极其独特的魅力。第一个原因，他的描写线索很清晰，很有画面感，而且视觉形象与听觉感受互相作用，让整个画面更加活泼灵动。

我们先来看看他是怎么呈现这幅动态画面的。

首先是远景。想象一下，假设我们就是观众，正在岸边欣赏盛开的荷花，还不停地变换角度、凹造型自拍，或者被人拍。正在自我陶醉的时候，忽然发现我们的镜头里抢入了几艘小船，我们不由得停下拍摄，好奇地想看看船上到底是些什么人，他们准备干什么。

等到小船划近了，我们也看清楚了，原来船上是几位少女，她们年纪都在十几岁，身上穿的正是荷叶般碧绿色的裙子。

碧绿色的裙子一般人不好驾驭，可是青春少女穿起来却显得那么朝气蓬勃。更重要的是，少女们穿绿色裙子的场合是荷叶丛。放眼望去，一望无际的荷叶一直延伸到水天一色的远方；而近处，采莲少女们的衣裙也渐渐融入荷叶丛中了。

还记得杨万里的那首诗吗？“接天莲叶无穷碧”（《晓出净慈寺送林子方》），我们甚至可以想象，碧绿色的湖水中荡漾着无边的碧绿色荷叶，再融入少女们迎风飘扬的碧绿色裙子，“荷叶罗裙一色裁”，莲叶配荷裙，满眼碧色荡漾，这是多么和谐的景色啊！

但如果只有一种绿色，会不会显得有些单调呢？别着急，大自然是很慷慨的，而我们的诗人也是非常高明的，在一片无边的绿色中，大自然还赐予了娇艳的荷花，碧绿的荷叶衬托出粉红色的荷花，那才真是大自然的绝配。

说到这里，我忽然想到了宋代词人周邦彦写荷花的诗句：“叶上初阳干宿雨。水面清圆，一一风荷举。”（《苏幕遮·燎沉香》）这三句是咏荷花的经典名句。王国维的《人间词话》里说“此真能得荷花之神理者”，认为这三句写足了荷花的神韵。尤其是“一一风荷举”写得最为生动别致。“一一”极写雨后荷花满池、荷花盛开的情景，不是只有一两朵荷花，而是满池的荷花都盛开了。“举”字真是一个特别有力量的字，因为一个“举”字，二维的平面空间立即变成了三维的立体空间。“风荷举”，既勾勒出荷茎笔直挺立出水面的清高姿态，又呈现出荷花在夏日微风吹拂下的翩翩神韵。

这“一一”挺立出水面、被无穷莲叶衬托出来的荷花，本来已经是美到极致了，但在诗人的笔下，风景从来没有最美，只有更美。你看，王昌龄貌似只是轻松地写了一句“芙蓉向脸两边开”，自然风景就因为人的融入而忽然变得生动起来。

“脸”当然是指采莲少女的脸。“芙蓉”当然是指荷花，但又不仅仅是指荷花。因为，“芙蓉向脸”，分明就是将少女的容貌和娇媚的芙蓉相提并论了。“芙蓉”是荷花的别称，而少女像荷花一样粉红、娇艳的容颜，与荷花互相映衬，简直让人分辨不出哪个是花，哪个是人了！

你看，王昌龄高明吧？“荷叶罗裙一色裁，芙蓉向脸两边开”，这两句诗没有一个字提到颜色，但我们的眼前却是一片色彩分明，绿色的荷叶、罗裙，粉红的荷花、少女的脸庞，这红和绿的组合就是自然风景的经典搭配了。你现在明白，为什么绿色衣裙有些人穿着不出彩，但采莲少女穿着它穿梭在“接天莲叶无穷碧，映日荷花别样红”的自然风景中，罗裙又映衬着少女红通通的青春脸庞，就令人眼前一亮，充满自然与人无缝对接的纯美了吧？

请注意，采莲少女的“芙蓉脸”还暗示了民间女子健康活泼的特点，她们的美丽容貌不是像贵族女子用胭脂涂抹出来的妆容，而是自然呈现出来的青春美、健康美。估计像林黛玉那样的病美人，如果看到这样的场景，一定也会对采莲女心生羡慕吧？

顺带说一下，王昌龄的《采莲曲二首·其一》是真的明确描绘了采莲女的美貌：

吴姬越艳楚王妃，争弄莲舟水湿衣。

来时浦口花迎入，采罢江头月送归。

前两句是写采莲少女的美，说她们可以和吴国、越国、楚国最美的美女媲美。后两句是写采莲少女的勤劳，当她们结束了一天的采莲工作时，已经是明月当空了。

好，我们再回到《采莲曲二首·其二》上来。

“荷叶罗裙一色裁”是远景，泛写无边的绿色；“芙蓉向脸两边开”是特写，镜头对准的是采莲少女的青春容颜。视觉的镜头已经由远处慢慢地拉近了。当我们正陶醉在这动人景色当中的时候，诗人却并没有将特写镜头长时间地停留在采莲美少女的脸上。为什么呢？

答案很简单，因为采莲少女是来采莲的呀！换句话说，这是少女的上班时间。“荷叶罗裙”简直就是为采莲这份职业量身定做的最美工作服。正因为她们是来上班的，当然不可能像职业模特儿那样，走到T台的前沿，360度地展示自己的服装和身材，尽量让观众多拍几张美照。采莲少女不是来走秀的，因此她们在我们的镜头里刚出现，就又瞬间消失在我们的镜头外了。上班时间绝不偷懒，她们很快就划着船儿钻进了浓密的荷花丛中，“乱入池中看不见”——她们与荷花、荷叶融为一体，让人再也看不清哪里是人，哪里是花儿了。

你还记得李清照的“误入藕花深处”吧？一个是“误入”，一个是“乱入”，有区别吗？当然有区别！李清照是典型的游客，是因为不熟悉路而“误入”藕花深处。那么，采莲少女既然是来上班的，怎么还会“乱入”池中看不见呢？

你可能差点忘了，我们是观众，是站在旁观者的角度来看的，所以这个“乱”字只是诗人的观感，并不是采莲少女不认识路，乱划一气。这个“乱”字恰恰说明采莲少女很敬业，因为她们争先恐后地划着船、采着莲，唯恐落在了别人后面。这样一种热烈的劳动场面，反而给袖手旁观的观众造成了一种“乱入”的错觉。

既然已经“乱入池中看不见”，作为游客、观众的我们也不要失望，因为高明的导演——诗人王昌龄是不会让我们就这样失望而归的。采莲少女刚刚在我们的视线中消失，我们正觉得有点遗憾和恋恋不舍的时候，更美的一幕却紧跟着出现了——“闻歌始觉有人来”。

最美的风景怎么可能没有最美的声音相配呢？采莲少女的倩影虽然隐没在了田田的荷叶丛中，但她们此起彼伏的歌声却从荷叶深处传了过来，清亮甜美、天籁般的歌声，仿佛清风一般拂过水面、拂过无边的荷叶，好像那亭亭玉立的荷花也随着节奏袅袅起舞。纯视觉的画面，忽然加入了听觉的享受，这才是一次完美的审美体验吧？

“荷叶罗裙一色裁，芙蓉向脸两边开。乱入池中看不见，闻歌始觉有人来。”由远及近的镜头感，由视觉转入听觉的描写线索，这是王昌龄《采莲曲二首·其二》的第一个特点。

第二个特点是什么呢？这就要结合江南水乡特有的民俗风情了。

“采莲”是江南水乡最独特、最完美的风景之一，边采莲边唱歌更是一种流传已久的劳动习惯。至于采莲少女们会唱什么样的歌，就要看不同地方的不同风俗了。

还记得那首著名的乐府诗《江南》吗？“江南可采莲，莲叶何田田。鱼戏莲叶间。鱼戏莲叶东，鱼戏莲叶西，鱼戏莲叶南，鱼戏莲叶北。”初读这首诗的时候，是不是会觉得古代的诗人好偷懒啊，什么东南西北重复四句就成了一首诗，还流传千古？

其实，这样的诗必须把它还原成民歌的本来面貌，我们才能真正地理解它。比如说，一群青春洋溢的采莲少女，她们一边采莲，一边唱着歌儿来缓解劳动的辛苦，让工作变得有乐趣起来。而“江南可采莲，莲叶何田田。鱼戏莲叶间”应该是领唱的少女带头开唱，然后，四散在莲花丛中的采莲女的应和声此起彼伏地紧紧跟上。这边的少女唱“鱼戏莲叶东”，那边的少女唱“鱼戏莲叶西”，南边的少女唱“鱼戏莲叶南”……歌声从四面八方飘过来，热闹却一点儿都不凌乱，这才是民间劳动、民间艺术原汁原味的自然美。

直到现在，南方每到春天采茶的时候，很多地方的采茶女还有边唱山歌边采茶的习惯。漫山遍野的茶树和漫山遍野的歌声，是春天一种独特的美。

王昌龄对这样的江南风景显然是很熟悉的，他虽然是长安人，但他当过江宁县丞，也就是在今天的南京做过一个九品的小官，大概相当于现在的副县长吧；曾经被贬谪到岭南和湖南的经历，使得他比较了解江南的风土人情。所以在他的笔下，江南水乡采莲的动人美景才会如此活灵活现地再现。

不过，我还得补充说明一点，不要以为王昌龄一辈子没当过什么了不起的大官，他笔下的女性就只有像这样“荷叶罗裙一色裁，芙蓉向脸两边开”的民间少女形象。其实，我特别佩服王昌龄的一点就是，无论是什么身份的女性形象，他都能写得非常得体。在他的笔下，民间少女是这么率性活泼，与大自然是如此默契。那么，其他的女性形象，他又写得怎么样呢？

我们不妨再来看看王昌龄的这首《闺怨》：

闺中少妇不知愁，春日凝妆上翠楼。

忽见陌头杨柳色，悔教夫婿觅封侯。

你觉得这首诗写的是哪一类女性呢？

这首《闺怨》写的是贵族女性。从哪里可以看出是贵族女性呢？由两个关键词可以看出来，一个是“凝妆”，一个是“翠楼”。

“凝妆”的意思就是经过了一番精心的打扮。民间的劳动妇女一般不会耗费太多时间和精力化妆，而且这位女性上的是“翠楼”，其实就是青楼。千万不要误以为青楼指的是妓院，其实最早的时候青楼指的是贵族家的闺阁。

曹植的《美女篇》里就写过：“青楼临大路，高门结重关。”青楼甚至还可以指帝王住的地方，只是后来逐渐成为妓院的委婉称呼。

这里大约是因为平仄格律的要求，所以王昌龄用“翠楼”代替了“青楼”，这再一次证明了女子贵族夫人的身份。即便她的夫君不在身边，为了功名事业不得不远行奔波，但她还是会“凝妆上翠楼”。

再来看一首王昌龄著名的《长信秋词五首·其三》：

奉帚平明金殿开，且将团扇共徘徊。

玉颜不及寒鸦色，犹带昭阳日影来。

这首诗写的又是哪一类女性呢？很显然，写的是后宫妃嫔，皇帝的女人。

“昭阳”本来是汉成帝宠妃赵飞燕的妹妹住的昭阳舍，“日影”则是象征皇帝。所以，这是写一位失宠的后宫妃嫔，眼看着别的宠妃圣眷优渥，自己却只能孤芳自赏，难免产生自怨自艾的情绪。正因为是后宫女子，因此与她的身份相符的就是“金殿”这样的皇家气派了。

你看，无论是天真活泼的民间少女，还是端庄矜持的大家闺秀，甚至是养尊处优的后宫妃嫔，在王昌龄的笔下，都能显示出符合各自身份的独特美感。这就是王昌龄的高明之处，无论描写过多少女性，他总是能挖掘出她们与众不同的美。

这说明了什么呢？说明女性美是王昌龄诗词最重要的题材之一，而且他善于发现不同女性具有的不同魅力。当然了，女性美其实也是诗人共同钟爱的话题，比如杜甫写他妻子的美：“香雾云鬟湿，清辉玉臂寒”（《月夜》）；比如白居易写他初恋情人湘灵的美：“娉婷十五胜天仙”（《邻女》）；比如汉代著名歌手李延年写他妹妹李夫人的美：“一顾倾人城，再顾倾人国”（《佳人歌》）……女性美从来都是诗歌永恒的话题之一。

不仅仅中国诗歌是如此，西方的诗歌更加不吝惜对女性美的赞美。例如，《荷马史诗》里的海伦，还有但丁《神曲》里的贝雅特丽丝出现时带给诗人的震撼：“一位贵妇在我面前出现，她头缠橄榄枝叶，罩在洁白的面纱上边，在绿色的披风下面，身着的衣衫颜色宛如鲜红的火焰。尽管那么多的时间已经过去，一旦见到她，我的精神仍只是惊愕不已……”

女性从来都是这个世界中的美的重要组成部分，尤其在极具审美眼光的诗人笔下，女性美更是散发出无与伦比的魅力。无论是民间少女的俏皮可爱，还是贵族女子的端庄矜持；无论是知识女性的优雅智慧，还是劳动女性的率真朴实。

此外，女性同样也可以成为审美的主体，例如魏晋时候的大帅哥潘安、卫玠出行的时候，不就常常引起女性围观嘛！连杜甫都夸过他俩的美貌：“恐是潘安县，堪留卫玠车。”（《花底》）唐代著名的女诗人鱼玄机笔下也出现过美男形象：“自能窥宋玉，何必恨王昌。”（《寄李亿员外》）“宋玉”和“王昌”都是古代著名的美男子。当然，比起描写女性美的诗词，写美男子的作品就实在是小巫见大巫了。

身为女性，追求美无可厚非。这和本来的长相没有必然的关系，因为良好的气质和亲和的个性，一定会成为女性由内而外散发的美，这样的美会让人忘记相貌的瑕疵，会挣脱时光摧残的魔咒，随着年龄的增长而散发出历久弥新的醇香。

就像王昌龄笔下，无论是采莲少女“荷叶罗裙”那样朴实天然的美，还是贵族少妇那样春日凝妆的端庄之美，出于本性，归于自然，那就是最美的自己。我们当然成不了海伦或李夫人那样的绝代佳人，但如果我们换一双诗意的眼睛来看自己、看身边的这个世界，或许我们对美的追求会更执着一些，美在我们的身上也会停留得更持久一些。

王维：

有酒、有剑，策马扬鞭（《少年行四首·其一》）

一眼千年，当我们沉浸在诗词的永恒魅力之中时，虽然时光一如既往地匆匆流逝，但我们的心灵却是青春不老，心中红颜犹在。所以，这一篇我和大家分享一首和青春红颜有关的唐诗——王维的《少年行四首·其一》：

新丰美酒斗十千，咸阳游侠多少年。
相逢意气为君饮，系马高楼垂柳边。

这首诗的风格是不是感觉和我们印象中的王维的诗歌的风格不大一样？

我们一般都会认为王维大概是盛唐诗人里最“佛系”的那个，他那些广为流传的诗句，如“行到水穷处，坐看云起时”（《终南别业》），“明月松间照，清泉石上流”（《山居秋暝》），“人闲桂花落，夜静春山空”（《鸟鸣涧》）等，好像都蕴含着一派悠闲恬静的禅趣，显示出一种宠辱不惊、物我两忘的境界。

但是我们别忘了，除了这些“佛系”的诗篇，王维也写过“大漠孤烟直，长河落日圆”（《使至塞上》）这样开阔的边塞诗，写过“独在异乡为异客，每逢佳节倍思亲”（《九月九日忆山东兄弟》）这样深情的亲情诗，以及“相逢意气为君饮，系马高楼垂柳边”这样侠气逼人的游侠诗。

这样的王维也是真实的王维。读王维的诗集，我甚至产生了这样一个观点：如果要问哪一位诗人最能将盛唐文化的各种特质集于一身，我首先想到的竟然不是李白、杜甫，而是他——王维。

盛唐文化最重要的特质究竟是什么？我想到的答案是两个词——“开放”“包容”。只有一个充满文化自信的时代才能有这样开放、包容的胸襟，而开放包容的主要特点就是文化气质的多元化。

生活在盛唐的诗人，通往成功的道路有无数条：你可以漫游边塞，也可以幽居山林；你可以傲立朝廷，也可以漂游江湖；你可以在刀光剑影中杀出一条拜将封侯的光辉道路，就像高适；你也可以身居高位，指点江山，描绘盛世蓝图，就像张九龄；你可以像李白那样信仰道教，也可以像王维一样崇尚浮屠，当然更可以像杜甫一样忠实于儒家理想，你还可以在“丝绸之路”上用国际视野展望世界与未来……这真是一个让人心潮澎湃的时代。而王维就是这个时代的一个缩影，因为在他的诗歌里，既有盛世繁华，也有心灵私语；既有驰骋边塞的豪情，也有隐居山林的悠闲；既有忠君爱国的执着，也有洞察世事的超然……他的身上，真的有集道家的自然、佛家的超脱与儒家的执着于一体的气质，这难道不是盛唐文化自信、开放与包容的最佳缩影吗？

而这首《少年行四首·其一》，又让我们看到了一个少年般意气风发的王维，同时也看到了少年般青春飞扬的盛唐气质。王维的《少年行四首》虽然很有名，但并不是唯一使用过《少年行》这个诗名的组诗。换句话说，《少年行》这个诗名并不是王维的原创，而是乐府杂曲歌辞的名字，原来的名称为《结客少年场行》，最早源于三国时期曹植的《结客篇》："结客少年场，报怨洛北芒。"诗歌写的就是那种轻生重义、快意恩仇、慷慨激昂追求建功立业的少年侠客。其后，南朝的鲍照、北周的庾信，都写过同题的诗歌，例如，鲍照的《代结客少年场行》中有"骢马金络头，锦带佩吴钩。失意杯酒间，白刃起相仇"的句子，少年任侠之气扑面而来；庾信的《结客少年场行》中也有"结客少年场，春风满路香。……隔花遥劝酒，就水更移床"这样洒脱豪迈的少年侠客形象。

到了唐代，写少年游侠题材的诗歌更多，诗名多作《少年行》，有时候也会在诗名前加上地名，例如《长安少年行》《邯郸少年行》，等等。

除了王维，李白、杜甫、王昌龄、张籍等著名诗人，甚至连和尚诗人贯休也写过《少年行》组诗。这么多一流诗人都写过《少年行》，塑造的都是少年游侠的形象，虽然风格各有不同，但这些少年游侠除了无一例外都年轻帅气、生猛勇武，还具备三大共同的基本元素：马、酒、剑。

既然是游侠，当然首先少不了漫游天下最重要的交通工具，也是最帅气的交通工具——马。所以杜甫的《少年行三首·其三》一开始就说“马上谁家白面郎”，李白的《少年行二首·其二》一开始也说“五陵年少金市东，银鞍白马度春风”，王昌龄的《少年行二首·其二》一开始当然就是“走马远相寻，西楼下夕阴”，还有贯休的《少年行三首·其三》中的“马上黄金鞍”，等等。有时候，我会忽然产生一种奇思妙想，若是将所有这些诗人《少年行》中的少年游侠全部聚集在一起，一色的英武少年、一色的金鞍银镫、一色的锦帽貂裘，那在阳光下该是何等耀眼、何等醉人哪！这就是我们心驰神往的唐朝少年吧！

其实，我这样的想法也算不上是什么“奇思妙想”，因为王维的《少年行四首·其一》和我的想法就不谋而合。

你看他是怎么写的：“咸阳游侠多少年。”“咸阳”当然是代指长安，所以王维不是写一位、两位长安的少年游侠，而是“多”少年，这是长安少年游侠的群像，是一群鲜衣怒马的白马王子啊！当然，这首诗中的白马王子暂时没有骑在高头大马上，而是“系马高楼垂柳边”，显然，马暂时处于休息状态。那么，少年们都干什么去了呢？

这就要说到唐诗中少年游侠的第二大共同元素——酒。侠客豪情岂能少了烈酒助兴？你看李白笔下的《少年行二首·其二》：

“落花踏尽游何处，笑入胡姬酒肆中”，杜甫的《少年行三首·其三》：“不通姓氏粗豪甚，指点银瓶索酒尝”，王昌龄的《少年行四首·其二》：“夜阑须尽饮，莫负百年心”，张籍的《少年行》：“百里报仇夜出城，平明还在倡楼醉”……

真是痛快啊！这些少年游侠，也许来自五湖四海，以前从来没见过面，以后会不会再见面也未可知，但他们丝毫不在意，他们的相聚就是这么豪爽，连彼此的姓名都不用问，就在路旁的酒肆中，要上最好的美酒，痛饮一番，再潇洒挥别。萍水相逢，又各奔东西，再度浪迹天涯。

有少年游侠的地方必然有烈酒相伴，所以王维才会这样写：“新丰美酒斗十千，咸阳游侠多少年。相逢意气为君饮，系马高楼垂柳边。”这一群来自四面八方的少年游侠，为什么会将他们的坐骑系在柳树上呢？因为是“新丰美酒”让他们闻香下马了。

“新丰”是地名，汉高祖刘邦置新丰县，就在今天的陕西临潼县北。据说刘邦定都关中，他的老父亲住在长安深宫之中，思乡情切，闷闷不乐，刘邦就按照故乡丰邑的样子改造了街巷房屋，还迁来丰邑的乡民，改称“新丰”。太上皇很高兴，就住在新丰，天天和父老乡亲们欢聚饮酒，再也不会因为思念故乡而长吁短叹了。于是在后来的诗词中，“新丰”就成了贵族聚会宴饮或者富贵之后与故人欢聚叙旧的代名词。

“新丰”还有另外一层含义——一个镇名。新丰在今天的江苏丹徒，据说这里盛产名酒，于是诗文中常用“新丰”泛指美酒的产地。李白就写过“南国新丰酒，东山小妓歌”（《出妓金陵子呈卢六四首·其二》）的诗句。

王维这里写的“新丰美酒斗十千”应该是泛指美酒，“斗十千”化用的是曹植的诗句：“归来宴平乐，美酒斗十千。”（《名都篇》）李白的《将进酒》也化用过这两句诗：“陈王昔时宴平乐，斗酒十千恣欢谑。”

“新丰美酒斗十千，咸阳游侠多少年。”新丰美酒的浓香，让这一群少年游侠聚集在长安城边。相逢是缘，虽然彼此不知道对方来自何方，要去向何处，姓甚名谁，但这些都不重要。“新丰美酒”对“咸阳游侠”，这样的少年郎，酒气与侠气集于一身，凭着相同的气味，他们就成了英雄不问来处的知己。

一见如故，相见恨晚，说的就是这样的相聚吧？

“相逢意气为君饮，系马高楼垂柳边。”“高楼”在这里多半是指豪华的高档酒楼，这里有名贵的新丰美酒。被名贵的新丰美酒吸引而来的鲜衣怒马的少年游侠们，浑身上下充斥着“沧海一声笑，滔滔两岸潮”的意气风发！

请大家闭上眼睛想象一下那个让人热血沸腾的场景吧，一幢富丽堂皇的酒楼，醇美的酒香在空气中飘溢，酒楼前的林荫道旁，一行粗壮的垂柳上，拴着一溜的高头白马，一色亮锃锃的金鞍银镫，白马旁边侍立着一色的衣着光鲜、英武不凡的少年随从，而他们的主人——那些更加年轻英武的少年，正在酒楼里狂歌痛饮，他们不拘一格的纵情欢笑，和着浓烈的酒香，在空气中尽情发酵、发酵……

千载以后的我们，每当读到这样的诗篇，是不是也情不自禁地醉了呢？思绪是不是也情不自禁地回到了那个青春飞扬的少年时光呢？

“新丰美酒斗十千，咸阳游侠多少年。相逢意气为君饮，系马高楼垂柳边。”我喜欢这样的少年郎，我更向往这样自信又狂放的盛唐风采！

当然，诗解读到这里，似乎已经解释完了，但细心的你，也许还会有一个疑问：不是说少年游侠应该有三个共同元素吗？现在才说到两个——酒和马，那第三个怎么没有出现呢？

是的，第三大元素是“剑”。李白的《少年行二首·其一》里有剑：“击筑饮美酒，剑歌易水湄。”王昌龄的《少年行二首·其二》里也有剑：“结交期一剑，留意赠千金。”没有随身宝剑，比如说龙泉剑、太阿剑、干将剑、莫邪剑之类，又如何能够体现出少年游侠的身手敏捷、武艺高强呢？

的确，剑，这最重要的元素之一并没有出现在王维的这首《少年行四首·其一》中，但是你别急，王维笔下的少年游侠虽然没有随身佩带宝剑，但他们随身携带的，有另外一种武器——弓箭。

《少年行四首·其一》是王维《少年行四首》的第一首，也只是少年游侠传奇故事的一个开场序幕而已，真正的《少年行》传奇还在后头。我们不妨来读一读王维《少年行四首》的其他三首。

其二

出身仕汉羽林郎，初随骠骑战渔阳。

孰知不向边庭苦，纵死犹闻侠骨香。

其三

一身能擘两雕弧，虏骑千重只似无。

偏坐金鞍调白羽，纷纷射杀五单于。

其四

汉家君臣欢宴终，高议云台论战功。

天子临轩赐侯印，将军佩出明光宫。

这三首《少年行》，我就不逐句解释了，但大致的故事情节是很清晰的。这一群少年游侠聚集在咸阳，在相逢痛饮之后，他们将去往何方呢？这三首诗就是答案。

原来，这不是一般的快意恩仇、笑傲江湖的侠客，而是准备到边疆去杀敌报国的少年壮士。“羽林郎”本来是指汉代的禁卫军，“羽”指的是国家之羽翼，“林”指的是如林之茂盛。汉代以后，历代禁军常设羽林军，唐代有左右羽林军，这是国家最精锐的部队，也是由最高贵的世家子弟组成的。但这些少年郎并非纨绔子弟，而是练就了一身武艺。他们能够驰骋疆场，挽强弓、射长箭，百发百中；他们出生入死，为了边疆安定不惜背井离乡。原来这些“相逢意气为君饮”的少年郎，并不是只图自己的一时快活、恩怨情仇，他们的弓箭，对准的不是私人仇敌，而是入侵国家的敌人，他们的胸中始终充盈着家国情怀。“孰知不向边庭苦，纵死犹闻侠骨香”，这和“醉卧沙场君莫笑，古来征战几人回”的视死如归简直如出一辙。

这才是真正的盛唐风采！这才是真正的少年侠士！当这些少年凯旋的时候，连天子都要亲自为他们设宴庆功，让他们拜将封侯，要赐予他们这个世界上最耀眼的荣华。这才是真正的不负少年、不负青春的无上荣光。

其实，王维不仅仅写过《少年行》，他还写过《老将行》，还有“少年十五二十时，步行夺取胡马骑”“一身转战三千里，一剑曾当百万师”的诗句，同样表达了盛唐时代少年侠士赴边报国的慷慨激情。

原来，在王维的笔下，不是只有“中岁颇好道，晚家南山陲”的“万事皆空”，更有这种“相逢意气为君饮”“纵死犹闻侠骨香”的豪情壮志。

“新丰美酒斗十千，咸阳游侠多少年。相逢意气为君饮，系马高楼垂柳边。”

有马、有酒、有剑（箭），有一位白衣少年，扬鞭策马，回眸一笑，绝尘远去。那个笑容，比阳光更明媚；那个眼神，比秋波更清澈；那个背影，比火焰更耀眼。那是我心中的盛唐，也是我心目中的青春。

青春不会远去，少年仍会归来。

王维：

生活好像是雨天撑出一把伞（《终南别业》）

我们继续分享盛唐山水田园诗派的领袖王维的诗。王维毫无争议应该是大唐顶尖的一流诗人之一，他有太多的诗句是我们从小就背得滚瓜烂熟的名句，像“独在异乡为异客，每逢佳节倍思亲”（《九月九日忆山东兄弟》），“劝君更尽一杯酒，西出阳关无故人”（《送元二使安西》），“红豆生南国，春来发几枝”（《相思》）等。我们来看一下王维的另外一首代表作《终南别业》：

中岁颇好道，晚家南山陲。
兴来每独往，胜事空自知。
行到水穷处，坐看云起时。
偶然值林叟，谈笑无还期。

这首诗里同样有两句大家耳熟能详的经典名句：“行到水穷处，坐看云起时。”为什么有那么多人喜欢这两句诗呢？这两句诗又到底好在哪里呢？

我觉得，答案就是这两个字——“随意”。

真的，看上去，这两句诗写得很随意，反映出诗人的状态很随意，而我们读了之后的情绪感觉更是随意。你看，“行到水穷处”的这个“行”字，就是一种随随便便、漫无目的地走，因为走得很随便，所以一不小心走到了水流的尽头，这才发现，原来前面已经无路可走了。无路可走也不着急，随随便便就地坐下来，看看山那边浮起的白云，也不知道云是从哪里飘过来的，要飘到哪里去，不过诗人也不关心，因为这个时候的他，和白云一样，都是这么随随便便、漫无目的。

那么，这种随随便便、了无牵挂的状态，为什么还会让今天的我们产生一种心有戚戚的共鸣感呢？我想，也许是因为生活给我们带来了太多的紧张感，甚至压迫感，我们越是向往那种兴之所至、随心所欲的状态，就越是发现我们离那种随便的状态越来越远。尤其是中年人，在家里上有老下有小，在单位里是顶梁柱，既少了青年人那种不顾一切、勇往直前的激情，又没有老年人那种洞察世事的睿智与从容，中年人的焦虑感可能超过了任何一个年龄阶段。

可是王维却树立了中年人的另外一种生存智慧。注意，王维在这首诗一开始就说是“中岁颇好道”，说明他也是从中年开始对凡尘俗世的生活产生了焦虑感，甚至厌倦感，于是更加追求“道”。不过，这里的道可不是李白信奉的道教的那个“道”。

王维和李白不一样，王维是虔诚的佛教徒，所以他信奉的“道”指的是佛教的信仰。连王维的名字都显示出这种信仰。王维，字摩诘，他的名和字合起来就是维摩诘，恰好是一部佛经的名字，这当然不可能是巧合，而是王维佛家信仰的体现。

王维和李白同龄，都出生于701年，两个人成名都很早。王维十五岁的时候“北漂”到了京城长安；十七岁那年就写下了名扬天下的《九月九日忆山东兄弟》：“独在异乡为异客，每逢佳节倍思亲。遥知兄弟登高处，遍插茱萸少一人。”二十一岁的时候进士及第，正式进入了仕途。

李白呢，二十多岁的时候离开四川，开始漫游天下，一路诗名震天下。天宝元年，唐玄宗令李白供奉翰林的时候，王维正在朝廷任左补阙，迁库部郎中，多次侍驾，为唐玄宗写过应制诗，跟同事也有诗歌唱和往来。这两位当时的一流诗人齐聚京城，而且都是交游极广的人，例如王维与孟浩然、张九龄和王昌龄等都是极为亲密的关系，这些诗人同时又都是李白的至交好友，可是偏偏没有任何证据证明王维与李白有过任何形式的私人交往。这真的不能不说是大唐诗坛关系网上最让人觉得遗憾的了。

至于王维和李白为什么同在一个时空活动，却偏偏老死不相往来，还真有不少的猜测。最离谱的猜测说，是因为王维和李白都仰慕唐玄宗的妹妹玉真公主，因此两人是情敌关系，那当然是水火不容了。但这个猜测着实太离谱，我个人倒觉得，最主要的原因可能还是两个人的个性与信仰相差太远。不过，信仰的差异还不足以让两个人如此势同水火，他们不交往的更主要的原因，还在于个性差异。

李白个性豪迈不羁，为人充满激情，诗歌风格整体上也倾向于华丽壮美，而王维个性淡泊宁静，为人平和优雅，诗歌风格整体上倾向于平淡静美。两个人性格差异实在太大，很可能大到李白不屑于王维的宁静优雅，而王维也不喜欢李白大大咧咧的那股闹腾劲儿。

你看，李白好酒，恨不得每次酒局都极尽奢华之能事，酒友也都和他一样狂放洒脱，就算偶尔没人陪他喝酒了，他一个人也要制造出热闹的氛围来，这才会有“举杯邀明月，对影成三人”这种奇妙的酒局。

王维则好静，因此他才说：“中岁颇好道，晚家南山陲。兴来每独往，胜事空自知。”他喜欢独来独往，而且还很享受这种安静的状态。

但这种独行客似的状态，其实也不是王维的天性。青少年时期的王维可是和李白一样“欲上青天揽明月”的。

十五岁，王维离开老家蒲州（今山西永济），来到京城；十九岁，赴京兆府试，中举；二十一岁，状元及第后正式进入仕途，官授大乐丞。他简直就是少年得志的典范了，这样的王维又怎么会变成一个看破红尘的佛教徒呢？而且从他的生平经历来看，他的事业大致是顺风顺水的。初入仕途的王维得到了张九龄的赏识，在官场上一路晋升。

这样的人生在开元二十四年（736年），也就是王维三十六岁的时候发生了转折。这一年，张九龄被罢相，第二年被贬为荆州长史；四十岁那年，也就是开元二十八年，他最敬重的张九龄去世，同年，他最欣赏的好朋友孟浩然去世。这两位朋友的相继离去对王维的触动相当大。从此，张九龄的时代正式结束，朝堂进入了奸臣李林甫的时代，坚守着一份正义的王维显然与之格格不入；而孟浩然的突然离世，也让王维感叹世事如浮云苍狗，那种世事无常的虚幻感变得更加强烈。

我想，也许正是从四十岁这年开始，王维也遭遇了空前的“中年危机”吧。青年时期那种意欲改变命运甚至改变一个时代的豪情壮志，好像真的被无情的现实消磨了，这让他茫然失措，甚至灰心丧气。这种改变的一个重要表现是，他虽然仍在朝廷任职并且按部就班地往上晋升，却开始有意识地疏离日渐昏暗的朝廷了。大约正是从四十岁开始，他“晚家南山陲”，在长安附近的终南山过起了半隐居的生活，后来又隐居到了蓝田辋川。

当然，当了二十来年的朝廷官员，王维的经济状况应该并不太差，所以他和东晋的隐士陶渊明不一样。陶渊明是真穷，穷到不得不亲自率领家人种地为生。“晨兴理荒秽，带月荷锄归”（《归园田居·其三》）是陶渊明的隐居状态，他的生存的压力还是蛮大的。而王维的隐居则是从容闲雅的，他甚至还有自己的别墅，比如那两句写山水田园风光的名句“漠漠水田飞白鹭，阴阴夏木啭黄鹂”，写的就是辋川别业，诗名就叫《积雨辋川庄作》。

终南山和辋川的风景都非常优美，尤其是终南山，更是不少盛唐文人都向往的生活隐居之地，关于这个地方甚至还形成了一个著名的说法，叫作“终南捷径”。唐代有个读书人叫卢藏用，中进士后隐居在终南山中，有计划、有目的地宣传自己，后来果然被朝廷征召，做了大官。此后，人们就将成名的这条捷径称为“终南捷径”了。为什么唐代读书人包括李白，都愿意选择终南山作为暂时的隐居之地，作为将来飞黄腾达的捷径呢？

当然，首先是因为便捷的地理位置。终南山就在长安边上，交通、通信都极为便利，朝廷的任何风吹草动都可以及时传达过去，所以住在终南山完全可以做到身在山林、心系朝堂。

其次是因为终南山风景非常优美，是盛唐时期许多达官贵人营建别墅的最佳选择。所以隐士名义上是隐居，实际上一点都不与世隔绝，可以接触到的社交圈是当时最高级别的。

唐代的都城在长安，以洛阳为东都。如果皇帝住在长安，那些想成名的隐士就会选择隐居在终南山；如果皇帝住到洛阳去了，隐士们就会跟风住到洛阳附近的嵩山。唐朝的终南山和嵩山既是贵族聚居之地，也是隐士们扎堆的地方。前面提到的唐玄宗的妹妹玉真公主，在终南山就有自己的别墅。

连王维这样的人也未能免俗，他早年也曾隐居在嵩山，这其中当然也有这样的世俗考虑。不光是王维，李白也先后在嵩山、终南山隐居过，真正的目的也还是想走所谓的“终南捷径”，迅速建立起自己的上流社会交友圈。

但我觉得，中年以后的王维隐居终南山，和那些包括李白在内的，想走“终南捷径”的人毕竟是不同的。那些假隐士是想营造出一种高洁正直的假象，从而获得朝廷的注意乃至封官晋爵，真正的目的是非常功利、非常现实的，是“醉翁之意不在酒”。但王维是成名之后才选择到终南山隐居的，他的目的不是追名逐利，恰恰相反，他是对于政治斗争、追名逐利产生了真正的厌倦，尤其是看到张九龄这样的正直之士被贬斥，李林甫这样的奸臣权倾朝野，他更是心灰意冷，这才选择了半隐居的生活。

这样看来，王维的“中岁颇好道，晚家南山陲”才是真正意义上的隐居。因为他和那些假隐士不一样，他是经历过繁华热烈，看淡了功名富贵，能够真正静下心来，享受一个隐士远离尘世的安静与淡泊，也欣赏终南山最本色、最优美的风光的。“兴来每独往，胜事空自知。”他不再需要前呼后拥的热闹，任何时候只要兴致一来，他就能独自一人信步走在山路上。虽然优美的风景、怡然的心情，都没有人与他分享，但他毫不在意，因为在他眼里，山山水水都是和他心意相通的。他能欣赏山水的自然之美，而山水也懂得他无拘无束的自在。此时此刻，他的心灵和山水的灵魂完全是融为一体、不分彼此的。

正因为完全放下了对世事的挂碍，让自己的心灵回到一片清澈空灵的境界，诗人才能够随性而往，不追问来处，也不在意去处。“行到水穷处，坐看云起时。”有路可走的时候信步而行，走到没路可走了就席地而坐，至于风景，也是看到什么就是什么，不去刻意地寻找什么最佳观赏角度，更不会刻意地去找背景、摆姿势晒朋友圈。随意就好，山水是随意的，人也是随意的。

王维正是这样。有心意相通的朋友来访，也好，他们可以一起“弹琴赋诗，啸咏终日”。没有朋友到访的时候，他独来独往，也好，因为山山水水、动物、植物都是他的好朋友。

王维是这样，他有几位相交甚密的知己也是这样看待他的，比如王维有一位相交数十年的朋友叫裴迪，在王维隐居终南山和辋川的时候他们的来往更加密切。王维写过一首很有名的《鹿柴》：

空山不见人，但闻人语响。
返景入深林，复照青苔上。

这首诗写的也是山林的幽静。没有人的踪迹，只有若有若无的说话声不知道从哪里传过来，几抹阳光透过浓密的树叶，照在青苔上，那一抹光亮与深山老林的幽暗形成了光与影的对比，简直是“诗中有画，画中有诗”的完美写照。

在这首《鹿柴》里，树林、青苔、阳光，以及辨认不清的人声，都是王维心灵世界里最亲密的朋友。

而裴迪显然是很懂王维的人，所以他也写了一首《鹿柴》，呼应王维的这一份宁静与悠然：

日夕见寒山，便为独往客。

不知深林事，但有麏麚迹。

王维说“空山不见人”，裴迪就说“但有麏麚迹”，看来这个“鹿柴”果然是群鹿出没的地方。在这样一个人迹罕至、鹿迹遍地的地方，寒山、深林、独往客，光与影的交错，构成了人与自然的和谐关系。

在王维的笔下，自然是最静默也是最伟大的。和自然同样静默和伟大的，是纯净的心灵世界。

把自然交还给自然，让人心守住自己的纯净，这大约就是中年以后的王维所追求的一种境界吧。“行到水穷处，坐看云起时。”云起云落，就是一种自然的本色。在自然界的风景中，大概只有云是最姿态万千却又最随心所欲的了。

我们经常说“行云流水”，这个词常常用来形容文章、书法等自然流畅、无拘无束的状态。不过云和水比起来，显然还是云更自由，水还有源头、有尽头、有流向，云却完全没有固定的形态，随性而来，随意而往。这种绝对自由的状态，才是王维真正向往的人生境界，所以他才会看似随便，实则感慨至深地写下了“行到水穷处，坐看云起时”这两句诗。

每次读到“行到水穷处，坐看云起时”这两句时，我总是不由自主地想起陶渊明的“采菊东篱下，悠然见南山”。虽然陶渊明的南山和王维的南山不是同一个地方，但这两位诗人的悠然状态、自由境界却是如此神似，你并没有刻意追求什么，但呈现在你面前的就是最美的状态。

在这种绝对自由的状态中，王维也并不排斥人的存在："偶然值林叟，谈笑无还期。"在山林深处，让王维欢喜遇见的，并不是住在终南山豪华别墅里的那些达官贵人或者是等待着不鸣则已，一鸣惊人的假隐士，而是普通的，甚至可能连名字他都不知道的山林野老，也正因为这样的山林野老和王维的常规社交圈毫无交集，王维才会毫不设防、百无禁忌地和他随意谈天说笑，开心得甚至忘了回家的时间……

真的，在这首诗中，一切都是那么偶然、那么随意。偶然走在一条随便什么样的山路上，偶然走到一处随便什么样的地方，偶然地坐下来，偶然看到了云，偶然碰到了人，偶然说到了开心的地方，偶然忘记了时间……

因为不刻意，这一系列的偶然才会营造出一份悠然自得的美好意境。

但王维的中年生活真的这么悠然自得吗？

我可以很负责任地说，王维的中年生活虽然说不上焦头烂额，但也绝不像我们看上去的那么悠闲自在，而是恰恰相反。

当然，你也许会哼一声说，王维是高官，拿着高薪，住着别墅，欣赏着山水田园的自然美景，工作、享受两不误，他当然能够“行到水穷处，坐看云起时”，他哪儿来像我们一样的中年危机感？

其实不然。王维是一个很有正义感的官员，既然奸臣当道，他又不愿意同流合污，那就只能选择洁身自好。然而他又没有辞职退隐的经济实力，因为他奋斗到中年才终于能够买到人生的第二套房，可以让他在选择半官半隐之后有一个栖身之处，但他还远远没有富裕到那种“千金散尽还复来”的地步。

事实上，他和许多没有什么强大靠山、背景的普通公务员一样，收入并不高，日常生活也相当简朴，他需要一份稳定的收入来维持家庭生活，一旦辞职，他的整个家庭就会陷入贫困的境地。他自己也承认过：“小妹日成长，兄弟未有娶。家贫禄既薄，储蓄非有素。几回欲奋飞，踟蹰复相顾。”（《偶然作》之四）你看，作为一个家庭的顶梁柱，王维真是一个很有家庭责任感的人，他虽然向往绝对自由，但他真做不到只追求自己一个人的随心所欲，想做官就做官，想辞职就辞职。他有一大家子需要养活，需要他来提供比较好的生活环境，需要他来铺垫未来的人生道路……我想，这也是王维最终不能像陶渊明那样骄傲地辞职、彻底归隐的主要原因。

其实，当年的陶渊明，又何尝不是因为养家糊口的压力，几度归隐，却又几度不得不被迫出仕呢？

此外，我还得补充一点，王维中年丧妻，他却坚持不再续娶，“孤居三十年”（元代辛文房《唐才子传》），在那样的年代，这样的人生选择既很异类又很沉重。也难怪，在王维的笔下，很少看到浮华的热闹以及浮夸的富贵，他的诗仿佛从来都是一颗孤独的灵魂和一处静默的自然邂逅、交汇、倾心相对，也许这样的相处才是王维最珍惜的自由。

“终南别业”对王维的意义绝对不只是中年职场人士的第二套房，也不只是一个小康家庭的财富象征，它更是王维对抗中年危机的灵魂栖息地，亦是他超越自我的精神家园。

其实，何止是王维需要这样一片宁静、悠然的家园，我们每个人都需要自己心中有一处“终南别业”。说到这里，我想起了我的老乡——女性画家蔡皋的一句话：“生活好像是雨天撑出一把伞。”是的，即便雨一直在下，你也必须为自己的生活撑开一把伞。在伞下，你要用一颗从容的心、一双清澈的眼，安静地观察这个似乎凌乱的世界。也许生活曾经企图将你浇成狼狈的“落汤鸡”，但只要你顽强地撑起那把伞，生活终究会还给你一份“行到水穷处，坐看云起时”的随意与自在。

李白：

家才是你值得托付一生的依靠（《长干行二首·其一》）

说起李白，你是不是会马上想起“天生我材必有用，千金散尽还复来”（《将进酒》）的豪迈？是不是会想起“安能摧眉折腰事权贵，使我不得开心颜”（《梦游天姥吟留别》）的傲骨？是不是会想起“举头望明月，低头思故乡”（《静夜思》）的忧郁？当然，还有像“桃花潭水深千尺，不及汪伦送我情”（《赠汪伦》）这样“全民偶像”“国民好朋友”的身份标签……

是的，这些诗句说的的确都是李白，但李白的身份标签可能远比我们认为的还要丰富得多。

这一篇我们要分享的，是一个细腻温柔的“暖男”李白。这样的李白就出现在这首《长干行二首·其一》中：

妾发初覆额，折花门前剧。郎骑竹马来，绕床弄青梅。
同居长干里，两小无嫌猜。十四为君妇，羞颜未尝开。
低头向暗壁，千唤不一回。十五始展眉，愿同尘与灰。
常存抱柱信，岂上望夫台。十六君远行，瞿塘滟滪堆。

五月不可触，猿声天上哀。门前迟行迹，一一生绿苔。

苔深不能扫，落叶秋风早。八月蝴蝶来，双飞西园草。

感此伤妾心，坐愁红颜老。早晚下三巴，预将书报家。

相迎不道远，直至长风沙。

这是一首乐府诗，我们在乐府诗中经常可以看到“……歌”“……行”这样的题目，歌、行都是乐府诗体的一种。既然是乐府诗，顾名思义，当初都是可以配合音乐演唱的，音节、格律都相对比较自由，五言、七言、杂言等各种形式都有。《长干行二首·其一》就是一首五言的乐府歌行体。李白特别喜欢写这种乐府诗。据学者统计，在唐代诗人中，李白是写乐府诗最多的诗人。

《长干行二首·其一》并不是李白诗集中最最有名的那首，但它贡献了两个非常有名的成语——“青梅竹马”“两小无猜”，直到现在我们的口语中还经常使用。我顺便自曝一个小小的“隐私”，我幼年时生活的地方就叫作“竹马塘”，当时不知道这个地名有多浪漫，后来读了李白的诗才知道，原来我成长的地方这么有文化底蕴。

这首诗和我们熟悉的李白的其他诗有哪些不一样的地方呢？

第一，角度不一样。我们刚才提到的那些诗句，像“天生我材必有用”之类，都是从诗人的角度出发来写的。也就是说，诗里面出现的第一人称“我”，完全可以理解为李白自己。可是这首《长干行二首·其一》的第一句就是“妾发初覆额”，“妾”，显然是女性对自己的一种谦称，这首诗从头至尾都是以一位女性的口吻来讲述故事、抒发感情的。

第二，情绪不一样。我们通常认为李白的风格偏向于豪放、飘逸、洒脱不羁。可这首诗却显得那么缠绵哀婉，女主角每一次情绪变化都是丝丝入扣，细腻、微妙。身为男性诗人却能将女性的情感刻画得那么真切、动人，看来，李白不仅是“国民好朋友”，他还有着成为“国民男闺密”、超级“暖男”的潜质。

第三，身份不一样。这个身份指的是李白自己的身份。我们通常将李白定义为一个浪漫的诗人，其实李白性格比较复杂，经历也很丰富，他的朋友圈更是庞大。因为他信奉道教，所以除诗人朋友圈之外，他还有一个道士朋友圈；因为他为人豪侠，于是又有一个武侠朋友圈；他有过从政经历，必然会有政界朋友圈；像李白这样男神级的人物，肯定还会有一个美女朋友圈……除这些朋友圈之外，李白还会对哪个圈子的人最为熟悉呢？

我觉得，李白还有一个不太被人知道的朋友圈，但这恰恰是李白最熟悉的一个朋友圈，我先卖个关子，到最后再来揭晓谜底。

我们先来看一下，诗中的女主角到底经历了什么。

这首诗故事性很强，它通过女主角的自述，完整地讲述了她从童年到少女再到少妇的成长过程。根据她的这三个人生阶段，这首诗也可以划分成三个层次，每个层次我都用诗中的一个字来代表这个阶段的核心思想。

第一个层次，女主角的童年，关键字是“折花门前剧”的“剧”字。

“剧”就是游戏、嬉戏的意思。西晋诗人左思在写自己的幼女贪玩时说道：“玩弄眉颊间，剧兼机杼役。”（《娇女诗》）谁还没有个贪玩的童年呢？这位女主角当然也不例外。“妾发初覆额，折花门前剧。”她的刘海刚刚盖过额头，还是个黄毛丫头时，手里拿着刚摘的野花，正在自家门口玩耍呢。这个时候，男主角登场了，同样是个乳臭未干的黄毛小子：“郎骑竹马来，绕床弄青梅。”这小子骑着竹马就冲了过来。竹马，不知道你小时候有没有见过男孩子玩，我是见过的。读小学的时候，到了下午要打扫教室卫生了，男生就喜欢将扫把夹在两腿之间，像骑马一样在教室或者走廊里“冲锋陷阵”。当然，骑竹马原本应该用的道具是竹竿，所以才叫“竹马”。

不过诗里的这个小男生骑着竹马的时候，并不是假想自己是在战场上骑马冲锋，而是冲着女主角来的。从哪里可以看出他“别有用心”呢？从这句“绕床弄青梅”。这一句很有情调。想想看，小男生一只手扶着竹竿，另外一只手拿的可不是刀枪棍棒，而是“青梅”。看来，小男生的确是有备而来，大概他想象自己是一个白马王子，他骑的不是一根竹竿，而是一匹特别帅气的白马，手里拿着定情信物，要去向他的白雪公主表白啦。

在这句“绕床弄青梅”里，有两个关键词我一定要重点解释。一个是“床”字，这里的床，和李白另外一首诗“床前明月光，疑是地上霜”里的床，都不是指卧室里睡觉的床，而是指水井上的围栏。像乐府歌里就有“后园凿井银作床”的诗句，李贺也写过“井上辘轳床上转”（《后园凿井歌》）。所以“绕床”，其实就是男孩和女孩围着水井你追我赶地嬉戏。

第二个关键词是“青梅”。小男生为什么要用青梅来表白心迹呢？你可能也知道，古典诗歌里的定情信物常见的有“莲”，因为莲子的“莲”谐音怜爱的“怜”，有表白爱情的寓意，像皇甫松的《采莲子》：“无端隔水抛莲子，遥被人知半日羞”，元好问的《摸鱼儿》：“问莲根、有丝多少，莲心知为谁苦”，其中的“莲”都有此象征寓意。那么，“青梅”为什么也可以用来表达朦胧的情意呢？

有两个原因，第一个原因是谐音，青梅的“梅”，谐音“媒人”的“媒”。这样一来，以青梅为信物，象征婚恋的寓意就更加明显了。第二个原因，我觉得和《诗经》中的《摽有梅》有关，《摽有梅》是一首典型的描写少女怀春、急着出嫁的诗篇：

摽有梅，其实七兮。求我庶士，迨其吉兮。
摽有梅，其实三兮。求我庶士，迨其今兮。
摽有梅，顷筐塈之。求我庶士，迨其谓之。

这首诗是用梅子成熟的过程来象征少女年龄和心态的变化。少女看到梅子日渐成熟、掉落得越来越多，引发了青春将逝的惆怅甚至恐慌，希望能够赶紧找到意中人将自己嫁出去。前人解释这首诗的主旨时直截了当地说："《摽有梅》，急婿也。"（龚橙《诗本义》）用我们今天的话来说，就是恨嫁女、急嫁女的意思。或许从这首诗开始，梅子就被赋予了爱情、婚姻的象征含义。

当然，《长干行二首·其一》里的女孩还远远没到急嫁的地步，所以她才说是"绕床弄青梅"，既然是青梅，说明梅子离成熟还远着呢！女孩离出嫁的年龄也还早着呢！说到这里，你可能也想起来了，后来李清照描写少女怀春的时候，不是也用过青梅这个意象嘛："和羞走，倚门回首，却把青梅嗅。"

既然小男生这么早就表现出对小女生的钟情，那么小女生的心意又是怎么样的呢？她愿意接受小男生幼稚的表白吗？

当然愿意！从接下来的这两句就可以看出小女生是发自内心地愿意了："同居长干里，两小无嫌猜。""长干里"呼应了诗题《长干行》。"长干"是一个地名，在今天的江苏南京。有学者认为"干"指的是山陇之间的平地，古时候南京有大长干、小长干、东长干，都是地名。其中小长干就毗邻长江。崔颢也写过一组《长干曲》，其中的"长干"也是指南京的长干。

"同居长干里，两小无嫌猜。"两个小孩是同乡，住在一个村里，从小玩到大，从来没吵过架、没耍过小性子，没有一点儿嫌隙，虽然两情相悦，但是天真烂漫，单纯得可爱。

诗写到这里，就写完了女主角和男主角两小无猜的童年时光。接下来是第二个层次，一转眼女孩就长成了亭亭玉立的少女，到了该出嫁的年龄。我同样用诗中的一个字来概括这个阶段的少女——“羞颜未尝开”的“羞”字。

“十四为君妇，羞颜未尝开。”十四岁，是女主角人生进入第二个转折的年龄，她和男主角的关系也发生了本质的转变——从童年时期两小无猜的玩伴，变成了夫妻。这个转变太大了，以前一起玩的时候女孩根本没想那么远，两个人在一起玩得开心就好，所以我用“剧”字来概括他们的童年。

童年玩伴忽然变成了夫妻，男孩子可能是心想事成、心满意足了，可女孩呢？刚刚成为新娘的她，显然还没有克服害羞的情绪，还没有完全适应这种身份关系的转变，所以她“低头向暗壁，千唤不一回”。总是害羞地低着头，不敢大胆地和丈夫对视。换用一句现代诗来诠释这种害羞的样子，我想应该就是徐志摩的那句“最是那一低头的温柔，像一朵水莲花不胜凉风的娇羞”。同样的娇羞，在白居易笔下也出现过：“逢郎欲语低头笑，碧玉搔头落水中。”（《采莲曲》）这样的娇羞，真是楚楚可怜又楚楚动人吧？

这种害羞其实也是可以理解的。想想看，本来无话不谈、经常在一起聊天的“男闺密”，忽然变成了自己的丈夫，这样的转变，换了谁都需要一点时间来适应啊。

那么，女主角花了多长时间来克服新婚的娇羞呢？“十五始展眉，愿同尘与灰。”“展眉”说的就是心情轻松、喜悦的样子，不是有一个词语叫“眉开眼笑”嘛，“展眉”就是眉开的意思。结婚一年之后，十五岁的少妇终于适应了为人妻的身份转变，她从一个害羞的新嫁娘，变成了一个对自己的丈夫深爱不渝的妻子。她爱她的丈夫到什么程度呢？“常存抱柱信，岂上望夫台。”

这两句诗用到了两个非常极端的典故。第一个是“抱柱信”，这个故事出自《庄子·盗跖》，说的是一个叫尾生的男子和女朋友约定在桥下相会，结果女朋友久等不至，等着等着潮水涨了上来，那个痴情的尾生为了信守诺言，竟然抱着他们约定见面的那根桥柱子，被活活淹死了。这个故事的真实性当然很值得怀疑，毕竟庄子是一个编故事的高手。但庄子显然是想用这个故事来表达对诚信的一种态度。因此，后来就衍生出“尾生抱柱”的成语，比喻对承诺的坚守。

诗中的女子用“常存抱柱信”当然是在表白她对丈夫至死不渝的爱情，但她一方面表白自己的忠诚，另一方面也含蓄地表达了对丈夫的期待——“岂上望夫台”。

“望夫台”又是一个故事。传说古时候有个忠贞的女子，丈夫久久不归，她天天站在山顶上眺望丈夫远行的方向，直到站成了一块石头，还没有等到丈夫回家。所以，在这里女主角借用这个传说，含蓄地提醒丈夫，你将来可不要把我一个人抛下，让我也站成一块绝望的望夫石哦！

说实话，当我第一次读到“常存抱柱信，岂上望夫台”的时候，我的心里咯噔了一下——大概我们都有过类似的经验，看小说、影视剧的时候，主角一句看上去很随意的台词，往往提示了后面必然的结局。所以，我当时读的时候就很自然地想到，别是越怕什么，越会来什么吧？

果不其然，女主角害怕分离，但分离还是不期而至了。这首诗也转入了第三个层次，我同样用一个字来概括女子经历的第三个阶段，那就是“坐愁红颜老”的“愁”字。

从童年的“剧”，无忧无虑的玩伴，到少女时期的“羞”，娇羞动人的新娘，再到少妇时期的“愁”，这首诗所表达的情感层次分明。既然他们夫妻有两小无猜的感情基础，又有尾生抱柱的爱情诺言，少妇还愁什么呢？“愁”其实源于相思，因为少妇最担心的事情最终还是来了——丈夫远行，她终究也成了一个孤独的留守妻子。

这首诗的最后一部分，都是在写这位留守妻子的相思与哀愁。“十六君远行，瞿塘滟滪堆。”女子十六岁的时候，丈夫离家远行了。算算看，从十四岁嫁为人妇，到十六岁丈夫离家，他们耳鬓厮磨、朝夕相守的日子不过两年。那么，丈夫远行的路线是怎样的呢？之前我讲到过，他们的家在南京，毗邻长江，男主角便是沿长江走水路一路从东往西，“瞿塘滟滪堆”应该是指今天重庆奉节的瞿塘峡口。从南京到重庆，这个距离可不短啊，而且还是逆流而上，想想古代的交通状况，连我们都不由得为他捏一把汗，又何况是他的妻子呢！

于是，从此留守妻子就深深地陷在了两种情绪的纠结中，一边时时担心着丈夫的安危，一边又时时要忍受孤独、痛苦的思念。丈夫一走，她就开始掐着手指计算丈夫的行程："五月不可触，猿声天上哀。"长江三峡，水流湍急，那是何等险要的地方，到处都有暗礁，还有让人毛骨悚然的猿叫声，从两岸险峻的山峰中传出来，这样的环境，怎么能不让人担惊受怕呢？

不过，丈夫的处境到底怎么样，妻子毕竟看不到，她只能依靠她有限的想象。因为那个年代没有视频通话，可以随时了解丈夫到了哪儿，和谁在一起，在做什么，身体状况怎么样，等等。所以，这首诗的情绪，最终主要落在了留守妻子的相思苦恋当中："门前迟行迹，一一生绿苔。苔深不能扫，落叶秋风早。八月蝴蝶来，双飞西园草。感此伤妾心，坐愁红颜老。"

我觉得"门前迟行迹"这一句还是妻子在含蓄地表达对爱情的忠贞。你看，丈夫一出门，"我"可是基本上足不出户啊，也没有和什么人来往，门口长满了绿苔，"我"都懒得去清理。就在这种寂寞中，看到秋风中的蝴蝶双飞，更是映衬出"我"的形单影只。叫"我"怎么能不伤心、不发愁呢？夫君啊夫君，你若是再不回来，时光飞逝如电，只怕就再也看不到"我"的青春红颜了啊！

但是，如果这位留守妻子只是停留在长吁短叹上，那她的个性也就说不上有什么特别了。这位女主角最吸引人、最让人喜爱的地方，不是她童年时代的天真烂漫，也不是她新婚时候的娇羞动人，恰恰是这首诗最后四句体现出来的模样：“早晚下三巴，预将书报家。相迎不道远，直至长风沙。”这四句说的是什么呢？

说的是留守妻子最大的希望——丈夫能够早早归来。“早晚下三巴”，“早晚”是当时的方言俗语，就是何时、什么时候的意思。“三巴”又是一个地名，大概位置也在今天的重庆。这样看来，丈夫这次远行的终点就是重庆，所以妻子希望丈夫办完事儿要准备回家的时候，一定要“预将书报家”，一定要先写封家书告知归期啊。她想要第一时间知道丈夫归期的原因，不仅仅是为了把家里打扫得干干净净，把饭菜准备得丰盛可口，把自己收拾得漂漂亮亮，这位妻子值得钦佩的地方就在于她不是被动地等待，而是要主动地远道相迎：“相迎不道远，直至长风沙。”她要去长风沙迎接丈夫的归来！

长风沙，在长江流域南京的上游，从南京到长风沙七百里地，水流还特别急，地势也最是险要。可是妻子不管不顾，算着丈夫的行程，就要去长风沙等着丈夫。

说到这里，我还要重点提醒一句，丈夫从重庆回南京是顺流而下，速度应该是比较快的，而妻子要逆流而上去迎接他，七百里水路得有多么艰难！

可是，爱情的力量真的可以超越一切困难。“相迎不道远，直至长风沙。”远算什么？水流急算什么？地势险又算什么？

“我”要奔向“我”的爱人，把所有的苦难险阻全都抛在身后。

这就是爱情的誓言，这就是爱情的巨大力量！

诗读到这里，你是不是和我一样，差点要忘了这首诗是李白写的啊！我们差点真的以为这是一位留守妻子的情感独白呢！

在这首诗里，李白不再是那个一生放纵不羁、爱自由的浪荡公子，而是化身为一位情感细腻的女性，将她一生的故事、一生的期待娓娓道来，有欢快甜蜜的爱情，有哀怨惆怅的相思，还有热烈殷切的希望。

一首诗，一生情，说的就是《长干行二首·其一》这样的诗吧？

这样看来，李白真的不只是一个“粗放型”的男人，他也有着儿女情长的一面，只要他愿意，他也可以做一个“阳光暖男”，细腻温柔地体贴同样温柔细腻的女人心。

当然，你可能要说，难道仅凭一首诗就能证明李白是一个“暖男”吗？

一首诗当然不够。但别忘了，李白写过很多类似这样以男儿身写女人心的诗篇。李白的《长干行二首·其二》写的也是留守妻子的相思哀怨：“自怜十五馀，颜色桃花红。那作商人妇，愁水复愁风。”他还写过《江夏行》，也是写思妇的悲情：“只言期一载，谁谓历三秋。使妾肠欲断，恨君情悠悠。”

李白是一个“暖男”，从他自己的婚姻生活中也可以看出来。

李白曾写过一首《秋浦感主人归燕寄内》诗，向他的妻子诉说绵绵的相思："寄书道中叹，泪下不能缄。"这还不算，他还以妻子的口吻给自己写诗："妾意逐君行，缠绵亦如之。"这首诗的诗名最有意思——《自代内赠》，自己代替妻子给自己写情书。李白看上去更爱自由，但他其实也知道自由的代价是妻子无条件地为家庭付出甚至是牺牲，而李白并非无情粗率之人，他是深深懂得妻子的孤独和期盼的。

谁说李白不懂儿女情长呢？也许，他比谁都懂吧。

像这样的诗实在太多，我就不一一举例了。

最后，我要揭晓开头留下的那个谜底了。李白写的这些哀怨缠绵、柔情万种的诗中的女子，她们都有一个共同点，那就是都爱上了一个不回家的男人，都守着一个常年不见人影的丈夫，这显然不是某一个女子的遭遇，而是同一类女性的共同遭遇了。这也说明，李白对这一类女性的命运是比较了解的。那么，这是哪一类女性呢？在李白熟悉的朋友圈中，除诗人圈之外，还有一个怎样不太为人所知的圈子呢？

谜底来了——商人的朋友圈！

奇怪吧？李白还熟悉商界？没有任何资料显示，李白是商界精英啊！

的确，李白要是个商人的话，以他那洒脱不羁、不会计算的性子，估计做的都是赔本买卖。但他自己不是商人，并不意味着他不了解商人。事实上，李白自己就是一个商人的后代，或者说就是一个富二代。

关于李白的出生地，学术界至今未有定论。其中一个认可度较高的观点是李白应该出生在碎叶，在今天的吉尔吉斯共和国。在他五岁左右的时候，父亲李客带着小李白万里迁徙，定居在今天四川的江油。他们家是当地的大富豪，家中蓄养了很多珍稀动物。李白二十四岁左右离开四川，一路沿长江东下，到达南京、扬州等地的时候，那真是挥金如土啊，骑的是价值连城的骏马，喝的是昂贵的清酒，还有美貌侍妾侍奉左右。他在扬州住了不到一年，“散金三十余万”。他自己花钱如流水不说，碰到落魄公子，他也倾囊相助。可见他离家的时候，说是“腰缠十万贯，骑鹤下扬州”都不算夸张。

李白一生多次往返于长江流域，对江南的风土人情尤其了解，对江南人从商的风气当然不会陌生，江南地区流行的歌谣多有吟咏商人生活和商人家庭情况的内容，“男女怨旷哀吟”是这类歌谣的共同特征。《长干行二首》的创作应该也受到了这种风土人情的影响。

从李白的家世和他首次出川漫游的路线来看，可以证明两大问题：第一，他对商人的生活状态很熟悉；第二，他对长江流域的风俗习惯很熟悉。唐代的时候，商业逐渐发展起来，尤其是长江流域的江南各地，更是率先散发出更加自由的商业气息和市民气息。所以，李白的笔下出现描写商人生活和情感的内容也就不奇怪了。

从这首《长干行二首·其一》当中，我们可以看出，李白笔下的商人讨生活真是不容易，常年漂流在外，风餐露宿，很难享受到家庭生活的温暖不说，还伴随着各种潜在的风险。但李白这几首诗更加关注的是商人的妻子，商人的生活不容易，商人家属更不容易，“见少别离多”的生活简直就是常态。

《长干行二首·其二》里的那位留守妻子嫁的就是一位商人，因为诗里说得很明白：“那作商人妇，愁水复愁风。”商人的妻子总是生活在相思的煎熬中：“感此伤妾心，坐愁红颜老”，总是生活在对丈夫安危的担忧中：“昨夜狂风度，吹折江头树。淼淼暗无边，行人在何处？”《江夏行》里的那位留守妻子更是喊出了“悔作商人妇，青春长别离”的痛苦。

说到这里，你是不是和我一样，也都想到了就在李白去世的半个世纪之后，白居易也写过一个商人的妻子呢？《琵琶行》中的那位琵琶女嫁的也是一位商人：“老大嫁作商人妇，商人重利轻别离。”在普通人眼中，唯利是图是商人的本性，他们眼里似乎只有钱、钱、钱。中国如此，西方也是如此，莎士比亚的喜剧《威尼斯商人》不是也写了一个贪得无厌的商人夏洛克吗？

但是或许正因为李白自己出身于商人家庭，他又有一个商人的朋友圈，所以他对商人倾注了更多的理解和同情。在很多时候，“重利轻别离”或许并不是商人的本意，而是他们为生计所迫，为了养家糊口不得已而为之吧？

没钱的生活固然不容易，努力挣钱的生活更值得尊重。

商人也好，诗人也好，公务员也好，其实对谁来说，生活都有艰难的一面。但是，我们靠什么来战胜艰难？

或许，靠的就是一份温暖的情感，一份精神支撑的力量。这样的情感和力量，最重要的来源就是家庭和亲人。“早晚下三巴，预将书报家。相迎不道远，直至长风沙。”

无论你行走到多远的远方，请始终记得，家，才是你值得托付一生的依靠和牵挂。

李白：

为自己开启一扇新窗（《将进酒》）

这一篇和我们约会的，是大唐最耀眼的那颗诗人明星——李白，我们要一起分享的，是他的诗中风格较为多变的一首——《将进酒》。

为什么说这是一首风格多变的诗呢？因为李白是一个个性极为复杂、经历也极为丰富的诗人，无论你读他的哪首诗，都能发现一个不一样的李白。那么，有没有一首诗，能够相对比较全面地展示李白的各个侧面，最终呈现一个相对立体的李白呢？我觉得是有的，那就是这首《将进酒》。

我用“三好”来概括这首诗所呈现出来的李白，注意不是“三好学生”的“三好”，而是三大爱好的“三好”。这三大爱好基本可以概括李白的丰富个性。到底是哪“三好”呢？别急，我们先来温习一下这首大家都很熟悉的《将进酒》，然后再来揭晓答案。

君不见黄河之水天上来，奔流到海不复回。

君不见高堂明镜悲白发，朝如青丝暮成雪。

人生得意须尽欢，莫使金樽空对月。
天生我材必有用，千金散尽还复来。
烹羊宰牛且为乐，会须一饮三百杯。
岑夫子，丹丘生。将进酒，杯莫停。
与君歌一曲，请君为我倾耳听。
钟鼓馔玉不足贵，但愿长醉不复醒。
古来圣贤皆寂寞，惟有饮者留其名。
陈王昔时宴平乐，斗酒十千恣欢谑。
主人何为言少钱，径须沽取对君酌。
五花马，千金裘，呼儿将出换美酒，与尔同销万古愁。

读完这首诗，我前面说的李白的“三好”，至少第一“好”，大家的答案肯定是完全一致的，而且大家会不假思索地脱口而出——好酒！

恭喜你，答对了！谁让这首诗的题目就叫《将进酒》呢，答案实在是太明显了。那么另外两好呢？

我的答案是：第一，好酒；第二，好道；第三，好侠。

通常，我解读诗词都会尽量逐句逐句地解读，将诗人可能想要表达的意思，尤其是我领会到的意思，逐层地解剖出来。但是对待特别长的诗或者风格多变的诗，我就不能按照这个路数来解读了：特别长的诗是因为篇幅有限不允许这么读；风格多变的诗是因为诗人不按常理来写诗，那我自然也不能按常规来读诗了。

此外，我想说明一点，这首《将进酒》是目前最通行的版本，但实际上，《将进酒》历代流传的版本有好几种。我们在这里不会专门聊版本的问题，但我有必要说明一下，很多诗句在不同的版本中会有个别字甚至是句子的差异。例如，这首《将进酒》中的“将进酒，杯莫停”，有的版本就只有五个字“进酒君莫停”。还有诗中最有名的两句，“天生我材必有用，千金散尽还复来”，有的版本是“天生吾徒有俊材，黄金散尽还复来”，还有的版本写作“天生我身必有财”。就连诗歌的题目都有不同的说法，像敦煌考古发现的残卷中，这首诗的题目就不是《将进酒》，而是《惜罇空》，大意就是：“可惜！可惜！酒坛子又被喝空了！”这个诗名也是挺有味道的吧？

古代典籍在长期的流传过程中产生不同的版本是一种常见现象，我们不必为此而纠结，我们可以选择比较权威的版本来阅读，也可以选择自己更偏爱的版本来读，当然如果能够将几种不同的版本对照着来读，比较其中微妙的差异，也是挺有意思的。比如，“天生我材必有用”这一句，我们从中读到的是一个青年才俊对自己充满自信、迫切想要大展身手、做一个有用之才的豪迈；而“天生我身必有财”，读到的可能是一个青年富豪挥金如土、视金钱如粪土的豪迈。同样是豪迈，带给我们的感觉却很是不同。

悄悄问一句，你有没有觉得，“天生我身必有财”和下面那句“千金散尽还复来”还真是挺“般配”的呢？

《将进酒》这个诗名也并不是李白的发明。根据前人的研究，这本来应该是汉代的乐府诗歌——汉乐府中的鼓吹铙歌十八曲中的第九曲。甚至关于“将进酒”的这个“将”字，是应该读 qiāng，还是读 jiāng，学术界还有些争议，我在这里还是按照我们语文教科书和《现代汉语词典》的认定，读成 qiāng，以免大家更纠结。古词有“将进酒，乘大白”的句子，大白就是大酒杯，古人经常说“浮一大白”就是喝一大杯的意思，所以“将进酒”大概本来就属于祝酒歌一类。李白只不过为这首旧的乐府歌曲填写了新的歌词而已，而且李白的新歌词仍然属于祝酒歌。

好了，关于版本的差异，我们不多说了。我们还是按最通行的版本来解读这首诗吧。我前面提到，李白的《将进酒》，是一首不按常规来写的诗，这会不会是我个人的主观断语呢？其实，这并不是我一个人的观点，早在南宋的时候，著名批评家严羽就曾经这么点评过：“盖他人作诗用笔想，太白但用胸口一喷即是，此其所长。”听听，这种诗歌点评也够别致吧？什么叫“用胸口一喷即是”？说白了，就是别人喝醉了酒，喷出来的除了熏人的酒气，什么都没有；可李太白每次喝醉酒，喷出来的都是千古奇诗。

《将进酒》就属于这种喝醉了之后“用胸口一喷”喷出来的绝世经典。严羽还说了，既然李白写《将进酒》不是用笔一句一句写的，那我们读诗，自然也不能按老套路一句一句地去读。“一往豪情，使人不能句字赏摘。”你看，古人都说了，读李白的

《将进酒》，不能够“句字赏摘”，那应该怎么读呢？我们应该欣赏诗中一泻而下的气势。这种气势对应的就是我刚刚说的李白的“三好”——“好酒”对应的是李白诗中的酒气，“好道”对应的是仙气，“好侠”对应的当然就是侠气了！

那么这“三好”或者说这“三气”是怎么挥洒在《将进酒》当中的呢？

在这首诗当中，李白首先“喷”出来的是“酒气”。

“君不见黄河之水天上来，奔流到海不复回。君不见高堂明镜悲白发，朝如青丝暮成雪。人生得意须尽欢，莫使金樽空对月。”李白为什么那么好酒？是因为他发现时间过得实在是太快了，就像黄河之水一泻千里不回头一样，满头青丝一转眼就花白如雪。与其徒劳地悲叹生命短暂，那还不如今朝有酒今朝醉呢！

李白为自己找到的喝酒的理由就是人生苦短，当及时行乐：“人生得意须尽欢，莫使金樽空对月。”曹操也曾有过类似的感慨：“对酒当歌，人生几何？譬如朝露，去日苦多。慨当以慷，忧思难忘。何以解忧，唯有杜康。”（《短歌行》）

不过李白和曹操的逻辑真的是不一样。曹操的确是一个非常优秀的诗人，但他显然是个更优秀的政治家。曹操也感叹生命短暂，要对酒当歌，但曹操的落脚点不是及时行乐，而是要及时建功立业，所以曹操的“忧思难忘”没有停留在“人生几何”上，而是直奔他最终的主题：“山不厌高，海不厌深。周公吐哺，天下归心。”他用周公一饭三吐哺的故事，来表达自己招募天下贤才、共同开创万世基业的雄心壮志。

李白显然和曹操不一样，李白是一个非常优秀的诗人，甚至可以说是最优秀的诗人，但他绝对不是一个优秀的政治家。曹操在喝酒的时候表面上很豪迈、很感性，但骨子里是相当理智、相当有深谋远虑的；而李白在喝酒的时候表面看上去很豪迈、很感性，骨子里是更豪迈、更感性的，所以，他注定不可能成为一个政治家。对于一个感性有余、理性不足的诗人来说，他就不可能像曹操那样，从“对酒当歌”开始，居然绕到“周公吐哺，天下归心”那里去了，绕来绕去，就把别人都给绕进去了。李白的《将进酒》，一开始就悲叹生命短暂，然后又立马想通过及时行乐来忘记这种悲哀，将一种极致的悲哀和一种极致的快乐同时抛了出来。

那么，对李白来说，喝酒，到底是更悲哀的叹息，还是更快乐的忘却呢？

生命的悲哀与快乐，是一个很复杂、很高深的哲学命题，像李白这样一味感性的人是不大可能去理性参悟的，所以他心甘情愿地沉浸在这种悲与欢的两种极致的情绪体验中。因此我才会说，同样是喝酒和劝人喝酒，曹操是绕来绕去把别人给绕进去了；李白则是绕来绕去，把自己绕进去以后就怎么也绕不出来了。

不过，李白自己也没打算绕出来，所以他的“酒气”继续一往无前、“一喷冲天”：“天生我材必有用，千金散尽还复来。”我此前说过，李白是个“富二代”，有学者认为他的父亲李客就是一个大富商。因为唐代的“丝绸之路”由于贸易发达，确实盛产大富商，李白的家族也似乎曾在丝路沿线地区生活过。虽然这个推测没有充分的文献证据，但李白家里很有钱这一点是毫无疑问的。

出身富裕家庭，李白可能从小就养成了视金钱如粪土的个性，从来不把钱当回事儿。李白的诗歌里，无论衣食住行，处处都显示出高调的奢华。他喝酒，一定要好酒，连酒杯都要用最高档的——“金樽清酒斗十千”，酒杯是黄金制成的，酒是上好的“清酒”。“清酒”和“浊酒”相对，“浊酒”指的是用糯米、黄米等酿制的土酒，比较混浊，这种酒很便宜，而且口感很粗糙，一般老百姓就只能喝这种浊酒。像魏晋时代的“竹林七贤”之首嵇康就说过：“浊酒一杯，弹琴一曲，志愿毕矣。”（《与山巨源绝交书》）后来北宋的范仲淹也写过一句很有名的“浊酒一杯家万里”（《渔家傲》）。虽然嵇康和范仲淹都不是一般的老百姓，但他们一个是借喝浊酒说自己的生活要求很简单，另一个则是远在边疆保卫国家，用浊酒来表达对家乡的思念。

而李白这样的富家公子是不喝浊酒的，他通常都是喝清酒。古代重大的祭祀仪式会用清洁、清醇的酒，显然清酒是很高档的。西晋左思的《魏都赋》里也说：“清酤如济，浊醪如河。”说清酒就像济水一样清澈，浊酒就像黄河一样混浊。

有高档的好酒、奢华的酒杯，当然少不了下酒的山珍海味。

李白每次写到酒局，似乎常常都会辅之以让人垂涎三尺的“大菜”。这首《将进酒》里写的是“烹羊宰牛且为乐，会须一饮三百杯”，另外一首《行路难》里写的是“玉盘珍羞直万钱”。有钱的时候这么讲究不奇怪，但即便是落魄的时候，李白也绝不会将就：“白酒新熟山中归，黄鸡啄黍秋正肥。呼童烹鸡酌白酒，儿女嬉笑牵人衣。”黄鸡下白酒，也够讲究吧？

比起李白这样的“富二代”，杜甫的酒桌就显得寒碜多了，他在朋友家喝酒只有“夜雨剪春韭，新炊间黄粱”；哪怕是在他日子比较宽裕的时候，款待贵客也只能是“盘飧市远无兼味，樽酒家贫只旧醅”。李杜二人，一富一穷，差别简直是太大了。这样看来，我们是不是也能够理解，为什么李白的诗歌风格整体上是那么豪迈不羁，一副“天生我材必有用，千金散尽还复来”的洒脱，而杜甫的诗歌整体上是那么沉郁深挚，“安得广厦千万间，大庇天下寒士俱欢颜，风雨不动安如山！呜呼，何时眼前突兀见此屋，吾庐独破受冻死亦足”（《茅屋为秋风所破歌》），一副“我不入地狱谁入地狱”的悲壮？

当然了，很多人很好奇，为什么李白一辈子既没有好好做官，又没有好好经商，他这样挥金如土，钱到底是从哪里来的？总不至于一辈子“啃老”吧？何况，李白从青年时代开始就漫游天下，就算他想“啃老”也不太方便。“千金散尽还复来”，到底是怎么“来”的？还真有学者专门研究过李白的收入问题。其实李白的经济来源无外乎就是稿费、亲戚朋友的馈赠等这几条主要途径，还有他在长安做过几年翰林供奉，虽然不是正式官员，但赚的润笔费应该也不少。他离开长安的时候，唐玄宗是"赐金还山"的，以唐玄宗大方的个性，这笔钱肯定也不是小数目。再加上他无论走到哪儿，都有像汪伦那样的"骨灰级"粉丝，疯狂地追随他、倾其所有地款待他，李白的物质生活自然就很有保障了。

因此，虽然李白的人生道路起起伏伏，但特别缺钱的时候估计还是很少的，像杜甫那样"朝扣富儿门，暮随肥马尘。残杯与冷炙，到处潜悲辛"（《奉赠韦左丞丈二十二韵》）的生活，他应该没有体会过。所以，李白好酒，而且好美酒的天性，终其一生都没有改变过。

当然，李白之好酒，绝不是像一般的酒徒那样仅仅停留在酗酒的层面上。喝酒，除了万不得已的一个人喝闷酒，绝大多数时候，是需要情趣相投的好朋友的。我说过，李白的朋友圈覆盖面非常广，诗人、官员、富商，什么样的人都有。但在这首诗里，我只想说他的一类特殊朋友，跟李白的第二好——好道有关。那就是他的道士朋友圈！

"岑夫子，丹丘生，将进酒，杯莫停。"这里提到的两个朋友，岑夫子指的应该是岑勋，现有文献并没有详细记载岑勋的生平事迹，但李白的诗里多次提到过他，应该也是一个很有才华的雅士；丹丘生就是元丹丘，他是李白难得的几位相知一生的朋友之一："投分三十载，荣枯同所欢。"（《秋日炼药院镊白发赠元六兄林宗》）他们相交三十年，这份友谊从李白的青年时代开始，一直伴随李白到生命的最后。

那么，他们的友谊为什么能够持续那么久，始终不渝呢？最重要的原因就是他们志同道合。元丹丘是一个道士，而李白又是一个虔诚的道教信徒。李白一生中最狂热的事情，除了喝酒写诗，大概就是学道求仙了。他成长于道教氛围浓郁的蜀中，成年之后更是遍访名山，到处拜师学道，不但拥有诗仙、酒仙、谪仙等诸多与神仙相关的名号，他自己也以神仙自诩。他之所以“五岳寻仙不辞远，一生好入名山游”（《庐山谣寄卢侍御虚舟》），就是因为他疯狂地沉迷于道教。李白之所以浑身上下都散发着“仙气儿”，跟他的道教信仰是有直接关系的。他甚至还专程到齐州临淄郡（今山东济南）紫极宫请道士为他授道箓，这样，他就正式成为一名真正的道士了。就连他的妻子宗夫人，在他的影响下，也成了一个虔诚的道家徒。

还有学者认为，李白之所以在天宝初年受到唐玄宗的召见，也是因为受到了当时最有名的女道士、唐玄宗的亲妹妹玉真公主的推荐，而且同时被推荐的还有李白相交一生的道友元丹丘。李白成为翰林供奉，元丹丘则被推荐到了大昭成观为威仪，两个人很有一种同荣辱、共悲欢的关系。

李白有很多诗是专门写给元丹丘的，在他笔下，元丹丘就是一个神仙般的人物，超凡脱俗，上天入地，自由自在。例如，他写的《西岳云台歌送丹丘子》：“我皇手把天地户，丹丘谈天与天语”，还有《元丹丘歌》：“元丹丘，爱神仙……身骑飞龙耳生风。横河跨海与天通，我知尔游心无穷”。“丹丘生”简直就是李白的道教信仰在一个现实人物身上的投射。

李白对道教的信仰之所以那么狂热，主要是因为他的内心一直有对于长生不老的渴求，对于超凡脱俗的神仙气质的企盼，对于自然山水的热爱，对于自由逍遥境界的向往……

这种向往在《将进酒》里也有非常明显的表现。所以，在志同道合的道友面前，李白没有丝毫顾忌，更不用有任何伪装。借着酒劲儿，他开始发表长篇大论：“与君歌一曲，请君为我倾耳听。钟鼓馔玉不足贵，但愿长醉不复醒。古来圣贤皆寂寞，惟有饮者留其名。陈王昔时宴平乐，斗酒十千恣欢谑。”

喝醉酒的人往往有两种截然不同的表现：一种是昏昏沉沉地睡，根本醒不过来；另一种就是手舞足蹈，说说唱唱跳跳，根本停不下来。李白大多数时候属于后者，他喝得高兴，就要跟朋友们唱歌，还逼着朋友们一个个竖起耳朵听他一个人唱。歌词的内容还是跟酒有关：“你们不要把那些功名富贵放在心上，你看从古到今，真正的圣贤之人都是寂寞的，只有那些好酒的高人雅士才会千古留名。”

那么，在李白的心目中，哪些古人是他所说的圣贤饮者呢？这首《将进酒》里他提到的是陈王，也就是曹植，曹植的《名都篇》里写过“归来宴平乐，美酒斗十千”。平乐观也是一座道观的名字。

在其他的诗里，李白还经常提到好酒的陶渊明、“竹林七贤”，等等，这些人都被李白引以为隔代知音，因为他们都有共同的人生态度——不慕功名富贵。那他们最看重的是什么呢？是自由！是“斗酒十千恣欢谑”的无忧无虑、无牵无挂！

在李白这一番畅饮和畅聊之后，酒局也就快到尾声了——你看，这首《将进酒》看上去酒气扑鼻，但其实是逻辑清晰，开篇写“君不见黄河之水天上来，奔流到海不复回。君不见高堂明镜悲白发，朝如青丝暮成雪”，人生苦短的悲叹是这场酒局的动机——因为生命短暂之至悲，所以希望用畅饮美酒之极乐来化解这种悲哀。

在渲染了一通美酒美食之后，李白继续畅谈酒文化和人生理想；最后，酒坛子喝空了，菜也吃得差不多了，我们都以为酒局至此应该算是尽欢而散了。但是，等等，你一定要记得，这不是在和别人喝酒，这是在和李白喝酒。跟李白喝酒的特点是什么？那就是酒局永远都不应该有散的时候。如果一定要说有，那就是李白自己已经醉到不省人事的时候。

果不其然，就在我们都以为酒醉饭饱、酒局该散了的时候，李白又大放豪言了：“谁说没酒了？谁说没菜了？不可能！”

“主人何为言少钱，径须沽取对君酌。五花马，千金裘，呼儿将出换美酒，与尔同销万古愁。”诗读到最后，我们才发现，李白吆喝了半天，要朋友们“将进酒，杯莫停”，要“会须一饮三百杯”，敢情原来根本不是他请客呀！原来“埋单”的另有其人啊！原来是朋友请他喝酒，最后他却反客为主啊！酒喝光了，他还直嚷嚷着，让朋友把家里的五花马、千金裘这些宝贝都拿出去当掉，换了钱买酒喝，他还真不拿自己当外人啊。

摊上这样的朋友，浪漫是够浪漫，可是得要多少家底才供得起啊？虽然诗歌多少是有些艺术夸张的成分，可想要和李白这样不羁的诗人交朋友，还真得是既要有钱还得有情有义才行吧？

诗读完了，我还有李白的最后一“好”没说——“好侠”。这首诗从哪里可以看出李白的“好侠”呢？就是从最后这几句：“主人何为言少钱，径须沽取对君酌。五花马，千金裘，呼儿将出换美酒。”千万不要误以为李白就是喝醉了撒酒疯、耍无赖，主人明明已经将最好的酒、最好的菜全都拿出来款待客人了，可他还贪心不足。其实李白自己就是很有侠客精神的人。侠的气质，是路见不平拔刀相助，是杀富济贫轻财好施，他们信奉的是自己推崇的道义，至于钱财这些身外之物，根本不可能成为他们的羁绊。李白是真有这份侠肝义胆，“有落魄公子，悉皆济之，此则是白之轻财好施也”（李白《上安州裴长史书》）。

李白自己是这样做的，所以理所当然地，他认为他相交的朋友，也应该和他一样，具有这种“轻财好施”的侠义气质。

当然，你也可以把“主人何为言少钱”的主人理解为李白自己，或者是李白的妻子，但我觉得，那样理解的话，这首诗的侠气、酒气就会弱很多了。

李白酒喝醉了，诗也写完了，我不得不佩服他的是，都醉成这样了，他都没有忘记自己还在写诗，还用最后一句“与尔同销万古愁”呼应了开篇的“君不见高堂明镜悲白发”，以结尾的“愁”，呼应开头的“悲”。

也只有李白这样的天才诗人，才能在醉到昏天黑地的时候，还能将一首诗写得这样飘飘欲仙却又首尾完整。

说到这里，诗似乎已经解读完了。但我并没有满足，因为最后一句“与尔同销万古愁”让我觉得仅仅以酒气、仙气、侠气来解读《将进酒》，似乎还是太过简单了。难道李白的“万古愁”仅仅是对生命短暂的悲叹吗？仅仅是借酒消愁愁更愁的无奈吗？

我只能说，是，也不完全是。酒气、仙气、侠气固然是李白的独特气质，但他也有和绝大多数人一样的理想，那就是治国平天下的政治理想，他甚至自认为是有宰相之才的，他真正的人生理想是“待吾尽节报明主，然后相携卧白云”（《驾去温泉后赠杨山人》）。要隐居可以，那也得等我先笑傲朝廷之后，再去笑傲江湖！

也正因为有这样的理想，他才会在接到唐玄宗召他入京的旨意后“仰天大笑出门去”，高调宣称“我辈岂是蓬蒿人”！

虽然，李白和大多数古代文人一样有着治国安邦的政治理想，但他的个性气质偏偏与这样的理想南辕北辙。比如说，别人做官都要通过科举考试，再通过吏部的选拔考试，一步步地往上走，可李白不屑于像一般人那样按部就班地作什么应试的文章，他总希望一步登天，最好直接当宰相。别人当官都谨小慎微，可李白呢，让高力士脱靴、让杨贵妃磨墨，把唐玄宗晾在一边，“天子呼来不上船”这类出格的事儿，做了一件又一件……总而言之，李白有政治理想，却没有政治智慧，更受不了官场的种种约束，以及等级森严的上下级关系。只可惜别人看得明明白白的事儿，他自己却一点都看不明白。

读懂了李白这一生纠结的矛盾，也许我们更能理解李白想要借酒“与尔同销万古愁”的真正含义了。

话说到这里，其实我们都知道，李白的“三好”——好酒、好道、好侠，以及和“三好”相对应的酒气、仙气、侠气，其实归根结底就是一个词——“自由”。天性向往自由的李白，在仕途上注定要失败，他成不了姜太公、管仲、诸葛亮那样的一代名相，尽管他确实很想做唐代的姜太公、管仲或者诸葛亮，但无论是时势还是个性，都不可能给他这样的机会。这是李白一生的悲哀，也是他一生的困顿。

不过，我们也无须因此而同情李白。俗话说得好，条条道路通罗马。中国的历史从来不缺庸庸碌碌、名不见经传的官员，但中国历史绝对不能少了李白这样伟大的天才诗人，就像后来白居易追忆李白、杜甫时所说的那样：“天意君须会，人间要好诗。”

天意对李白这样的天才有更高的要求，也有更高的期待。

李白自己又何尝不是这样？他的确有出将入相的政治理想，但他更有向往自由的最高信仰，为此他必须有所放弃，同时又有所坚守。

出于对李白这样的理解，当我再次回顾李白的一生时，我最欣赏他的一幕就是天宝三载（744 年）的春天，骄傲而自由的李白，扔给唐玄宗一封辞职信，然后“华丽丽”地转身，与“钟鼓馔玉”潇洒地说再见，从此“只在此山中，云深不知处”。

“天生我材必有用，千金散尽还复来。”成功的标准不是只有一个，成功的道路也不是只有一条，我很感激李白那一刻的骄傲，因为他听从本心，做出了最适合自己的选择。

是的，与其深陷矛盾自我纠结，不如遵从本心，放飞自我。他放弃了千军万马过独木桥的挣扎，反而为自己，也为中国的诗坛赢得了更辽阔的一片天空。

或许，从李白的选择与放弃中，我们也能受到一些启发：如果世界为我们关上了一扇门，我们还能为自己开启一扇新的窗户吧？

杜甫：希望就在蓦然回首时的百感交集中（《望岳》）

“李杜文章在，光焰万丈长。”（韩愈《调张籍》）李白和杜甫一向被看作唐代诗歌的两座高峰。杜甫有名的作品实在太多，这一篇我们要品读杜甫的成名之作——他在二十六岁左右写下的《望岳》。这首诗，也是杜甫正式登上盛唐诗坛的标志性作品：

岱宗夫如何？齐鲁青未了。
造化钟神秀，阴阳割昏晓。
荡胸生层云，决眦入归鸟。
会当凌绝顶，一览众山小。

这首诗是杜甫的成名之作，但并不是杜甫创作的第一首诗，事实上杜甫对自己的诗是相当自信而且相当高调的，他说自己“七龄思即壮，开口咏凤凰”（《壮游》），七岁就能写诗而且还写得相当不错。到他十四五岁的时候已经开始出入文坛，广交朋友，而且在他的朋友圈里不乏地位尊贵的政坛权贵或者文坛明星。比如说，他十四岁的时候就能够出入岐王李范、秘书监崔涤的府第，听当时号称“天下第一”的歌手李龟年唱歌，“岐王宅里寻常见，崔九堂前几度闻”（《江南逢李龟年》）说的就是杜甫少年时期的交游。岐王李范是唐睿宗的儿子，唐玄宗李隆基的亲弟弟。可见少年杜甫已经受到很多达官贵人、文坛名宿的青睐。

青少年时期的杜甫“读书破万卷，下笔如有神”（《奉赠韦左丞丈二十二韵》），可惜的是，杜甫三十五岁以前的诗流传下来的只有区区二十多首，二十岁以前的诗也是寥寥无几，更谈不上什么名作。而且杜甫凭借这首《望岳》“出道”的时候，盛唐的一大批诗人早就名满天下了。孟浩然四十八岁，王昌龄大约四十七岁，高适、王维、李白三十六岁……少年成名的诗人比比皆是，例如王维十七岁就凭借一首“独在异乡为异客，每逢佳节倍思亲”一举成名。这些诗坛大腕儿几乎成了所有人的关注焦点，杜甫这个初出茅庐的小子，要在“大咖”云集的诗坛闯出一条阳光大道来，没有一点拿手绝活儿那是绝无可能的。

杜甫的第一个“必杀技”，就是他的这首成名作《望岳》。我们印象中的杜甫一般都是那个有些悲苦的老夫子形象，“老杜”嘛，好像一说到杜甫感觉就很沉重，但其实谁还没有过鲜衣怒马、年少轻狂的青春期呢？老杜也是从“小杜”成长起来的啊。

这首《望岳》就让我们看到了一个裘马轻狂、自信心爆棚的“小杜”。

杜甫诗集里面有三首《望岳》，诗名一样，三座山却不一样。这一篇《望岳》，指的是东岳泰山，是杜甫青年时期的代表作，是一首五言古诗，这个时期正当唐朝最为繁华的“开元盛世”——开元二十五、二十六年。

第二首《望岳》望的则是西岳华山，这是一首七言律诗，当时杜甫四十七岁左右，诗中有“稍待秋风凉冷后，高寻白帝问真源”的句子。其时，唐朝经历过“安史之乱”，正是风雨飘摇的时期，中年杜甫不可避免地在诗中流露出苍凉和沧桑之感。

第三首《望岳》望的是南岳衡山，这时的杜甫大约五十八岁。

三首《望岳》串起了杜甫从青年到中年，最后到暮年的完整一生。

我们先来看青年时期的杜甫所作的这首《望岳》，看看那个裘马轻狂的“小杜”，是如何表现出放眼天下、舍我其谁的豪迈气势。

“岱宗夫如何，齐鲁青未了。”起笔就气势不凡，“岱宗”是泰山的别名。古时候，泰山的南面是鲁国、北面为齐国，泰山横跨齐鲁，所以杜甫才会说“齐鲁青未了”。

泰山在古人心目中的地位是至高无上的，帝王祭天都会选择泰山，因为古人认为天高不可及，在泰山上封禅，增天之高，可以更加靠近神灵。从秦始皇到汉武帝，唐高宗和武则天都曾在泰山封禅。唐玄宗在开元十三年也曾在泰山封禅，那一年，杜甫十四岁，正在洛阳出入岐王李范等人的府第，这样的轰动性历史大事件，杜甫肯定是知道的。而泰山的神圣地位一定是早就牢牢地扎根在他心里了。所以，当他第一次靠近泰山的时候，从书本上、从道听途说中得来的泰山的印象，忽然变得无比具体、可感，故而他劈头一问：“岱宗夫如何？”泰山究竟怎么样呢？这一问，其实就是杜甫要用亲眼见到的泰山来回答心里一直藏着的那个疑问：大家都说泰山很高大、很巍峨、很厉害，那真正的泰山到底是不是名副其实呢？

这一问，真是问到了点子上。我们平时可能也有过类似的经验，比如经常听到别人说或者从网上、从公众号上看到对某个风景点或者对某个人的评价，说得天花乱坠、神乎其神，可是当我们带着无限期待见到“本尊”的时候，往往会产生一种“哦，也不过如此”的遗憾之感。这就是期望值越高，现实中的失落感越强，所谓“见光死”，意思跟这个应该差不多。

那么，那个一直被“吹”得神乎其神的泰山到底怎么样呢？杜甫当然也很害怕那种“不过尔尔”的失落感，可是当他真的看到泰山的时候，答案瞬间变得异常明朗了。

“齐鲁青未了”，青年杜甫真是出手不凡，他既没有惊叹泰山真的好高好高啊，就像李白形容高山那样：“天台四万八千丈，对此欲倒东南倾”（《梦游天姥吟留别》）；也没有惊叫泰山真的好险好险啊，就像李白形容山路险峻那样：“飞湍瀑流争喧豗，砯崖转石万壑雷”（《蜀道难》）；更没有惊叹泰山真的好美好美啊，就像李白形容山川秀美那样：“野竹分青霭，飞泉挂碧峰”（《访戴天山道士不遇》）……他只是有感而发，写了历史，写了事实。

总之，杜甫就是杜甫，是“不一样的烟火”。简简单单五个字“齐鲁青未了”，硬是“逼”出了一个横跨两个“国家”的巍巍青山。要知道，齐国、鲁国可都是大国，可即便站在两个“国家”的国境之外，你也能远远地看到那座绵延纵横的大山，那片一望无垠的青碧色。一句“齐鲁青未了”，用视线的遥远来烘托泰山的壮观和秀美，竟然将泰山之高、泰山之广、泰山之美全都包括进去了。难怪前人说，写泰山的句子，真的很难有超过杜甫的：“齐鲁到今青未了，题诗谁继杜陵人。”（明莫如忠《登东郡望岳楼》）

接下来两句依然是“小杜”的别出心裁：“造化钟神秀，阴阳割昏晓。”首两句直接将传说中的泰山直观化，从视觉上来勾勒泰山的雄伟壮美；接下来又将视觉形象延伸到时空观念中：难道连大自然都对泰山那么偏心、那么钟爱吗？它赋予了泰山如此非同一般的神韵，难怪人家都说泰山是最靠近天、最接近神的地方呢！而随着太阳位置的移动，泰山向阳的一面光辉明亮，背阳的一面则阴影沉沉，阴阳分隔清晰的山势，越发增添了泰山神秘又神圣的气质。

“荡胸生层云，决眦入归鸟。”“决眦”，就是极目远眺的意思。山中行云缭绕，仿佛自己的心胸也随之起伏荡漾。诗人震撼于泰山的磅礴气势，久久地注目凝望，一直到黄昏日落，飞鸟归林。

这两句将诗人的视觉感受和情绪感受与泰山的自然风景完全交融在一起，诗人的情绪仿佛也随着时间的流动、视线的移动而跌宕起伏，根本无法平静下来。

然而，当如此壮观又具有神性的泰山蓦然展现在诗人眼前的时候，那个初生牛犊不怕虎的“小杜”丝毫没有被震慑住，不仅如此，泰山的雄伟反而激发了这个青年的英雄气概。真是“少年心事当拏云”（李贺《致酒行》），泰山越是雄伟，他越是爆发了不服输的征服欲。

这种浪漫精神在最后两句被推向了最高潮：“会当凌绝顶，一览众山小。”“会当”，就是必须、一定要的意思。泰山越是高耸险峻，越是让“小杜”有了一定要征服它、一定要登临绝顶的勇气与雄心。他想象着，当他终于踏上峰顶的那一刻，再换个角度放眼眺望的时候，那种俯视群山的豪迈，一定会让他真正体会到一个胜利者、征服者的英雄气概吧？

虽然这首《望岳》只是“小杜”的第一首成名之作，但在那种喷薄而出的气势下，已经呈现出杜甫非常高超的诗歌创作技巧。前人总结这首诗的艺术特色的时候曾经这么说：“岱宗夫如何？齐鲁青未了”是远望，“造化钟神秀，阴阳割昏晓”是近望，“荡胸生层云，决眦入归鸟”是细望，“会当凌绝顶，一览众山小”是极望，而最后两句的“极望”还包含着由实转虚的浪漫情怀和远大志向。

“会当凌绝顶，一览众山小。”青年杜甫的心胸气魄，全部喷涌在这两句诗当中。南宋爱国词人刘辰翁评价最后一句“一览众山小”的时候，甚至这样说：“只五字，雄盖一世。”

我个人也相当喜欢“会当凌绝顶，一览众山小”这两句诗。这些年来，每每有学生请我签名并且题诗来鼓励他们的时候，被我引用频率最高的就是这两句。通常，我对男生的鼓励会引用“会当凌绝顶，一览众山小”，对女生的鼓励则常常引用李清照的“何须浅碧轻红色，自是花中第一流”(《鹧鸪天》)。

“会当凌绝顶，一览众山小。”的确，雄盖一世的岂止是“小杜”一个人的理想信念呢？那更是盛唐精神的意气风发啊。一首《望岳》体现的不仅仅是“小杜”一个人的蓬勃朝气，更是整个盛唐迸发的活力。

其实，就在写这首《望岳》的前一两年，也就是开元二十三年（735 年），杜甫二十四岁的时候，他回到洛阳赴京兆参加贡举，这一次他没有考上。但这个挫折丝毫没有影响“小杜”对理想的追求，在那个繁华的开元盛世里，成功有很多种可能，机会也时时会光顾有理想、有准备的青年，所以“小杜”并不担心，也不焦虑，他继续着读万卷书行万里路的追求，攀登着一个又一个的诗坛高峰。

虽然历史不可以假设，但我们还是想这样假设，假设没有唐玄宗后期对朝政的倦怠，假设没有改变国家命运的“安史之乱”，那杜甫的人生一定会是另外一番模样。杜甫的才华和品格，在那个时候已经得到大家的认可，比如说，李邕就非常欣赏杜甫，甚至亲自拜访过这个年轻人。《新唐书》里说：“李邕奇其材，先往见之”，杜甫自己也说过：“李邕求识面，王翰愿卜邻。”（《奉赠韦左丞丈二十二韵》）可见在年轻气盛的“小杜”眼里，李邕、王翰这些鼎鼎大名的文坛领袖，都争先恐后地想要认识“我”，甚至想和“我”做邻居呢，可见“我”是一个多么厉害的人物！

那么，李邕又是什么人呢？他的身份、职务我就不详细介绍了，李白写过几句很有名的诗：“大鹏一日同风起，扶摇直上九万里……宣父犹能畏后生，丈夫未可轻年少。”这首诗名为《上李邕》，说明李白也曾经很想得到李邕的赏识和提拔，可是李邕显然不喜欢李白这种类型的诗人，这无疑让李白非常生气、非常愤懑。可就是这个眼光极其挑剔的文坛偶像，连李白都入不了他的法眼，偏偏对初出茅庐的杜甫青睐有加，甚至愿意主动屈尊去拜访这个无名小辈，由此可见，“小杜”真的是可能前程无量的。

杜甫的命运其实印证了一个事实，太平盛世对个人的成功事业与幸福人生究竟有多重要。国家的命运与个人的命运从来都是息息相关、不可分割的。

不过，就算“安史之乱”改变了唐王朝的命运，也基本中止了杜甫在仕途上的追求，杜甫依然没有放弃对诗歌创作的追求，他依然在诗坛上取得了辉煌的成就。在群星荟萃的大唐诗坛上，在王维、孟浩然、王昌龄、高适、李白、储光羲等一众诗坛“大咖”的“合围”之下，杜甫依然冲出重围，傲视群雄，放射出异常夺目的光彩。大唐众多的诗坛明星都在他的灼灼光芒下显得黯然失色，甚至在后人的眼中，杜甫也俨然超越了所有的盛唐诗人，高居“诗圣”的崇高位置。

虽然盛唐诗坛最终是李杜并称，但还是有人把杜甫的地位置于李白之上，不称李杜，而称“杜李”（顾陶）。晚唐诗人韦庄编选《又玄集》，也是杜甫第一、李白第二。到了宋代，王安石编了一本《四家诗》，杜甫位列第一，其后分别为欧阳修、韩愈、李白。有人就问王安石：“你把杜甫排在第一位，李白排在第四，难道是认为李白的才华气格比不上杜甫吗？”王安石回答：“李白的诗歌，豪放飘逸，一般人当然是比不上的。但李白的诗歌风格变化不多，不像杜甫各种风格都能驾驭得游刃有余，且每种风格都登峰造极。他可以平淡简易，也可以绮丽繁复；可以严肃威武，也可以奋迅驰骤；可以淡泊闲静，也可以风流蕴藉……”这说明，在王安石眼里，简直就没有杜甫不能驾驭的风格，真可谓“光掩前人，而后来无继也”（陈政敏《遁斋闲览》、胡仔《苕溪渔隐丛话》前集卷六引）。

当然，持这种观点的绝不止王安石一人。例如，苏轼也说过，诗到了杜甫这里，“天下之能事毕矣”（《书吴道子画后》）；陈师道说杜甫的诗是“集大成者也”（《后山诗话》引）。

我无意于一定要将李白、杜甫分出个第一、第二名来，我只是想借这些评价，来说明杜甫的成功并不是简单的年少气盛、锋芒毕露，他用一生孜孜不倦的追求和永不懈怠的创作，才最终赢得了这样辉煌的诗歌成就和这样崇高的诗坛地位，直到成为后人仰慕的一座高峰。就像当年的“小杜”站在齐鲁间遥望泰山之巅时那样，虽然他的内心奔腾着“会当凌绝顶，一览众山小”的激情，但他也未必能够预料到终有一天他会真正赶超李白、王维这些诗坛前辈，最终成为像泰山一样让人仰望的诗坛巅峰。

不轻视少年的梦想，不屈服于高山的压力，不放弃攀登的勇气，更不要忘了出发时自己许下的诺言。“既然选择了远方，便只顾风雨兼程。”（汪国真《热爱生命》）也许成功，就在你风雨兼程的过程中，就在你蓦然回首时的百感交集中。

杜甫：狂傲不羁的醉态和仙气（《饮中八仙歌》）

我们继续来聊“小杜”，不是晚唐杜牧那个“小杜”，而是还没有成为“老杜”之前的、年轻的杜甫。不过也不是光说杜甫，这一篇我们要提到九个人，一加八——杜甫和另外八个盛唐明星。另外八个人是谁呢？

我们先来读杜甫的《饮中八仙歌》：

知章骑马似乘船，眼花落井水底眠。

汝阳三斗始朝天，道逢麴车口流涎，恨不移封向酒泉。

左相日兴费万钱，饮如长鲸吸百川，衔杯乐圣称避贤。

宗之潇洒美少年，举觞白眼望青天，皎如玉树临风前。

苏晋长斋绣佛前，醉中往往爱逃禅。

李白一斗诗百篇，长安市上酒家眠。天子呼来不上船，自称臣是酒中仙。

张旭三杯草圣传，脱帽露顶王公前，挥毫落纸如云烟。

焦遂五斗方卓然，高谈雄辩惊四筵。

这的确是一首“奇诗”，它的“奇”体现在三大方面：

先看第一奇，奇在诗歌的形式，它的形式并不是杜甫最擅长的律诗绝句。我们熟悉的唐诗通常都是隔句（偶句）押韵，可这首诗是每一句都押平声字的韵脚，很有汉魏诗歌古风古韵的感觉。而且韵脚还有好几个被反复使用，例如“天”字就押了两次，“眠”字也用了两次，“前”更是押了三次。别人写诗都是尽量避免重复，可杜甫这样的诗坛高手竟然毫不顾忌。我每次读这首诗的时候，就忍不住感叹，“小杜”有才就是任性啊！

再看第二奇，这首诗里出场的人物一共有八个人，但是“小杜”给每个人的镜头分量是不一样的。例如贺知章，杜甫让他第一个出场，但只给了他两句诗的“特写”，其他七个人有的两句，有的三句，杜甫显然偏爱李白，所以李白独占四句诗的分量。可是论起这三个人的身份地位来，李白应该排最后才对。因为八个人中只有李白和最后出场的焦遂是没有官职的平民身份。而前面几位有的贵为王爷，有的贵为宰相，偏偏他们的风采都得让位于李白。甚至这首诗里最被人熟悉的几句就是写李白的：“李白一斗诗百篇，长安市上酒家眠。天子呼来不上船，自称臣是酒中仙。”杜甫如此厚薄不均，所以每次我读这首诗的时候，忍不住再次感叹，“小杜”有才就是任性啊！

最后看第三奇，奇在这首诗简直是酒气扑鼻！“小杜”一连写了八个醉仙的形象，而八个人的形象特色各异，他们除了一个共同特点都是好酒而且酒量特别大，其他方面绝不雷同。这好比道教传说里的八仙过海，各显神通，每个人出场都很抢镜，都那么与众不同，杜甫笔下的八位醉仙也是各显神通，与众不同。

那么，这八位风采各异的醉仙分别是谁呢？我们来逐一看一下。

第一位，贺知章。我们都很熟悉这位诗人，大部分人从小就背过他的诗，像“少小离家老大回，乡音无改鬓毛衰。儿童相见不相识，笑问客从何处来”（《回乡偶遇二首 · 其一》），还有“碧玉妆成一树高，万条垂下绿丝绦。不知细叶谁裁出，二月春风似剪刀”（《咏柳》）等，都出自贺知章的笔下。

贺知章是状元出身，曾经任秘书监等官职，自号四明狂客，又号秘书外监，被人称为“诗狂”，还写得一手漂亮的草书，真是才华横溢又狂放不羁，当然，任性的事情他也没少干。例如，他第一次见到李白时，欣赏得不得了，惊为“谪仙人”，以为李白是天上的神仙下凡，当即解下自己随身佩带的金龟换酒，与李白一醉方休。

天宝三载（744 年），贺知章上疏请度为道士，辞职还乡。他离开京城的时候，唐玄宗不但亲自赐诗，还特派皇太子率领群臣为他饯行，可见他在天子心目中的地位。

不过杜甫的重点并不是要赞美贺知章光辉的人生履历，他只是极为幽默地勾勒了他醉态可掬的样子：“知章骑马似乘船，眼花落井水底眠。”这位贺老先生啊，喝醉酒以后骑马就像坐船一样晃晃悠悠，一副自得其乐的模样，醉眼蒙眬间，路也看不清楚，再加上老眼昏花，一不留神掉到了井底，居然还没被摔醒，还兀自睡得又甜又香呢。

在这八位“醉仙”中，贺知章是最高寿的，天宝三载，他已经是八十六岁高龄，在那个年代，绝对算是长寿老人。“知章骑马似乘船，眼花落井水底眠。”想想看，这么一个八十多岁的白头发白胡子的老头，该是多么淘气的一个老顽童呢！

紧跟在贺老顽童之后出场的第二位“醉仙”是八个人中身份最尊贵的汝阳王李琎。这一位来头可大了，他是唐睿宗的长孙，“让皇帝”李宪的长子。李宪本来是皇太子，后来主动让位给李隆基。李琎是唐玄宗李隆基的侄子，封汝阳王，正宗的亲王贵胄，而且汝阳王李琎还多才多艺、姿容绝美，擅长敲羯鼓，是皇室子弟中的第一美男子，唐玄宗很喜爱他，称他为“花奴”。

据说有一次，唐玄宗听人弹琴，越听越觉得无趣，就把那个弹琴的人骂了出去，又对太监一迭声地嚷嚷着：“赶紧叫花奴带着羯鼓过来，为我解秽！”甚至出于这个原因，从此羯鼓有了一个美称叫作“花奴鼓”。

不过杜甫既不写李琎的多才多艺，也不写他的姿容绝世，只写他的醉态：“汝阳三斗始朝天，道逢麴车口流涎，恨不移封向酒泉。”李琎酒量可不小，“三斗始朝天”。这里的“朝天”可不是仰着脖子抬头看天的意思，而是喝完三斗酒才醉醺醺地去朝见天子。古代一斗等于十升，大家可以想想三斗是多少。可即便是去朝见天子，在路上，他一碰到酒车，闻到酒香，就又忍不住垂涎三尺了。“麴”，就是酿酒用的酒曲，也代指酒。

这个李琎啊，好酒好到什么程度呢？他不是被封为汝阳王嘛，可他恨不得能够改封到酒泉去。据《三秦记》记载，酒泉郡城下有金泉，泉水的味道很像酒，所以名为酒泉。“恨不移封向酒泉”，这真是任性又可爱的“理想”！而且仔细一想，这句诗用来形容任何一个“醉仙”都不合适，只能用在李琎身上。为什么呢？因为只有他才有资格封王啊！也只有他才有资格去向皇帝讨要封地啊！换了八个当中的其他任何一个人，有这样的想法就只能说“想得美”了。而对于汝阳王李琎来说，这样的念头看上去是酒醉以后的胡言乱语，但实际上也确实只有他才能享受到这样“合情合理”的特权。你看，杜甫的诗笔实在是很高明吧？

第三位出场的“醉仙”是李适之。他同样很了不得。李适之在天宝元年的时候代牛仙客为左丞相，当时的右丞相是著名的奸臣李林甫。因受到李林甫排挤，李适之于天宝五载被罢相。李适之为人豪爽，热情好客，被罢相后，他的儿子李霅曾有一次设盛宴招待客人，可是因为大家都畏惧李林甫的权势，竟然没有一个人敢去赴宴。李适之深感世态险恶、人情凉薄，愤而作诗曰：“避贤初罢相，乐圣且衔杯。为问门前客，今朝几个来？”（《罢相作》）

杜甫描写李适之就用到了这个故事：“左相日兴费万钱，饮如长鲸吸百川，衔杯乐圣称避贤。”“费万钱”就是说李适之为人豪爽大方，第二句是说他酒量大得就像鲸吸纳百川，第三句中的“乐圣”“避贤”是一语双关。古时人们将清酒美称为“圣人”，浊酒称为“贤人”（《魏志》）。清酒比较高档，当然也贵得多；浊酒比较粗糙，也很便宜。“乐圣”“避贤”是指李适之身份高贵，平时喝的都是高档清酒，对便宜的浊酒避而远之。但是，我们一听也都能明白，杜甫化用李适之的诗，绝对不是说李适之在喝酒方面追求奢华，而是暗喻了李适之对李林甫这种奸臣的避而远之，对圣人的高洁品行的坚守和向往。

第四位出场的“醉仙”是崔宗之。他是崔日用的儿子，袭封齐国公。崔宗之的亮相和前三位都不一样，尽管他的出身也很高贵，但杜甫不写他的身份，只写他倾国倾城的美貌和风采：“宗之潇洒美少年，举觞白眼望青天，皎如玉树临风前。”在八个人中间，崔宗之大概是属于年青一辈的“小鲜肉”，潇洒美少年了！他一喝起酒来简直自带光环，一边举着酒杯，一边昂首白眼望天，一副高傲不羁、满不在乎的神态。普通人翻白眼只会让人觉得难看，可是崔宗之“举觞白眼望青天”的时候，却是那么楚楚动人。这还不算，他的皮肤还那么白皙，身材是那么修长，气质是那么优雅，就算是喝醉了，也是玉树临风、摇曳生姿、风华绝代啊！

“白眼”还暗用了魏晋时期“竹林七贤”之一阮籍的典故。据说阮籍有个本事，能翻青眼和白眼。看到志不同道不合的人，阮籍就白眼相看，不予理睬；看到高人雅士，阮籍就青眼相加，视为知己。城府很深的人，往往都喜怒不形于色，轻易不会将内心的喜怒爱恨表现出来。可阮籍的翻白眼、青眼，却将情绪的变化充分地表现在脸上。或许，这就是名士的清高与任性吧。

“玉树”也经常被用来形容潇洒漂亮的魏晋名士。例如，《世说新语》就曾用“玉树”来形容当时的美男子。看来，在杜甫的眼中，崔宗之在天赋的美貌之外，还有着魏晋名士洒脱不羁的风采。

第五位是潇洒出尘的名士苏晋。苏晋也不是普通人，他曾经官居中书舍人，终太子左庶子，正四品官员。苏晋与众不同的风采又是怎么体现的呢？“苏晋长斋绣佛前，醉中往往爱逃禅。”原来这家伙平时号称吃斋信佛，可他这个佛家信徒一看到酒就把持不住，一生就在“酒”和“禅”之间左右摇摆。但很显然，在酒和禅的“战斗”中，“酒”是常胜将军，而“禅”不堪一击。活脱脱的一个假佛教信徒、真酒徒。

第六位也是这八位“醉仙”中最亮眼的一位，当然是李白了。“李白一斗诗百篇，长安市上酒家眠。天子呼来不上船，自称臣是酒中仙。”其实杜甫和这八个人当中的不少人都是好朋友，例如汝阳王李琎就是杜甫的朋友，但杜甫最佩服，与之感情最深的还是李白。杜甫在天宝三载的时候在洛阳初遇李白，两人一见如故，从此多次同游，杜甫写了很多诗赠给李白。例如，他一连写了两首《赠李白》，留下了这样的诗句：“痛饮狂歌空度日，飞扬跋扈为谁雄。”用痛饮狂歌、飞扬跋扈来刻画李白的性格气质简直是入木三分！和李白分别之后，杜甫又写过《冬日有怀李白》《春日忆李白》《梦李白二首》《天末怀李白》《寄李十二白二十韵》等许多诗篇，对李白的思念简直如滔滔江水，奔流不息。

不过这首《饮中八仙歌》里只刻画了李白的一个侧面，那就是醉态。李白的三大特点在这四句诗里显露无遗：第一是好酒，第二是有才，第三是狂放。好酒就不用说了，关键是他喝了酒还能写出千古名诗。

从天宝元年到天宝三载，李白在长安任翰林供奉，经常受到唐玄宗的召见，可似乎每次唐玄宗急着要找李白写诗的时候，总需要派人到酒店里去把醉得昏昏沉沉的李白抬到宫里，由此还留下了李白趁着醉意使唤高力士给他脱靴、让杨贵妃给他磨墨、让唐玄宗给他亲手调制醒酒汤这样的传说。传说是不是真的我们先不管，但这些传说无一不说明李白的好酒与狂放，连天子都不放在眼里，一般的富贵权势又岂能让李白摧眉折腰呢？

紧跟在李白之后的第七位“醉仙”是著名的草书大家“草圣”张旭。张旭的特点是喝醉了就要脱帽子把头顶露出来，哪怕是在王公贵胄面前也毫不收敛，满不在乎：“张旭三杯草圣传，脱帽露顶王公前，挥毫落纸如云烟。”而且他一得意就要挥毫疾书，笔锋落在纸上就好比云烟升腾，千姿百态，变幻莫测。有文献记载，张旭每次喝醉酒就要狂写草书，“挥笔而大叫”，把头浸到墨水里写字，等他酒醒之后再看自己的作品，“以为神异”（《国史补》），简直是如有神助啊！

最后登场的第八位“醉仙”是名不见经传的布衣焦遂。焦遂虽然是一介平民，但他见识卓异，口才不凡，一饮五斗之后才开始滔滔不绝，高谈阔论：“焦遂五斗方卓然，高谈雄辩惊四筵。”辩论起来，谁都不是他的对手！

八仙歌写到这里戛然而止，一股酒气始终充盈在字里行间，八位醉仙个性迥异、风采不凡的形象一个个跃然纸上，让人印象深刻。杜甫把八个人写得这么活灵活现，让我们不由得相信，杜甫肯定和他们一起喝过不知道多少次酒，才能这么了解他们，才能写得这么生动吧？

但是，我们恰恰想错了。

我们可以肯定这首诗是写在天宝五载（746 年）以后，因为这一年李适之才罢相写了“避贤初罢相”那首诗，既然杜甫的《饮中八仙歌》化用了李适之的诗，那必然写于李适之罢相之后。而杜甫第一次到长安就是在天宝五载，其后十余年间大部分时间都在长安逗留，直到天宝十四载“安史之乱”爆发。所以这首《饮中八仙歌》应该写于天宝五载以后到“安史之乱”爆发之前的几年中。

既然杜甫 746 年才到长安，那么这八位“醉仙”中的好几位他是无缘得见的，其中贺知章在 744 年辞官归乡之后不久就去世了；苏晋则早在开元二十二年也就是 734 年就已去世。这说明杜甫对这八个人的描写，除了一部分人他确实曾经见过而且关系还一度很密切，其他主要是根据流传在长安的关于这八个人的传闻来写的。

文献中确有关于“饮中八仙”的记载，但是八个人的名单和杜甫写的八个人略有出入，例如另外一个说法认为，八仙里还有一个人叫裴周南，而杜甫的名单里并没有这个人，可见流传的版本还稍微有点差异。不过这丝毫不影响我们欣赏杜甫笔下八位“醉仙”的仙气，就像前人所说：“描写八公，各极生平醉趣，而都带仙气。”（王嗣）八个人的醉态与仙气完美结合在杜甫的诗中。

当代学者程千帆先生曾经这样评价这首诗：“《饮中八仙歌》是杜甫在以一双醒眼看八个醉人的情况之下写的，表现了他以错愕和怅惋的心情面对着这一群不失为优秀人物的非正常精神状态。”“杜甫与‘八仙’之间的关系可以归结为：一个醒的和八个醉的。”（《一个醒的和八个醉的》，载《被开拓的诗世界》）

程千帆先生的观点很有道理，人唐盛世为生活在这个时代的名士的生活内容提供了丰富的可能性，这是一个“一切皆有可能”的时代，但盛世表象下隐藏的各种隐忧也会反映到名士的坎坷命运中，这同样让人唏嘘不已。

不过，我个人的阅读感受却是，杜甫在写这首诗的时候未必刻意保持了一种清醒。虽然在天宝年间杜甫经历了由青少年时期的浪漫豪放，到中年的沉郁理性的转型，但对于初入长安的杜甫来说，贺知章、李白、李适之、张旭，这些前辈既才华横溢又傲岸不羁的人格个性，一定是让他非常欣赏甚至仰慕的，所以，虽然他对他们的坎坷遭遇有惺惺相惜的愤懑不平，但更有追慕甚至是向往这种人格气质的倾向。毕竟，青年杜甫同样也曾在盛世繁华中浪漫过、豪放过、热烈过，遭遇挫折也曾满不在乎地挥挥手从头再来，他也曾有过年少气盛的盛世芳华啊！当他挥洒着八位“醉仙”各自的醉态和仙气的时候，又何尝没有融入他自己狂傲不羁的醉态和仙气呢？

在《饮中八仙歌》里，我们看到的貌似只是杜甫和八位“醉仙”的某一面，但毕竟，这九个人中没有一个是凡夫俗子，无论是贺知章、李白、杜甫的诗才，还是张旭的书法、汝阳王李琎的乐才、李适之的政治才华、焦遂的辩才，甚至是崔宗之的美貌与苏晋的潇洒，他们不只是八个个性迥异的个体，其实也代表了大唐盛世的某一个侧面，他们是盛唐风采的群像，也是盛唐时代的缩影。同时，在他们八个“酒仙”身上，杜甫又何尝没有寄寓自己曾经的少年风华呢？

是的，人生或有黯淡，但人总要有对光明的向往。我想杜甫心中的光，也许就像他后来写的《春日忆李白》诗中说的：“渭北春天树，江东日暮云。何时一樽酒，重与细论文。”有风、有树、有云、有春天、有日落，有自己的一份爱好，有一个知己能和你把酒临风，这就是有光的人生吧。

杜甫：

沧海桑田后的久别重逢（《赠卫八处士》）

离别是人生中常见的情景，也是中国古代诗歌中常见的主题之一。离别根据分别时间的长短可以分为小别和久别，在我们的生活中，常常会经历小别甚至久别：短时间出差、旅游等可以算是小别；出国留学或定居，毕业或者在不同城市工作、求学等往往会引起久别。

离别还有距离长短的区别。在古代，时间的长短和距离的长短往往成正比。当代则不一定，因为当代发达的交通工具与通信手段，让我们的距离感比古代淡很多，对于当代人来说，离别带来的情绪强度可能也要比古人弱得多，因为当代人即便身处遥远的两地，也可以通过语音、视频等高科技通信手段保持频繁的联系；在经济条件允许的前提下，甚至还可以借助飞机、高铁等交通工具保持见面的频率。可是在漫长的古代社会里，很多时候一旦分别就意味着远别，甚至可能是永别。

于是，诗人们将分别之际的不舍情绪，在古典诗词中尽情挥洒，留下了无数动人的诗篇。南朝文人江淹曾经写下一篇《别赋》，所谓“黯然销魂者，唯别而已矣”，江淹用赋的笔法，写出了七种离别时的心神沮丧与失魂落魄。李白《忆秦娥》中也有“年年柳色，灞陵伤别”的句子。“灞陵”即“灞桥”，在今天陕西西安东部的灞陵附近、灞水之上。在汉代、唐代的长安，所有送客的人，都是送到灞桥为止、折柳告别的，所以唐人还将送别的灞桥称为“销魂桥”。当代武侠小说大家金庸在《神雕侠侣》中写到，杨过在小龙女不辞而别之后，饱受相思之苦，发明了黯然销魂掌，这也是借鉴了江淹的《别赋》。

既然离别是令人黯然销魂的，那么，久别重逢是不是就一定会让人欣喜若狂呢？答案或许比我们以为的更为复杂。接下来，我们一起分享杜甫的一首关于老友久别重逢的诗《赠卫八处士》：

人生不相见，动如参与商。今夕复何夕，共此灯烛光。
少壮能几时，鬓发各已苍。访旧半为鬼，惊呼热中肠。
焉知二十载，重上君子堂。昔别君未婚，儿女忽成行。
怡然敬父执，问我来何方。问答乃未已，驱儿罗酒浆。
夜雨剪春韭，新炊间黄粱。主称会面难，一举累十觞。
十觞亦不醉，感子故意长。明日隔山岳，世事两茫茫。

这是一首讲述老朋友分别二十年之后重逢的诗。如果说离别是痛苦的、哀伤的，那么按理说久别重逢就应该是喜悦的、兴奋的。例如，当代人的久别重逢，往往是从交流分开以后的经历开始聊起，“没想到你孩子都这么大了，真好啊，什么时候生二胎啊？”“哎呀，没想到一别几年，你自己创业，事业做得是风生水起啊！”“来来来，赶紧加个微信，建微信群、发照片啊！”……

可是，在杜甫这首诗中，我们感受最深的并不是久别重逢的欢乐，而是深深的悲哀与沉痛。这又是为什么呢？

要回答这个问题，我们就必须细读这首诗，而要读懂这种久别重逢的悲伤情绪，我们必须从三个方面去了解这首诗背后的故事。

首先，杜甫和老朋友久别重逢的时代背景和个人经历有什么特殊之处？也就是说，是什么原因导致了他们的久别，又是因为什么他们再次意外重逢？

其次，他们重逢之后最想聊的话题是什么？是各自的家庭、事业，还是人生理想？

最后，这首久别重逢的诗，给后人留下了怎样特别的意义呢？

首先我们来看杜甫和老朋友久别重逢的时代背景和个人经历分别有什么特殊之处。

写这首诗的时候，杜甫四十八岁，这一年，是唐朝的乾元二年（759 年）。

是的，这时不再是大唐王朝的太平盛世。杜甫与好友重逢的乾元二年，已经是“安史之乱”爆发后的第五年，长安和洛阳两京虽然相继被收复，但战乱却并未平息。就在他们相逢的这一年正月，史思明在魏州（今河北大名）自称大圣燕王。唐朝大将郭子仪等九节度使率领二十万大军围攻邺城数月不下，史思明遂于二月引兵南下欲救邺城之围。三月，唐军与史思明叛军在安阳河北决一死战，唐军溃败，只能退守洛阳，战场上再一次血流成河，老百姓再一次惊慌失措，仓皇逃窜；不久之后，关中大旱，饥民遍野。这一系列的天灾人祸让大唐王朝雪上加霜。

战乱、灾荒、瘟疫……这就是杜甫和老友久别重逢的时代背景。

接下来再看和杜甫久别重逢的这位老朋友是一个什么样的人。

这位老友姓卫，排行第八，隐居不仕，所以杜甫称呼他为“卫八处士”。关于卫八处士的生平经历没有详细的史料可以考察，不过我们可以知道的是，除杜甫之外，他和当时很多有名的诗人都有亲密的往来。著名的边塞诗人高适也是卫八处士的好朋友，高适写过《酬卫八雪中见寄》《同卫八题陆少府书斋》等诗，这说明卫八虽然隐居乡间，却并非普通农夫，而是一个“往来有鸿儒”的高人雅士。

二十年来，杜甫与卫八处士一个四处奔波流徙，过着朝不保夕的日子；另一个隐居在寂寂无闻的小山村中，与世隔绝。原以为他们此生此世难以再见，所以杜甫在诗中一开始的感叹就惊心动魄：“人生不相见，动如参与商。”

“参”“商”是两大星宿。参星，在酉时也就是傍晚五点到七点出现在西方。商星，又叫辰星，在卯时也就是早上五点到七点出现在东方。参与商，一升一落，一早一晚，永远不可能同时出现在天空中。在没有智能手机、没有互联网的唐代，尤其是在那个音信隔绝的乱世中，人与人的分离就像参与商两个星宿一样，再见几乎是不可能的事！

可是没想到，在乱糟糟的世道中，杜甫和卫八处士居然还能够“偷”得一个夜晚的宁静，相聚在昏暗却温馨的烛光下：“今夕复何夕，共此灯烛光。”这一切，就像梦一样那么不真实。想象中完全不可能的事一旦发生，就会带给人尤其剧烈的震撼。二十年前的他们正值青春年华，意气风发。可是面前的老友，分明不复当年青春的光彩，摇曳的烛光下，对坐的是两位鬓发苍苍的“老人”。当年离别的时候，卫八处士还是单身的毛头小伙子，如今已经儿女成行了。而且卫八处士不仅自己儒雅博学，他调教出来的子女也个个温文尔雅，他们以晚辈之礼，彬彬有礼地接待父亲的朋友，还关心地询问杜甫：“先生是从哪里过来的？一路上可还顺利？没有碰到什么麻烦吧……”

晚辈们亲切真挚的关怀，让杜甫感受到了如春雨润物般的丝丝温暖，更让人感动的是，儿女们一边体贴地嘘寒问暖，一边开始着手准备一顿热腾腾的晚餐。

主人冒着春夜还略带寒意的雨去剪春韭。刚从地里剪下来的春韭，碧绿碧绿的，新鲜得可以掐出水来；刚刚煮熟的掺着黄米的饭热气腾腾，浓香扑鼻。春韭、黄米饭，这大概是最普通的农家饭菜了。离乱的时代，山间的隐士生活状况相当困窘，园子里当季的小菜只有春韭，连米饭都不够，只好掺杂黄米来待客。可就是这样的简单饭菜，对于久经丧乱的杜甫而言，无异于天底下最丰盛的美味，因为它饱含着好友款待自己的深情，也饱含着乱世幸存的安慰。

饭煮熟了，酒菜也上了桌，卫八处士殷勤地邀请杜甫在主宾席上落座。这不像一般的朋友聚会，可以心平气和地浅斟低酌。劫后余生的杜甫，在主人的热情招呼下，一连喝了十大杯。十杯喝下去，他还没有醉意——如果一定要说醉的话，他也是醉在了朋友的深情厚谊之中。

这首《赠卫八处士》之所以能够成为经典，就是因为杜甫将一次意外的久别重逢写得荡气回肠，波澜迭起。在这首诗当中，有三联诗堪称这次重逢的三次情绪高潮。

第一次情绪高潮，是“访旧半为鬼，惊呼热中肠”。这是杜甫和卫八处士乍一见面时候的第一反应。他们已经长达二十年没有见过面，而且彼此间没有通过任何音信：“焉知二十载，重上君子堂。”如果是当代人，在毕业二十周年聚会上，我们见面之后主要会聊些什么呢？一定是聊我们共同熟悉的那些同学吧？他们读书的时候是什么样子的，二十年后，他们又过得怎么样呢？

所以，久别重逢一定会开启“回忆模式”：某某同学当年瘦得像竹竿，现在却大腹便便；某某同学当年做过哪些“糗事”；

谁是“学霸”，谁又是“学渣”；谁和谁一起追过哪个“班花”“校花”……一边回忆，还要一边关心那些没能到场聚会的同学，谁现在是业界大亨，谁又是鼎鼎大名的大学者，或者谁做了全职太太，等等。

杜甫和卫八处士二十年后的再见，却不是一般意义上的同学聚会，他们在重逢后那一刹那的喜悦过后，开启了极其沉重的“回忆模式”：“访旧半为鬼，惊呼热中肠。”四十八岁的杜甫，按常理推测，他的同龄朋友应该也多还在壮年，可是当他们一一提起那些老朋友的名字时，发现竟然有一多半不在人世。每次他们说起一个共同熟悉的名字，就忍不住惊呼一声：啊？他已经不在了！啊？他在某次战役中阵亡了！啊？他们一家人在逃难途中病死了！……

这就是杜甫和卫八处士共同面对的残酷现实！

要在这样的乱世中活下来是多么艰难！当那一个个熟悉的名字像刀子一样划过心头的时候，怎不让人感到热辣辣的剧痛！

“访旧半为鬼，惊呼热中肠”，这样的久别重逢，实在太让人难以承受了！

二十年，即便对于正常流逝的岁月而言，也不是一段短暂的时间，何况杜甫与卫八处士分离的这二十年，是何等特殊的二十年。且不说在这二十年里，“安史之乱”已经让大唐王朝日薄西山，摇摇欲坠，“开元盛世”一去不复返。即便对杜甫个人的命运而言，从二十八岁到四十八岁，他也经历了太多的沧海桑田。

公元 755 年 12 月 16 日，“安史之乱”爆发，杜甫不得不携带妻室儿女跟随着潮水般的难民开始了颠沛流离的逃难生活，一直逃到鄜州（今陕西延安富县）城北的羌村，他才将妻小暂时安顿在那里。

天宝十五载（756 年）八月，杜甫听说太子李亨——就是历史上的唐肃宗——在灵武（今属宁夏银川）即位，他立即只身北上，希望能够投奔唐肃宗，效命国家。可是在路上，他被叛军俘虏，押解到了已沦陷的长安。好在当时的杜甫一无官职二无盛名，叛军对他的看管很松懈。

至德二载（757 年）四月，杜甫终于找到机会逃出长安，冒着随时可能再次被捕的生命危险，一路逃到唐肃宗驻跸的凤翔（今陕西凤翔）。当他身着千疮百孔的破衣烂衫，狼狈万分地见到唐肃宗的那一刻，他忍不住热泪纵横，百感交集。唐肃宗感动于他对朝廷的耿耿忠心，任命他为左拾遗。

可是，好不容易才有了落脚之地的杜甫，还没有来得及安顿下来，就被肃宗疏远了。他为因平叛失利而被贬的宰相房琯上疏求情，而且措辞相当恳切、激烈，惹得肃宗勃然大怒，当年八月就让他离开凤翔回鄜州休“探亲假”去了。

至德二载九月，唐军收复长安；十月，唐肃宗御驾返京；十一月，杜甫带着家人从避难的鄜州返回长安。

乾元元年（758 年）六月，房琯被贬为豳州刺史，受此牵连，杜甫被贬为华州（今属陕西渭南）司功参军。

这一系列的政局动荡、个人命运的跌宕起伏，让杜甫感到心力交瘁。尤其是这年冬天，杜甫去洛阳探望朋友，战乱带给国家的满目疮痍深深地震撼了他。叛乱还未彻底平复，回纥兵又趁势大肆掠夺、骚扰。

第二年春，也就是乾元二年春，唐军与叛军的决战以唐军的溃败告终。正是这一系列的忧患乱离催生了杜甫的“三吏”“三别”名篇，在这些诗篇中，诗人真实而沉痛地记录了战乱中老百姓的悲惨生活：不但成年男子悉数被征往前线作战，连年迈的老妇人也未被放过；刚刚过了新婚之夜的新娘不得不忍痛与新郎生离死别；儿孙都已阵亡的老翁也不得不告别老妻，扔掉拐杖，颤颤巍巍地加入行军的队伍……

乾元二年的时候，四十八岁的杜甫已是满头白发，疾病缠身。重重衰病的折磨，如影随形的沉重忧思，让本应如日中天的壮年诗人显得那么衰老、疲惫。杜甫就是在这样低沉的心境下，拖着疲病交加的身体离开洛阳，准备返回华州的。

就在返回华州途经奉先（今陕西蒲城）时，杜甫与卫八处士意外重逢了。正因为国家的动荡不安，个人命运的坎坷多舛，二十年来朋友之间无法及时互通音信。因此，二十年后在乱世中意外的重逢，才会带给诗人如此巨大的惊喜，同时也带给他渺无希望的哀伤。

“访旧半为鬼，惊呼热中肠”既是对个人命运的感伤，更是对时代创伤的反映。

就是在这样的背景下，两位二十年不见的老朋友居然还能好好地活着再见，才显得尤其珍贵：“焉知二十载，重上君子堂。”杜甫用“焉知”两个字反问，“我”怎么能想到二十年后，还能重新到你家的厅堂上来呢？这怎么可能？这怎么可能？“我”居然还活着，而你恰好也还活着！“重上君子堂”的一个“重”字，说明这不是简单的又一次相聚，而是九死一生过后，幸存下来的欣慰与感慨。

“访旧半为鬼，惊呼热中肠”，这是久别重逢的第一次情绪高潮。

第二次情绪高潮表现在这一联：“夜雨剪春韭，新炊间黄粱。”

这一联诗，主要是写主人卫八处士如何款待意外重逢的客人杜甫。既然是意外重逢，卫八处士当然不可能预先准备好丰盛的酒菜，何况在那样的乱世当中，在卫八处士隐居的荒僻山野之中，也不可能有山珍海味来款待客人。

那卫八处士又通过什么方式来表达对重逢的老友的真挚情谊呢？“夜雨剪春韭，新炊间黄粱。”

古人认为春天的韭菜最为鲜嫩可口，有“春初早韭，秋末晚菘”（《南齐书》）的说法。南朝有一个叫周颙的人，他非常博学，深受朝廷器重，可是他却坚持过着很清贫的生活，每天吃的都是山野田间的普通蔬菜。有一次，文惠太子问他：“你吃的蔬菜里面哪一种最为美味？”周颙回答：“初春吃韭菜，秋末吃白菜。”

韭菜，在古人心目中，是春天美味的象征，也是高人雅士人格的象征。

关于“春韭”，还有一个传说和杜甫的故事极为相似。东汉末年，有一位高士名叫郭泰，一天夜里，好友范逵不期而至，于是郭泰亲自冒雨剪韭，做成汤饼款待好友。这个故事后来被载入蒙学读物《幼学琼林》：“冒雨剪韭，郭林宗（郭泰，字林宗）款友情殷。”

自从杜甫用“夜雨剪春韭”这样的句子来表达好友待客的深挚情谊，此后的诗人、词人便经常化用这个典故来表达相近的意思。例如，南宋末年爱国词人刘辰翁在《摸鱼儿》词中说：“君且住，草草留君剪韭。”词中便是用“剪韭”来表达殷勤挽留客人的热忱与诚意。清代龚自珍在给朋友的书信中甚至直接说：“今年尚未与阁下举杯，春寒宜饮，乞于明日未刻过敝斋剪韭小集。”（《与吴虹生书》）意思就是，朋友啊，今年还没和你一起喝过酒呢，早春寒意未除，正应该喝上两杯，明天你能不能到寒舍来一起“剪韭”小聚一下呢？

可见，自杜甫写下这首诗后，“春天剪韭”简直成了朋友邀客、待客、劝客的雅称，表示主人虽然没有山珍海味的奢华，却满是夜雨剪韭的真诚与殷勤。

在这个恬淡微冷的春雨之夜，饭煮熟了，酒菜也上了桌，卫八处士邀请杜甫在主宾席上落座，终于可以坐下来，心平气和地好好喝几杯了。

杜甫高兴啊！他一连喝了十大杯："主称会面难，一举累十觞。"大家都知道李白好酒："烹羊宰牛且为乐，会须一饮三百杯。"杜甫也不无崇拜地夸偶像："李白一斗诗百篇，长安市上酒家眠。"不过李白虽然好酒，可也经常喝得烂醉如泥还会误大事儿，杜甫却是好喝酒，酒量还特别大："十觞亦不醉，感子故意长。"一连喝了十大杯，他还没有醉。"一举累十觞"，不仅仅反映了他们的酒量大，更重要的是反映了其内心汹涌的情感。烽火乱世中的幸存与重逢是如此不容易，老朋友，喝吧喝吧，不醉不归，谁知道还有没有下一次的再见呢！

诗写到这里，从"今夕复何夕，共此灯烛光"的重逢之喜，到"访旧半为鬼，惊呼热中肠"的沉痛回忆，再到"夜雨剪春韭，新炊间黄粱"的恬静温馨，情绪可谓一波三折。不过，当我们随着杜甫的描述，跌宕起伏的心情稍微平缓下来，准备好好感受一番"夜雨剪春韭，新炊间黄粱"的温暖与平静时，杜甫却又推出了这首诗的第三波情绪高潮："明日隔山岳，世事两茫茫。"

我们大概都有过这样的情绪体验，欢快的聚会总是显得太短暂，就好像春节的黄金周假期总是转瞬即逝一样，而离别总是显得太过漫长。

"明日隔山岳，世事两茫茫。"在今晚的畅饮欢聚后，明天一早又要离别。上次一别二十年，相识多年的老友许多都已相继离世，你我重逢已属万幸，而这次一别，世事难料，命运难测，再见又会在什么时候？

“明日隔山岳，世事两茫茫。”诗写到这里，戛然而止，就好像一记响亮的钟声，震耳欲聋，却又绕梁不绝。

从“访旧半为鬼，惊呼热中肠”意外重逢的悲喜交加，到“夜雨剪春韭，新炊间黄粱”相聚夜饮的温暖宁静，再到“明日隔山岳，世事两茫茫”对后会无期的深深叹惋，一首《赠卫八处士》把老杜情绪的跌宕起伏表现得淋漓尽致，而“夜雨剪春韭，新炊间黄粱”也成为这首诗中流传千古的经典名句。这样的诗句，放在久别重逢的特殊背景中，更加凸显了友情的价值。卫八对杜甫的真诚相待，杜甫对卫八的感念情深，让我们深深地体会到了乱世中友情的珍贵与温暖。

《赠卫八处士》既是久别重逢的主题诗，更是一首友情的赞歌。

我因为特别喜欢这首《赠卫八处士》，有一次高中同学聚会之后，我还对这首诗进行了改动，记录了高中同学毕业九年后再聚的情感，虽然是游戏之作，却也有一些真实的感触：

人生不相见，动若参与商。今夕复何夕，共此一屏光。

少壮能几时，感慨泪千行。访旧多难会，遥迢信渺茫。

焉知八九载，重逢在故乡。昔别君未婚，连理忽成双。

娇痴小儿闹，咿呀唤爹娘。袅袅垂杨岸，盈盈杏花墙。

夜雨剪春韭，新炊间黄粱。君赴康庄道，我为君捧觞。

十觞亦不醉，无物似情长。明日隔山海，风雨满潇湘。

杜甫的原诗是写乱世中老友重逢的百感交集。我们生活在太平盛世，所以我戏改后的诗重在表达个人生活状态的变化和对事业道路的不同选择，虽是“戏作”，但是不是也会让人觉得，其实诗歌和友情从来就不在远方，而是一直在我们身边呢？

杜甫：

随时随地心生欢喜（《春夜喜雨》）

这一篇我们要分享的这首诗围绕着一个字展开——“喜”。对于中国人来说，“喜”真的是一个很“讨喜”的字，大伙儿过日子都是奔着欢欢喜喜去的，民间甚至还有“四喜”的说法：久旱逢甘霖，他乡遇故知，洞房花烛夜，金榜题名时。这是古人心目中的人生四大喜事。

现代人的四大喜事其实也与古代相似：久旱逢甘霖说的是季节的风调雨顺，他乡遇故知说的是友情的安慰，洞房花烛夜说的是婚姻的幸福，金榜题名时说的是学业、事业的成功。

看来从古至今，人生的平安喜乐无外乎就是这四大主题。那么，我们要讲的这首诗，是和哪一类型的喜事有关呢？我们先来读一读杜甫这首家喻户晓的《春夜喜雨》：

好雨知时节，当春乃发生。

随风潜入夜，润物细无声。

野径云俱黑，江船火独明。

晓看红湿处，花重锦官城。

乍一看，这首《春夜喜雨》写的是“四喜”中的第一大喜事——久旱逢甘霖。那么，事实是不是这样呢？

杜甫这首诗写于成都，最后一句“花重锦官城”，“锦官城”指的就是成都了，成都别号“锦城”。以前成都有大城、少城之分，古时候的少城是掌管织锦的官员的官署，因为四川出产的彩锦被称为蜀锦，且蜀锦是名闻天下的奢侈品，成都也因此被称为“锦官城”，简称为“锦城”。

“好雨知时节，当春乃发生。”去过成都或者生活在成都的朋友可能都注意过，成都的气候通常是七、八两个月多雨，而冬、春两季雨水相对较少。所谓“春雨贵如油”，尤其是在以农业生产为主要经济来源的地方，一场及时的“好雨”就显得无比重要了。

对于古时候的地方长官而言，求雨、祈雨是一项非常重要的工作。举个例了，苏轼在当徐州“市长”（知州）的时候，有一次徐州遭遇春旱，苏轼就带领属下专门到石潭去祈雨，写下了《徐州祈雨青词》和《起伏龙行》，诗中就说到了徐州大旱的情景。大概真的是心诚则灵吧，祈雨之后不久，徐州果然普降甘霖，旱情得以缓解，尤其是农村生活恢复了正常，于是苏轼又专程去石潭举行谢雨的仪式。

更有趣的是，苏轼还一连写了五首《浣溪沙》，记录下“市长”求雨给老百姓带来的欢乐气氛，村姑们为了围观帅气的“市长”大人，个个打扮得花枝招展，“旋抹红妆看使君”，还换上了她们觉得最漂亮的裙子，三三两两地挤在柴门口，你推我搡，唯恐自己看不到，连裙子都被踩破了。村民们也纷纷在自己的土地庙里举行谢雨仪式，有个老头儿实在是太兴奋了，不小心喝高了，醉倒在路边——“道逢醉叟卧黄昏”（《浣溪沙》），真是一派质朴而欢乐的气氛啊！

所以，老杜笔下的“春夜喜雨”，这个“喜”还真不是为了他一个人的喜事儿。虽然这个时候的老杜既不是成都的父母官，也不是真正靠天吃饭的农民，但他对风调雨顺真的有像农民一样的欣喜。

在老杜的笔下，成都的春雨是善解人意、温柔善良的：“随风潜入夜，润物细无声。”宁静的夜晚，春雨悄悄滋润着万物，却一点儿都没有张扬、炫耀的意思。

因为下雨，天空中乌云密布，野外的小路似乎像乌云一样黑，同样昏暗的江面上只有船上的灯火透露出一点光明。“野径云俱黑，江船火独明”两句所描述的雨中夜景，真正体现出一位大诗人和普通人的区别。

前面说过，老杜对春雨的喜爱和期待之情与一般老百姓完全一样，可是他和一般人不一样的地方是，他还拥有一双诗人的审美的眼睛。在乌云压境、风雨交加的夜晚，一般人可能早早地就躲在家里避雨了，可是老杜却饶有兴致地欣赏着野外的春风春雨、春江春水。看来，“知时节”的又岂止一场春雨呢，还有像老杜这样热爱自然的诗人啊。

诗的末尾两句“晓看红湿处，花重锦官城”，由雨中夜景又写到了雨中晨景。夜景之“黑”，与晨景之“红”，色彩由暗到亮，看上去只是写了时间和视觉的变化，其实更是体现了老杜心情的变化。一场善解人意的春雨过后，诗人的心情是那么愉悦，大清早踱出家门，满目所见，鲜花盛开，红彤彤、明艳艳的，花瓣上还挂着晶莹剔透的雨珠，将整个锦官城装点得无比明媚。

“晓看红湿处，花重锦官城”是整首诗的点睛之笔，并且再一次呼应了题目的“喜雨”和首句的“好雨”，虽然这两句诗没有一个字写到心情，但诗人的喜悦却是毫不掩饰地跃然纸上。

为什么我会说尾联这两句特别能够反映出诗人喜悦的心情呢？

其实我是通过比较得出的结论。喜欢读诗词的朋友可能都想得到，很多诗词在写到春天风雨过后的鲜花，往往都侧重于表达鲜花受到风雨的摧残，借鲜花的凋零来抒发对时间流逝的忧愁。

像我们最熟悉的孟浩然的“春眠不觉晓，处处闻啼鸟。夜来风雨声，花落知多少”，欧阳修的“雨横风狂三月暮，门掩黄昏，无计留春住。泪眼问花花不语，乱红飞过秋千去”，南唐中主李璟的“风里落花谁是主，思悠悠”，辛弃疾的“更能消几番风雨？匆匆春又归去。惜春长怕花开早，何况落红无数”，还有李清照的“昨夜雨疏风骤……知否，知否，应是绿肥红瘦”……更不用说《红楼梦》里那个著名的黛玉葬花的情节了：阳春三月，一天早饭后，宝玉带了一套《西厢记》，到沁芳闸桥边桃花底下一块石上坐着，如痴如醉地读了起来。正巧一阵风吹过，树上的桃花被吹下一大半来，落了满身、满书、满地。宝玉生怕弄脏了落花，赶紧兜了花瓣，抖进池水之中，看那花瓣漂漂荡荡流出沁芳闸。可是当他回到桃花树下，发现地上又掉了许多落花，一时就不知该怎么办了。这时他听到背后有人问："你在这里做什么？"回头一看是黛玉，她肩上担着花锄，锄上挂着花囊，手里拿着花帚——正是黛玉葬花的经典形象。

春天的风雨让落花凋零，这是诗词中最常见的伤春景象，也是最容易引发诗人悲愁的自然现象。可是，老杜就是这么与众不同，在"随风潜入夜"的一场春雨过后，他看到的不是满地残花的萧瑟，而是在春雨的滋润下，更加丰满、娇艳、灿烂的盛开的鲜花与明媚的春光："晓看红湿处，花重锦官城。"

那么，老杜到底是有多爱这场"润物细无声"的春雨，又有多爱这座春意盎然的锦官城呢？

这就要简单说说老杜来到成都的这段背景故事了。

天宝十四载（755 年）十一月初九，安禄山起兵叛乱。随着"渔阳鼙鼓动地来"，"安史之乱"以最为惨痛的方式宣告了盛唐"春天"的终结，杜甫也不得不携带妻室儿女，再次开始了颠沛流离的逃难生活。

乾元二年（759 年）年底，杜甫一家流亡到了成都。第二年春天，也就是上元元年（760 年），杜甫在亲朋好友的资助下，于成都的浣花溪畔修筑了一处草堂，还在草堂周围种了许多花草果树。草堂虽然简陋，屋顶的茅草经常被狂风卷走，屋里还到处漏雨，可是流亡多年的杜甫一家总算是有了一个安身之所，杜甫也终于有心情真正欣赏春天的美丽：轻荫蔽日，百花盛开，无数蜻蜓在草堂附近飞来飞去，燕子也来屋檐下修筑新巢，一切都是那么生机勃勃。那首著名的“黄四娘家花满蹊，千朵万朵压枝低。留连戏蝶时时舞，自在娇莺恰恰啼”（《江畔独步寻花七绝句·其六》）就是写于成都时期。

其实在成都草堂居住的时候，杜甫一家依然挣扎在贫困线上，那首中学生都会背的《茅屋为秋风所破歌》，就很能体现杜甫一家的穷困潦倒，所以杜甫和他的妻子、孩子必须自己种菜，甚至要靠种草药、卖药来勉强糊口。但是，贫穷并没有压垮杜甫和他的家人，杜甫最让人敬佩的就是那种苦中作乐的胸怀。在这里，我简单概括了一下杜甫一家苦中作乐的三大“喜”：

第一喜，他收获了真挚的友情。在成都时期，杜甫的朋友圈里既有高官又有普通乡邻。例如，担任成都府尹、剑南西川节度使的严武，就是杜甫的世交好友。严武不仅经常到杜甫草堂做客，也经常邀请杜甫去他的官邸聚会，对杜甫一家的生活颇多关照。严武甚至还向朝廷举荐杜甫为节度参谋、检校工部员外郎，这也是杜甫一生中担任过的最高官职。只不过杜甫已经不能习惯处处受拘束的官场生活，不到半年就辞了职，继续过他优哉游哉的闲居生活去了。

再比如说，杜甫还有一首很有名的《客至》，说的就是一位姓崔的县令来他家做客，杜甫虽然没有什么山珍海味招待贵客，但几盘乡野小菜，一壶自酿的老酒，两个人也喝得很开心，他们还把隔壁的老农一起唤过来开怀畅饮，尽欢而散："舍南舍北皆春水，但见群鸥日日来。花径不曾缘客扫，蓬门今始为君开。盘飧市远无兼味，樽酒家贫只旧醅。肯与邻翁相对饮，隔篱呼取尽馀（馀一作：余）杯。"

第二喜，他体验到了深挚的爱情。杜甫终其一生没有纳过妾，也没有什么寻花问柳的绯闻。无论生活多么艰难，他与妻子杨夫人始终相濡以沫，不离不弃。杨夫人出身弘农杨氏，父亲是司农少卿杨怡，她算是官宦人家的大小姐，可是嫁给杜甫之后一直处于颠沛流离中，经常连饭都吃不饱，再加上他们连续生了八九个子女，可想而知，操持这个大家庭有多么艰难。可是杨夫人从来没有怨言。杜甫是个诗人，不幸生逢乱世，他又不善于挣钱养家，这个贫困而庞大的家庭全仰仗杨夫人勉力操持，才不至于妻离子散："世乱怜渠小，家贫仰母慈。"（《遣兴》）成群的儿女，全靠杨夫人的慈爱操劳，才能够长大成人……

但相濡以沫、艰难持家还不是杨夫人最值得敬佩的地方，杨夫人最让人敬佩的地方，是她总能够在最艰难的时候，还想方设法让日子过得充满喜悦的情调。

成都的夏天清幽宁静，闲来无事，杜甫忽然来了下棋的兴致，可是长期的颠沛流离，棋盘和棋子早不知丢到什么地方去了。不过这也难不倒手妙心灵的杨夫人，她趴在桌上，很快在纸上画了一张棋盘，然后和丈夫画棋子来下棋，他们的小儿子则在一旁敲针做钓钩准备去钓鱼：“老妻画纸为棋局，稚子敲针作钓钩。”老夫老妻相对弈棋，孩子们在身边自由自在地嬉戏，这是一幅多么有情趣的家居生活图。

偶尔，杨夫人还会陪着杜甫、带着孩子划船郊游：“昼引老妻乘小艇，晴看稚子浴清江”，俨然一幅兴味盎然的家庭“自驾游”图景。杜甫还用“蛱蝶相逐”“并蒂芙蓉”来形容他们夫妻的成双成对。在杜甫眼里，夫妻相守本来就应该是爱情和婚姻的常态。虽然穷，他们没有美酒佳肴当作出游的干粮，但是普通的茶水或者甘蔗汁已经是无上的美味；没有华贵精致的玉缸，瓷瓶子也别有一番朴拙的风味。

杨夫人还会带着一家大小开荒种地，栽花植树，养鸡养鸭，甚至还种药、卖药贴补家用，将朴素的日子过得有滋有味。有时候客人来访，杨夫人总是能将简单的山野小菜做得美味可口，她和邻居的相处更是融洽，和睦得如同一家人……

这样的妻子，这样的婚姻，应该是杜甫苦难生活中最大的安慰了吧？

杜甫在成都的第三大喜，就是收获了诗歌创作的又一个高潮。像《春夜喜雨》《客至》《江畔独步寻花》《茅屋为秋风所破歌》等著名诗篇都诞生在这个时期，而且其中的很多诗篇，让我们看到了杜甫的另外一面。那是一个充满童心童趣的诗人，而不仅仅是一个成天沉浸在忧思痛苦中的老诗人。

在成都草堂居住的五年当中，杜甫写了四百三十首诗，几乎占杜甫诗集总数的三分之一，其中有不少描写美好春光的诗篇，《春夜喜雨》就是这类诗歌的代表作。了解了杜甫写作《春夜喜雨》的背景，我们应该能够理解为什么在一场春雨之后，杜甫的心情会那么喜悦、那么充满希望了吧？

不因为苦难而堕落，不因为平凡而麻木，随时随地心生喜悦，看到希望，创造动力，才是生活的大智慧。

韦应物：

父亲对女儿最深沉的爱（《送杨氏女》）

他是一位很特殊的唐代诗人。说起他，我突然冒出一个疑问：你说，作为一个诗人，生活在唐代到底是一件幸福的事儿，还是一件不幸的事儿呢？我觉得吧，说幸福也幸福，因为那毕竟是古典诗歌的一个高峰。如果生活在唐代，你可以和诗坛上那些闪闪发光的明星诗人近距离接触，甚至说不定还可以跟李白、杜甫一起把酒言欢，跟王维、孟浩然一起游山玩水，跟高适、岑参一起驰骋边塞，跟白居易、刘禹锡一起诗词唱和，或者跟李商隐、杜牧一起谈谈人生与爱情。说不幸也不幸，因为大唐诗坛实在是群星荟萃，就好比现在的国际电影节，例如戛纳电影节，你本来以为自己足够有名了吧，可是走红毯的时候，你才发现那些记者的镜头疯狂追捧的还是那些光芒四射的国际大腕儿。

大唐诗坛群星璀璨，如果一个个地看，那些诗人个顶个地优秀，每个人都是万里挑一的顶尖人才，可是一旦聚在一起，难免就会有很多诗人不得不尴尬地被别人的光芒所淹没。我们要讲的这位唐代诗人，就属于特别优秀，能够跻身大唐诗人群星谱中但地位却有些尴尬的一类。说他特别优秀，是因为大家公认他的诗写得非常好，他的名字经常被拿来跟那些一流诗人并提，例如，他与王维、孟浩然、柳宗元并称王孟韦柳；白居易高度评价他的诗“高雅闲淡，自成一家之体”；宋代著名书评家严羽在列举唐诗各种诗体的时候，单列出一种“韦柳体”，就是以韦应物、柳宗元的诗歌风格为代表的诗歌体派。说他地位尴尬，是因为他就像在常规比赛中获得第四名、第五名的选手，虽然成绩名列前茅，但人们却会忽略他，只看得到、记得住前三名的身影。

这位姓韦的重要诗人就是韦应物。他的山水诗写得很有韵味，我们熟悉的那两句“春潮带雨晚来急，野渡无人舟自横”，就出自他的名作《滁州西涧》。不过我们要详细品读的并不是他的山水诗，而是他写给女儿的一首诗。这么说吧，读这首诗的时候，我甚至会忘了，韦应物原本是一位大名鼎鼎的诗人，我只会记得，他是一位最平凡而又最慈爱的父亲。

永日方戚戚，出门复悠悠。（门一作：行）
女子今有行，大江溯轻舟。
尔辈况无恃，抚念益慈柔。
幼为长所育，两别泣不休。
对此结中肠，义往难复留。
自小阙内训，事姑贻我忧。
赖兹托令门，仁恤庶无尤。

贫俭诚所尚，资从岂待周。

孝恭遵妇道，容止顺其猷。

别离在今晨，见尔当何秋。

居闲始自遣，临感忽难收。

归来视幼女，零泪缘缨流。

这首诗的题目是《送杨氏女》，是诗人送别女儿的时候写下来的诗。你可能会觉得奇怪，既然这首诗的作者是韦应物，那他为什么称自己的女儿为杨氏女呢？

原因其实挺简单，这是韦应物在送女儿出嫁之后写的诗，他女儿的丈夫姓杨，所以他才会用“杨氏女”来称呼已出嫁的女儿。

父亲送女儿出嫁的诗，这样的主题在从古到今的诗歌历史中，不说是绝无仅有，也真的是屈指可数，写得出色的更是寥寥无几。正因为这样的题材极为罕见，诗人的情感又极为动人，《送杨氏女》才当之无愧地成为这个领域中最出色的诗篇。

诗一开始就将一个父亲对女儿的不舍描写得生动形象：“永日方戚戚，出门复悠悠。”女儿出嫁之前，父亲在为她准备嫁妆的过程中，已经开始整日整日地闷闷不乐了。

我不知道在读者朋友中，有多少是女性朋友，有多少是有女儿的男性朋友。所有的女性都是父亲的女儿，对父女情当然会有特别切身的体会；所有有女儿的男性更是体会了做父亲的种种况味。

我自己是女性，而且是独生女，我深深地了解父亲对女儿那种往往不善于用语言表达，却绝对是无微不至的关爱。我自己也有一个女儿，我更明白孩子他爸把女儿当成小棉袄，含在嘴里怕化了、捧在手里怕摔了的感觉。孩子他爸说过，养女儿真是会害怕很多事情呀，害怕她长得太丑没人喜欢，又害怕她长得太漂亮诱惑太多；害怕女儿早恋影响她的发展，更害怕过了恋爱的最佳年龄还没有男朋友，担心她嫁不出去；就算是成功地嫁了，又怕女婿对她不好，就算是嫁了个好女婿吧，还担心她生孩子安全不安全、日子过得顺不顺心……简直就是"爱之深怕之切"啊！

韦应物就是这样一个父亲，"永日方戚戚"，这种害怕和担忧，到女儿即将出嫁的那些天里更是到了爆发的临界点。女儿好不容易养大了，还没有好好体会父女相依的幸福，女儿就很快成了别人家的人。尤其古代可不像今天这样，结婚以后的小两口儿跟双方的父母还能保持密切的往来，甚至很多女儿出嫁以后生了孩子，都是自己的父母帮着伺候月子、帮着带小孩。在古代，女儿一旦嫁出去，再回趟娘家可就是千难万难了，更不可能出现父母和出嫁的女儿住在一起的情况。而且古代女子出嫁得早，十五及笄就到了待嫁的年龄，通常大多数的女性在十八岁前后就已经嫁为人妻了。像苏轼的妻子王弗结婚的时候才十六岁，其实也就是十五周岁；苏轼的弟弟苏辙娶妻的时候，妻子史夫人十五岁，也就是十四周岁；李清照结婚的时候十八岁，其实也就是十七周岁。古代家庭中的女儿，能够待在娘家的时间真的是极其短暂。这样一想，我真的是很能理解韦应物在女儿出嫁前那种难过的心情。

“永日方戚戚，出门复悠悠。”女儿出嫁前父亲已经伤心得不行，到了女儿出嫁当天，他更是千方百计地拖延时间。“悠悠”是指忧思绵长的样子。“出门复悠悠”，父亲只想多留女儿一会儿，只想再多看女儿几眼。今天一别，父女这样亲密的人从此竟然就是两家人了，想再见一面都很难啊！“戚戚”和“悠悠”，这两个表达忧伤情绪的叠词，将一个父亲内心百转千回的柔情与悲情表达得如此动人心魄。

“女子今有行，大江溯轻舟。”女儿今天就要出门远嫁了，她将乘船溯江而上，这一路逆水行舟，她带走的将是父亲一路的牵挂。

“永日方戚戚，出门复悠悠。女子今有行，大江溯轻舟。”诗的前四句从女儿临出嫁前父亲的种种复杂心情，一直写到女儿出了门，同时也带来了父亲从此无边无际的牵挂。

接下来的诗句，就全部是女儿出嫁以后父亲的“真心话大冒险”了。所以《送杨氏女》这首诗，并不是女儿出门的时候，父亲亲手交到她手里的临别礼物，而是女儿走了以后，父亲写了这首诗，然后再寄给女儿的内心独白。

那么，送别女儿以后，父亲到底想到了什么呢？

父亲当然首先会想到这十多年来养育女儿历经的艰辛：“尔辈况无恃，抚念益慈柔。”你们从小就失去了母亲，是父亲又当爹又当娘把你们带大的。

韦应物的妻子大约在大历十二年（777年）去世，当时韦应物只有四十三岁。韦应物和妻子生有两个女儿，妻子去世的时候，小女儿还很小："今者掩筠扉，但闻童稚悲。"（《往富平伤怀》）韦应物和妻子的感情非常深，他们结婚二十年，相亲相爱、相敬如宾，一直像新婚夫妻一样："念我室中人，逝去亦不回。结发二十载，宾敬如始来。"妻子去世之后他写了很多悼亡诗，每一首都是那么痛彻心扉、凄恻缠绵。

他在《出还》中写道："凄凄动幽幔，寂寂惊寒吹。幼女复何知，时来庭下戏。咨嗟日复老，错莫身如寄。家人劝我餐，对案空垂泪。"这首诗写妻子去世之后，韦应物回到家，只觉得家里冷清清的，小女儿还不懂事，跑到院子里缠着父亲，要父亲陪她玩儿，她哪里知道父亲此刻正神思恍惚、痛不欲生呢？家人劝他好歹吃点儿饭，可是他哪有胃口，对着桌子，泪水却止不住地往下掉。

《送杨氏女》大约写于建中三年（782年），也就是诗人四十八岁的时候，出嫁的应该是韦应物的大女儿，这一年离他妻子去世差不多五年了。这五年来，诗人为了抚育两个女儿成人，真的是耗尽了心血。终于，到了大女儿出嫁这一天，妹妹送姐姐的时候牵着姐姐的衣角，哭个不停。也难怪，母亲去世之后，长姐当母，虽然姐姐年纪并不大，可是已经帮助父亲承担起抚养妹妹的责任了。妹妹从小就把姐姐当成母亲一般依恋，姐妹情深，又怎么忍心分别呢？"幼为长所育，两别泣不休。对此结中肠，义往难复留。"然而，女大当嫁，父亲再舍不得女儿，妹妹再舍不得姐姐，新娘终究要离开娘家，前往她未知的人生。

那么，当女儿终于出嫁以后，父亲最牵挂的又是什么呢？当然是女儿在夫家过得好不好了。

你一定参加过朋友的婚礼吧？当代年轻人的婚礼大多采用西式婚礼的形式，你在参加婚礼的时候，最容易被感动的一个环节是什么？我最容易被感动的环节，就是新娘挽着父亲的胳膊缓缓地走向新郎。我觉得，作为一个有女儿的父亲，一生当中最骄傲、最幸福，却又是最难过、最伤心的时刻，就是在女儿的婚礼上，挽着女儿的手，走过那段世界上最长却又最短的红地毯，再亲手把女儿交给另外一个男人。

我注意过，每次到了这个环节，新娘总是哭得妆都花了，而她的父亲，此时此刻内心肯定也是万分不舍吧！

当父亲把女儿的手交到新郎手上的时候，通常父亲还要嘱咐女婿几句话，大多数父亲表达的主要内容都是希望女婿将来能够善待自己的女儿。

韦应物也是这样，虽然他不能像现代的西式婚礼中新娘的父亲一样，挽着女儿的手，亲手将她交到新郎的手里，但他也默默地担心着，女儿到了夫家之后，会不会过得好呢？“自小阙内训，事姑贻我忧。赖兹托令门，仁恤庶无尤。”女儿早年丧母，没有母亲教她如何操持家务、如何与长辈相处，去了夫家之后能不能与婆婆相处融洽呢？这大概是诗人最担忧的了。但好在，女婿是诗人亲自挑选的，他出身于书香门第，想来他的家人不会亏待儿媳妇，不会对儿媳妇横挑鼻子竖挑眼的吧。

说到这里，你肯定会很关心，韦应物到底把女儿嫁给了谁？“杨氏女”，既然女婿姓杨，根据韦应物交往密切的朋友圈来看，有学者推测他的女儿应该是嫁给了当时有名的才子杨凌。

杨凌出身名门，他和两个哥哥杨凭、杨凝并称唐代“三杨”，其中大哥杨凭做过京兆尹，相当于今天的北京市市长，在三兄弟中杨凌的诗文写得最好。杨凌在大历十一年（776年）中进士，做过大理评事等官职，在中进士六年之后迎娶了韦应物的长女。

韦应物的诗集中有不少诗是写给杨凌的，说明他对杨凌非常熟悉，这才放心让自己的女儿远嫁到杨凌家。而且就在韦家长女出嫁的当年，即建中三年，婚嫁前，杨凌还专程到韦应物当时住的地方——滁州，拜访过未来的岳父，可见杨家对这门婚事也相当重视。

杨凌当时的官职应该是正八品上协律郎，韦应物有一首诗题名为《寄杨协律》，其中写“远念长江别，俯觉座隅空”，可见杨凌在京城做官，而韦应物的职务是滁州刺史，也就是滁州市市长。滁州在今天的安徽，因此女儿的远嫁才需要从长江逆流而上，也更让父亲牵肠挂肚了。

女婿的家庭、才华和人品都很可靠，韦应物其实也知道自己不必那么担心，而且他更了解女儿的温柔贤惠：“贫俭诚所尚，资从岂待周。孝恭遵妇道，容止顺其猷。”韦应物平时的生活很简单、很朴素，在这样的家风影响下，女儿也不是那种追求虚荣的浅薄女子。韦家家境并不富裕，再加上母亲早逝，女儿的嫁妆并不丰厚，带的丫鬟随从也不多，父亲一想到这些，难免觉得亏待了女儿，心存歉疚。但父亲依然相信孝顺宽厚的女儿不会在意这些，她嫁到夫家之后，一定能够孝顺长辈，尊重丈夫，善待夫家的姐妹妯娌，仪容举止都能符合大家闺秀的风范，她一定会赢得夫家上上下下的喜爱和尊重。

这一大段话，表面看上去是诗人在评价自己的女儿和女婿，实际上就是一个父亲的自我安慰。因为他注定只能陪伴女儿的前半生，从今天起，他将缺席女儿的后半生。女儿过得好还是不好，做父亲的以后就真的很难帮上什么忙了。

我们当代人可能不太能理解这一点，因为我们觉得父亲好像可以一辈子护着女儿，现在要是哪个胆大包天的女婿胆敢欺负女儿，父亲很有可能会打上门去兴师问罪。

可是古代的家庭关系完全不是这样。还记得《红楼梦》中的迎春吗？贾府应该算是钟鸣鼎食的大家族了吧？堂堂贾府二小姐迎春嫁给人称“中山狼”的孙绍祖，受尽了虐待，可当她好不容易回趟娘家，向王夫人和姐妹们诉苦时，王夫人虽然同情她的遭遇，却也只能劝她：“我的儿，这也是你的命！”连最疼孙儿孙女、最强势的贾母，也只能无奈地叹息：“碰着这样的人，也是没法儿的。”从小金枝玉叶般长大的贾府二小姐，所嫁非人，竟然也只能认命，堂堂贾府竟然帮不上一点忙。结婚不过一年多，年纪轻轻的迎春就被活活地折磨致死。

当然，迎春也许是个极端的个例，她是贾府最不得宠的小姐，有版本说她是贾赦庶出的女儿，爹不疼娘不爱，嫁给孙绍祖还带着利益交换的目的，所以她在夫家才抬不起头来。但这个案例也可以说明，在古代，嫁出去的女儿如泼出去的水，和娘家的关系就不大了，甚至连她在娘家的姓名是什么都不重要了。你看，连韦应物写诗都要为女儿冠上夫家的姓氏，写成“杨氏女”。

嫁鸡随鸡，嫁狗随狗，这就是古代女子的宿命。正因如此，作为父亲的韦应物，送女儿出嫁的时候，才会有那么多操不完的心，才会有那么强烈的不舍之情。

“别离在今晨，见尔当何秋。”今天送走女儿之后，将来再见一面还不知是何年何月呢！

“居闲始自遣，临感忽难收。归来视幼女，零泪缘缨流。”平时，韦应物是一个淡泊悠闲的人，很会自我排遣，可是长女出嫁却让他的情绪集中爆发，再也无法控制了。他久久地站在渡口，目送女儿的“嫁船”遥遥远去，直到消失在视线尽头，他才拖着沉重和忧伤的脚步回到家中，可是回来看到小女儿哭着要姐姐的模样，父亲忍不住再一次泪如雨下。

一首《送杨氏女》，从女儿出嫁前的担忧，写到女儿出嫁时的依依不舍，写到女儿幼年丧母、与父亲相依为命、抚养小妹的回忆，再写到对女儿是否能够适应夫家生活的担忧，以及对女儿婚姻幸福的殷切希望，最后写到了女儿出嫁后父亲独自回家与小女儿的泪眼相对，以及对长女绵绵不绝的思念与牵挂。

一个父亲对女儿最深沉的爱，就是这么矛盾和复杂。他焦急地想为女儿找到最合适的人生伴侣，却又恨不得把女儿永远留在身边，永远呵护着她，宠爱着她。

“别离在今晨，见尔当何秋。”一个父亲对女儿最深沉的爱，就是骄傲地亲手将她交到女婿的手里，却又从此开始掰着手指头计算女儿回娘家的日程。

“居闲始自遣，临感忽难收。”一个父亲对女儿最深沉的爱，就是假装满不在乎、假装勇敢坚强，可是只要一转身就会因为想念女儿而泪流满面……

孟郊：

母亲对儿子最深情的挂念（《游子吟》）

我们一起来品读一首有关母爱的诗。一说到母爱这个主题，我相信你一定会首先想到他——唐代诗人孟郊和他那首最著名的《游子吟》。

慈母手中线，游子身上衣。
临行密密缝，意恐迟迟归。
谁言寸草心，报得三春晖。

其实，不光是你我对这首诗熟得不得了，中国台湾曾经做过一个网络民意调查，调查的问题是："影响当代人最深刻的唐诗是哪一首？"调查结果显示，高居排行榜第一名的，不是《咏鹅》，也不是《静夜思》或者《登鹳雀楼》，而是孟郊的这首《游子吟》。

看来，母爱这个话题的确是常说常新，永远都不会过时。不过，从古到今歌颂母爱的诗篇那么多，甚至可以说，从有诗歌开始就有诗人描写母爱了，那为什么孟郊这首诗就能一枝独秀，如此深入人心呢?

我觉得孟郊这首诗之所以能抓住我们的心，主要有两大原因。第一个原因，他选取了一种最平凡的表达母爱的方式；第二个原因，他通过对比的方式来强调母爱的博大，对比的双方就是母亲对子女的爱和子女对母亲的孝心。

表达母爱的方法真是太多了，很多现当代诗或者歌曲都在歌颂母爱，而且重点都在歌颂母亲的哺育之恩，于是表达方式大多就落在了表白母亲甘甜的乳汁，表白母亲十月怀胎一朝分娩的辛苦，表白妈妈温柔的亲吻、温暖的怀抱，等等。如果诗歌千篇一律都是描写母亲怀孕、分娩、哺乳这种带有共性的付出，那么诗歌的艺术感染力就会大打折扣。

孟郊的诗却跳出了这样的俗套，但他又绝对不想刻意地玩弄什么技巧，他只是截取了母亲表达母爱最平常的一幕：“慈母手中线，游子身上衣。临行密密缝，意恐迟迟归。”

母亲为即将远行的儿子缝制衣裳，这真的是再普通不过的事情了。古代的商业不像现在这么发达，现在的人们一年四季在任何地方，想穿任何款式的衣服，都能在商店里买到或者直接网购。古人身上的衣裳，绝大多数都是家中的女性亲手缝制的，或者是母亲，或者是妻子，或者是姐妹。只有极少数的贵族大家庭才会请专门的裁缝，但即便是这样，很多贴身的衣物还是会由女性亲人亲手来做。在这种情况下，女性亲人缝制衣服就不是生活必需，而是表达情意的一种方式了。我们在古装剧里还经常可以看到，虽然皇宫里养着全天下最好的绣娘，但后宫妃嫔还是要亲手为皇帝缝制贴身内衣这样的剧情。再比如《红楼梦》里贾宝玉的贴身衣物，大多是由袭人或者晴雯这样最高级别的丫鬟亲自做的，她们忙不过来的时候也会央求湘云、宝钗这些姐妹来帮忙。总之，别人的手工粗糙，宝玉是断断不肯用的。

很显然，母爱在孟郊的笔下就具象为母亲亲手为儿子缝制衣裳的场景了。“临行密密缝”虽然只有短短的五个字，画面感却非常强。我们好像可以看到，在昏暗的油灯下，一位鬓发苍苍的老母亲正在连夜为儿子缝补冬衣，老人的视力已经很弱了，她不得不时时凑近油灯，努力眯起昏花的老眼，将自己对儿行千里的担忧和牵挂，一针一针地缝进那件厚厚的棉布衣裳里。

“临行密密缝，意恐迟迟归。”古代的男子，为了前程不得不奔走四方，或是求学，或是进京赶考，或是到外地做官，或是遭到长途贬谪，等等，每次一走少则一年半载，动辄三年五载，甚至更久。

“意恐迟迟归”就是一位老母亲对儿子浪迹天涯、挨饿受冻的担忧，她生怕儿子这一走不知道何年何月才能回来，所以她一定要赶在儿子出门前，将他一年四季的衣物都准备好，尤其是棉衣。如果没有足够厚实、足够保暖的冬衣，那么漫长而寒冷的冬天，母亲又不能守在他身边，儿子怎么能熬得过去呢？

“慈母手中线，游子身上衣。临行密密缝，意恐迟迟归。”四句诗，看上去好像只写了母亲为远行的儿子缝制衣服这一个场景，但母亲那佝偻着腰、眯着老花眼、一针一线迟缓却又极其细致的动作，永远地定格在了儿子的脑海里，成为他永远都不会忘记的深刻印象。

今天的我们每每提起母亲，往往也很容易想起母亲最经典的一个形象或者母亲最拿手的一道好菜。比如说我的妈妈很会烧菜，每次我出差的时间稍微长一点，就会特别想念她做的辣椒炒肉，我会美其名曰“妈妈的味道”。可能每个人的舌尖都会留着一种妈妈的味道吧！

我有一个学生是河北人，有一次我请学生吃水饺，学生就感叹说，唉，吃着南方的水饺，就更加想念妈妈包的水饺了。我笑着问她：“你妈妈包的水饺有什么特别的地方吗？”她说：“那当然了，首先面和得好不好、皮擀得好不好都有讲究。而且妈妈调的馅儿特别好吃，个儿大料足，就是普通的白菜猪肉馅儿，也比南方的饺子好吃太多了。”我看着她那一脸陶醉的样子，就知道，她每次放假回家，妈妈给她包的白菜猪肉馅儿大饺子，就是她记忆中最深刻的“妈妈的味道”了。

我自己不太擅长做家务，烹调就更不擅长。有一次，我女儿开玩笑地对我说：“你都不会做饭，以后我会想不起来妈妈的味道是什么的。”这句话让我很有感触，于是我开始学着烧几样可以经常做的拿手菜。我的动机很简单，就是希望将来在女儿的记忆中，也能留下一点“妈妈的味道”。

母亲一生为儿女的奉献其实是没有止境的，而且母爱的表现也是衣食住行全方位覆盖的。但是作为诗歌艺术，没有必要面面俱到，孟郊就摒弃了俗套的歌颂，只是用最朴实、最平凡的印象，来定格母爱的细腻与深沉："慈母手中线，游子身上衣。临行密密缝，意恐迟迟归。"

要知道，这种很朴实、很平淡的描写手法，其实并不是孟郊一贯的风格。孟郊的诗，一向被人评论为"思苦奇涩"，他的诗歌风格和贾岛的诗歌风格并称"郊寒岛瘦"，意思就是他的诗主要写贫寒之士的困苦，还有那种怀才不遇、不得志的苦闷心态。而且孟郊还是"苦吟诗人"的代表，他的诗读起来特别难懂，有刻意求奇、求险的倾向，甚至他还因此得到一个外号——"诗囚"。可就是这样一位苦吟诗人，他的《游子吟》却写得非常流畅、清新，这首诗就好像从他心里很自然地流淌出来，完全不需要刻意地去修饰，而且全诗几乎完全没有典故，几乎不需要繁复的注释，我们就都能够读懂。

我想，这其中的原因应该只有一个，那就是母爱原本就是一种出自本能的，最自然的情感，所以孟郊在抒发母爱亲情的时候，他完全用不着冥思苦想，像挤药膏一样将晦涩的诗句一点一点地挤出来，他自自然然地想到了母亲，也就自自然然地写出了这首诗，毫不费力，却天然动人。

当然，仅仅描写母爱的温暖，并不是孟郊《游子吟》的最终目的。其实孟郊写这首诗最重要的目的还在最后两句："谁言寸草心，报得三春晖。”这两句诗用“三春晖”比喻母爱的博大，用“寸草心”比喻儿女的报答之情，核心就在一个“报”字。

如果说，为远行的游子缝补衣裳，是每一位母亲表达母爱最朴素的方式，是最朴实的日常生活场景，那么儿子的情感回报也许比母亲的无私付出更为难得。一般来说，每个母亲都会爱自己的孩子，但并不是每个儿女都懂得感恩父母的爱。

这首诗最难得的不是歌颂母爱，而是表达了孩子对母亲的感激与回报。因此，诗的结尾两句“谁言寸草心，报得三春晖”用反问的语气，用比喻和比较的形式升华出了赤子之心的炽热：母爱就是春天无私的阳光，博大而温暖，子女就是沐浴在阳光下的小草，它很想报答母亲，可是“寸草心”和母亲的伟大付出比起来，实在是太有限、太渺小了，又如何能够报答母爱之万一呢？

当然，虽然儿女的“寸草心”确实很微薄，哪怕竭尽全力其实也不能报答母爱之万一，但毕竟子女的绵绵寸心也是发自肺腑的，这也是对“阳光”最好的感恩与安慰。

对于孟郊来说，这个“报”字就显得更加珍贵了。孟郊出身贫寒，父亲不过是一个小吏，收入微薄，多亏了母亲的勤劳贤惠，才勉强支撑起一家人的衣食。懂事的孟郊从小就知道悬梁刺股的道理，他不能像其他孩子那样无忧无虑地嬉闹玩耍、任性，大多数时间他都将自己关在家里，用寒窗苦读的方式充实自己。

可是命运似乎一直在捉弄这个刻苦的孩子，一直到四十一岁，孟郊才获得在故乡湖州举乡贡进士的机会，并赴京应进士试。贞元八年（792 年），韩愈和孟郊同一年参加进士试，命运再一次给他开了个残忍的玩笑。二十五岁的韩愈高中进士，四十二岁的孟郊却名落孙山。回到故乡之后，孟郊一度十分消沉，细心的母亲自然察觉到了儿子所受的打击，她没有唠叨指责，而是在儿子饥肠辘辘的时候为他做几顿简单却可口的饭菜，在儿子挑灯夜读的时候为他的杯中续上热水，母亲无声的照顾就如春天的阳光一样，暖暖地洒在他心上。

功夫不负有心人，几经坎坷之后，一直到孟郊四十六岁那年，他终于考中进士，那首非常著名的形容新科进士的诗《登科后》："春风得意马蹄疾，一日看尽长安花"，就是出自孟郊的笔下。然而考中进士并不意味着马上就能做官，还需要经过吏部的选拔考试，还得排队等职位安排。在这个等待的过程中，孟郊依然一贫如洗，不要说奉养老母，连自己的生活都没有着落，他不得不再次远行为生计而奔波。"慈母手中线，游子身上衣。临行密密缝，意恐迟迟归"的场景依然一次又一次地出现在孟郊的生活中。

唐贞元十六年（800 年），五十岁的诗人孟郊在经历半生的辗转奔劳之后，终于获得溧阳县尉的任命。溧阳在今江苏常州，县尉大约相当于一个县的公安局局长，主管一县治安。县尉是一个很低的官职，是九品官阶中最低的一品。

虽然只是一个九品的小官，但依然是孟郊一生当中的一个转折，他在半辈子的漂泊之后，总算是有了一个安身的地方，有了固定的勉强可以糊口的俸禄。所以，就在他到溧阳上任的第一年，他第一时间想要做的事情，就是回到老家，将他的老母亲接到溧阳来奉养。

这首《游子吟》就是诗人奉请老母去溧阳居住时写下的诗篇。

“谁言寸草心，报得三春晖。”我想，这两句应该还包含了孟郊对老母亲的无比愧疚之情吧。半生沦落，如果不是老母亲一直在鼓励他，他可能早就放弃了，五十岁之后他才真正有了奉养老母亲的能力。当然，对于老母亲而言，儿子是不是当了大官并不重要，重要的是，儿子知道对老母亲最好的回报，其实就是子女贴心的陪伴。

说起报答，我还想起一个著名的孝顺母亲的故事——焦饭遗母。《世说新语》中讲到一个叫陈遗的人，特别孝顺，他的母亲喜欢吃锅巴，所以哪怕是外出做官他也总是随身带一口袋，每次煮好了饭，就特意把锅巴留下来，等回家时一并带给他母亲吃。后来海盗孙恩发动兵变，这时陈遗已经积攒了好几斗锅巴，但他来不及回家和母亲告别就匆匆随军上了前线，结果战争失败，军队溃散，很多官兵只能四散逃到山林里，不少人饿死了，陈遗却凭借随身携带的几斗锅巴，终于活了下来。人们都说这是上天对他孝心的一种回报。这个故事记载在《世说新语》的“德行”篇中，这也说明，即便是在最注重个性自由的魏晋时代，孝顺父母依然是最受人尊崇的美德之一。

锅巴真的是再普通不过的东西，但重要的不是东西有多么贵重，难得的是孩子始终会将母亲最爱吃的东西记在心上。

孟郊的诗不也是这样吗？用最普通的缝衣裳这件事来表达母爱，简单的几句便将游子的失意、母爱的深沉、反哺之情的纯真寄寓其中，看上去好像不经意，却用力极重，用情极深，难怪后人会感慨："亲在远游者难读。"对于那些远离亲人仍在旅途奔波的游子而言，每次诵读孟郊的《游子吟》，都会触动他们的内心深处，引发他们深切的共鸣，"使人子读之，爱慕油然而生"。

孟郊还写过另外一首《游子吟》，也称《游子行》或《游子诗》，也是表达慈母与游子的牵挂之情：

萱草生堂阶，游子行天涯。
慈亲倚堂门，不见萱草花。

现在过母亲节我们都学着西方人给母亲送康乃馨，其实在中国文化传统中，"母亲花"应该是萱草，萱草也被称为忘忧草，就是常见的黄花菜。古代游子远行之前，会在母亲居室的窗前种上萱草花，希望慈母在看到花的时候，能够忘却思念儿子的忧伤，因此后人就以"萱堂"指母亲的居室，进而代指母亲。

其实，早在《诗经》中，就有表达子女想要报答母爱深情的诗篇，例如《邶风·凯风》："凯风自南，吹彼棘心。棘心夭夭，母氏劬劳。""凯风"就是南风的意思。《游子吟》将母爱比作春天的阳光，而《邶风·凯风》则将母爱比作温暖的南风。“棘”就是酸枣树，在这里比喻孩子。南风吹在酸枣树上，酸枣树终于从幼小的嫩芽长成大树，这里用酸枣树长大的过程象征孩子的成长：“棘心夭夭，母氏劬劳。”为了孩子们的茁壮成长，母亲该是多么劳累辛苦啊！

在《邶风·凯风》中，孩子不仅把母亲的养育之恩比作温暖的南风，还把母爱比作地下流淌的清冽甘甜的寒泉：“爰有寒泉，在浚之下。”寒泉滋润着泥土，也滋润着禾苗，就像妈妈对孩子的爱，永远都不会枯竭。

自从有了《邶风·凯风》这首歌颂母爱的诗篇之后，中国就有了“凯风寒泉之思”这样优美而伤感的词汇，来表达对母爱的感激、追念之情。诗中说到“有子七人，莫慰母心”，也蕴含着儿女不能在父母身边一尽孝道的自责和忏悔。而孟郊的《游子吟》，表达的也是相似的感慨：“谁言寸草心，报得三春晖。”儿女微薄的寸草之心，又如何报答得了无私博大的母爱呢！

也许，对于父母来说，孩子报答他们的形式不是最重要的，最重要的是孩子有没有一颗感恩的“寸草心”。就像一首歌里唱的那样：“把爱全给了我，把世界给了我……多想靠近你，依偎在你温暖寂寞的怀里。”（《懂你》）

白居易：

世间终有个角落容得下一对平凡夫妻（《长恨歌》）

这一篇我们分享白居易的《长恨歌》。我这么“简单粗暴”地直奔主题，其实透露着我内心的矛盾。一方面，我太喜欢这首诗了；另一方面，讲这首诗对我来说，又太有挑战性。因为不光是我矛盾得很，我相信，连白居易自己在写《长恨歌》的时候，恐怕也矛盾得无以复加。

为什么说白居易也很矛盾呢？《长恨歌》的主要内容是讲述唐玄宗李隆基和贵妃杨玉环的爱情故事，这一点我们都知道，关键是白居易对这一段爱情到底是抱着一种怎样的态度？是批判？是同情？是赞美？我总觉得，白居易自己也没说清楚。他没说清楚不是因为他说不清楚，而是因为他故意闪烁其词，故意在掩饰自己最真实的想法。这才是他最矛盾的地方。

那么，白居易想说而又不能说，甚至是不敢说的，到底是什么呢？他又为什么这么矛盾呢？我们还是先从《长恨歌》这首诗说起吧。

汉皇重色思倾国，御宇多年求不得。
杨家有女初长成，养在深闺人未识。
天生丽质难自弃，一朝选在君王侧。
回眸一笑百媚生，六宫粉黛无颜色。
春寒赐浴华清池，温泉水滑洗凝脂。
侍儿扶起娇无力，始是新承恩泽时。
云鬓花颜金步摇，芙蓉帐暖度春宵。
春宵苦短日高起，从此君王不早朝。
承欢侍宴无闲暇，春从春游夜专夜。
后宫佳丽三千人，三千宠爱在一身。
金屋妆成娇侍夜，玉楼宴罢醉和春。
姊妹弟兄皆列土，可怜光彩生门户。
遂令天下父母心，不重生男重生女。
骊宫高处入青云，仙乐风飘处处闻。
缓歌慢舞凝丝竹，尽日君王看不足。
渔阳鼙鼓动地来，惊破霓裳羽衣曲。
九重城阙烟尘生，千乘万骑西南行。
翠华摇摇行复止，西出都门百余里。
六军不发无奈何，宛转蛾眉马前死。
花钿委地无人收，翠翘金雀玉搔头。
君王掩面救不得，回看血泪相和流。
黄埃散漫风萧索，云栈萦纡登剑阁。

峨嵋山下少人行，旌旗无光日色薄。

蜀江水碧蜀山青，圣主朝朝暮暮情。

行宫见月伤心色，夜雨闻铃肠断声。

天旋日转回龙驭，到此踌躇不能去。

马嵬坡下泥土中，不见玉颜空死处。

君臣相顾尽沾衣，东望都门信马归。

归来池苑皆依旧，太液芙蓉未央柳。

芙蓉如面柳如眉，对此如何不泪垂。

春风桃李花开夜，秋雨梧桐叶落时。

西宫南内多秋草，宫叶满阶红不扫。（宫一作：落）

梨园弟子白发新，椒房阿监青娥老。

夕殿萤飞思悄然，孤灯挑尽未成眠。

迟迟钟鼓初长夜，耿耿星河欲曙天。

鸳鸯瓦冷霜华重，翡翠衾寒谁与共。

悠悠生死别经年，魂魄不曾来入梦。

临邛道士鸿都客，能以精诚致魂魄。

为感君王辗转思，遂教方士殷勤觅。

排空驭气奔如电，升天入地求之遍。

上穷碧落下黄泉，两处茫茫皆不见。

忽闻海上有仙山，山在虚无缥缈间。

楼阁玲珑五云起，其中绰约多仙子。

中有一人字太真，雪肤花貌参差是。

金阙西厢叩玉扃，转教小玉报双成。
闻道汉家天子使，九华帐里梦魂惊。
揽衣推枕起徘徊，珠箔银屏迤逦开。
云髻半偏新睡觉，花冠不整下堂来。
风吹仙袂飘飖举，犹似霓裳羽衣舞。
玉容寂寞泪阑干，梨花一枝春带雨。
含情凝睇谢君王，一别音容两渺茫。
昭阳殿里恩爱绝，蓬莱宫中日月长。
回头下望人寰处，不见长安见尘雾。
唯将旧物表深情，钿合金钗寄将去。
钗留一股合一扇，钗擘黄金合分钿。
但教心似金钿坚，天上人间会相见。
临别殷勤重寄词，词中有誓两心知。
七月七日长生殿，夜半无人私语时。
在天愿作比翼鸟，在地愿为连理枝。
天长地久有时尽，此恨绵绵无绝期。

唐玄宗和杨贵妃的爱情故事，是这首诗的主要内容，所以我们还是要简单地回顾一下他们的爱情经历。

唐玄宗早年专宠武惠妃，开元二十五年十二月，武惠妃去世，唐玄宗陷入情绪的低谷。后宫虽然有“三夫人、九嫔、二十七世妇、八十一御妻，暨后宫才人、乐府妓女”（陈鸿《长恨传》)，却没有一个能让皇帝中意的。直到天宝初年，唐玄宗见到杨玉环，他的爱情世界才重新焕发光彩，后宫众多佳丽遂“使天子无顾眄意”。杨玉环承宠后，被封为贵妃，出入行止用的是半副皇后的仪仗。《长恨歌》中说“后宫佳丽三千人，三千宠爱在一身”实在是毫不夸张。

不仅杨贵妃独享天子全部的情爱，连杨贵妃所有的近亲都跟着沾了光：她的三个姐姐分别被封为韩国夫人、虢国夫人、秦国夫人，“出入宫掖，势倾天下”(《旧唐书》)；贵妃的父亲杨玄琰累赠太尉、齐国公，母亲封凉国夫人；叔父杨玄珪，光禄卿；再从兄杨铦，鸿胪卿，授三品，上柱国；杨锜，侍御史，尚武惠妃的女儿太华公主；从兄弟杨国忠更是位及宰相，一手遮天。真可谓一人受宠，全家富贵，炙手可热，权倾天下。

《长恨歌》里说到的“姊妹弟兄皆列土，可怜光彩生门户。遂令天下父母心，不重生男重生女”也完全是写实之词。别人家光宗耀祖靠的都是男子从文习武闯天下，可杨家一门富贵却是由一介女子换来的。

然而，这一切的繁华富贵终结于天宝十四载，也就是公元755年11月。平卢、范阳、河东三镇节度使安禄山在范阳（今北京）发动叛乱，安禄山趁着玄宗怠政、杨国忠专权、唐朝国内民怨沸腾的时机大举南侵，打的便是“清君侧”的旗号，也就是以诛杀祸国殃民的杨国忠为借口，实则意图夺取李唐的天下。事发突然，朝廷毫无准备，被叛军打了个措手不及，叛军一路势如破竹，直逼长安京城，这就是历史上的“安史之乱”。

此时的唐玄宗早已不是当年那个雄姿英发、一手开创“开元盛世”的青年君王。“安史之乱”爆发后，唐玄宗在惊慌失措中携最宠爱的贵妃仓皇出逃，扈从他出逃的还有皇子皇孙、平素最亲近的王公大臣以及禁卫军等，其中也包括宰相杨国忠。

跟随唐玄宗逃难的军士一路上怨声载道，他们不敢直接指责皇帝，便把满腹牢骚和仇恨都发泄在杨国忠身上。当唐玄宗一行逃到马嵬坡（今陕西兴平市）时，兵变终于发生。士兵们杀了杨国忠，并且认为杨国忠已死，他的堂妹杨贵妃也不宜再侍奉在唐玄宗身边。因为一旦天下平定，杨贵妃重新得势，她势必会为杨国忠报仇，那这些将士的身家性命就都得不到保障了。因此，军士们杀掉杨国忠后，立即包围了唐玄宗休息的驿站，逼迫皇上赐死杨贵妃。

在这样的生死关头，那位天底下最尊贵、最有权力的男人，却最终无力保护他心爱的女人。三尺白绫，一代国色天香的美人，就此香消玉殒。

可想而知，这番生离死别一定让唐玄宗痛断肝肠。《长恨歌》对这一段的描写也非常令人震撼：“六军不发无奈何，宛转蛾眉马前死……君王掩面救不得，回看血泪相和流。”

贵妃缢死，军士们果然安静下来，继续护持唐玄宗直到成都。后来太子李亨即位，遥尊玄宗为太上皇。随着“安史之乱”被平定，唐玄宗终于可以从成都返回长安，只是，他的身边从此再没有贵妃相伴。“悠悠生死别经年，魂魄不曾来入梦。”沉浸在痛苦和思念中的唐玄宗，甚至想到了要延请方士来为杨贵妃招魂，在梦一般的幻觉中，唐玄宗仿佛又看到了那个风华绝代的贵妃：“风吹仙袂飘飖举，犹似霓裳羽衣舞。玉容寂寞泪阑干，梨花一枝春带雨。含情凝睇谢君王，一别音容两渺茫。”

然而画像也罢，还魂也好，终究换不回与贵妃相依相伴的爱情。“上穷碧落下黄泉，两处茫茫皆不见。”梦醒时分的惨淡现实，让太上皇更加不堪承受。晚景凄凉的唐玄宗就在这样日复一日的相思煎熬中郁郁而卒。

唐玄宗和杨贵妃的爱情故事就像一个传奇，一直是历史学家和文人们津津乐道的话题，以他们的故事作为主题的作品多如牛毛，白居易的《长恨歌》不是第一篇，更不是最后一篇，但毫无疑问，是最有名的一篇，也是对后代同类主题的作品影响最大的一篇。例如，名列元代杂剧四大悲剧之一的《梧桐雨》，就明显受到《长恨歌》的直接影响，剧名《梧桐雨》也是取自《长恨歌》中的句子：“秋雨梧桐叶落时。”清代洪昇创作的传奇戏剧《长生殿》显然也是以《长恨歌》为主要蓝本之一，《长生殿》这个剧名也是出自《长恨歌》中的“七月七日长生殿，夜半无人私语时”。

唐玄宗和杨贵妃的爱情故事说到这里，我想要重新提出我在开始时说到的那个问题，白居易如此用心良苦地写下《长恨歌》，那么他对这段爱情故事到底持一种什么样的态度呢？这就要说到他极其矛盾的内心了。

表面上看，他和大多数“正常”的诗人一样持批判态度。批判唐玄宗沉溺于声色之中，荒废朝政，直接导致奸臣当道、朝廷混乱、国家动荡、百姓遭殃。“春宵苦短日高起，从此君王不早朝”刻画的就是这样一个不理国事的昏君形象。

但是，且慢下定论。我说白居易很矛盾，是因为他的确时刻在提醒自己，要将唐玄宗作为一个反面教材，以警示后来的君王引以为戒。唐代作家陈鸿在《长恨传》中言“惩尤物，窒乱阶，垂于将来也”，仍是要警惕“红颜祸国”这一类的老调重弹。

可是白居易自己呢？他曾经将自己平生所作的诗篇划分为四个类别，分别是讽喻诗、闲适诗、感伤诗和杂律诗。白居易最为看重的是这四类中的哪一类呢？是讽喻诗。他希望通过讽喻诗来反映社会现实，抨击不平现象，对统治者进行批评和规劝。

例如，我们非常熟悉的《卖炭翁》就属于讽喻诗。诗歌通过描写一位卖炭老翁的悲惨遭遇，来反映统治者对老百姓残酷的剥削，尤其是对“宫市”制度的控诉：“卖炭翁，伐薪烧炭南山中。满面尘灰烟火色，两鬓苍苍十指黑。卖炭得钱何所营？身上衣裳口中食。可怜身上衣正单，心忧炭贱愿天寒。……一车炭，千馀（馀一作：余）斤，宫使驱将惜不得。半疋（疋一作：匹）红纱一丈绫，系向牛头充炭直。”所谓“宫市”，就是宫内的太监到市场上去采购东西。太监们仗着他们是皇帝的人，名义上是采购，实际就是巧取豪夺！想给钱就给，想给多少就给多少，想不给就不给……老百姓可谓敢怒而不敢言！这类讽喻诗，当然是反映了白居易关心民生、敢说敢做的诗人风骨。

这首《长恨歌》，也一度被很多解读者认为是奉劝统治者不要沉溺于个人情爱，导致荒淫误国。可是，白居易自己偏偏没有把《长恨歌》归到讽喻诗一类。那它被白居易归到哪一类了呢？

归到了“感伤”一类。白居易自己解释“感伤”诗的时候说得很明白，是被他所见所闻所感动，有感而发写成的诗歌。

也就是说，他写《长恨歌》，本来的目的也许并不是抨击唐玄宗对杨贵妃的宠爱，而是被他们的故事所打动，并且油然而生一种哀伤的情绪，这才是“感伤”诗的题中应有之义。

当然，我们也知道，白居易生活的时代离唐玄宗的时代已经相隔了一段时间。唐玄宗于762年去世，白居易出生于772年，他写《长恨歌》的这一年是三十五岁，即806年，距离“安史之乱”爆发恰好半个世纪。半个世纪，当然不至于让人们忘记那场改变大唐国运的巨大灾难，而唐玄宗与杨贵妃的爱情故事也成了人们回忆大唐盛世时的一个缩影。就像白居易的好朋友元稹写的《行宫》：“寥落古行宫，宫花寂寞红。白头宫女在，闲坐说玄宗。”玄宗的时代，是大唐盛世最后的辉煌，是大唐人最深情的回忆。

那么，白居易创作《长恨歌》的直接动机是什么呢？应该说，这首诗的诞生有一定的偶然性，它需要天时、地利、人和几个条件的共同促成。

先来看看天时、地利。元和元年，也就是白居易三十五岁这年，他被任命为周至县尉，县尉主管一个县的司法、治安、赋役等等，官职很低，事情却很繁杂。但周至县也有得天独厚的地理条件，周至县属于京兆府的属县，距离长安只有一百多里，境内还有仙游山、仙游寺等风景名胜。更重要的是，这里是当年唐玄宗、杨贵妃遭遇“安史之乱”逃出长安前往成都的必经之地，离杨贵妃被赐死的马嵬坡也很近。因此，虽然距离马嵬坡事变已经过去了半个世纪，但这里依然盛传着唐玄宗、杨贵妃的种种故事，甚至正史不可能记载的民间传说也多在这里流传。

白居易担任周至县尉的经历，让他更深入地了解了民间对李、杨爱情故事的细节渲染和态度，像道士寻访为杨妃招魂、仙山玉妃与唐玄宗使者的问答、七月七日长生殿盟誓等民间传说，都成了《长恨歌》的重要素材。

再来看人和。唐玄宗和杨贵妃的故事成为诗歌创作素材，早在白居易之前就有，在与白居易同时代或后代的诗人笔下也屡见不鲜。例如，在“安史之乱”爆发前不久，杜甫就写过《丽人行》，用“炙手可热势绝伦”这样的句子，抨击杨氏一门的富贵权势。白居易的至交好友元稹也写过《连昌宫词》：“开元之末姚宋死，朝廷渐渐由妃子。”他也将唐王朝的动荡与没落归咎于杨贵妃。

写唐玄宗、杨贵妃的故事的诗那么多，而且本朝皇帝和贵妃的爱情故事又实在是太敏感的话题，白居易本来未必有多么强大的动机要去创作这样一首很可能费力不讨好的诗篇。但在任职周至县尉期间，白居易结交了一批好朋友，其中就包括后来为《长恨歌》作传的前进士陈鸿。根据陈鸿《长恨传》的叙述，他们这一群朋友经常相聚游览仙游寺等名胜古迹，酒余饭后又经常会谈到唐玄宗与杨贵妃的话题。

有一次，他们一位共同的好朋友王质夫特意给白居易敬酒，并且劝他说："一个旷世绝代的故事，必须有一位旷世绝代的奇才才能写好它，否则的话，再好的故事最后终究会被埋没，那实在是太可惜了。乐天（白居易，字乐天），你就是我们心目中的那位旷世奇才，你的'深于诗，多于情'，当世无人能及。请你写一首诗，将这个故事好好地传下去，可以吗？"

我们都很熟悉《长恨歌》，但可能没有太留意《长恨歌》前面的《长恨传》。说实话，我每次读这篇《长恨传》的时候，都觉得要好好地感谢陈鸿、王质夫这些好朋友，因为没有他们对白居易的了解与欣赏，没有他们这么郑重其事地邀请甚至是托付，我们的文学史必将缺少一篇旷世名作，而唐玄宗、杨贵妃的爱情故事，也必将缺少一段曲折动人的经典叙述。

而且我一定要特别强调一下王质夫对白居易这六个字的评价："深于诗，多于情。"因为只有一个"深于诗"的诗坛奇才，才有可能在一个老调重弹的故事里翻出新意来，他的诗歌才能从众多同类题材的作品中脱颖而出，成为一骑绝尘的文学经典。

白居易的诗才就不用我多说了，而《长恨歌》问世之后，更是成为白居易诗歌成就最闪耀的名片之一。连白居易自己都说过，当时会唱《长恨歌》的歌女身价都远远高于一般的同行："又闻有军使高霞寓者，欲聘倡妓，妓大夸曰：'我诵得白学士《长恨歌》，岂同他哉？'由是增价。"每逢宴会，只要白居易亮相，总是会引起宾客、歌女们的一阵骚动，大家都议论纷纷："这就是那位写《长恨歌》的诗人了。"甚至连大唐皇帝唐宣宗都专门写诗评价白居易的诗歌成就："童子解吟长恨曲，胡儿能唱琵琶篇"（《吊白居易》），将白居易的两大长篇叙事诗《长恨歌》与《琵琶行》并提。白居易与《长恨歌》的缘分，就是以"出世之才"写"希代之事"，这样的缘分，不是每个诗人，也不是每一段爱情故事都能有幸遇到的。

当然，仅仅是"深于诗"，还不足以担当这个故事的叙述重任，还必须"多于情"。

只有一个"多于情"之人，才能不人云亦云地重复红颜祸水的误国论，才能真正回归人性本能的情感欲望、情感需求，让政治归于政治，让爱情回到爱情。白居易显然正是这样的一个深情之人。

创作《长恨歌》的时候，三十五岁的白居易还是一个未婚男性，出身官宦世家、书香门第，虽然早在二十九岁就已进士及第，名满天下，他却一直拖延到三十七岁的“高龄”才在朋友的撮合与家人的逼促下成婚。

很多学者推测，白居易晚婚的原因，主要是他对苦恋十多年的初恋爱人湘灵念念不忘，并且做了多方尝试想要娶湘灵为妻，最终因为母亲的坚决反对才无奈放弃。白居易有许多诗篇是为这段初恋而写。例如，三十三岁的时候，他还写过一首《冬至夜怀湘灵》：

艳质无由见，寒衾不可亲。
何堪最长夜，俱作独眠人。

“何堪最长夜，俱作独眠人”，这真是最悲怆的感慨。冬至是一年之中黑夜最长的一天，可是在这寒冷的漫漫长夜，他和湘灵相隔千里，再也不能相拥在一起，温暖着对方。从此之后，他们都是那个可怜的“独眠人”。

白居易这段缠绵悱恻的爱情经历，他的好朋友当然是知道的，所以他们才会对白居易有“多于情”的评价。深情、多情的诗人，在那个诗坛风流的大唐王朝，简直就是稀世珍品了。

所以我总是忍不住极其主观地想象，假若唐玄宗地下有知，恐怕也会感激“深于诗，多于情”的白居易，感激他身边这一群懂得诗、懂得爱的朋友吧？

我始终相信，历史有不可逆转的必然性，也有不可复制的偶然性。《长恨歌》的诞生就是这样的必然性和偶然性的结合，因此，它也是不可复制的经典。虽然《长恨歌》和《长恨传》都不免要披上一层针砭时弊、警示未来的政治讽喻的外衣，但我也始终相信，白居易在写《长恨歌》的时候，自始至终是将自己的同情、忧伤，甚至那段悲剧性的爱情体验完全地投注进去了。

《长恨歌》写到杨贵妃与唐玄宗的爱情誓言："临别殷勤重寄词，词中有誓两心知。七月七日长生殿，夜半无人私语时。在天愿作比翼鸟，在地愿为连理枝。"类似的山盟海誓，白居易在自己的爱情故事中也写过："人言人有愿，愿至天必成。愿作远方兽，步步比肩行。愿作深山木，枝枝连理生。"（《长相思》）听说只要许愿的人心诚，老天就一定会满足你的心愿。那么白居易的爱情心愿是什么呢？他只愿和相爱的人像"远方兽"那样，比肩而行；像"深山木"一样，连理而生，不被世俗打扰，不被强行拆散，生生世世，永不分离。

让我们再回到《长恨歌》的主角身上来。世人谈到唐玄宗和杨贵妃，大多关注的是杨贵妃的美貌和唐玄宗被美色所迷惑做过的荒唐事，但《长恨歌》里并没有过度渲染杨贵妃的美貌，白居易只是着重讲唐玄宗如何专注地爱杨贵妃一人："春宵苦短日高起，从此君王不早朝。承欢侍宴无闲暇，春从春游夜专夜。后宫佳丽三千人，三千宠爱在一身。"《长恨歌》最重要的篇幅反而给了杨贵妃死后，唐玄宗绵绵不断的孤独与追忆之情："夕殿萤飞思悄然，孤灯挑尽未成眠。迟迟钟鼓初长夜，耿耿星河欲曙天。鸳鸯瓦冷霜华重，翡翠衾寒谁与共。悠悠生死别经年，魂魄不曾来入梦。”

也许我们忍不住会问，在唐玄宗和杨贵妃的故事之中，除杨贵妃的美貌之外，到底是什么在维系着他们十多年持久的爱情？

答案，同样可以在《长恨传》里找到痕迹：“非徒殊艳尤态独能致是，盖才智明慧，善巧便佞，先意希旨，有不可形容者。”

是的，杨贵妃被专宠的资本绝不仅仅是艳冠群芳的美貌——对于经历过无数大风大浪且阅人无数的大唐帝王而言，什么样的美貌能让他心甘情愿地抛去万花丛中顾盼流连的习惯和特权呢？人到中年的李隆基，看透跌宕起伏的人世沧桑，看遍花开花落的岁月流逝，曾经叱咤风云的他，最终想要的，也许只是一个可以让他的精神安顿下来的宁静港湾。杨家女子就是在这个时候走进了他的视野。她的美貌可以用语言文字来形容：体态丰润婀娜、容颜千娇百媚、肌肤滑如凝脂……即便是坐拥天下美女的唐玄宗，在她的万种风情面前也难免不会心动。然而很难说这样的美貌在三千后宫佳丽中绝无可与之匹敌者，要真正占据并且永远占据唐玄宗的全部心灵世界，她凭借的是那种无法用语言和文字来形容的善解人意：“先意希旨，有不可形容者。”

“先意希旨”，是怎样的一种智慧呢？不等对方将想法说出来，就能先行按照自己揣摩的意思去做，而这与对方未曾表达的想法又是如此地不谋而合。这种智慧，《长恨传》以卫道士的口吻评价为“善巧便佞”，是杨贵妃长期曲意迎合帝王夫君以维持自己地位的狡黠。然而唐玄宗绝对不是一个昏庸的皇帝，何况后宫三千，又有哪个不是曲意逢迎只为争得君王一顾的盈盈佳丽呢？

所以，我理解的“先意希旨，有不可形容者”，应该是智慧和爱情的完美融合，那是一种很微妙、很神奇的力量，直接进入对方心灵的最深处，盘踞得扎实而稳健，足以使相爱的人将世界挡在身后，足以让帝王放下身段，甘愿一生沉浸在这样的世界里。这是“特异”女人才有的神奇力量。当然，没有哪个女人真的可以媚惑所有男人，所有的智慧和情感只有在“有缘”的前提下才有意义。杨玉环用尽了所有的力量和智慧去珍惜她的缘分，这样的“用尽全力”才能使她具有“不可形容”的“先意希旨”的魅力，让她成为李隆基生命中不可模仿、不可替代的爱人，拥有了一位大唐帝王长达十多年的独一份的爱情。

也许很多人会将李、杨之间的爱情当成英雄美人恋的绝版，可是如果隐去大唐皇帝与大唐贵妃的光环，我们看到的只是一个纯粹的女人和一个纯粹的男人之间一段纯粹的爱情。“在天愿作比翼鸟，在地愿为连理枝。”这样的爱情，在爱情颇为贫瘠的古代中国堪称稀世之珍。

或许，这样令人动容的爱情故事，让白居易不忍心简单粗暴地冠以一个“红颜祸国”的帽子吧？白居易曾经自诩“一篇《长恨》有风情”，很有一些将《长恨歌》当成压卷之作的意思，连“长恨”的诗名，也隐隐包含着悲剧时代、悲剧爱情带来的浓厚感伤。

张爱玲说过：“世间总有一个角落容得下一对平凡的夫妻。”

世间之所以容不下唐玄宗和杨贵妃，只是因为他们太不平凡。因此，我总愿意这样一厢情愿地假设，如果历史给李隆基一个机会，他一定会像温莎公爵一样，将帝位禅让给他的继承人，然后携着他命中的女人，找一个安静的角落，彼此温暖着度过余生。

白居易：

最浪漫的邀请函（《问刘十九》）

白居易的《长恨歌》堪称中国爱情诗史中的鸿篇巨制，而他的《问刘十九》则是一首颇有情趣的小诗：

绿蚁新醅酒，红泥小火炉。
晚来天欲雪，能饮一杯无？

在本书中，每一篇诗歌都有不可替代的独特魅力。比如，李白的《将进酒》是最有气势的祝酒歌，温庭筠的《新添声杨柳枝词》是唐代酒令艺术作品的样板，《诗经·邶风·击鼓》是中国征戍诗之祖，白居易的《长恨歌》是讲述爱情故事的经典……《问刘十九》无疑又是一首独一无二的经典，而且这首诗在现实生活中还特别具有“使用价值”。

记得十年前的一个冬天，我参加某电视台的一档节目录制，化妆师帮我化了一个美美的妆，那天正好碰上难得的大雪，下午节目录完后，我看时间还早，觉得好不容易有一回打扮得这么漂亮，又恰巧碰上这样的大雪天，就这么回家实在有点可惜，于是抱着试试看的心态给老同学发了一条短信，短信里什么多余的话都没有，就只写了这四句诗：“绿蚁新醅酒，红泥小火炉。晚来天欲雪，能饮一杯无？”

正如同我期待的那样，老同学很快回了短信：“哈哈，你这家伙，是想邀一局呀！”于是，平时几个来往比较多的中学同学迅速聚在了一起。从大雪纷飞的黄昏到深夜，我们吃着热气腾腾的铁板料理，喝着热气腾腾的黄酒，尽欢而散。

我原来以为只有我才会有这么“矫情”的文艺范儿，后来跟很多喜欢诗词的朋友聊天，发现这样干过的人远远不止我一个。于是我们得出一个结论，想邀请朋友聚会，这首诗绝对是史上最佳邀请函的范本。我甚至还注意到，最近几年，每到冬天，网上就会有人调侃“晚来天欲雪，能饮一杯无”。看来，古代的诗人太厉害，厉害到连我们21世纪的人想做什么、想怎么做，好像都已经未卜先知了，所以他们预先帮我们想好了最佳说法、最佳做法，导致我们现在想超越他们都无比困难。

那么，这首《问刘十九》到底经典在哪里呢？白居易又为什么能够做到让我们每到冬天就必然会想起它呢？

这首诗虽然特别短，却蕴含了两大经典魅力：首先是描写深厚友情的经典，其次是表达浪漫邀请的经典。

这两大魅力初听起来似乎并没有什么与众不同之处，比如说，从古至今描写友情的经典作品那么多，白居易这首《问刘十九》又凭什么跻身描写友情的经典作品之列呢？

这个问题问得好！的确，论友情的深度，白居易和这首诗提到的刘十九之间似乎并没有发生什么惊天地泣鬼神的故事，至少肯定比不上白居易和元稹的生死之交，也比不上白居易和刘禹锡的知己之交。刘十九，到底何许人也？他和白居易又有着怎样的关系呢？

刘十九虽然不是什么名人，甚至我们连他的名字都不知道，只知道他排行十九，所以白居易称他为刘十九。但我们可以了解到的是，刘十九和白居易属于典型的患难之交，而且刘十九在白居易的笔下出现的频率相当高。

《问刘十九》有可能写于元和十二年（817 年），这一年，白居易四十五岁，当时正在江州，也就是今天江西的九江，白居易的身份是江州司马。大家可能还记得，白居易那首著名的长篇叙事诗《琵琶行》就是写于江州，《琵琶行》的最后两句是“座中泣下谁最多，江州司马青衫湿”，这里的江州司马就是白居易的自称。

元和十二年，是白居易到达江州的第三年，白居易在这里做江州司马并非正常的职务调动，他是被贬谪到这里的，这也是白居易人生当中遭遇的第一次贬谪。两年前，即元和十年（815 年），因为唐宪宗支持宰相武元衡主持武力削藩，引起藩镇的巨大恐慌，淄青平卢节度使李师道竟然派出刺客，趁着百官上朝的时候，当街刺死了当朝宰相武元衡，重伤了御史中丞裴度，企图用这种暴力方式阻止朝廷的削藩行动。

来势汹汹的贼人让朝野上下人心惶惶，震怖不安，朝臣们战战兢兢，不敢上朝，连卫士们都不敢大张旗鼓地搜捕。这时，太子左赞善大夫白居易第一个站出来上书唐宪宗，迫切要求搜捕贼人，一雪国耻。但是，当时的执政者却认为，作为一名东宫属官，在宰相、谏官、御史等都还没有上书的情况下，白居易却越职言事，干涉朝政，管了不归他管的事，简直是狗拿耗子，应该予以惩罚。紧接着，朝堂上素来对白居易有所不满的人趁机落井下石，说白居易“言既浮华，行不可用”（《唐才子传》），白居易因此被贬为江州司马。这是白居易仕途上遭遇的第一次重创。

这次贬谪对白居易的打击相当大，他甚至有了心如死灰的感慨：“浔阳迁客为居士，身似浮云心似灰。”（《赠韦炼师》）就在白居易处于人生的第一次低谷时，刘十九闯进了他的生命中，成为江州时期白居易最要好的朋友之一。

除这首《问刘十九》之外，白居易还有很多差不多同时期的诗都写到了刘十九。例如《刘十九同宿》：“唯共嵩阳刘处士，围棋赌酒到天明。”看来这位刘十九没有做过官，所以白居易称其为“处士”，以一介布衣的身份，却能得到白居易的倾情相待，甚至常常通宵在一起下棋、赌酒，醉了、困了就同睡一张床，这交情非同一般吧？刘十九能够让白居易如此赏识，这也说明，他并非俗人。

还有一次，刘十九约白居易同游庐山的东林寺、西林寺，可是不巧天下雨，山路泥泞不好走，白居易在路上耽搁了，等他赶到的时候，已经比约定时间晚了许多，刘十九以为白居易来不了，只好遗憾地先行离开了。白居易自然是扑了个空，于是他写了一首题目很长的诗——《雨中赴刘十九二林之期及到寺刘已先去因以四韵寄之》，诗中说“才应行到千峰里，只校来迟半日间。最惜杜鹃花烂漫，春风吹尽不同攀”，遗憾之情溢于言表。

在白居易的人生处于低谷的时期，刘十九成了他最信赖、最亲密的知己之一，所以白居易想下棋的时候会邀请他，想爬山的时候会邀请他，想赏花的时候也会邀请他；孤独的时候会想起他，热闹的时候也不会忘了他，当然，想喝酒的时候更要邀请他。人在患难的时候，还能有这样一位不离不弃的朋友始终陪伴在身边，这是多么珍贵的友情！

我们再来看白居易是如何高明地创造“邀请函”的范本的。

除这首《问刘十九》之外，白居易还有一首诗，写的是蔷薇花开的时候，自酿的春酒也熟了，于是他迫不及待地邀请刘十九一同来赏花喝酒，诗名是《蔷薇正开春酒初熟因招刘十九张大崔二十四同饮》（作于元和十三年），诗中有这样浪漫的句子：“试将诗句相招去，倘有风情或可来。明日早花应更好，心期同醉卯时杯。”

这首诗和《问刘十九》主题相似，都是一封邀请函。大家平时真心实意想要邀请朋友的时候，最怕、最担心的是什么？被拒绝对吗？你看，白居易为了不让刘十九等朋友拒绝，故意使用了激将法——“试将诗句相招去”，主人用诗句这样高雅浪漫的方式来邀请你，客人呢？“倘有风情或可来”，你要是懂风情，那你一定会高兴地应邀而至。言外之意就是，你要是拒绝我了，那就说明你这个人不懂风情、不懂浪漫，简直是一个木头人。按照我们今天常用的说法就是，你是不是一个有情怀的人，就看你来还是不来了！

这样的邀请，谁还敢拒绝呢？谁还能拒绝呢！很明显，《问刘十九》这首诗，也是白居易让人找不到理由拒绝的一封邀请函。

他先说的是主人发出邀请的诚意。诚意是怎么体现的呢？当然是写主人为了接待客人所做的精心准备了。“绿蚁新醅酒，红泥小火炉”这两句诗写得真是又美丽又温暖。

美丽的是场景描写。这首诗里的颜色就很美，“绿蚁”对“红泥”，一绿一红，色彩的对比非常鲜明，画面感十足。“绿蚁”指的是酒面上浮起的绿色泡沫，说明酒是新酿出来的。酒还没有滤清之前，酒渣浮在酒面上，颜色是像春天一般嫩嫩的绿色，酒渣细细的，如同小蚂蚁一般，所以是“绿蚁新醅酒”。古人很喜欢用“绿蚁”来代指新酒，例如南朝诗人谢朓的“嘉鲂聊可荐，绿蚁方独持”（《在郡卧病呈沈尚书诗》），李清照也写过“共赏金尊沉绿蚁，莫辞醉”（《渔家傲》）的词句。

好酒是要温着喝的，所以紧接着对上一句“红泥小火炉”，用“红泥”铸成的火炉，炉火已经烧得旺旺的。通红通红的炉子、炉火，衬托着碧绿碧绿的新酒，还有热腾腾的蒸汽弥漫开来，驱散了冬夜的寒冷。这样的场景，你说美不美？

那么，这幅美丽的画面又如何体现出友情的温暖呢？请大家注意两个字，一个是“绿蚁新醅酒”的“新”字，另一个是“红泥小火炉”的“小”字。深厚的朋友之情就蕴含在这两个字里了。为什么这么说呢？

我们一般都认为酒是越陈越香，尤其是高度白酒，因此现在白酒的广告语动不动就说几十年陈酿，年份越久，价值越高。可是唐代的时候还没有我们现在这样的蒸馏酒，所以当时的人们讲究的是喝新酒。穷人家有时没有足够的粮食酿新酒，才会凑合着喝陈酒，像杜甫所说的“樽酒家贫只旧醅”，家里穷就只好喝“旧醅”了，想来杜甫在这样写的时候，也暗暗包含了一点怠慢客人的歉疚之情。而白居易写“绿蚁新醅酒”，当然不是为了炫富，而是满含了用新酒款待客人的诚意。

另一个“小”字，又明确透露出这是一个非常小型而私密的聚会，“红泥小火炉”似乎更适合两三密友的小酌对谈。

事实就是如此，这首诗名为《问刘十九》，说明主人只有白居易一人，客人只有刘十九一人。白居易本质上是一个喜欢热闹、喜欢和朋友聚会的人，前面提到的那首《蔷薇正开春酒初熟因招刘十九张大崔二十四同饮》，就说明白居易至少同时邀请了刘十九、张大、崔二十四这三个人。而在这个“晚来天欲雪”的漫漫冬夜，白居易只想邀刘十九一起度过。因此，“绿蚁新醅酒，红泥小火炉”这样美丽而温暖的安排，是专为刘十九一个人精心打造的。

这样的情意、这样的诚意，如果你是刘十九，你会不会被感动呢？还会不会拒绝呢？

肯定不会！反正如果是我的话，不要说拒绝了，我一接到这样的邀请函，肯定恨不得马上飞到那个美丽而温暖的场景里去，与白居易倾心对饮了。

看来，真正让人无法拒绝的邀请，不在于你铺陈的场所有多么奢华富丽，准备的酒菜有多么高档昂贵，而在于你是否肯在细节上用尽心思。

诚意，从来都不是体现在价格和排场上，而只在于是否用心与费心。

有了“绿蚁新醅酒，红泥小火炉”这样用心的铺垫，最后两句的邀请才会变得无比动人：“晚来天欲雪，能饮一杯无？”

这样短短的一首小诗，却体现出了白居易的用心。“晚来天欲雪”，这一句可不是简简单单写天气和时间，说这是一个快要下雪的冬日黄昏。我们理解这首诗的关键是，要把每一句都还原成邀请函的内容来看。“晚来”，说明白居易发出这封邀请函的时候，天色已经不早了。

说实话，如果按常理来揣测，通常我们在邀请客人的时候应该尽量提前一天甚至更早地通知他们，这样能够让客人预先安排好自己的事情，有充分的准备。谁要是在傍晚六点左右突然给你发条信息，说："嘿，我现在在某某饭店准备吃饭了，你一起来不？"接到这样的邀请，如果是我的话，百分之九十九会断然拒绝。因为第一，这样的邀请不够尊重，你此前根本没有想到我，临时突然想到我，说明我对这场饭局的意义是可有可无的，根本不重要，那我当然不必接受；第二，临时的邀请没有给对方留够准备的余地，很可能对方当时正有工作或者其他的事情安排，就算想去也没时间。

白居易邀请刘十九，显然也是临时才想起来的——"晚来天欲雪"，那为什么这就不是不尊重的表现呢？这主要取决于两个人的关系。白居易和刘十九当然是一对密友，也就是说不是那种需要讲客套的普通朋友关系。所以我刚才说临时的邀请，在百分之九十九的情况下我会拒绝，那么剩下的那百分之一是怎样的特殊情况呢？

举个例子吧，如果我的闺密在我快要吃晚饭的时候突然给我发条微信说："亲爱的，我今天心情挺不好的，想找个人说说话，能过来陪我一下吗？"只要我当时没有特殊的工作，我肯定立即回一个字"好"，并且以最快的速度冲出门去。

白居易和刘十九，就相当于我和闺密的这种关系，随时随地有任何需要，只要能够办得到，一定会尽全力而为，不需要解释原因，也不需要说一声客套的谢谢。

所以白居易在那个看上去即将下大雪的傍晚，也许他突然觉得孤独了，突然觉得冷了，或者突然想找个人说说话了，他首先想到的，甚至很可能是唯一想到的那个朋友，就是刘十九。“晚来天欲雪，能饮一杯无？”别说是下雪了，就算是下冰雹，刘十九也会去赴约的，而且白居易也非常坚定地相信，刘十九绝对不会拒绝他。

这样的友情，谁又会在乎邀请函发出得是早还是晚呢？这样的酒，还没喝，就已经半醉了吧？

还有一个小细节，我要提醒大家注意一下。虽然这首诗没有明写，但我们完全可以猜到，白居易和刘十九两家住得并不远，因为在唐朝，既不能打电话，也不能发微信，最快的交通方式也不过是骑马。白居易肯定是派家人上门去送这封邀请函，然后刘十九再和送信的人一起来到白居易家。这一来一回必然不可能耗费太长的时间，否则“晚来天欲雪”的邀请是没有办法及时发出，并且及时得到回应的。

这样看来，两位好朋友比邻而居，是不是更能证明他们关系的亲密呢？

倾倒于这样的友情与邀请的，并不是只有你和我，历代诗人、词人化用这首诗意境的不乏其人，例如欧阳修写给他的恩师兼好友晏殊的诗中就用到了这个典故：“红泥煮酒尝青杏，犹向临流藉落花。”（《寄谢晏尚书二绝·其一》）纯粹而温暖的友情，是任何人都需要而且愿意倍加珍惜的。

“绿蚁新醅酒，红泥小火炉。晚来天欲雪，能饮一杯无？”

这是世界上最温暖的友情，也是世界上最浪漫的邀请函。

雪还没有开始下，酒还没有开始喝，而我，守着滚烫的红泥小火炉，还在安静地等待。一想到朋友正在赶过来的路上，心里就满是暖暖的感动。

地势坤，君子以厚德载物。

美了千年

杨雨品读古诗词

下册

杨雨 著

浙江教育出版社·杭州

好风凭借力，送我上青云。

曹雪芹 |《临江仙·柳絮》

东南形胜，三吴都会，钱塘自古繁华。

柳永 | 《望海潮·东南形胜》

红藕香残玉簟秋。

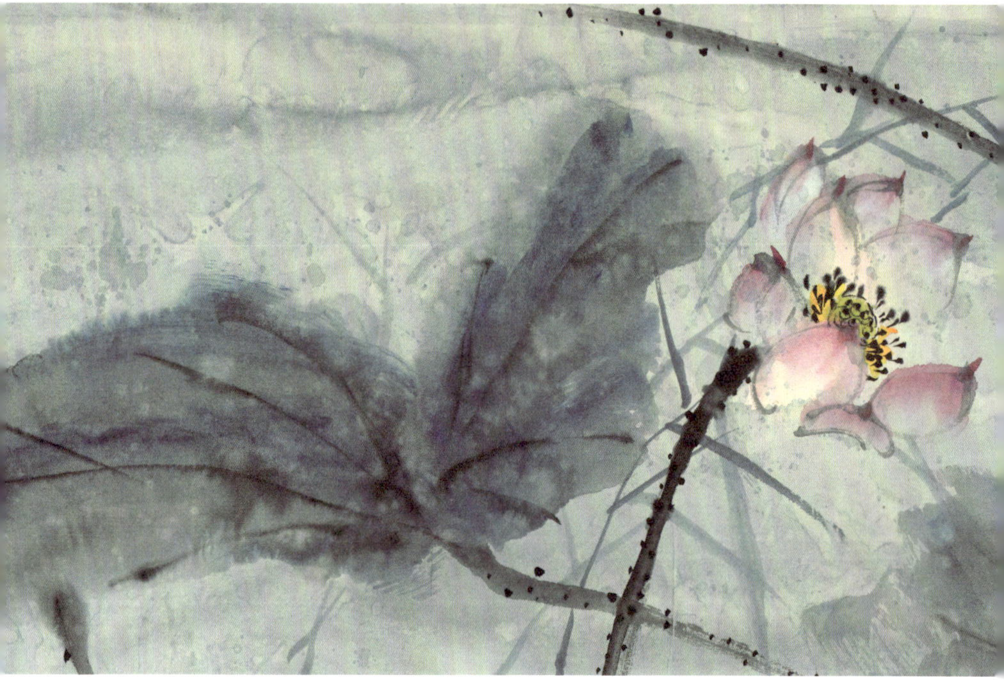

李清照 | 《一剪梅·红藕香残玉簟秋》

谁怕？一蓑烟雨任平生。

苏轼 | 《定风波·莫听穿林打叶声》

注：图中文字“簑”应为“蓑”

序

诗词究竟有着怎样的魅力呢？也许每个人的答案都不同，但我深信，长期浸染于诗词之中的人，诗词回馈给他的一定是丰厚而优质的生命质量。

辛弃疾曾惊讶地发现，他与自然之间时常有着深情和神奇的彼此眷顾之心，他说："我见青山多妩媚，料青山见我应如是。"（《贺新郎·甚矣吾衰矣》）这是怎样一种温润而浪漫的情怀和情景？又有谁能够拒绝这样心物交融后纯净而纯美的时刻呢？

类似的情怀和情景，在李白的"相看两不厌，只有敬亭山"（《独坐敬亭山》），王维的"行到水穷处，坐看云起时"（《终南别业》）当中也可以遇到，而人文中的诗词与自然中的"青山"，以及与"我"的关系，是神韵相似的。

我们走进诗词，就仿佛走入自然中的青山绿水，看自然中的云卷云舒，感受着一流诗人笔下曾经的风景和情怀，从而让自己的世界更丰盈、更有姿态、更有内涵。

诗词固然是诗人的个人经历、思想和情感的结晶，但那些能够成为传世经典的作品，其蕴含的深意必然超越了个人的情感，并且超越了时空的距离，成为引发人类共鸣的情感。就像王国维说的那样："若夫真正之大诗人，则又以人类之感情为其一己之感情。彼其势力充实，不可以已，遂不以发表自己之感情为满足，更进而欲发表人类全体之感情。彼之著作，实为人类全体之喉舌，而读者于此得闻其悲欢啼笑之声，遂觉自己之势力亦为之发扬而不能自已。"（《人间嗜好之研究》）

王国维的这段话，实在是说出了我们的心里话。为什么我们总是能够从李清照的"知否，知否，应是绿肥红瘦"（《如梦令·昨夜雨疏风骤》）中，读到对于青春流逝的感叹？为什么我们总是能够从辛弃疾的"少年不识愁滋味，为赋新词强说愁"（《丑奴儿·书博山道中壁》）中，想起无知又无畏的少年时光？为什么我们总是能够从李白的"同居长干里，两小无嫌猜"（《长干行二首·其一》）中，生出对青梅竹马的感情的向往？为什么我们总是能够从秦观的"两情若是久长时，又岂在朝朝暮暮"（《鹊桥仙·纤云弄巧》）中，读到刻骨的相思？为什么我们总是能够从杜牧的"春风十里扬州路，卷上珠帘总不如"（《赠别二首·其一》）中，读到专属于每一个人的特别的爱？又为什么总是能够从李商隐的"何当共剪西窗烛，却话巴山夜雨时"（《夜雨寄北》）中，读到远行时的浓郁乡愁？……

那是因为，这些一流的诗人和一流的诗歌说出了我们每一个人的哀乐悲欢，在那些穿越时空的诗句里，流淌着的其实是我们的生命血脉。

经常读诗的人，一定会比别人具有更敏锐的审美眼光。对自然之美的发现和体验，对人情之美的领会和感受，都会沉淀为我们内在的修养。美是与生俱来的，但发现美的眼睛和表现美的能力却需要后天的培养。诗歌与音乐、建筑、绘画等艺术形式一样，都是在培养我们发现与表现美的能力。

经常读诗的人，一定会比别人具有更高的情商。如果说哲学能够提高人的智商，历史能够增长人的见识，那么文学可以提高人的情商，尤其是当文学中还蕴含着哲学境界和历史规律的时候，它将成为我们增长见识、增进智慧和提高情商的一条必经之路，而诗词，正是中国文学重要的形式之一，也是提高情商重要的途径之一。

我们能在刘禹锡的“东边日出西边雨，道是无晴还有晴”（《竹枝词二首·其一》）中，体察爱情的若即若离、对爱情的患得患失；我们能在苏轼的“且将新火试新茶，诗酒趁年华”（《望江南·超然台作》）中，感受节气变化带来的激昂情绪；我们能在杜甫的“天子呼来不上船，自称臣是酒中仙”（《饮中八仙歌》）中，感受人格的傲岸不羁；我们也能够在纳兰性德的“等闲变却故人心，却道故人心易变”（《木兰花·拟古决绝词柬友》）中，体会人情冷暖；我们还能够在王维的“相逢意气为君饮，系马高楼垂柳边”（《少年行四首·其一》）中，邂逅曾经向往而不得的少年豪侠之气……

因为他们，我们的人生变得丰富起来；因为他们，我们的情感变得明媚起来；因为他们，我们的世态人情也变得温暖起来……

经常读诗的人，一定会变得更加聪慧，因为所有的经典诗词，一定是诗人一生智慧的结晶。请别忘了，古代一流诗人中的一部分人，不仅仅是诗人，他们往往还是一流的政治家，甚至是一流的军事家、科学家、经济学家，例如张衡、张九龄、白居易、杜牧、欧阳修、王安石，等等。他们的诗中，不仅有绵长的情意，更体现了他们为人处世的智慧，那正是我们得以获取人生力量的源泉，而且取之不尽，用之不竭。

所以《美了千年：杨雨品读古诗词》虽然只选择了30多首古典诗词，但我在选择篇目的时候尽可能地照顾到了不同的题材、不同的情感类型、不同的诗人风格，并尽量让我的选择具有一定的代表性和规律性，以便读者掌握解读规律，能够举一反三地阅读、理解更多的经典诗作。

另外，我在解读的时候不仅会深入解读诗句本身，还原文本自身的含义、凸显文学内在的规律，同时还会遵循知人论世的原则，通过诗歌引出作者的经历、思想乃至他所处时代的文化背景，以及由此呈现的历史事件和历史规律等，尽可能地扩充每首诗的丰富内涵，让读者在有限的时间内掌握更多的信息。

最后，我必须老老实实地承认，这本书中选择的作品以及诠释的方法中还暗含了我的一点儿私心，那就是除大家都熟悉的一些诗人、诗作之外，我还特意精选了一些在诗人代表作中并不是最为大家所熟知的诗篇。比如，对于我们最熟悉的李白，我偏偏选了并非最被人所熟知的《长干行二首·其一》，那是因为，我想通过这样的选择，让大家了解一个除豪放、洒脱外，更加丰富、立体的李白。每一个一流的大诗人，都会呈现出多元化的性格特点。浪迹天涯的游子李白，其实也可以是细腻柔情的“阳光暖男”；驰骋疆场的英雄词人辛弃疾也经历过茫然惶惑的少年时光与无可奈何的中年危机；悲悲切切的李清照，曾经也那么调皮可爱过……

每首诗里都隐藏着诗人的气质。同样，在每首诗里，我们都可以找到自己的气质。

因为每一首古典的诗篇，都映照着现代时空中的我们，不必非要去远方才能找到精神的归宿。诗，一直就在我们的生活中，就在我们的血液里，就在我们的气质里。

祝每一位读诗爱诗的你，都拥有一颗不老的诗心。

因为不老的诗心，意味着不老的容颜和不老的气质。

目录

元稹：

曾经沧海的爱情（《离思五首·其四》）

在当代人的爱情生活中，有四首古诗中的句子引用频率可能是最高的，其中三首一是“天涯何处无芳草”，出自苏轼的《蝶恋花》；二是“愿得一心人，白首不相离”，出自托名为卓文君的《白头吟》；三是“两情若是久长时，又岂在朝朝暮暮”，出自秦观的《鹊桥仙》。

“天涯何处无芳草”经常被用来安慰那些失恋的人；“愿得一心人”通常是表达对一心一意、白头偕老的期待；“两情若是久长时，又岂在朝朝暮暮”比较适合用来开解异地恋人。

除这三首之外，还有一句诗的引用频率绝对不亚于它们，那就是“曾经沧海难为水”。有人失恋的时候，安慰的人往往会对他说：“别难过了，天涯何处无芳草啊！你何必吊死在一棵树上呢？”被安慰的人往往会叹口气，回答：“曾经沧海难为水啊！我这一辈子不可能再遇到比他（她）更好的人了。”这说明今人把“天涯何处无芳草”，理解为豁达洒脱的意思，而“曾经沧海难为水”，当然就是一往情深、至死不渝的意思了。这句诗出自中唐诗人元稹的《离思五首·其四》：

曾经沧海难为水，除却巫山不是云。

取次花丛懒回顾，半缘修道半缘君。

“曾经沧海”的典故出自《孟子》：“观于海者难为水”，巫山云的典故则出自宋玉的《高唐赋》，称巫山上的云是由神女变化而来的，千姿百态，美丽绝伦。

这首诗表面的意思很容易理解，一个人如果曾经经历并且震撼于大海的苍茫辽阔，那他当然不会再轻易被一般的小河小溪所吸引；同样，一个欣赏过巫山云彩那种极致美丽的人，其他地方的云在他眼里也就黯然无光了。

同样的道理，当我欣赏过世界上最美的花朵，那么即便我经过的地方百花盛开、争奇斗艳，我也懒得回头多看它们一眼。

“取次花丛懒回顾”，这里的“花丛”当然还有重要的象征含义。古代诗词经常用花来比喻女性的美貌，“花丛”其实就是美女如云的地方。“取次”可以理解为匆匆经过。因此，“取次花丛懒回顾”真正的意思是说，即便身边美女如云，“我”也只是匆匆走过，草草应付一下，一点儿都不会对她们动心！为什么呢？“半缘修道半缘君”，原来“懒回顾”的原因一半是因为“修道”，一半是因为“你”啊。

别人看到美女如云的时候可能会眼花缭乱，蠢蠢欲动，而元稹却能目不斜视，泰然处之。修身养性、“清心寡欲”可能是其中的一个原因，但元稹真正想说的另一个原因其实是“半缘君”，是因为心中有一个“她”。这个“她”牢牢地占据了诗人心里最重要的位置，她就像苍茫的大海和巫山的云一样，是诗人心里最极致的、不可替代的美。

那么，写下这样动人的诗句的元稹，到底经历过一段怎样的爱情呢？他心目中的沧海水、巫山云，说的又是怎样的一位女子呢？

让我们回溯到公元803年，也就是大唐王朝唐德宗贞元十九年。

这一年，大唐才子元稹和他的新娘举行了一场令世人瞩目的婚礼，风华正茂的元大才子迎娶了艳若桃李的名门闺秀。这一年，新郎元稹年方二十五（虚岁），新娘韦丛小他四岁。如果要用一句俗语来形容这场婚姻，我倒是想到了一句：“癞蛤蟆终于吃到了天鹅肉。”当然，用“癞蛤蟆”来形容元稹，实在有点委屈他，但用癞蛤蟆与天鹅的身份差距来形容元稹与新娘韦丛的差距，倒也不算太过分。

我还是先介绍一下新郎和新娘吧。新郎元稹和新娘韦丛之间有三大差距，分别是：家境悬殊、门第悬殊、容貌悬殊。

首先，家境悬殊。元稹是一介贫寒子弟，韦丛却是名门闺秀。追根溯源的话，元稹算是北魏皇族拓跋氏的后代，北魏孝文帝拓跋宏在改革的时候，曾经将鲜卑族的一些姓氏改为汉姓，拓跋氏改为元氏。这样算来，元氏家族就是拓跋氏的后裔了，因此元氏先祖可能也曾经兴旺发达过，可惜的是，元氏一门到元稹这一辈已经完全衰落了。元稹出生的时候（779 年，唐代宗大历十四年），父亲元宽年近五十，元稹八岁时父亲便撒手归天，一家的生活重担都落在了母亲身上，最困难的时候甚至到了要不断变卖家产勉强糊口的地步。元稹曾经这样自述他小时候的生活："先夫人备极劳苦，躬亲养育。截长补败，以御寒冻。质价市米，以给晡旦。"(《告赠皇考皇妣文》) 可见他小时候家境是很贫苦的。"衣不布体，食不充肠"：靠着母亲缝缝补补才能勉强抵御寒冷；家里稍微值钱一点的东西经常被拿出去当掉，才能换点儿粮食回来……

韦丛的家族，却是钟鸣鼎食的贵族之家。韦家富贵到什么程度？用元稹自己的话来回答当然最有说服力。元稹曾经写过一首诗《追昔游》，形容岳父家笙歌燕舞的盛况："花园欲盛千场饮，水阁初成百度过。"到了韦家豪宅私家花园里的百花盛开的时候，衣冠楚楚的宾客们在这里一边赏花一边畅饮美酒，水上的亭阁刚刚落成，给豪宅平添了几分雅致。所谓"千场饮""百度过"，充分说明宴游的次数频繁，场面热闹。可以想象，当年的穷书生元稹，一脚迈进豪门，可算是大开眼界了。

其次，门第悬殊。元稹和韦丛结合的时候，元稹虽然已经考中进士，但官职还只是秘书省校书郎，相当于国家图书馆的一名管理员，级别很低。韦丛的父亲韦夏卿却是当时的朝廷显贵，当过京兆尹，相当于今天北京市的市长，女儿韦丛出嫁的时候，他还兼着太子宾客、检校工部尚书，是相当于国务院副总理级别的朝廷高官。

最后，容貌悬殊。韦丛是韦夏卿最为宠爱的小女儿，长得很漂亮，连元稹最好的朋友白居易都写诗赞美韦丛的美貌为“南国貌”。“南国貌”出自曹植的《杂诗》：“南国有佳人，容华若桃李。”一句“容华若桃李”传神地勾勒出“佳人”倾国倾城的美貌。娶得豪门女子，妻子又是“盛世美颜”，一介寒门书生元稹可真是运气爆棚啊！

所以我才会说，元稹和韦丛的爱情故事可以算得上唐代版的“青蛙王子”的故事：在他们结合的时候，元稹只不过是一只一无所有的“癞蛤蟆”，韦丛却是一位美丽而又高贵的“公主”。

而且还有一点我不得不狠心地说明，元稹之所以娶韦丛，未必纯粹是因为爱情，对于元稹而言，也许功利的目的远远大于爱情的动机。为什么我会有这样的结论呢？

这就不能不说到唐代士子的人生理想了。众所周知，古代男子成功的标准只有一个——当官。所谓“学而优则仕”，官职的高低往往成为衡量一个人成败的唯一标准。对于并非出身名门的士人来说，他们当官的途径通常有两条：一条是通过正常的科举考试，另一条则是通过婚姻关系改变自己的身份，说得再具体一点，就是通过“高攀”名门女子，从此摆脱贫寒之苦，跻身上层社会。

关于这一点，陈寅恪先生有过很精辟的论断："唐代社会承南北朝之旧俗，通以二事评量人品之高下。此二事，一曰婚，二曰宦。凡婚而不娶名家女，与仕而不由清望官，俱为社会所不齿。""清望官"在唐朝一般是指三品以上的高官。走仕途如果当不到三品以上的官，娶妻娶不到名门闺秀，那都是要被人看不起的！而且，虽说"婚"和"宦"是两条评价标准，但其实"婚"的目的也还是为了"宦"——对一个出身寒门的读书人来说，即使他挤过了独木桥，中了进士，可是要做到"三品大员"，还不知道要熬多少年资历，攀附多少权贵做靠山，才能达到目的。在这种激烈的竞争下，"婚"当然就是一条捷径了。元稹就是这样一个幸运儿，他通过婚姻迈出了实现人生理想极为关键的一步，他结婚的时候，"韦门正全盛"（元稹《梦游春七十韵》），他的岳父韦夏卿的仕途正处在如日当空的鼎盛时期。

那么，为什么韦夏卿肯把掌上明珠嫁给这样一个没有任何背景、没有任何靠山的穷书生呢？这也许只能用一个词来解释，那就是"慧眼识珠"。根据史书的记载，韦夏卿"世称知人"，素来以"伯乐"闻名，经他所赏识、提拔的很多青年才俊，像柳宗元、刘禹锡、李景俭等人，有的当上了宰相一类的高官，有的成了著名作家。而元稹在结婚的这一年，也刚刚通过吏部的考试，算是一匹"黑马"，是国家认可的拥有正式编制的"公务员"，虽然只是暂时屈居九品的图书管理员，但从他的才学来看，前途应该是不可限量的！换言之，韦夏卿是用女儿一生的幸福来赌元稹飞黄腾达的明天。当然，这个赌注下得有点大。

但正如同某些荒诞的剧情，结局有时候偏偏会被出色的演员反转一样，这场婚姻的结局也出乎所有人的意料，甚至也出乎元稹自己的意料。在这场本来很功利的婚礼背后，居然意外地酝酿出了一场经典的爱情——一场让元稹感慨“曾经沧海”的爱情，一场让风流浪子感叹“取次花丛懒回顾”的爱情。而反转剧情的主要力量，竟然就来自那位出身豪门的美貌女子——韦丛。

韦丛下嫁元稹之后，马上要面对的是所有名门闺秀都难以面对的现实。这个现实，归结为一点，就是贫穷。

韦丛进了元稹的家门，才知道父亲为自己挑选的“大才子”，并不是戏文中满腹文采、风度翩翩，又富贵多金的“高富帅”。真实的情况是，丈夫身为一个九品的图书管理员，所能得到的俸禄，不要说维持她原本作为豪门千金的生活习惯，连应付一家人最基本的生活所需，都常常是入不敷出。元稹自己都不得不承认，妻子自从嫁给他，才生平第一次知道什么是贫穷卑贱！“食亦不饱，衣亦不温。”一个从小锦衣玉食的富家女子，一夜之间沦落到饭吃不饱、衣穿不暖的地步，换了谁都难以接受。韦丛作为从小就被父亲捧在手心的“明珠”，能接受得了生活条件如此巨大的落差吗？

所谓“由俭入奢易，由奢入俭难”，在现代甚至是当时的一些女子看来，一下子从云端跌落凡尘，就算不大哭大闹，后悔不迭，也总会心生不满，悲戚埋怨。然而韦丛不同，她没有哭闹，也没有埋怨，而是在这种落差中展现出了传统女性的美德——辛勤持家，甘苦与共。

举个例子说说韦丛的贤惠吧。俗话说，“巧妇难为无米之炊”。家里没有足够的粮食怎么办？韦丛就去家附近的路旁采集豆叶之类的野菜；没有柴烧，这也难不倒韦丛，她从屋前屋后捡一些老槐树落下来的叶子生火烧饭。为了节省开支，小夫妻俩经常两顿饭并成一顿吃，几口杂粮，一碗虽粗糙却是亲自守着火候细心熬煮的野菜汤，她和丈夫照样吃得很香甜。就这样，小两口儿的生活艰难却又温馨地过了下去。

如果仅仅是穷，夫妻俩关起门来过小日子，苦就苦一点吧，但元稹偏偏还是个穷大方的人。他少年时期跟随母亲依附凤翔的舅舅生活，成年后来到京城长安应试求职，对于一个对仕途充满渴望的年轻人来说，自然少不了要结识朋友，建立社交圈。要请客喝酒没有钱怎么办？元稹渐渐了解了妻子的性格，只要跑到妻子面前卖个萌、撒个娇，妻子虽皱着眉头故作嫌弃，眼里却满含笑意地看着丈夫撒娇讨饶，她一转身，又能像变戏法一样，给大孩子似的丈夫想出好办法来，解其燃眉之急——“泥他沽酒拔金钗”（《遣悲怀三首·其一》）。

这个“泥”字用得真好啊！“泥”可以解释成“腻”，就是耍赖、纠缠不休的意思。元稹自己没钱倒也罢了，还不害羞地硬是缠着妻子给他买酒喝，韦丛就拔下头上戴的金钗，拿去当了换钱给丈夫置办酒菜——这金钗也是娘家带过来的嫁妆啊！一来二去，韦丛连从娘家带过来的首饰也渐渐当得差不多了。元稹情不自禁地感叹："谢公最小偏怜女，自嫁黔娄百事乖。"元稹将岳父韦夏卿比作东晋著名宰相谢安，这个比喻真是一箭双雕，既吹捧了岳父大人高贵的身份，顺便也赞美了妻子，妻子就好比是谢安最宠爱的侄女谢道韫。"自嫁黔娄百事乖"，黔娄是战国时候齐国一个很有名的穷人，当然，他不是普通的穷人，而是很有才华的穷人，鲁恭公听说这个人有才又有德，曾经想聘他为丞相，可是被黔娄婉言谢绝。元稹把自己比作贫士黔娄，才华有什么用呢？既不能当衣服穿，又不能当酒喝，老婆嫁给自己还不是"百事乖"？"乖"就是不顺利、不如意的意思，没钱当然万事不顺心。

除必须克服的贫穷之外，韦丛嫁给元稹后的婚姻生活还接连遭遇了一个又一个的不幸。元稹先是因为直言论政遭到贬谪，接着又因为母亲病故守孝三年，原本就捉襟见肘的生活因此雪上加霜。更令人难以接受的是，韦丛先后生育了五个子女，其中四个夭折，仅有一个女儿存活……一系列的家庭不幸让元稹感慨"贫贱夫妻百事哀"（《遣悲怀三首·其二》）。

很难想象，一个从小一帆风顺的富家小姐，该怎样面对这千疮百孔的婚姻生活。可是，就是这样百事不如意的日子，韦丛都能"不悔于色，不戚于言"，凭着坚强的心和对丈夫的深爱，一次次地挺过了这些打击，表现出了超乎寻常的坚强与豁达。

韦丛才是那个“踏破铁鞋无觅处”，那个“蓦然回首，那人却在，灯火阑珊处”静静伫立的女子。韦丛就是元稹心目中的女神——她用她的智慧和善良，成功地将贫贱的婚姻生活演绎成了浪漫的爱情神话。

我们很希望，这场幸福的婚姻能一直延续到元稹和韦丛生命的尽头，完美爱情的结局应该是八个字——“执子之手，与子偕老”！但是，这场婚姻仅仅持续了七年，元和四年七月九日，刚刚经历了一连串的奔波回到洛阳的元稹，又遭遇了一场巨大的悲剧——年仅二十七岁的韦丛病逝。与自己同甘共苦七年的结发妻子猝然离世，从此以后，“便纵有千种风情，更与何人说？”

爱妻的离世将元稹推入了痛苦的深渊。他写了很多悼亡诗，几乎每一首都堪称经典，而我个人感受最深的，还是这首《六年春遣怀八首·其五》：

伴客销愁长日饮，偶然乘兴便醺醺。
怪来醒后傍人泣，醉里时时错问君！

这是韦丛去世两年后元稹写下的悼亡诗，也就是说，两年的时间不但没有让元稹对亡妻的思念有丝毫减轻，强作欢颜的洒脱反而让他内心的痛苦宣泄得更为强烈。表面上看，元稹似乎仍是那个爱好交友，喜欢和朋友终日欢歌醉饮的豪爽诗人，可是有谁能知道，他是希望借酒浇愁，暂时忘却对妻子刻骨铭心的思念呢？有时，他表现得似乎还很兴致勃勃，一高兴就喝得醉意醺醺的。可是，一场大醉过后，当他昏昏沉沉地从醉意中醒过来时，惊讶地发现朋友竟然守在自己身旁暗自啜泣，元稹奇怪地问："我不过一时高兴喝醉了酒，你哭什么啊？"朋友强忍着悲伤回答他："你还不知道吗？你醉了睡在这里，还一直口口声声地呼唤着你夫人的名字啊！"

"时时错问君"，这真是锥心泣血的文字！一个"错"字，蕴含了无数曲折难尽的感情。元稹本来是乘兴举杯想要忘却痛苦，他应该准备了很多逗人发笑的幽默桥段，让朋友们的相聚充满欢笑和快乐，没想到最后却因为"错问君"引来自己和旁人的一片哭泣。那种发自内心的痴情岂是强颜欢笑掩饰得了的？在七年的婚姻中，"泥他沽酒拔金钗"的甜蜜与娇嗔仿佛还历历在目，可是如今，自己只能在酒醉中尽情地宣泄被强行抑制的痛苦。

清朝著名的诗歌评论家、编选过《唐诗三百首》的蘅塘退士曾经说过，古往今来，中国的悼亡诗可谓汗牛充栋，可是终究没有一首能够超越元稹悼念亡妻的这些诗篇。当然，在元稹所有的悼亡诗中，流传最广的无疑还是这首《离思五首·其四》。

了解了元稹与韦丛的爱情经历，我们重新读这首诗，也许对诗中流露出来的情感会有更深切的共鸣。

"曾经沧海难为水，除却巫山不是云"，这是至情之语。诚然，韦丛并不是元稹一生中唯一的女人，在与韦丛结婚前，元稹有过初恋——据陈寅恪先生考证，元稹的初恋就是《莺莺传》里崔莺莺的原型。而且关于《离思五首》怀念的对象，陈寅恪的意见也和别人不同，他认为写的是元稹的初恋。

韦丛去世几年后，元稹续娶了继室裴氏和妾室安氏。的确，元稹并不是一个长情的人，但我觉得，他在面对结发妻子的时候，是真真切切地展示出了他最深情、最痴情的一面，在他的心目中没有任何人能与韦丛相提并论，没有人能够取代他与韦丛“曾经沧海”的爱情，也没有人能够取代韦丛曾与他患难与共的那份情义。

“取次花丛懒回顾，半缘修道半缘君。”韦丛去世后，元稹的身边并非没有如花的美人相伴，然而他“懒回顾”的原因，看上去似乎一半是因为修道，一半才是因为对韦丛的思念。

但是，“修道”只不过是元稹放的一个烟幕弹。为什么这么说呢？因为这句诗要放到这首诗中整体去理解。只有“曾经沧海”过，才能真正做到“心如止水”，而让诗人“心如止水”的真正原因显然并不是那些儒家、佛家、道家的学术经典，而是那个让诗人“曾经沧海”的人！

正如《诗经·郑风·出其东门》中的那几句：“出其东门，有女如云。虽则如云，匪我思存。”原来，爱情里最动人也最美好的表现只有一种，那就是一往而深，情有独钟。无论是在一大群的美女中，仍一心牵挂他心中那位素衣绿巾的贫贱女子的郑国士子，还是平素风流、丧妻之后却视身旁无数如花美眷于不顾的元稹，他们心里都存着一份情有独钟。

真正的爱情，或许并不在“王子”与“公主”般完美的神话故事里，而是在生儿育女的平淡中，在柴米油盐的琐碎中，在贫穷患难的相濡以沫中。只有接受了生活的平凡，才更能体会到爱情的伟大，才能明白，也许我们每个人正在经历的，其实都是一场“曾经沧海”的爱情。

朱庆馀：

让人心旌荡漾的自荐信（《闺意上张水部》）

这一篇我们要分享的诗，其实是一封最别出心裁的自荐信。或者说，是史上最含蓄、最低调，却又最让人心旌摇荡的一封自荐信。

在讲这封信之前，我们不妨回忆或者想象一下，要向别人推荐自己，尤其是向职位比自己高、资历比自己深、社会影响比自己大的领导或前辈推荐自己，并且还希望获得对方的赏识和提拔，这封自荐信应该怎么写呢？你一定想，那当然是要么高调，将自己的能力、特点充分凸显出来；要么谦虚，给对方留下一个谦谦君子的好印象。当然了，如果能做到两全其美，既高调又不失谦虚，那就太完美了。

的确，这是我们对自荐信的基本要求，大概也是大多数人能想到的最靠谱的自荐信了。然而，在那个一切皆有可能的大唐王朝，连自荐信都可以写出无数种让人大跌眼镜的形式来。这次我们要讲的这封自荐信，就是一首别有情趣的诗：

洞房昨夜停红烛，待晓堂前拜舅姑。

妆罢低声问夫婿，画眉深浅入时无？

乍一看，这首诗简直就是风情万种的爱情诗。前一天是大婚的日子，一对新人晚上刚刚拜过堂、入了洞房，大红蜡烛喜庆地燃了一个晚上。

诗的内容完全就是以一个新娘羞涩的神态和语气来描述的。刚刚度过了又紧张又羞涩又甜蜜的新婚之夜，古代的新娘可不敢赖床睡懒觉，第二天，新娘早早地起了床，梳妆打扮一番要去正式拜见公公婆婆了（古代公公称为“舅”，婆婆称为“姑”）。可她毕竟昨天才嫁过来，还不知道公公婆婆是什么样的人呢，是挑剔还是宽容？是严厉还是慈祥？他们对这个新儿媳妇会不会满意呢？第一印象太重要了！新娘内心实在是忐忑不安，想来想去，还是新婚丈夫应该最了解他的父母。因此，她使出浑身解数，精心地化好妆，对着镜子前前后后看了老半天，直到确信妆容既不妖艳又足够美丽大方，然后才款款地走到丈夫面前，低声羞涩地问道：“夫君，你看我的眉毛浓淡画得可还时髦吗？”

这真是一幅情意婉转的新婚场景，诗的内容虽然简单，但是我们完全想象得到，新娘的忐忑不安中也暗含着对自己美貌的自信。可自信归自信，毕竟长辈的眼光可能会不一样，何况萝卜白菜各有所爱，不是所有的自信都一定能得到别人的赏识，所以新娘子的害羞和紧张也完全合情合理。

整首诗里的主角有两个，一个是忐忑不安、等待“宣判”结果的新娘，另一个是掌握了评判权的新郎。然而自始至终，男主角都没有出场，也没有一句话来正面回答新娘的提问。这就给读者留下了无限广阔的遐想空间，我们忍不住就要浮想联翩了。

这个刚刚经历了新婚之夜的新郎，面对娇羞美丽又温柔多情的新娘，究竟会说什么呢？要知道，古代的婚姻，在婚礼仪式之前，理论上新郎和新娘是没有见过面的。可不像现在，新人在结婚前都经历过一段或长或短的自由恋爱时期，彼此之间相当熟悉。古代的婚礼，说白了，就是在一夜之间，一对陌生人从此变成了这个世界上最亲近的人。

那么，新郎对这个昨夜的陌生人，今天早上最亲密的爱人，会说什么呢？虽然诗中没有写，但新娘那个娇羞又不失自信的提问：“妆罢低声问夫婿，画眉深浅入时无？”无疑已经提示了我们，新郎对新娘一定是相当满意的，他们的第一次亲密相处一定是非常甜蜜融洽的，所以虽然他们之间仅仅经过了一夜的相处，但新郎已经取得了新娘完全的信任和依赖，新娘才会放心地将评判权交给新郎，根据他的意见来调整自己的容颜举止。通过新郎这座必经的桥梁，让自己尽快被这个陌生的大家庭接受，尽快融入新角色的生活。

诗的字面意思解读完了，但我们的解读当然不可能只停留在字面上。我一开始就说过，这其实是诗人的一封自荐信，它的真正意图并不是描写一对新婚夫妻的洞房花烛夜。那么，它真正的意图是什么呢？诗人通过这首诗希望达到什么样的目的呢？

这就要说到这首诗的作者和创作背景了。

写这首诗的诗人名叫朱庆馀。大家对这个名字也许不太熟悉，因为无论是在大唐诗坛，还是在大唐政界，这个名字都不是那么响亮。但其实在当时，朱庆馀还是相当有名的一位诗人，他是越州人（今浙江绍兴），典型的江南才子，唐宝历二年（826年）进士，被授予秘书省校书郎的官职，也就相当于现在国家图书馆的管理员。作为一名外乡人，通过科举的道路，从秘书省校书郎的低级职位做起，然后一步步晋升，如果能够做到五品官员，就算是相当成功了。

在唐代，读书人考中进士经过吏部的人才选拔后，通常从九品官员做起。唐代官员的工作服和官阶是相匹配的，三品以上的文武官员穿紫色、四品穿深红色、五品穿浅红色、六品穿深绿色、七品为浅绿色、八品服深青色、九品服浅青色。如果一个公务员从浅青色的九品官服穿起，能够换成五品的红色官服，那就相当不错了，所以古人以"着绯"，也就是穿上红色官服，表示成了中级以上的官员，这就算是成功人士的象征了。例如，白居易刚刚当上五品官员的时候，就写了一首诗给他的好朋友元稹《初著绯戏赠元九》："那知垂白日，始是著绯年。"可见换上红色官服，实在是古人在仕途上取得成就的一个标志。

我们还是回到朱庆馀这里来。没有任何可靠的证据能够证明朱庆馀在长安有任何重要的人脉。作为一名没有特殊背景的外乡人，要想在长安出人头地，难度是相当大的。但朱庆馀很幸运，他的才华得到了著名诗人张籍的赏识。

据说，一次偶然的机会，张籍读到了朱庆馀的诗，十分惊艳，于是托人到处搜集朱庆馀新写的诗作，又从中精挑细选了二十多首最心怡的作品，天天带在身边吟诵，而且逢人就夸。张籍那个时候已经是文坛领袖之一，他如此看重一个青年人，于是朱庆馀的才名也就不胫而走。

关于这首诗的创作动机，主要有两种说法。第一种说法是“行卷”。唐代科举考试有两个特点，第一是不糊名，也就是试卷上考生的名字是公开的，阅卷官、主考官可以看到考生的姓名；第二是考试之前可以公开推荐。所以唐代特别流行读书人在科考之前去拜访达官贵人或者是文坛领袖，呈献自己平时的得意之作，希望借此得到重要人物的推荐，这种做法被称为“行卷”。尤其是从外地来的考生，在京城没有任何背景，完全靠“裸考”考中进士的难度非常大。因为“行卷”之风盛行，所以唐朝虽然实行科举取士，但实际上能够考中进士的人除才华之外，多数还是有背景的。要实现科举考试的相对公平，还需要等到宋代，宋代科举考试采取了糊名制度，没有任何背景的贫寒学子才终于有了相对平等的竞争机会，这就和今天的高考情况比较相似了。

唐代，考前的“行卷”到底重要到什么程度呢？我举一个例子，晚唐著名诗人杜牧在参加科举考试的三年前，也就是他二十三岁的时候，写过一篇非常有名的《阿房宫赋》，等他二十六岁参加进士考试之前，他的《阿房宫赋》就成为“行卷”的代表作了。

杜牧找到的推荐人是当时的著名学者、太学博士吴武陵，当年的主考官是礼部侍郎崔郾。于是，吴武陵就拿着杜牧的《阿房宫赋》去找了崔郾。那些天，崔郾家里门庭若市，不少达官贵人都怀着各自的目的推荐进士人选。崔郾听说吴武陵也来找他，非常惊讶，因为吴武陵一向清高，轻易不求人。他来做什么呢？吴武陵是崔郾非常尊敬的学者，他不敢怠慢，赶紧起身亲自迎接。

吴武陵不紧不慢地对崔郾说：“侍郎您德高望重，担当了为圣明天子选拔人才的重任，我武陵怎么敢不效微薄之力呢？不久前我看到十几个太学生聚在一起朗读一篇文章，一个个激动得‘扬眉抵掌’，我就把那篇文章拿过来一看，原来是杜牧的《阿房宫赋》。这个杜牧啊，那可真是辅佐皇帝的最好人选，国家栋梁之材啊！侍郎您是朝廷重臣，事务繁忙，可能还没有时间来读他的文章。我这就读给您听听。”

说完，吴武陵当着崔郾的面，将带来的《阿房宫赋》高声朗诵了一遍，崔郾听了以后也很惊奇——好文章！果然是人才啊！吴武陵见效果达到了，干脆单刀直入地说：“请侍郎录取杜牧为状元！”崔郾一听，吞吞吐吐地说：“实在不好意思，状元的人选已经定了……”吴武陵听后，马上说：“状元不行，那就给他榜眼吧。”崔郾尴尬得汗流浃背：“第二名也有人了……”

吴武陵一连问了几次，崔郾都说已经有人选了。吴武陵很生气，下了最后通牒：“实在不得已，至少要给杜牧第五名。”还没等崔郾回答，他站起身来又补充了一句，“您要是还不肯，就把《阿房宫赋》还给我吧。”说完，装作转身要拂袖而去的样子……

崔郾连忙点头说：“行，行，就听您的意见吧。”

这一年放榜，杜牧果然是第五名，成了“春风得意”的新科进士。

注意哦，杜牧本来就是长安人，在地域上就占据了优势，更“可怕”的是，杜牧还出身长安的名门世家——京兆杜氏。他的爷爷杜佑，历经唐德宗、顺宗、宪宗三代皇帝，官居宰相之职，不仅政治上有“呼风唤雨”的本事，学问也是博大精深。杜牧的父亲杜从郁官居驾部员外郎，驾部隶属兵部，掌管皇帝御辇出行等事务，属于皇帝的近臣。杜牧的堂兄杜悰娶了岐阳公主，成为当朝驸马，后来也是官居宰相。

连杜牧这样的名门贵子尚且需要通过“行卷”，为自己的进士之路铺平道路，我们可以想象，那些默默无闻的外地考生想要通过科举考试一举成名该有多难了。

所以，如果越州人朱庆馀也想通过“行卷”的方式，来获得张籍的青睐，这个行为是很合情合理的。

这首诗还有一个题目叫作《近试上张水部》，也就是临近考试的时候，朱庆馀作为考生的“行卷”，希望获得张籍的欣赏甚至推荐。这就属于典型的自荐信了。

这个朱庆馀，真是聪明绝顶吧？原来，这首诗里那位羞羞答答的新娘，其实就是朱庆馀自己。他将自己比作新娘，把张籍比作新郎，把主考官比作公公婆婆。朱庆馀自己呢，才华横溢，学识渊博，就好比天生丽质又经过了精心装扮的新娘，他虽然充满自信，但是能够决定“她”命运的毕竟是“公公婆婆”（主考官），“她”的容貌、气质、品性能不能得到“公婆”的认可才是最重要的。而这个疑问，只有既了解“新娘”，又了解“公婆”性格的“新郎”，也就是张籍，才有资格回答。

因此，这首诗表面上是漂亮的新娘问新郎“画眉深浅入时无？”——你觉得我好看吗？时髦吗？其实就好像学生写了一篇自己很满意的作文，但还是要去问问老师的意见：您看我写得怎么样呢？符合您的要求吗？

那么，接下来我们就顺理成章地关心一下，张籍接到这首诗以后会有什么反应呢？

朱庆馀的自荐信写得这么巧妙，作为著名诗人的张籍当然不会比他差。读懂了朱庆馀的良苦用心，张籍一面对朱庆馀的才情赞赏不已，一面挥笔写了回信，同样是一首七言诗：

越女新妆出镜心，自知明艳更沉吟。

齐纨未是人间贵，一曲菱歌敌万金。

张籍的诗完全是仿照朱庆馀的原诗，也全部以比喻的方式写成。诗的大致意思是：你的才华就好比美丽动人的越州女子出现在镜湖的湖心，令人惊艳啊！越地是著名的美女之乡，西施就是越女中的佼佼者。你明知自己容颜姣好，光彩照人，却仍然沉吟不语。虽然还有很多姑娘穿着齐地特产的丝绸衣服，打扮得雍容华贵，可是哪里比得上越女一曲天籁般自然清新的歌声？那才是千金万金都换不来的“财富”啊！

张籍的回信题为《酬朱庆馀》，朱庆馀正好是越州人，以西施那样的美貌和歌喉来比拟朱庆馀的才华真是再巧妙不过了。

朱庆馀一问，是作为晚辈、学生低调的问；张籍这一答，是作为师长高调的答。一问一答之间，学生低调的谦虚和老师高调的赞美跃然纸上。

可以想象，朱庆馀得到张籍的回信之后，一定像是吃了一颗定心丸——老师对自己的肯定和赞赏让他更加充满自信。果然，在这年的会试中，朱庆馀高中进士。张籍和朱庆馀不仅有了师生的名分，后来还成了经常诗歌酬唱的好朋友。

朱庆馀中进士之后回老家，张籍还专门为他写了《送朱庆馀及第归越》，诗中有“州县知名久，争邀与客同”的句子，表明张籍已经预料到了朱庆馀衣锦还乡的风光与得意。可见，张籍对朱庆馀的赏识真的是发自肺腑。

当然，还有一种说法认为，朱庆馀这首《闺意上张水部》是在他考中进士之后写给张籍的，是对张籍的赏识与赞美表达一种谦虚的回应。

这首诗字面的意思和比喻的意思都已经说清楚了。不过我还有点儿意犹未尽，那就是这首诗里有一个很有意思的象征动作——画眉。显然，在这首诗里，画眉象征的是新娘精心打扮过后的美丽容颜，又引申为诗人清丽的诗歌风格。那么，为什么诗人要用画眉来表示美貌呢？难道古代女性化妆的程序那么复杂，最重视的却是画眉的效果？

是的，画眉在中国诗歌传统中的确具有特殊的象征含义。早在《诗经》中就有一篇描写美女的著名诗歌《硕人》，其中写到卫庄公的夫人庄姜美丽出众，特别提到了她的“螓首蛾眉”，所谓“蛾眉”就是形容她的眉毛像蚕蛾的触须一般细长而弯曲。

后来传统文学中描写女性之美，便无一例外地强调眉毛的细、淡、弯、长。如白居易的《上阳白发人》诗云：“小头鞋履窄衣裳，青黛点眉眉细长。外人不见见应笑，天宝末年时世妆。”白居易感叹宫女沉沦宫廷数十年，不了解外面的世事变化，不知道女性追求的潮流妆容早已不复当年，依旧装扮着天宝末年的“时世妆”，以此寄寓诗人对历史兴衰的沉痛感，诗中也是以画眉的眉形来代表妆容的时尚与否。

画眉除了能够代表女性美貌，还暗含了爱情的元素，这种爱情的指向是从著名的张敞画眉的故事开始的。

据说汉宣帝时，有个名叫张敞的京兆尹，“为人敏疾，赏罚分明，见恶辄取”，他的果敢多能使得当时“公卿皆服”。但他喜欢在家为妻子画眉，这事儿不知被谁知道了，结果传到皇帝耳中，皇帝居然当面责问张敞。张敞的回答倒是不卑不亢：“臣闻闺房之内，夫妇之私，有过于画眉者。”夫妇之间，画眉只是彼此亲昵的表现，有什么值得奇怪的呢？

《汉书》说，张敞“终不得大位”，不知是否受到画眉之事的影响，如果真是因此而起，则用“大位”换得满满的爱情，可能也是张敞愿意的吧。

画眉不仅暗含了对爱情的向往，甚至还延伸出才华的寓意，这个寓意始自屈原。屈原的《离骚》中有“众女嫉余之蛾眉兮”的句子。即便屈原的眉毛真是弯而细长，也并不值得他在诗中炫耀，屈原在此处其实是借着女性对细长眉毛的忌妒来表示奸臣对他出众才华的忌妒，如此，“蛾眉”就超越了性别的范畴，而衍生出才华的意思。例如，李商隐与温庭筠都是晚唐杰出的诗人，因为陷于残酷的党争，才华无法得以施展，他们的诗歌便常常写到“画眉”“蛾眉”等词，如李商隐的《无题》有“八岁偷照镜，长眉已能画”之句，温庭筠的《菩萨蛮·小山重叠金明灭》也有“懒起画蛾眉，弄妆梳洗迟”之句，他们表面上写的是女性的妆容、女性的爱情，实际上都是借女性爱情的失落来寄托自己怀才不遇的悲哀。

这样来看，古典诗词中出现的“画眉”就包含了三大含义：

美貌、爱情和才华。

朱庆馀的《闺意上张水部》将画眉的三大含义巧妙地融合在一起，完全看不出生硬的痕迹。我不得不说，朱庆馀的才华，实在是高！宋代的欧阳修也化用过朱庆馀的这首诗：“走来窗下笑相扶，爱道画眉深浅入时无？”（《南歌子·凤髻金泥带》），苏轼同样化用过：“新妆渐画入时眉”（《呈定国》）。

“洞房昨夜停红烛，待晓堂前拜舅姑。妆罢低声问夫婿，画眉深浅入时无？”

这样风情万种、令人无法拒绝的自荐信，你读了是不是也会有这种想法：这样的自荐信，请给我来一打吧！

杜牧：

『扬州梦』唯一代言人（《赠别二首·其一》）

年轻人中一度流行一个很潮的词语“春风十里”，甚至还有人因此而误认为“春风十里”是一个成语。据说这个词语的走红是因为一部电视剧——《春风十里不如你》的热播。我确实注意到这样一个现象：越来越多的影视剧都从古典诗词中寻找灵感，要么影视剧名称是从古典诗词演化而来，要么是剧中的角色时不时来几句古典诗词，要么是主题曲颇有些古风的元素。总之，古典诗词与当代影视剧的契合度越来越高，这也说明古典诗词的生命力越来越旺盛了。

那么，如果撇开电视剧的内容，仅仅从“春风十里”这个词语来说，它会让你想到什么呢？是微风和煦的春天，是烟雨凄迷的江南，还是令人如沐春风的一种性格气质？

其实怎么理解都不算错，因为春风十里既可以形容季节，也可以形容风景，还可以用来形容人的气质性格，但我们也许更想知道，“春风十里”最初是用来形容什么的。这就要说到这个词的原始出处——晚唐诗人杜牧的《赠别二首·其一》：

娉娉袅袅十三余，豆蔻梢头二月初。

春风十里扬州路，卷上珠帘总不如。

“春风十里”是一个很美的词语，杜牧的《赠别二首·其一》也是一首很美的诗。这首诗美在哪里呢？

我觉得，这首诗的美至少体现在三个方面。首先，它主要描绘了一位少女的容颜之美；其次，它将一座城市的美和一位少女的美结合起来，因为一个人，爱上一座城，将对一个人的爱和对一座城市的爱结合在了一起；最后，这首诗还含蓄地强化了爱情独一无二的美。容颜美、城市美、情感美，这就是这首诗的“三美”所在。

我们先来看这首诗是如何勾勒少女之美的：“娉娉袅袅十三余，豆蔻梢头二月初。”这是一位亭亭玉立、婀娜多姿的少女，她才十多岁，这里的十三岁，可能是实写，也可能是虚写。古代女子十五及笄，笄是发簪的意思，及笄字面上的意思就是可以将头发盘起来插上发簪了。十五岁是女孩成年的标志，意味着她到了可以许嫁的年龄，古代女子大多在十几岁就嫁为人妻了。男子成年的标志则是二十岁，成年礼以加冠为主要仪式，叫作冠礼。因此，男子二十称为弱冠之年，女子十五称为及笄之年。请注意，古人说年龄都是指的虚岁，因此所谓的十五岁，实际是十四周岁。正因为十五岁是女性成熟的标志，这样来推算的话，“十三余”当真是女孩子结婚之前最美好的花样年华了。

古人的平均寿命远远低于当代人，比如说现在中国人的平均寿命早已达到七十多岁，因此在当代人看来，十三四岁的女子还是不谙世事的小女孩，十八岁到二十多岁才是成年女子的花样年华。现在很多三十多岁的女性仍然保持着少女范儿，四十多岁的女性依然散发着成熟的风韵。古代女性可没有这么好运，十几岁成婚生子，三十多岁都能做奶奶、外婆了，所以古代女性的青春期确实是大大早于当代女性的。

当然，杜牧诗中的“娉娉袅袅十三余”未必一定是指十三岁的女孩，也可能只是泛指少女的青春年华。按照诗歌格律的要求，在“三”字这个位置最好用一个平声字，不能用仄声字，“三”恰好是平声字，而从一到十这十个数字中，只有三是平声字。因此，“十三余”倒不是一定要理解为女孩正好十三岁，也可以理解为十多岁的少女。“娉娉袅袅”形容的是少女苗条婀娜的身姿、轻柔美好的体态。既然这是少女的花样年华，那么接下来杜牧就用花儿来形容少女的美貌了——“豆蔻梢头二月初”。这样年华的女孩儿好比是二月初开的红豆蔻，含苞待放，情窦初开。

“豆蔻梢头二月初”，这首诗里的很多内容都一语双关，“二月”不仅仅是指豆蔻的花期，农历二月正是仲春季节，这是一年当中最美丽的时光，春风和暖，百花盛开。所以“豆蔻”和“二月”都是暗喻少女最好的青春。既然是百花盛开的二月仲春，为什么杜牧独独要用“豆蔻”来比喻青春美少女呢？

我们知道，在古典诗词中有很多花儿，尤其是春天盛开的百花中，有不少品种经常会被用来比喻少女的美貌。例如，“人面桃花相映红”中的桃花，“娉娉袅袅，芍药枝头红玉小”中的芍药，等等。而豆蔻，也是有其独特寓意的。

“豆蔻”属于山姜科，本是一味中药，据说南方人会在豆蔻含苞初放的时候进行采摘，并且给它取了一个美妙的名字——“含胎花”，用来比喻未婚的青春少女，而且红豆蔻的花蕊两瓣互相并立，也用来比喻两情相悦。

可见，“豆蔻梢头二月初”不仅仅是比喻少女的美貌与娇羞，还暗含了恋人之间心心相印的情愫。

“娉娉袅袅十三余，豆蔻梢头二月初。”首两句用比喻的手法，为我们塑造了一位容颜清丽、体态婀娜、含情脉脉的美少女形象。但这还不足以表达这位少女在诗人心目中的地位。所以接下来，和这位少女关系最密切的那座城市就要闪亮登场了。

我们再来看这首诗的第二美——城市美。

“春风十里扬州路”，原来，这是江南名城扬州“出产”的美少女。说来也有意思，我们一说到扬州，就觉得这是一座盛产美女的城市。其实每个城市都有各自不同风格的美女，江南有江南的美女，西北有西北的美女。比如说西施是江南美女，杨贵妃是西北美女，王昭君是湖北美女。那么，诗中的扬州美女又凭什么一枝独秀呢？

我倒觉得，扬州美女也未必就胜过西施、王昭君或杨贵妃，但请大家注意，我说的是扬州“盛产”美女，一个城市出一两个有名的美女不稀奇，但一座城市满大街都是赏心悦目的美女，那就不多见了。扬州给人的印象，就是这样一座满大街都是美女的城市，尤其在杜牧那个时代，更是如此。为什么这么说呢？我们不妨稍微梳理一下扬州这座城市与美女的关系。

扬州自秦朝置广陵县以来，一直是水陆交通的咽喉之地；隋朝时改称扬州，隋炀帝开凿大运河后，扬州更是达到全盛时期。这里物产丰富，商业发达，经济繁荣，四通八达的交通为扬州带来了不计其数的才子佳人，“腰缠十万贯，骑鹤下扬州”几乎成了那时“土豪”们的共同梦想。就连世界各地如波斯、日本等地的商人也都慕名而来，并且在这里“乐不思蜀”。正因为这里是世界富豪、名士才子的会聚之地，当然，就会吸引更多的美貌佳人云集于此。所以唐代诗人说：“十里长街市井连，月明桥上看神仙。人生只合扬州死，禅智山光好墓田。”（张祜《纵游淮南》）

杜牧还有两句特别有名的诗：“二十四桥明月夜，玉人何处教吹箫。”这也是一个有关扬州美女的故事。

据说隋炀帝曾经在明月如水的夜晚，携二十四名美女在扬州瘦西湖的二十四桥上吹箫作乐，箫声凄迷幽怨。春风轻轻拂过，美女们衣袂飘然，如梦如幻，远远望去，宛如天上下凡的仙女。这一绝美的风景虽然已经消失在变幻的历史风云中，但是历朝历代的人们只要来到扬州，就会在自己的想象中一遍又一遍地试图重现这幅美丽的“图画”。

“二十四桥明月夜”，这句诗含蓄地说明扬州不仅繁华秀美，而且还是一个盛产美女的地方。或者说，并不是扬州“土产”的美女就一定比其他地方的美女更美，而是扬州的繁华富饶、人文荟萃吸引了更多的美女从四面八方会聚而来。才子佳人的组合，必然让富庶的扬州更添万种风情。唐代的诗人甚至更为直截了当地说，要是能够日日流连在扬州，在明月的清辉照耀下，欣赏甚至只是想象着二十四桥上吹箫的“神仙姐姐”，只怕连看风景的人都会有飘飘欲仙的感觉吧。“人生只合扬州死”，置身于扬州的美景之中，此生便已没有遗憾，就是死也值得了。扬州城这么有魅力，扬州美女名气这么大，难怪当年青年李白从家乡四川出来，一路就直奔扬州而去呢！

当然，在古典诗词中，对提升扬州名气贡献最大的诗人，还是应该首推杜牧，他的“春风十里扬州路”，他的“二十四桥明月夜”，他的“十年一觉扬州梦”等，都是扬州城的最佳宣传名片。而这首诗中的“春风十里扬州路”，表面上是实写扬州城中繁华的商业街市，以及商界巨头、名士才子和扬州美女最为集中的地方——十里长街，但实际上杜牧真正的关注点不是商业，也不是才子，而是佳人。因此，“春风十里”在这里并不是实指春天的和风，而是说扬州如云的美女，如柔和旖旎的春风抚慰着游子孤独寒冷的心。把“春风十里”理解为“美女如云”，在杜牧这首诗里是没有任何问题的。

但问题在于，杜牧真的只是想写扬州城美女如云，让他乐不思蜀吗？当然不是。如果只是迷恋扬州的如云美女，那只能说明杜牧是一个浪荡诗人，但杜牧想说的是，他虽然曾经风流浪荡过，但扬州恰恰留下了他的一段真情。

因此，接下来，我们该看看这首诗的第三美——爱情美。

“春风十里扬州路，卷上珠帘总不如。”四句诗当中，杜牧真正想说的就是最后一句“卷上珠帘总不如”，前面三句都是在为最后一句做铺垫。“春风十里扬州路”，表面说的是扬州美女如云，但对杜牧来说，其实是“出其东门，有女如云。虽则如云，匪我思存”，也可以说是“曾经沧海难为水，除却巫山不是云。取次花丛懒回顾，半缘修道半缘君”。美女再多都像过眼烟云一样，他根本看都懒得多看一眼，为什么呢？因为他的心里早已有了一个“她”——那个“娉娉袅袅十三余，豆蔻梢头二月初”的少女，才是诗人最为眷恋甚至很可能是唯一眷恋的对象。

既然“春风十里”是暗指扬州的美女如云，那么“卷上珠帘总不如”就是特指如云美女中最美的那一个。别看繁华的十里扬州路，不知隐藏着多少令人向往的“珠帘”，“珠帘”里又不知隐藏着多少环肥燕瘦、莺莺燕燕的美女，可所有这些美女若是卷起珠帘来，和杜牧心仪的那位少女比一比的话，她们肯定都会自惭形秽。

“卷上珠帘总不如”，为了突出一个人无与伦比的美，而不惜压低其他所有的扬州美女，这真是杜牧别出心裁的创举。这种手法和白居易的《长恨歌》中描写杨贵妃的美貌“回眸一笑百媚生，六宫粉黛无颜色”有异曲同工之妙。只不过，与杨贵妃比较的对象是六宫妃嫔，而与这位美女比较的对象是扬州的所有美女。

“春风十里扬州路，卷上珠帘总不如”，这两句诗看上去很平常、很普通，和倾国倾城、沉鱼落雁、闭月羞花之类形容美女的耀眼词汇都不一样，诗人用十里长街的华美艳丽来烘托少女无法用语言形容的美，所有的扬州美女在这位少女面前仿佛都只是绿叶，都只是可有可无的陪衬，她们存在的意义只是为了突出唯一的这一朵红“豆蔻”。这就是杜牧的妙笔生花之处。我们并没有亲眼见到这位少女，也没有美颜照片留下这位少女的绝世容颜，但我们完全能够理解少女在杜牧情感生活中的分量——其实她是不是比所有美女都美并不重要，最重要的是，她在杜牧眼中是最美的女子。

“春风十里扬州路，卷上珠帘总不如”大概就是“情人眼里出西施”的另类表达吧。其实颜值是很难用客观标准去评判的，不是说萝卜白菜各有所爱，环肥燕瘦各有千秋嘛，但在特定的人、特定的情感中，最美的那个人，一定就是唯一的那个人。这就是爱情的力量，这就是爱情独一无二的美。

了解了杜牧赋予这首诗的三美——少女的容颜美，扬州的城市美和恋人之间的情感美，接下来，也许我们不由得想探究一下，杜牧和扬州，和这位豆蔻少女之间到底有着怎样的因缘际会呢？

豆蔻年华的美少女也好，春风十里的扬州城也好，都不过是这个故事里的人和故事发生的地点。背景固然重要，但更重要的还是故事中的主角。这位主角就是杜牧。如果说“春风”和“扬州”的“合体”已经让杜牧的故事具备了某种意义上的不可复制性，那么杜牧这位诗人独具的特点就更是让他的故事给人感觉望尘莫及了。

首先，杜牧是一个不折不扣的美男子，“美容姿，好歌舞，风情颇张”。这样才貌双全的帅哥，在美如图画的扬州居然没有爱情故事？那简直是不可能的。所以《赠别二首·其一》虽然写的是美少女，可我们千万别忘了，那个没有直接出场的男主角也是一个颜值颇高的美男子。在那个年代，杜牧就是那种走到哪儿都能成为“偶像派”，后边跟着一大群“小迷妹”的大帅哥。

此外，杜牧不仅姿容出众，而且还出身于长安的名门世家，他和杜甫都是出自京兆杜氏的高门贵族。杜牧和杜甫拥有共同的祖先，即西晋名将、著名学者杜预，杜牧是杜预的十六代孙，杜甫是杜预的十三代孙。

杜牧的祖父杜佑，历经唐德宗、顺宗、宪宗三代皇帝，官居宰相，杜佑还是唐代著名的历史学家，著有《通典》两百卷。杜牧的文集名为《樊川文集》，“樊川”是长安城南边一条小河的名字，杜家的别墅就建在这里。杜牧八岁的时候，他的祖父杜佑在樊川别墅大宴宾客，当时的皇帝唐宪宗还专门派近身太监来赏赐酒菜，可见皇帝对他们一家的恩宠。

杜牧的少年时代，就是在这样的钟鸣鼎食之家度过的。在杜佑的众多儿孙之中，被公认为最有祖父遗风、最能继承家学渊源的，就是孙子杜牧。看来，用当代的时髦词儿“高富帅”来形容杜牧是一点都不夸张的。

可是，长得好看不“可怕”，长得好看还出身名门也不“可怕”，最“可怕”的是长得好看、出身名门却还那么努力，非要把自己从“偶像派”变成“实力派”，杜牧就是这种让人觉得“可怕”的“颜值担当”“家世担当”加“实力担当”。明明可以靠颜值，却偏偏要跟人拼才华，还给不给别人留下一条活路呢！

有个小事例可以证明杜牧的才华之高。他在二十三岁时写的《阿房宫赋》，主要是借秦始皇大兴土木、劳民伤财修建阿房宫的历史故事，来讽刺当朝皇帝唐敬宗的沉溺声色、奢侈堕落。这篇赋一经问世，就盛传天下，他的才名也随着《阿房宫赋》不胫而走。

连宋代大文豪苏轼都酷爱读《阿房宫赋》。苏轼被贬到黄州的时候，生活条件非常艰苦，但他仍然手不释卷，成天大声朗读《阿房宫赋》，一天要读上好几遍，直到深夜还不休息，有时读完之后还会再三叹息。负责监视苏轼的两位老兵，每天晚上听苏轼这样读书，苏轼不睡他们也不敢睡，又困又冷，真是烦不胜烦。其中一位老兵愤怒地一边骂一边发牢骚：“不知道这种文章有啥好处，折腾得人深更半夜不睡觉，害得我们跟着他挨冻。”另外一个老兵却说：“我听来听去，发现里面也有两句写得好的。”发牢骚的老兵更加生气了："你这个'文盲'，你懂得什么好不好的？"另一个老兵回答："我就喜欢他读的那句'天下人不敢言而敢怒'！"

这个故事不但说明《阿房宫赋》写得好，也说明《阿房宫赋》深入人心，连目不识丁的老兵都能借里面的名言来表达自己的心情。

如此有才的杜牧在二十六岁的时候以第五名的好成绩高中进士，真可谓"春风得意马蹄疾"。

正因为杜牧如此有才，所以得到了牛僧孺的赏识。牛僧孺是晚唐"牛李党争"中牛派的领袖人物，大和七年（833 年），杜牧被时任淮南节度使的牛僧孺盛情邀请到扬州担任淮南节度推官、监察御史里行，后来转为掌书记，人称"杜书记"，相当于牛僧孺的高级秘书。牛僧孺几乎是毫无条件地信任、倚重杜牧，把他当成自己的心腹、晚辈悉心培养，牛僧孺的来往公文大多出自杜书记之手。这一年，杜牧三十一岁。

这是杜牧一生中唯一一次长时间居留扬州，他的绝大多数关于扬州的诗文都作于这一段时期，直到大和九年离开扬州赴京任职，他在扬州一共待了三年。而且他能够回到京城得到晋升，成为监察御史，也是牛僧孺大力推荐的结果。监察御史相当于在"中纪委"工作，经常会代表"中纪委"被派到各个地方进行官员考核的巡视员，品级虽然不是特别高，却是百官非常敬畏的一个职位。

有意思的是，牛僧孺大摆筵席，为自己一手培养和提拔的年轻才俊饯行，正当大家觥筹交错、酒酣耳热，互道祝贺、保重的时候，牛僧孺突然放下酒杯，以上司兼长辈的身份，语重心长地对杜牧说了一番话：“牧之啊（杜牧，字牧之），以你的才干和学问，这番回京任职，前途不可限量。不过啊，我对你总还是有点放心不下啊！”

杜牧一听恩人发话了，而且语气还那么严肃，忙放下酒杯，站起身来，恭敬地回答：“不知下官当差有何不妥之处，还请您不要顾念情面，直言批评，下官一定言无不从。”

牛僧孺叹了一口气，继续说道：“你聪明能干，做事条理清晰，目光敏锐而且有远见，工作上嘛，倒还真没什么让我操心的。我忧虑的是你的私生活啊。”

原来，在扬州的三年，处理完公事之余，杜牧最大的爱好就是到那些纸醉金迷的“夜店”里去娱乐放松。牛僧孺非常了解杜牧“泡夜店”的习惯，担心他私自出游会被人欺负，也生怕他做出出格的事情不好收拾，又不想当面揭穿让他面子上过不去，就暗地里派了三十名士兵，穿上便装，悄悄地尾随在杜牧身后保护他。三年来，杜牧对自己身后的“尾巴”竟然毫无察觉。直到他要离开扬州的前夕，为杜牧此后的前程着想，牛僧孺才把这个秘密揭开，提醒他以后作为一个“纪委”干部，一定要更加严格地要求自己，要比别的官员更加爱惜自己的羽毛才对！

杜牧看到牛僧孺对自己这般爱护，再加上自己能够回长安当上京官，也是有赖于牛僧孺的鼎力推荐，他惭愧之余更是感激涕零，当即拜倒在地，流着泪向牛僧孺忏悔。

确实，杜牧就像唐代绝大多数的诗人才子一样，都有过风流不羁的青年时光，又何况杜牧本身就是出身名门、才华横溢、颜值担当的全才！因此不光是杜牧流连于扬州的“春风十里”，大概那些扬州美女，也有不少倾倒在杜牧的绝世风采之下吧？

但如果凭这些就断言杜牧只是一个风流浪子，那我就要为杜牧说几句公道话了。在风流浪荡的青春背后，其实杜牧也是一个深情之人，就像他在诗里所说的那样：“春风十里扬州路，卷上珠帘总不如。”或许，当他阅尽春光之后，终于认定了只属于他的那一朵二月的“豆蔻”花儿呢。

凭什么说杜牧钟情的是众多扬州美女当中独一无二的那一位呢？我还有一个证据，杜牧的《赠别二首》，另外一首是这样写的：

多情却似总无情，惟觉樽前笑不成。

蜡烛有心还惜别，替人垂泪到天明。

在离开扬州之际，杜牧唯一不舍的，就是这位豆蔻少女。在饯别的酒樽前，诗人强颜欢笑，想用“笑”来冲淡离别时候的伤感，希望能够安抚恋人的忧伤。可是，酒桌旁燃烧着的蜡烛、点点滴滴流下的烛泪却泄露了诗人内心的秘密，“替人垂泪到天明”。蜡烛有“心”表面上反衬的是诗人的无心，但实际上，诗人的心比蜡烛的“心”更多情。因为太多情，他才想用笑来掩饰内心的痛，想用笑来让心爱的人快乐；因为太多情，彻夜“垂泪”的蜡烛才会“代替”他倾诉出内心的惜别之情。

《赠别二首》为我们揭示了杜牧难以割舍的“扬州梦”：“春风十里”“卷上珠帘”是艳丽柔美的画意；“蜡烛有心”“替人垂泪”是依依惜别的诗情。如果没有这样缠绵缱绻的诗情画意，杜牧的“扬州梦”至多不过是公子哥儿的烟花梦，然而正是有了这样绝美纯真的诗情画意，杜牧的“扬州梦”才升华出了浪漫永恒的诗性气质。

关于杜牧的爱情经历，还有一个故事，可以说明杜牧是一个长情的人。杜牧曾经喜欢上一个十多岁的女孩，并与女孩的母亲约定以十年为期限，十年后他将郑重迎娶女孩。

岁月蹉跎，直到十多年后，杜牧才找到机会来重寻当年心仪的女孩。然而，当初的恋人已经为人妻、为人母了。杜牧万分遗憾、伤感地写下了一首《叹花》：

自恨寻芳到已迟，往年曾见未开时。

如今风摆花狼藉，绿叶成阴子满枝。

杜牧在诗中以“花”比喻他心中的女孩，以“绿叶成阴子满枝”暗喻女孩已经嫁作他人妇，而且是好几个孩子的母亲了，可她在杜牧心中仍然占据着重要的位置。

除杜牧自己的爱情经历之外，还有一些证据可以证明，杜牧并不是一个玩弄感情的花花公子，他对女性还是有着一定的同情、理解甚至尊重的。杜牧还写过当时几位著名女性的故事，比如《杜秋娘诗》《张好好诗》等，他在诗中对杜秋娘、张好好这些女性的悲剧命运寄予了深切同情，这和白居易写《琵琶行》，借琵琶女的命运抒发“同是天涯沦落人，相逢何必曾相识”的感慨是有相通之处的。

不光是杜牧有这样一份长情，唐代的很多诗人都可以算得上专情的人，例如杜甫与妻子杨夫人就是自始至终相濡以沫，他从未纳妾，也从未有过所谓的风流韵事；李商隐对妻子王夫人一往情深，甚至妻子去世之后他还拒绝纳妾……这样看来，男尊女卑虽然是我们对古代社会的一种普遍认知，尤其是唐代才子给人的总体印象都是风流潇洒，但具体到不同的人身上，还是有真正的爱情值得我们相信的。

只不过，中国古代诗人不像西方诗人那样高歌鼓吹“生命诚可贵，爱情价更高”，标榜爱情至上，但中国诗人也会“一往情深深几许”，只是在中国的诗歌中，对爱情的表达会更为含蓄一些而已。

正因为杜牧为扬州写下了如此美丽的诗句，从此他在人们的印象中成了“扬州梦”的唯一“代言人”。而且杜牧还以他的才华，收获“粉丝”无数，这些“粉丝”还都是诗坛名宿、词坛大家。比如和他并称“小李杜”的晚唐著名诗人李商隐，就曾经盛赞杜牧：“刻意伤春复伤别，人间惟有杜司勋。”杜牧曾经当过司勋员外郎，因此李商隐称他为“杜司勋”。俗话说文人相轻，可李商隐却高度赞扬杜牧的诗尤其擅长“伤春”和“伤别”，再一次证明杜牧诗歌的巨大魅力，连同行都不得不衷心佩服。

他在扬州写下的《赠别二首》就是将“伤春”和“伤别”不着痕迹地融合在一起，抒发着浓烈却又不失含蓄的感伤情绪，呈现出诗歌历史上独具一格的杜牧式感伤情调：将朦胧的爱情、对国事的深沉忧思及个人经历的感怀杂糅在一起，风情旖旎，却又能引人深思。从这个意义上说，在晚唐诗坛上，李商隐无疑是杜牧最强劲的“诗敌”，同时，却又是最懂杜牧的诗界知音。

两百多年后，出生于扬州高邮的一位大才子秦观秦少游也成为杜牧的超级粉丝，秦观的“夜月一帘幽梦，春风十里柔情”（《八六子》）、“佳会阻、离情正乱，频梦扬州”（《梦扬州》）等众多名句都明显在化用杜牧的诗句。

还有入选中学语文课本的南宋词人姜夔的《扬州慢》，同样到处是杜牧的影子。词中“过春风十里，尽荠麦青青”“杜郎俊赏，算而今重到须惊。纵豆蔻词工，青楼梦好，难赋深情。二十四桥仍在，波心荡、冷月无声”都是在化用杜牧的诗句，词中的“杜郎”就是指杜牧，“春风十里”简直就是昔日繁华扬州的代称，姜夔正是通过今昔对比，赋予《扬州慢》以深沉而悲怆的家国兴亡之感。

既然这么多大诗人、大词人都倾倒在杜牧诗歌的魅力之下，那我们再来回顾一下这首美丽的赠别诗吧：

“娉娉袅袅十三余，豆蔻梢头二月初。春风十里扬州路，卷上珠帘总不如。”

这首诗呈现出了爱情最美的模样。那么，怎样才是爱情最美的样子呢？

我想，就是“春风十里”，都不如一个你吧。爱情美就美在彼此都将对方当成这个世界上的唯一，美在独一无二，美在“金风玉露一相逢，便胜却人间无数”。

还要感谢杜牧这首诗为我们提供了两个特别美丽的词语：“豆蔻年华”“春风十里”。豆蔻年华，那是一个女子人生中最美的年华；春风十里，那是爱情当中最美的背景。

杜秋娘：

时间是真正值得珍惜的无价之宝（《金缕衣》）

春天是一年之中最美的季节，“等闲识得东风面，万紫千红总是春”。春天也是百花盛开的季节，桃花的妖娆、杏花的热烈、梨花的淡雅、牡丹的雍容、海棠的妩媚、杜鹃的凄艳，总是将春天点染得千娇百媚，令人心旷神怡。接下来我们分享一首有关春天、有关花开的诗——《金缕衣》：

劝君莫惜金缕衣，劝君惜取少年时。（惜一作：须）

花开堪折直须折，莫待无花空折枝。（花开一作：有花）

这是一首唐诗。唐朝素来被称为中国诗歌的黄金时期，一流诗人的诗作就像天空中的繁星，熠耀争辉。可即便是在繁星满空的唐代诗坛，这首《金缕衣》依然显得那么卓尔不群。

简单地说，这首《金缕衣》有两大让人不能忽视的特点。首先，自清代到现在，《唐诗三百首》都可以说是最流行的唐诗选本，大家公认入选的唐诗堪称经典中的经典，而这首《金缕衣》赫然名列最后一首。作为“压卷”的《金缕衣》，它的作者却并非一个多有名的诗人，既不能与《唐诗三百首》开卷之作《感遇》的作者张九龄相提并论，更谈不上与李白、杜甫、李商隐、杜牧等齐名，甚至再也找不出这首诗的作者另外一首广为人知的作品。这种情况倒有点像著名的唐诗《春江花月夜》，这首诗被誉为“孤篇压全唐”，诗人张若虚凭着这一首诗便能千古不朽。另外，还有张继的《枫桥夜泊》：“月落乌啼霜满天，江枫渔火对愁眠。姑苏城外寒山寺，夜半钟声到客船。”张继能名垂后世靠的也就是这一首诗。

和张若虚、张继类似，《金缕衣》的作者仅凭这一首诗便流传后世，而且关于这首诗的作者还有一定的争议，只不过，按照《唐诗三百首》的署名，我们一般认为它的作者是杜秋娘。

杜秋娘的传奇经历，就是这首《金缕衣》的第二大不能忽视的特点了。杜秋娘是《唐诗三百首》中唯一一位入选的唐代女诗人。

唐代有所谓的“四大女诗人”——薛涛、李治、鱼玄机、刘采春。在这四人中，刘采春只有几首疑似的作品传世，前三位才能称得上真正的女诗人。可是这四大女诗人都没有作品入选《唐诗三百首》，反而是这位看似名不见经传的杜秋娘入选了，这是不是有点奇怪呢？

要解答这个疑问，我们还是先来说说杜秋娘和《金缕衣》是在什么样的情况下，在唐代诗坛惊艳亮相的。

让我们先将目光回溯到中唐时期的元和年间。

李锜是唐高祖李渊祖父李虎的八世孙，他野心勃勃，偷偷招兵买马，暗存割据谋反之心。而且他生活奢侈，闲时喜欢听曲儿解闷，府中不乏能歌善舞的侍妾歌女，杜秋娘就是其中颇为出色的一位。

杜秋娘是金陵（今江苏南京）人，并非出身名门或书香世家，只是一个普通但颇有才貌的女子，十五岁那年，她被李锜纳为侍妾。传说《金缕衣》最早就是由杜秋娘唱出来的。

金缕衣，是缀有金线的衣裳，雍容华贵。李锜的府中就有一件皇上赏赐的金缕衣，除了几位极亲近的家人，极少有人能有幸一睹金缕衣的华彩。然而歌词中一连两个“劝”字，分明是在说金缕衣虽然价格高昂，却并不值得珍惜，真正需要珍惜的是“少年时”，是如同流水一般逝去再也不能回头的青春年华。

是啊，“劝君莫惜金缕衣，劝君惜取少年时”。这首诗一开头就不落俗套，通过一抑一扬表达了鲜明的态度——抑的是世俗中看重的富贵钱财，扬的是最容易被人忽略的时间。世上还有什么东西能比时间更珍贵呢！

“花开堪折直须折，莫待无花空折枝”这两句更有味道。古人常常用“花”来形容女性，花儿的盛开象征着女性的青春美貌，花儿的枯萎甚至凋零则往往用来比喻女子的容颜衰老憔悴。

因此，“花开堪折直须折，莫待无花空折枝”听起来仿佛是女性自怨自艾的心曲：我的青春美貌就像鲜花盛开，花期短暂，你可得及时将它采摘，别等到花儿都凋谢了，就只能折取空空的花枝了，那时，你可要后悔莫及了啊……

《金缕衣》曾是李锜最爱听也最爱唱的一首歌，杜秋娘是李锜最为赏识和看重的女子之一。每遇府中宴请宾客，他必命杜秋娘于酒宴上演唱。然而，好景不长，后来李锜起兵谋反遭到朝廷镇压，他的家眷被没入宫廷，杜秋娘也成了一名地位卑贱的宫女。

随后的日子里，杜秋娘以其出众的才华，在美女如云的后宫中脱颖而出，一度成为宪宗的宠妃。元和十五年（820年），宪宗被宦官谋杀后，杜秋娘又得到穆宗的欣赏，被任命为皇子李凑的傅姆，专门负责教育、辅导李凑的生活和学习。然而，晚唐的政治局势波云诡谲，宦官专权，不仅皇帝被宦官权臣玩弄于股掌之中，毫无人身安全可言，就连颇得众望的漳王李凑也被诬告谋反，杜秋娘随之被削籍为民，放回原籍金陵。

大和七年（833年），杜牧出差经过金陵，偶遇杜秋娘，此时由她原唱的《金缕衣》已然是传遍天下的“流行歌曲”。杜牧听说了杜秋娘的遭遇，十分感慨。杜秋娘这一生的经历跌宕起伏，有过辉煌的青春岁月，也有过落魄的凄凉暮年，四十多岁的杜秋娘饱经风霜，显得衰老憔悴，却丝毫未改当初的沉静与端庄。拥有如此传奇经历却依然宠辱不惊的杜秋娘赢得了诗人的尊重，杜牧为她挥笔写下了著名的长篇诗作《杜秋娘诗》。

杜牧在诗中这样形容杜秋娘年轻时的美貌：“京江水清滑，生女白如脂。其间杜秋者，不劳朱粉施。”肤如凝脂，天生丽质，不施脂粉也能艳压群芳。当她成为天子宠妃的时候，六宫粉黛在她面前瞬间黯然失色：“联裾见天子，盼眄独依依。椒壁悬锦幕，镜奁蟠蛟螭。低鬟认新宠，窈袅复融怡。月上白璧门，桂影凉参差。”而在一系列的动乱变故之后，暮年飘零的杜秋娘过着萧瑟冷清的生活：“四朝三十载，似梦复疑非。潼关识旧吏，吏发已如丝。却唤吴江渡，舟人那得知。归来四邻改，茂苑草菲菲。清血洒不尽，仰天知问谁。寒衣一匹素，夜借邻人机。”杜秋娘的传奇经历，让阅历丰富的杜牧也忍不住感慨世事变化如白云苍狗，情不自禁地唏嘘感慨：“我昨金陵过，闻之为歔欷。自古皆一贯，变化安能推。”

从此之后，“杜秋娘”成了古典诗词中的一个常见意象，泛指多才多艺又容颜绝美的女子或歌女，例如北宋词人周邦彦就写过“唯有旧家秋娘，声价如故”（《瑞龙吟》）的句子。

了解了杜秋娘起起伏伏的传奇人生，也许我们就更能理解她赋予《金缕衣》这首诗的深沉内涵了。当然了，《金缕衣》能够成为《唐诗三百首》的压卷，与卷首的张九龄的《感遇》遥相呼应，倒并不见得是因为杜秋娘的地位比李白、杜甫更重要，而是因为她是唯一入选的女诗人，古人编排诗集词集的选本，多多少少还是有性别差异的意识，《唐诗三百首》把女诗人排在卷末，《宋词三百首》也是将唯一的女性词人李清照排在卷末。这样的编排次序主要是古人的性别差异造成的，而非地位的高低。

那么，除作者杜秋娘的传奇经历之外，这首《金缕衣》的艺术价值还体现在哪些方面呢?

我觉得可以从三个方面来解读《金缕衣》的艺术魅力以及它带给我们的思考。

第一，以实喻虚，以具体可见、可感的金缕衣，来比喻不可见、不可感的抽象的青春年华，通过虚实对照，来突出时间的宝贵："劝君莫惜金缕衣，劝君惜取少年时。"白居易的《秦中吟》也写过："红楼富家女，金缕绣罗襦。"可见，金缕衣是只有超级富贵的家庭才能享用的奢侈品，可谓价值连城。贫穷可能限制了我们的想象，但以杜秋娘的人生经历，先是作为皇室子弟的侍妾，后来更是皇帝的宠妃，还有什么奢侈品是她没见过的呢？因此她是用"金缕衣"作为可以具体标价的最高端奢侈品的代表；可即便是一般人可望而不可即的顶级奢侈品，在诗人看来，也远远没办法和青春年华相比。奢侈品再昂贵，哪怕是最经典款的奢侈品，也不值得你像宝贝一样珍惜，真正值得珍惜的无价之宝是时间，而且，只有时间。

这类以实喻虚，通过虚实对比，以实际可感的物品的价值，衬托抽象价值的手法，也是古典诗词中常用的一种技巧。例如，另外一位唐代著名女诗人鱼玄机也用过这种对比的手法。鱼玄机写过两句非常有名的诗句："易求无价宝，难得有心郎。"用金银财宝的珍贵，来衬托爱情的至高无上，可以令人对抽象的情感获得更为具体、感性的认知。虚实对比手法的运用，或许比那种直白的表达方式要给人感觉亲切得多，例如匈牙利诗人裴多菲那首著名的《自由与爱情》："生命诚可贵，爱情价更高。若为自由故，二者皆可抛。"这首诗将生命、爱情、自由三者进行比较，最后突出自由的至高无上，但生命、爱情、自由三者都属于较为抽象的概念，因此这样的诗读起来固然铿锵有力，但多少给人一些喊口号的感觉。而"劝君莫惜金缕衣，劝君惜取少年时"，更像是一位值得信赖的邻家大姐姐和你促膝谈心时说的话，有一种亲切朴实、沁人心脾的味道。

当然了，西方诗人也不是完全不用这类手法。我记得当年读到莎士比亚十四行诗第十八首的时候，就觉得莎士比亚也挺会使用这种虚实对比的手法，而且这首诗的主题也是珍惜。莎士比亚的诗是这样写的：

或许我可用夏日将你作比方，
但你比夏日更可爱也更温良。
夏风狂作常催落五月的娇蕊，
夏季的期限也未免太不够长。
有时候天眼如炬人间酷热难当，
但转瞬又金面如晦常惹云遮雾障。
每一种美最终都会凋残零落，

或见弃于机缘，或受挫于天道无常。

然而你永恒的夏季却不会终止，

你那美的形象也永远不会消亡。

死神难夸口说你在罗网中游荡，

只因你会长寿在我不朽的诗行。

只要人口能呼吸，人眼能看清，

我这诗就常在，使你万世流芳。

（辜正坤　译）

莎士比亚的这首诗将时光的短暂与文学作品的永恒来进行对比，时间的短暂不可抗拒，可是智慧的人类却能够通过种种方式创造永恒的价值。甚至可以这么说，创造就是珍惜的最好方式。当然，对于莎士比亚来说，他创造的是永恒的文学经典；对于画家来说，他创造的是永恒的艺术经典；对于科学家来说，他在不断创造推动人类进步的科技产品。而对于每一个平凡人来说，我们也可以创造属于我们自己的永恒价值，例如做一份自己喜爱的事业，例如培养和陪伴自己最爱的孩子，例如好好经营一段爱情和婚姻，都可以证明我们对时间的珍惜。

第二，以花喻人，尤其是以花开花落，来比喻青春年华的盛开与逝去。

你可能会说，以花喻人实在不算什么独特之处吧？自古以来，以花喻人，尤其是以鲜花比拟美貌少女的诗词实在是太多了。从《诗经》的“桃之夭夭，灼灼其华”，到李白的“美人如花隔云端”“云想衣裳花想容，春风拂槛露华浓”，崔护的“去年今日此门中，人面桃花相映红。人面不知何处去，桃花依旧笑春风”，还有《红楼梦》中林黛玉的那首《葬花吟》：“桃李明年能再发，明年闺中知有谁？”“花谢花飞花满天，红消香断有谁怜？”……用花开花落来比喻红颜老去，实在算不上什么新鲜技巧。

但即便是以花喻人这样老套的手法，这首《金缕衣》也硬是翻出了新意。因为其他的诗词大多是以花开花落来比喻时光流逝的自然规律，就好像红颜老去一样，都是属于“不可抗力”，是人力无法阻止的自然趋势，像李煜的“林花谢了春红，太匆匆”，李清照的“知否知否，应是绿肥红瘦”，晏殊的“无可奈何花落去，似曾相识燕归来”，等等，都是如此，都是在哀叹落花流水，逝者如斯。

可这首《金缕衣》却是非常“正能量”，明知花开花落是不可抗拒的自然规律，它却偏偏劝说我们一定要好好珍惜花儿的盛开：“花开堪折直须折，莫待无花空折枝。”所以，这首诗以花喻人的创新之处，就在于它不是一味地感伤，而是用“折花”这样的动作，强调了在自然规律面前，人也具有一定的主观能动性。

青春的确很短暂，但人在飞逝的时光面前，并不是只能徒劳地叹息落泪。那么，人又能做什么呢？挽留青春、挽留时间当然是不可能的，我们应该怎么做？

《金缕衣》给我们的答案只有两个字，但这两个字掷地有声，那就是“珍惜”！

“花开堪折直须折，莫待无花空折枝。”这十四个字，用“折花”的动作，表达了对青春的珍惜，对时光的珍惜。

是的，“珍惜”就是蕴含在这首《金缕衣》中的关键词。“花开堪折直须折，莫待无花空折枝”和“少壮不努力，老大徒伤悲”以及“莫等闲，白了少年头，空悲切”所表达的意思是相近的。但折花的比喻，显然比板起面孔教训人要努力奋斗、不负青春更委婉动人一些，也更容易让人接受。

这就好比你板起脸教训孩子一定要孝顺父母，孩子未必听得进去，可是当孩子诵读“慈母手中线，游子身上衣”的时候，他一定能够感受到父母那种润物细无声的爱。

又好比当老师板起脸教训学生一定要热爱祖国，学生可能觉得太抽象，可是当学生们诵读“死去元知万事空，但悲不见九州同”的时候，他们一定可以体会到那种发自肺腑的爱国深情。

当然，“花开堪折直须折”只是一个比喻，并不是一定要你将盛开的花摘下来，自私地插进自家花瓶一个人欣赏，这是不道德的行为。因此这里的“折花”，真实含义是当花盛开的时候，你一定不要视而不见，你一定要学会好好欣赏，看到青春的美，意识到青春的可贵，才能真正珍惜青春的价值。因为就像生命一样，青春对于每个人而言，都只有一次，错过就不可能重来。

是的，珍惜的对立面就是——错过！无论是时间还是爱情，只要你珍惜过，那么无论结果如何，你都不会留下遗憾，不会后悔，而一旦错过，却会留下终生难以弥补的遗憾。

长沙铜官窑出土过一件唐代的陶瓷，瓷器上有一首唐代无名诗人的诗，这首诗如今非常有名："君生我未生，我生君已老。君恨我生迟，我恨君生早。"（《无题》）这样的诗句不用多作解释，你一定能够感受到那种深深的、错过的遗憾吧？说到这里，我忽然想起当代诗人郑愁予那首著名的《错误》，它是否也表达了一种类似"错过"的人生遗憾呢？

我打江南走过
那等在季节里的容颜如莲花的开落
东风不来，三月的柳絮不飞
你的心如小小的寂寞的城
恰若青石的街道向晚
跫音不响，三月的春帷不揭
你的心是小小的窗扉紧掩
我达达的马蹄是美丽的错误
我不是归人，是个过客……

第三，因为这首诗的作者杜秋娘是一位女性诗人，所以这首诗还反映了中国古典诗歌的一个常见现象，那就是将落花与伤春、惜春的情感联系在一起，又将惜春与伤春的情感和女性的爱情理想联系在一起。你可能会有一点疑问，一年四季都有花开花落，为什么落花就一定是和伤春、惜春联系在一起的呢？

这个问题问得好，确实花开四季，例如春天的桃花、夏天的荷花、秋天的菊花、冬天的腊梅，古典诗词也偶尔会写到其他季节的落花，例如李清照的“红藕香残玉簟秋”就是写荷花的凋零，但从比例上看，落花这个意象大多还是出现在和春天相关的诗词当中。

这当然首先是因为，春天盛开的花的品种要远远多过其他三个季节。

其次是因为，在古典诗词中，花往往是用来比喻美女的，因此春天鲜花盛开就象征着美女的青春容颜。《诗经》中的《桃夭》就被认为是“开千古词赋咏美人之祖”，因为“桃花色最艳，故以取喻女子”（姚际恒《诗经通论》），《诗经》中还有一首诗也说道“何彼襛矣，华如桃李”（《召南·何彼襛矣》），也是赞美女子的美貌：“你看，你看，她是多么美丽芬芳啊，就如桃李花儿盛开。”

既然花和美女有着这样的不解之缘，那么伤春在古典诗词中就几乎成为女性的专利，甚至自《诗经》以后还形成了这样的传统：“女伤春，士悲秋。”也就是说在四季当中，女性往往偏向于表达伤春的情感，而男性士大夫则倾向于表达悲秋的情怀。这大概是因为春天和“怀春”的爱情期待有某种程度的意义关联，因此伤春的诗词大多不是女性诗人所作，就是男性诗人模拟女性口吻而作，或者是男性诗人为表达爱情而作，且大多和女性有一定关系。例如，晏殊的“落花风雨更伤春，不如怜取眼前人”，辛弃疾的“更能消几番风雨，匆匆春又归去。惜春长怕花开早，何况落红无数”等，都是如此。

今天的我们再来读这首《金缕衣》，也许更能够理解“珍惜”的含义。有些话一旦错过，就不能再说；有些人一旦错过，就不能再见；有些情一旦错过，就只能永远藏在心底；有些事一旦错过，就会成为永远不能弥补的遗憾……过去已经永远过去，无可挽回；未来时刻处于变化之中，难以把握，我们最应该做的，就是珍惜当下。因为珍惜当下，其实就是对过去最好的补偿，也是对未来最好的铺垫。

“花开堪折直须折，莫待无花空折枝。”我也借此祝福每一位读诗的你，有一个最值得珍惜的现在，最值得回忆的过去和最值得期待的美好未来。

温庭筠：

才华才是幽默的底色（《新添声杨柳枝词二首·其二》）

如果有人问我，最愿意和什么样的人做朋友，虽然我对朋友的要求标准可能有点高，但我想我的答案应该会让很多人表示赞同吧。

我最愿意和“三有”的人做朋友——有情、有义、有趣！

有情有义很好理解，谁要是发现自己的朋友居然是只“白眼狼”，肯定都会感到痛心、失望。所以，有情有义应该是交朋友的基本标准，而有趣，可能就是比较高的标准了。一个有情有义还有趣的朋友真的是可遇而不可求。有一句话不是挺流行的嘛：“好看的皮囊千篇一律，有趣的灵魂万里挑一。”那么，有趣的灵魂应该是什么样子的呢？每个人的心里可能都有一个答案，我当然也有自己的答案。

我先通过一首词和大家分享古代那些有趣的文人朋友——晚唐词人温庭筠的《新添声杨柳枝词二首·其二》：

井底点灯深烛伊，共郎长行莫围棋。

玲珑骰子安红豆，入骨相思知不知。

先简单地介绍一下这个词牌名，《杨柳枝》是唐代教坊曲，用作词调，白居易和刘禹锡这两位中唐诗人就已经能够很熟练地用这个词调填词唱和了。“添声”是音乐术语，即在原来旋律的基础上进行一些改编，例如增加歌词的字数或者增加若干音节，旧曲就变成新声了。温庭筠的这首词应该就是在原来《杨柳枝》的曲调基础上进行改编之后的新曲子。

我为什么说从这首词中能够看出温庭筠是一个有趣的人，这首词是一首有趣的词呢？

先别忙着追问答案，我们先从字面上解释一下这首词。词的主题很好理解，因为有两个关键词语很容易把握，一个是“红豆”，一个是“相思”——“玲珑骰子安红豆，入骨相思知不知”。

唐代诗人王维写过一首著名的《相思》：“红豆生南国，春来发几枝。愿君多采撷，此物最相思。”顺便说一下，这是现在最通行的版本，其实这首诗还有一个较早的版本，其中个别字和通行版本是有差异的：“红豆生南国，秋来发几枝。赠君多采撷，此物最相思。”虽然版本略有差异，但在中国传统文化中，红豆是爱情和相思的代名词，这一点是毫无疑问的。所以这首词的主题就是用红豆来表达相思之情。

主题虽然明确了，但这首词并不是那么容易读懂的。就比如“玲珑骰子安红豆”这一句，为什么要把红豆安在骰子上呢？骰子是一种赌博的工具，打麻将的时候要用到它，在酒吧里也经常作为赌酒的游戏工具，用掷骰子来比大小之类。单看“玲珑骰子安红豆”这一句，我们是没办法读懂温庭筠的用心的，不知道他为什么要把骰子和红豆相提并论，因为这两样东西貌似实在没有任何共同点。但是我们不妨再仔细回忆一下对骰子的印象，见过的人应该都记得，骰子的表面一般是白色的，面上刻的点一般用红色居多，所以“玲珑骰子安红豆”其实是把骰子上的红点比作了红豆，而玲珑指的是骰子那种晶莹明亮的质地。

可是，即便那些红点跟红豆的颜色相似，也不能证明骰子跟红豆有任何关系。

这就要说到温庭筠的有趣之处了，因为这首词处处都在用隐语的形式跟我们猜谜语呢。“玲珑骰子安红豆”必须和下一句“入骨相思知不知”联系起来读，才能够读懂词人用心良苦的安排。

我们再看一下，“骰子”的“骰”字是什么偏旁？是“骨头”的“骨”。这说明古代的骰子往往是用骨头做的，红色的点深深地嵌入骨头做的骰子中，以此来比喻入骨的相思。你说这样的比喻绝妙不绝妙？

沿着这样的思路，我们再回过头来看这首词的前两句“井底点灯深烛伊，共郎长行莫围棋”，可能就会恍然大悟，原来这首词处处都是谜语、处处都是隐语、处处都是一语双关啊！

第一句“井底点灯深烛伊”，为什么要把灯一直点到井底下呢？哈，这句词好玩极了，我们得把它当成一句歇后语拆开来理解，歇后语的前半部分也就是谜面是“井底点灯”，后半部分的谜底则是“深烛伊”。“蜡烛”的“烛”谐音“嘱咐”的“嘱”，“伊”就是他的意思了。“深嘱伊”翻译成大白话就是深深地再三叮嘱他。

你看明白了没有呢？其实像这样用谐音来编歇后语的方式，我们平时在生活中也经常遇到，比如说，外甥打灯笼——照舅（旧），孔夫子搬家——净是输（书）。

所以井底点灯——深烛（嘱）伊就是谐音式的歇后语。将蜡烛放到井底去——深深地叮嘱他。

那第二句肯定就是叮嘱的具体内容了吧？的确，第二句是“共郎长行莫围棋”。这一句同样可以拆分成一句歇后语的前后两部分，前一部分是谜面——共郎长行。“长行”是古代棋盘游戏的一种，也叫双陆。我没玩过，但是我查了一下，大概的玩法是先掷骰子，棋子的移动以骰子的点数为准，第一个把所有棋子都移出棋盘的人就是胜利的一方。有一种说法认为这种游戏是曹操的儿子曹植发明的。

长行的本义是一种棋局——长行局，可是“长行”从字面上又可以引申出远走高飞的意思，因此“共郎长行”翻译过来便是我要和郎君你一起远走高飞，不离不弃啊。

“共郎长行”是歇后语的谜面，谜底则是后面的“莫围棋”，这里的“围棋”与“违期”读音相谐，指错过约定的日期。

所以这一句“共郎长行莫围棋”连起来翻译就是，我要和你一起远走高飞，千万莫要错过约定的时间啊！

说实话，我第一次读到这首词的时候，感觉自己的脑子简直不够用了，虽然只有短短的四句词二十八个字，可是我都快被它一个接一个的谜语给绕晕了，不知道你是不是也有同样的感觉。

第一句“井底点灯深烛伊”，以女子的口吻领起整首词情节的推进，后面三句都是女子嘱咐的内容，而且词面全部采用博弈游戏的术语，“长行局”“围棋”“骰子”，这些游戏术语通过谐音的方式，一语双关地引出女子对男子生死相许的爱与刻骨铭心的相思。

怎么样？你是不是觉得词人温庭筠真是匠心独具呢？我们通常读到的相思词似乎都是悲悲切切、缠缠绵绵的，像李白的“天长路远魂飞苦，梦魂不到关山难。长相思，摧心肝”（《长相思·其一》），姜夔的“人间别久不成悲。谁教岁岁红莲夜，两处沉吟各自知”（《鹧鸪天·元夕有所梦》）。即便是温庭筠自己，其实也是很擅长写那些缠绵悱恻的相思词的，例如他的《望江南·梳洗罢》：“过尽千帆皆不是，斜晖脉脉水悠悠。肠断白蘋洲。”

可是这首《新添声杨柳枝词二首·其二》却一反常态，非但没有悲悲切切的情调，反倒全篇都是用游戏的方式一语双关。也许，你忍不住要问了，难道温庭筠写这首词真的只是游戏之作吗？

我只能老实地回答说，它的确就是游戏之作。因为这是温庭筠和他的一位好朋友在酒席上行酒令时填的词。唐代的酒令艺术发展到了一个高峰期，我们今天所说的唐宋词的产生，和唐代酒令艺术的繁荣有非常密切的关系。温庭筠的这首词就是在行酒令的时候，和另外一位词人比赛的作品。那位词人叫作裴诚，据记载，裴诚这个人的特点是“足情调、善谈谐”，意思是他很有情调，说话很幽默、很风趣。

跟古代文人比起来，当代人的酒局有时候挺乏味的，要不就是不着边际地互相吹捧一番，要不就是狠狠地斗酒，非得灌醉几个人才算罢休。真像古人那样吟个诗、行个酒令的酒局还真的很少见。如果你看过《红楼梦》，一定会记得，《红楼梦》里的公子小姐们聚会是一定要行酒令的，在长期的耳濡目染之下，连鸳鸯、袭人这些没读过书的丫鬟都能够说上几句诗词曲，更不要说像贾宝玉、林黛玉、薛宝钗、史湘云这些多才多艺的人了。

在一次酒席上，裴诚和温庭筠来来回回写了好几首《新添声杨柳枝词》，两个人较着劲儿看谁写得更快更好，在场的歌女更爱唱谁的词。举个例子，裴诚有一首《新添声杨柳枝词》（节选）是这样写的：

独房莲子没人看，偷折莲时命也拚。（拚一作：拌）

若有所由来借问，但道偷莲是下官。

裴诚也是用了谐音和一语双关，“莲子”的“莲”与“怜爱”的“怜”相谐，用“独房莲子”代指独居的女子，“偷莲”暗喻

“偷情”。说实话，如果当时我也在场，并且要我做裁判的话，我会毫不犹豫地判温庭筠胜出，因为虽然都是游戏竞赛之作，裴诚的词却实在有些低俗，显然温庭筠的词要高雅、高明得多。

在这次行酒令的过程当中，温庭筠的《新添声杨柳枝词二首·其一》也成为经典名作，词是这样写的：

一尺深红胜曲尘，天生旧物不如新。
合欢桃核终堪恨，里许元来别有人。

这首词同样运用了谐音，“一尺深红”指的是荷花，“曲尘”是指酒曲上生的菌，颜色淡黄，这里使用“曲尘”来代指柳叶。“一尺深红胜曲尘，天生旧物不如新”说的是柳枝柳叶是旧物，不如荷花的新艳。“桃核”是由两半合起来的，所以叫“合欢桃核”，而“里许元来别有人”的“人”和桃仁的“仁”是谐音，暗喻对方心中已经另有了意中人。“合欢桃核终堪恨，里许元来别有人”，这真是让人无比遗憾和痛苦的事儿，原本以为两个人心心相印，就像桃核的两半一样天衣无缝地紧紧贴合在一起，没想到桃核里面居然还有核仁——没想到他心里早就有了别人啦。

“合欢桃核终堪恨，里许元来别有人”两句用桃核的形状来表达一份“迟到的爱”，抒发失恋的遗憾，真是绝妙的比喻。正是因为这两句实在是太传神了，后来宋代的大诗人黄庭坚还忍不住“东施效颦”，将这两句进行了改写：“你有我，我无你，分似合欢桃核，真堪人恨，心儿里有两个人。”说实话，黄庭坚也是一个大才子，但他这几句词改得实在是蹩脚得很，太俗、太赤裸裸，比起温庭筠的含蓄来，简直是差了十万八千里。

《新添声杨柳枝词二首》讲到这里，我们对温庭筠的幽默和才华应该是有所领略了，也许我们还会情不自禁地想象当年的酒宴上，才子们争先恐后地行酒令、填新词，乐手歌女们即席演唱的盛况，是不是有那么一点点憧憬呢？

其实，并不是只有温庭筠才有这种幽默的能力，古代有很多文人都善于用风趣的方式来展示自己的才华，调节聚会中的尴尬气氛，这不仅为艰苦生活增添了一剂快乐的调味品，还可以诙谐幽默地化解人际交往中的危机和风险。

我再举几个例子，北宋词人王观有一首著名的《卜算子·送鲍浩然之浙东》：

水是眼波横，山是眉峰聚。欲问行人去那边？眉眼盈盈处。　　才始送春归，又送君归去。若到江南赶上春，千万和春住。

王观就是一个以幽默著称的词人，你看他写的这首送别词是不是与众不同？别的词人大多是走“煽情”路线，尤其是在送别的时候，那真是依依不舍、黯然神伤、无限眷恋啊。可是在王观的送别词当中，我们一点都感觉不到伤感的情绪，反而感受到了一种很有喜感的调侃。好像词人在拍着好兄弟的肩膀，满脸促狭地取笑说：“嗨，哥们儿，你要去的那地方不错呀，好山好水好姑娘，兄弟我只有羡慕没有嫉妒恨哪！”你看，本来是悲悲切切的送别场面，被王观这么一调侃，真是让人破涕为笑。像王观这样，将玩笑话说得这么新鲜俏皮，还一点都不落俗套，那才真叫高水平的“段子手”。怎么样，和温庭筠有得一比吧？

虽然这一类诙谐风趣的词，我们平时读得可能不是很多，但其实词本来就是休闲娱乐的产物，像我们熟悉的苏轼、欧阳修、辛弃疾都是名副其实的幽默大师。我再举一个例子，《红楼梦》里薛宝钗填了一阕描写柳絮的词——《临江仙》，最后两句是这样写的：“好风凭借力，送我上青云。”这两句将原本显得轻薄的柳絮，一下子就写出了豪情壮志的味道。

但“好风凭借力，送我上青云”这样豪迈的诗句并不是薛宝钗的原创，她也是向一位北宋词人学来的，这位词人叫侯蒙。侯蒙是北宋词坛著名的“丑星”，长得丑不说，几次参加科考都名落孙山。有不怀好意的人为了嘲笑侯蒙，居然把他的丑相画在风筝上，风筝一飞，多少人仰头看着，指指点点，笑话他的丑。可是侯蒙看见以后，不但没有生气，反而添油加醋，狠狠地自嘲一番，当场填词一首，说是“无端良匠画形容。当风轻借力，一举入高空”。

“当风轻借力，一举入高空”就是薛宝钗“好风凭借力，送我上青云”的原始出处。此词一出，被人嘲笑的那份尴尬和难堪就让侯蒙勇于“自黑”的精神轻轻松松地化解了。而且在词的最后几句，侯蒙还非常机智地表达出了“正能量”：“几人平地上，看我碧霄中。”

你们这些人还嘲笑我长得丑，结果还不是我飞得最高，你们只能留在平地上，眼巴巴地仰望我展翅高飞。果然，就在这一年，侯蒙考中了进士，后来还做到了户部尚书、中书侍郎，相当于国务院副总理的级别了。

试想，如果侯蒙不是那么幽默风趣，而是在别人的嘲笑中自卑、自暴自弃，那我们也看不到这个“励志青年”后来的光辉前程了。

顺带说一句，温庭筠也像侯蒙一样，是个著名的“丑星”，他甚至因为外貌丑陋还被别人安了一个外号，叫作“温钟馗”。钟馗是传说中能捉鬼的神，长得也和鬼一样丑，这就是嘲笑温庭筠长得和鬼一样丑了。

可是，温庭筠并没有因为自己的丑和别人的嘲笑，就放弃对自己才华和学养的修炼。温庭筠从青年时代就以才思敏捷、才情绮丽著称，辞章律赋擅名一时，与晚唐著名诗人李商隐并称“温李”。温庭筠的才华高到什么程度呢？举个例子，别人参加科举考试都是聚精会神、绞尽脑汁要写好诗赋文章，可温庭筠在考场上依然潇洒得很。他有一个外号叫“温八叉”，据说每次考试，押官韵作赋，他叉八次手，一篇律赋就洋洋洒洒写成了，所以别人就叫他“温八叉”。唐代考试中的律赋要求很严格，“每篇限以八韵而成，要在音律谐协、对偶精准为工”（明代吴讷《文章辨体序说》），可这种难度对温庭筠来说根本就是小菜一碟。他考试轻轻松松还不算，还有工夫、有余力给别的考生当免费“枪手”——“多为邻铺假手，日救数人”，一天可以帮邻铺的好几个考生交出优秀的答卷。为啥别人憋一天憋不出来，温庭筠却可以一天帮好几个人写呢？就是因为他才情高嘛！

这样看来，才华才真正是幽默的底色啊！真正有才的人，开起玩笑来才不会沦为粗鄙恶俗之流。

就像苏轼说的那样，对于聪明的人，嬉笑怒骂都可以写成好文章。即便是像杜甫那样似乎一向都是以严肃面孔示人的人，也有他幽默风趣的一面，例如胡适评价杜甫“最爱作打油诗遣闷消愁”，“他在贫困之中，始终保持一点‘诙谐’的风趣”。

看来，对自己而言，幽默风趣是调节情绪的一剂良药，它能够发泄郁闷的心情，化解生活中的不如意，让生活成为一种审美的存在；对朋友而言，善意的幽默和风趣能够化解交往中的尴尬气氛，增进彼此之间的情感，增添交往中的情趣，营造快乐的、互相理解的融洽氛围；对别人而言，高水平的幽默风趣既能调节对方的情绪，帮助人们化苦闷为笑对人生的力量。同时，幽默还能成为一种批评的工具，用一种更为委婉、更容易让人接受的方式表达我们的不同意见。

当代美学家朱光潜先生提到诙谐有趣的时候也这样说过："艺术方面的趣味，有许多是为某阶级所特有的，'谐'则雅俗共赏。……在一个集会中，大家正襟危坐时，每个人都俨然不可侵犯的样子，彼此间无形中有一层隔阂。但是到了谐趣发动时，这一层隔阂便涣然冰释……托尔斯泰以为艺术的功用在传染情感，而所传染的情感应该能固结人与人的关系。在他认为值得传染的情感中，笑谑也占一个重要的位置。"(《诗与谐音》)

确实，在我对朋友的"三有"标准"有情、有义、有趣"中，"有情、有义"可能更多的是体现在当你需要朋友帮助的时候，而"有趣"则贯穿于我们人际交往的全部过程当中。

因此，幽默的外在表现形式，其实需要两大修养作为内在底蕴来支撑，这两大修养分别是才华和善良。

相思是一种病，而幽默就是治病的良药。那么，你愿意让自己成为一个有趣的人，并且和有趣的人交朋友吗？

李商隐：

与你西窗剪烛、共话巴山夜雨（《夜雨寄北》）

延续两百多年的大唐王朝，涌现过太多擅长写爱情诗的一流诗人，他们写了太多情深似海，直到现在还能把我们感动得泪流满面的爱情诗，比如说元稹写给亡妻韦丛的悼亡诗，比如说白居易写唐玄宗与杨贵妃的《长恨歌》。但是“情圣”这个称号，也许只有一个人担当得起，这个人就是李商隐。

在我心目中，要想担当起“情圣”这个称号，他必须满足两大条件。第一个条件，当然是他能写出最感人的爱情诗。这一点，李商隐当之无愧，他有太多的爱情金句直到现在还活跃在我们的语言中，比如“春蚕到死丝方尽，蜡炬成灰泪始干”，比如“相见时难别亦难，东风无力百花残”，比如“身无彩凤双飞翼，心有灵犀一点通”，比如“此情可待成追忆，只是当时已惘然”，比如“春心莫共花争发，一寸相思一寸灰”，比如“神女生涯原是梦，小姑居处本无郎”……我想，就算是被公认为“多于情”的白居易，也没有那么多“因为爱情”的经典名句吧？

当然，仅仅会写爱情诗还不足以担当“情圣”的称号，所以我的第二个条件是，他自己的爱情观和爱情经历，还必须对得起这个称号。所谓的“情圣”，并非要求一个人一生必须只能爱一个人，而是要求他对待爱情自始至终都极其认真，对自己、对爱人、对爱情都抱着非常负责任的态度。

在大唐诗坛，大概只有两位大诗人在结婚之后没有妻妾成群或者到处留情。一位是杜甫，另一位便是李商隐。杜甫和妻子杨氏相守终生，从未纳妾，也没有任何绯闻传世，但是杜甫大多数时间都在忧国忧民，专门写给妻子的爱情诗并不多。李商隐和妻子王氏结婚之后，感情非常好，即便在他四十岁正当壮年的时候妻子去世，他的上司好心好意张罗着给他纳妾，也被李商隐委婉拒绝了，他将对妻子的爱一直保持到了生命的终点。而且李商隐很有可能是唐代诗人中给妻子写爱情诗最多的诗人之一。所以，在我看来，李商隐正是满足了这两大条件的唐代诗人中的“情圣”。

不过，我和大家分享的这首诗，却是最不像爱情诗的一首爱情诗——《夜雨寄北》：

君问归期未有期，巴山夜雨涨秋池。

何当共剪西窗烛，却话巴山夜雨时。

这是李商隐最有名的诗篇之一，却并不是李商隐最有名的爱情诗。说这首诗很有名应该没有任何争议，它不仅脍炙人口，而且还为中国文学贡献了两个常用的意象和成语——“巴山夜雨”“剪烛西窗”。说这首诗不像爱情诗，是因为它并不像李商隐其他那些爱情诗一样，有着浓墨重彩的意象和句子，也没有明确抒发相思、离别甚至是“上穷碧落下黄泉”的情感。它的表达方式很平淡，就好像是聊天中轻描淡写的几句话。甚至，关于诗中“君问归期未有期”的“君”到底是谁，学术界还有一点争议。

这首诗题名为《夜雨寄北》，也就是遭遇了巴山夜雨之后，因为旅途受阻而寄给诗人思念的北方的人。这个“北”有人认为是北方的朋友，有人则以为是居于北方长安家中的妻子。我个人倾向于后一种意见，正如清代著名学者冯浩解释的那样，这首诗“语浅情浓，是寄内也”。“寄内”，当然就是寄给自己的妻子了。其实，这首诗有的版本题目为《夜雨寄内》，说明这首诗写作的对象最有可能是李商隐的妻子。

既然“寄内”的可能性最大，那我们当然可以将这首诗定义为爱情诗了。我还有一个证据可以推测这是一首寄内的爱情诗，那就是这句“何当共剪西窗烛”中“西窗”的意象，就有一种爱情的暗示。

在古典诗词中，“西楼”“西窗”等意象往往和爱情有密切关联。从古代的家居习惯来看，一般长辈居于正屋，也就是坐北朝南的位置，例如诗词中往往以“北堂”代指母亲，因为这是主妇的居室。东厢房一般是长子居住，女儿则居于西厢房。即使是皇宫，居所的分配也大致如此，例如东宫住的是太子，西宫则往往是太后、妃嫔或公主等女眷居住。于是，在古典诗词中，西楼、西厢、西窗便因其与女性的渊源而延伸出有关旖旎爱情的浪漫怀想，成为独具风情的爱情或相思意象了。像白居易的“遥知别后西楼上，应凭栏干独自愁”（《寄湘灵》），还有李益的“从此无心爱良夜，任他明月下西楼”（《写情》）等，都是用“西楼”“西窗”的意象来寄托爱情。

我的师兄段学俭在解读北宋词人晏几道的作品的时候，说过一段很幽默的话，他说：“我们读晏几道的词集，会发现这位活了七十三岁的词人似乎一辈子只干了一件事：谈恋爱。在哪里谈呢？西楼。他记下了在西楼的相见和定情：‘西楼月下初相见，泪粉偷匀’；他记下了在西楼的欢会：‘谁堪共展鸳鸯锦，同过西楼此夜寒’；他记下了在西楼分别之后的惆怅：‘醉别西楼醒不记，春梦秋云，聚散真容易’；还有别后长长的思念：‘有人凝淡倚西楼，新眉两样愁’。上千年的诗歌积淀，特别是著名诗人词人的典范作品，造就了西楼。”

看来，西楼也好，西窗也好，西厢也好，真的是非常美丽的意象，它们和爱情、相思有着如此美丽的缘分，后来王实甫创作著名的元代杂剧不也是取名为《西厢记》嘛。

在李商隐的寄内诗中，“西窗”可能也承担了这样的爱情指向。“西窗剪烛”甚至成为重要的典故，频频出现在后来的古典诗词中，代指对远方妻子的思念，也泛指亲人、朋友的相聚。

既然明确了这是一首写给妻子的爱情诗，那接下来我们谈谈李商隐是在什么情况下写的这首诗。关于创作时间，学术界也有不同说法，其中一种说法认为这首诗写于大中二年（848 年）七八月，这一年，李商隐三十七岁，当时的他，正在三峡一带游历。

就在一年前，也就是唐宣宗大中元年（847 年）三月，李商隐被聘为桂管观察使郑亚的观察支使兼掌书记，主要职责是为幕主撰写公务文书等，相当于秘书、助理这类工作。当时，李商隐已在长安安家，妻子王氏与前一年刚出生的儿子衮师只能留在长安。柔弱的妻子、幼小的儿子都是李商隐割舍不下的牵挂，可是因为家道艰难，出于养家糊口的需要，李商隐又不得不再次充当幕僚，远赴他乡。

第二年，也就是大中二年（848 年）二月中旬，郑亚再次被贬为循州（今广东惠州）刺史，他的幕僚们随之被遣散，其中就包括李商隐。

尽管仕途的又一次坎坷让李商隐颇有心力交瘁的感觉，但一想到离开长安时，体弱多病的妻子那忧伤而不舍的眼神，出生才一年的娇儿衮师咿呀学语之声，他那北归的心情就尤为迫切。事实上，他在桂林幕府虽然只待了一年左右的时间，但他对妻儿的强烈思念却一直如影随形，这也使他与妻子开启了千里寄相思的爱情模式——夫妻之间的书信频频往返两地。可以想象，妻子的书信除倾诉相思、“汇报”儿子衮师成长的点点滴滴之外，最常见的内容就是询问丈夫的归期。因此李商隐的《夜雨寄北》第一句就是“君问归期未有期”。这个“问”字，既是询问，更是饱含期待的催促。在北归的漫长路途上，回家的渴望成为支撑他克服一路艰辛的最大动力，李商隐一路上写下了不少思念妻子的诗篇，而这首最著名的《夜雨寄北》很有可能就是写在此次旅途之中。

此时已是农历的七八月，李商隐大约行进到夔州（今重庆奉节）附近。这一年天冷得特别早，仲秋时节，风雨萧瑟的夜晚，诗人被连绵不止的秋雨所阻，归心似箭却不得不滞留在异地他乡。因此，当“君问归期”的时候，诗人只能无奈地回答“未有期”：爱人啊爱人，你问我什么时候回去，可是天气这么恶劣，路途这么遥远坎坷，我也不知道什么时候才能到家啊！

妻子来信嘘寒问暖带给诗人温馨的安慰，然而妻子询问归期引发了他更加强烈的思念。“巴山夜雨涨秋池”，他聆听着秋风秋雨敲打窗户的声音，仿佛看到连绵不断的秋雨涨满秋池，就像他的思念和辛酸一样弥漫于天地之间。

“何当共剪西窗烛”，“剪烛”是一个特别美好、特别温暖的场景。古时没有电灯，常用烛火照明，因此人们需要不时地剪去烬余的烛芯，让烛光更加明亮。时时剪烛，意味着西窗下的人促膝低语，有说不完的话，有诉不完的相思，直到深夜却仍然毫无睡意。那是一种怎样心灵相通的情意啊！

在这首诗里，“西窗剪烛”与“巴山夜雨”两种截然不同的场景形成了鲜明的对照：“巴山夜雨”是现实体验着的孤独，是萧瑟，是寒冷，是绵绵无尽的相思；“西窗剪烛”则是想象中未来的相聚，是温暖，是依恋，是相依相伴的幸福。

不过，诗人的高明之处在于，明明是现实与想象的对比——“西窗剪烛”是想象中未来的场景，“巴山夜雨”才是当下的场景。可是在李商隐写来，却好像“西窗剪烛”是实写，是当下的场景，“巴山夜雨”反而变成虚写，仿佛是回忆中一个遥远的背景。所以，诗中描写的虽然是李商隐一个人在外漂泊，可是在我们眼前出现的却是一幕温暖的场景：漫长的离别之后，终于相聚在一起的夫妻，在摇曳的烛光下絮絮低语。尤其是远行归来的丈夫，迫不及待地想把旅途中经历的一切和妻子分享，唠唠叨叨，说个不停，而妻子温柔的大眼睛，一直深情地凝视着风尘仆仆的丈夫……

是的，如果结局终究会如“西窗剪烛”般美丽，谁还会在乎曾经“巴山夜雨”的凄凉呢？

其实在这次结束桂林幕府工作回长安的旅途中，李商隐写下的寄内诗并非只有《夜雨寄北》这一首。在羁留夔州的时候，他还写过《摇落》，其中有两句这样写道：“结爱曾伤晚，端忧复至今。”李商隐感慨婚前对妻子虽然倾慕已久，可是结婚却太迟太迟，而且婚后迫于生计，他不得不辗转于遥远的幕府之中，官职低微，家境窘迫，与妻子聚少离多，这让他的内心愁苦忧虑，不能释怀，因而也才会出现“君问归期未有期”这样两地相思的深情之作。

既然李商隐感叹与妻子“结爱曾伤晚”，那么，李商隐与王氏的婚姻究竟经历了怎样的波折呢？

时光回溯到十一年前，也就是开成二年（837年），在经历过四次科考失败之后，二十六岁的李商隐终于在这一年考中进士。与他同年考中进士的，还有日后成为他连襟的韩瞻。

礼部进士及第之后，李商隐又通过了吏部的资格考试“关试”，第二年，也就是开成三年（838年），他还参加了博学宏辞科考试，录取后本来已拟授官职，不料却意外地被中书驳下。经历了多年挫折，离释褐为官仅一步之遥的时候，李商隐突然遭此挫折，这让他伤痕累累的心灵雪上加霜。

极度失意的李商隐不得不于开成三年暮春，应泾原节度使王茂元的邀请，再次告别长安，来到泾州（今甘肃平凉泾川）幕府。也许，在黯然中离开长安的他，还不能预料，泾州正是他一生爱情的最终归宿。因为，在这里，他遇到了一生所爱——他的顶头上司王茂元的小女儿王氏。

不过，一生困于朝廷激烈党争中的李商隐，在仕途上一直没有大的发展，为了生计，他不得不辗转于各地幕府，尝尽奔波别离之苦，大量的寄内诗承载着李商隐对妻子王氏缠绵不绝的思念。

“君问归期未有期”这样的夫妻问答和书信往来，其实就是李商隐和妻子两地相思的生活常态，而“何当共剪西窗烛”则是夫妻对于相聚的向往与珍惜。“西窗剪烛”，共话“巴山夜雨”，那是诗人一生守望的家，是最美的人生画面。

从唐宣宗大中元年（847 年）到大中二年（848 年），当李商隐追随郑亚在桂林幕府任职之时，他还写过不少怀念妻子的诗篇，如《端居》《夜意》《寓目》《念远》《凤》《题鹅》，等等。其中《夜意》写道：

帘垂幕半卷，枕冷被仍香。
如何为相忆，魂梦过潇湘。

所谓日有所思夜有所梦，因为日日思念，当夜幕降临、孤枕独眠之时，诗人又梦到了远在千里之外的妻子，她仿佛姗姗而来，在梦中抚慰着他难熬的孤独与相思。可是当他从梦中惊醒，却只看到帘幕低垂，枕头仍是寒意森森，只有被子上仿佛还残留着妻子身上特有的味道。这缕若有若无的幽香，让诗人感到刹那间的恍惚，“刚才的这一幕，到底是真的还是做梦呢？妻子真的来过吗？”

尤其值得一提的是，妻子王氏也能写诗，并且是可以与李商隐唱和往来的才女。李商隐《摇落》中的“水亭吟断续”一句，就勾勒出妻子王氏水亭吟诗的画面。在《过招国李家南园二首·其一》中，“春风犹自疑联句，雪絮相和飞不休”则为我们描绘了一幅春日和风中，李商隐与妻子对诗联句的浪漫场景。李商隐才高八斗，王氏也才思敏捷，即便与东晋的咏絮才女谢道韫相比也毫不逊色，常常是李商隐刚吟出一妙句，王氏迅速对出更精彩的一联，令李商隐击节叹赏……这样的情景多次出现，两个人好像从来都不会有“江郎才尽”的遗憾。

多才多艺的王氏，不仅能写诗，还善弹瑟。李商隐的《寓目》中“新知他日好，锦瑟傍朱栊”的句子就是在回忆当年他和王氏新婚的时候：新婚夫妻花前月下，妻子如桃花般娇羞的脸颊上仿佛挂着甜蜜的笑，她坐在朱红色的窗下奏起优美的锦瑟，丈夫则手捧诗卷，他的目光飘过手上的书本，一直飘向窗前的妻子，他定定地凝视着妻子娇美的容颜，感受着琴声传递过来的缕缕爱意……

“君问归期未有期，巴山夜雨涨秋池。何当共剪西窗烛，却话巴山夜雨时。”当李商隐浪迹天涯的时候，妻子王氏正为他守着一个家、守着一盏灯、守着一份温暖、守着一份爱情。

也许，世界上有一种情感，知音永远只有一个人，那就是愿意和你西窗剪烛、共话巴山夜雨的知心爱人吧。

韦庄：

画船听雨眠（《菩萨蛮五首·其二》）

说到慢生活，你可能会马上联想起最近特别流行的那几句诗——当代艺术家木心先生的《从前慢》：

从前的日色变得慢／车，马，邮件都慢／一生只够爱一个人。

这首《从前慢》之所以那么打动我们，也许还是出于我们的工作节奏太紧张、生活压力太沉重的缘故，不知不觉，我们的前辈最不稀罕的慢生活，到了我们这一代，简直成了一种可望而不可即的奢侈。

那么，从前，到底有多慢呢？我还是举一组数据来看看吧。假设我们现在穿越到唐朝，从唐朝的都城长安也就是今天的西安，到今天江南的核心城市杭州，需要多长时间呢？西安到杭州的距离大约是1400公里，我特意查询了一下，如果坐高铁的话，最快的一趟高铁只需要6小时52分，也就是说吃完午饭从西安出发，到了杭州下车之后还可以去享用一顿杭州的特色夜宵。

唐朝当然没有高铁，你可以选择骑马或者是坐马车，也可以选择徒步或是乘船走水路。无论选择何种交通方式，按照唐宋时期的官方规定，每天行程约 50 里的话，日出而行日落而宿，从西安到杭州需要 56 天左右。

56 天！这样来比较的话，我们对“从前慢”的理解是不是更加具体了呢？因为，那是真正的慢。而通常，唐宋人其实并不会这样马不停蹄、日夜兼程地赶路，例如白居易和刘禹锡同时奉命回洛阳待诏，两个人在扬州相遇，一起结伴光在扬州就玩了半个月之久。再比如说苏轼离开京城赴杭州上任，途中专程去看望了退休住在颍州（今安徽阜阳）的恩师欧阳修，在老师家一住就是 20 多天……

所以，从前慢，不仅仅是客观距离和交通方式造成的慢，古人的心态也是真的慢，而慢的实质是什么呢？是享受。享受丰沛的自然，也享受温暖的人情。我们品读的这首词，就和这个主题有关。为什么我前面要举从西安到杭州的例子呢？因为我们要解读的这位诗人就是长安人，我们要看看这位从长安下江南的诗人，他笔下的慢生活到底是什么样子的。一起来看晚唐词人韦庄的这首《菩萨蛮五首·其二》：

人人尽说江南好，游人只合江南老。春水碧于天，画船听雨眠。　　垆边人似月，皓腕凝霜雪。未老莫还乡，还乡须断肠。

我个人觉得，在唐宋时期的大诗人中，韦庄真的可以算得上“慢生活”的典范，倒不是他主动在追求慢节奏的生活，而是许许多多的客观原因，导致了他的节奏不得不比别人慢许多。他比别人慢的原因我稍后会解释，我想先说说他比别人慢主要表现在哪些方面。

首先，韦庄是大器晚成的典范。韦庄，字端己，唐代山水田园派代表诗人韦应物的四世孙。韦庄大约出生于836年，到他二十五岁左右时，中晚唐的一批一流诗人如刘禹锡、白居易、杜牧、李商隐等已相继去世，在诗人凋零的大唐末世，韦庄异军突起，堪称当时最杰出的诗人、词人。可就是这样一位大才子，生逢乱世，在科举仕途上一直不得志，屡次科考屡次名落孙山，直到五十九岁才终于进士及第。

五十九岁中进士晚不晚？比较一下就知道。唐宋时期的那些著名大诗人，通常进士及第都在二十多岁，例如刘禹锡二十二岁，柳宗元二十一岁，李商隐和杜牧都是二十六岁，白居易晚一点，二十九岁也进士及第了，宋代欧阳修进士及第的时候二十四岁，苏轼二十二岁，苏轼的弟弟苏辙更不得了，十九岁就金榜题名。

而韦庄五十九岁才终于考中进士，这要是放在别人身上，都可以说是“夕阳无限好，只是近黄昏”了，但韦庄的事业才真正开始起步。后来韦庄在前蜀一直做到宰相之位，七十四岁的时候终于迎来他政治生涯的最高潮，这难道不是“大器晚成”的典范吗？

你一定读过那篇著名的小说《范进中举》吧，如果范进能有韦庄一半的定力和耐心，又何至于五十四岁中举的时候，竟乐得疯掉了呢？

这样看来，今天各种鼓吹“不能输在起跑线上”“成名要趁早”等言论，实在给我们本已紧张的人生更添了几分焦虑。其实人生那么长，踏踏实实地走好每一步，不急功近利，不随波逐流，认真读书，好好做人，努力工作，那么成功与你之间的距离，就只差了一个机会而已。当然前提是，我们一定要健健康康、长长久久地活着。

韦庄比别人慢的第二个表现，就要说到这首《菩萨蛮五首·其二》了。这首词一开始就打出了“慢生活”的旗号：“人人尽说江南好，游人只合江南老。”这两句词里有两个关键字，一个“尽”，一个“合”，这两个字都在说明江南与众不同的魅力。“尽”就是都、全部的意思。每个到过江南的人都说江南美得不得了，每个还没去过江南的人都无比向往江南，甚至“游人只合江南老”，这个“合”字更妙，“合”就是应该的意思。每个去过江南的人，都会情不自禁地产生一个想法：最完美的人生就是应该在江南这样的地方生活直到终老呀。人的一生有多少事是应该做、必须做的呢？一个“合”字，就说明了江南不可替代的魅力。

韦庄一开始就用了抒情色彩这么强烈的字来表达江南之好，

那我们忍不住要问了，江南到底好在哪里呢？居然能让一个北方人如此向往、如此沉迷。

韦庄是长安人，他出生在长安，在这里度过了童年时代。他不是江南人，只是路过江南的一个“游子”而已。作为一个西北人，当他经过江南的时候，映入他眼帘的，当然是江南的自然风景之美——“春水碧于天，画船听雨眠”。

江南是水乡，对于北方人来说，对江南的第一印象大概就是江南的水了。江南的地形多江河，多湖泊，多溪流池塘，处处都是曲曲折折的水，处处也都是欸乃的船桨声，碧绿的春水、温婉的春雨和装饰精美的画船，除了江南，还有什么地方能够有这样完美的搭配呢？白居易的《忆江南》不也是在回忆江南的水吗：“日出江花红胜火，春来江水绿如蓝。能不忆江南？”

朱自清那篇著名的散文《桨声灯影里的秦淮河》，写江南的水和船简直绝了：“夜幕垂垂地下来时，大小船上都点起灯火。从两重玻璃里映出那辐射着的黄黄的散光，反晕出一片朦胧的烟霭；透过这烟霭，在暗色的水波里，又逗起缕缕的明漪。在这薄霭和微漪里，听着那悠然的间歇的桨声，谁能不被引入他的美梦去呢？”

中国的地形，北方多平原，一马平川，比较适合快马扬鞭、纵横驰骋；江南是水乡，适合慢悠悠地行船。想想看，是不是行船真的会比跑马的节奏慢很多，更加适合游览和慢慢地感受沿途的风景呢？

鲁迅的弟弟周作人也有一篇很有名的写江南的船的散文——《乌篷船》。乌篷船当然比韦庄笔下的画船要简陋得多，但韦庄词里的画船的主要功能不是用作交通工具，而是充当供游客欣赏风景、体验慢生活格调的旅游工具，乌篷船反倒是江南水乡实实在在的交通工具了。鲁迅兄弟俩是绍兴人，《乌篷船》描写的是典型的江南水乡风景，就像文章里说的那样："你如坐船出去，可是不能像坐电车的那样性急，立刻盼望走至。倘若出城，走三四十里路（我们那里的里程是很短，一里才及一英里的三分之一），来日总要预备一天。你坐在船上，应该是游山的态度，看看四周物色，随处可见的山，岸旁的乌桕，河边的红蓼和白苹，渔舍，各式各样的桥，困倦的时候睡在舱中拿出随笔来看，或者冲一碗清茶喝喝……夜间睡在舱中，听水声橹声，来往船只的招呼声，以及乡间的犬吠鸡鸣，也都很有意思。雇一只船到乡下去看庙戏，可以了解中国旧戏的真趣味，而且在船上行动自如，要看就看，要睡就睡，要喝酒就喝酒，我觉得也可以算是理想的行乐法。"

看来，到了江南，坐船出行或者是出游简直是必须体验的项目，难怪李清照晚年来到江南，也想要坐船出游："闻说双溪春尚好，也拟泛轻舟。"

你看，从韦庄、李清照到朱自清、鲁迅的时代，一千年的时间仿佛只是弹指一挥，可江南水乡的"船生活"、慢格调真是一点儿都没变!

“春水碧于天，画船听雨眠。”韦庄从长安来到江南，急匆匆的脚步是真的慢下来了，他甚至可以悠闲地躺在画船里，伴着淅淅沥沥的江南春雨声，悠然入梦。

在这里我要画一下重点！“画船听雨眠”，这个“眠”当然就是睡觉的意思。如果真的是去江南旅游，那这样的调调也没什么可稀罕的，可我要强调的是，韦庄去江南，真的不是像我们那样悠闲、从容地去旅游的。那么，韦庄为什么会去江南呢?

他是逃难去的!

我再强调一下，韦庄之所以大器晚成，并不是因为他的才华不够，而是因为他生逢乱世。他所处的那个时代到底有多乱呢?

韦庄的一生经历了唐文宗、唐武宗、唐宣宗、唐懿宗、唐僖宗、唐昭宗，以及末代皇帝昭宣帝七位唐朝皇帝。在六十六岁那年，他来到成都，成为节度使王建的掌书记。公元907年，唐朝灭亡，七十二岁的韦庄力劝王建登基称帝，创立了大蜀，史称前蜀。韦庄作为前蜀的开国功臣，在七十四岁这年成为前蜀的宰相。皇帝走马灯似的换了七位，再加上改朝换代，可想而知那个年代有多乱。

韦庄四十五岁那年，还赶上黄巢起义大军开进长安城，黄巢在大明宫正殿含元殿登基做了皇帝，国号“大齐”，大赦天下，一时间风光无限，真应了他当年的那首诗："冲天香阵透长安，满城尽带黄金甲。"

韦庄身陷乱兵之中，不仅自己大病一场，还和弟弟妹妹们失散。而战乱并没有因为黄巢当了皇帝而停止，恰恰相反，战争仍在持续激化中。逃到成都喘过气来的唐僖宗号召天下兵马勤王，在四面八方赶来围剿的各路节度使的包围中，黄巢一度退出长安。可是大唐官军进城后一点正规军的样子都没有，反而是烧杀抢掠无恶不作，导致民怨沸腾。黄巢趁机杀了个回马枪，发起反攻，又赶走官兵，再度进驻长安。

万般无奈之际，唐朝搬来了最后一根救命稻草——李克用率领的沙陀兵。沙陀是北方少数民族，属于西突厥的一个部落，这支队伍勇猛彪悍，善于征伐。黄巢果然不敌沙陀兵，李克用率众再次收复长安。

就在黄巢攻陷长安之后，韦庄目睹了起义军和官兵相继给长安带来的动乱，他写下了长篇乐府叙事诗《秦妇吟》，以一位"秦妇"的口吻，叙述了一场又一场纷乱带给人民的痛苦。"南邻走入北邻藏，东邻走向西邻避"，这是老百姓争相避难的惊慌之相；"家家流血如泉沸，处处冤声声动地"，这是无辜百姓蒙难的惨状；"家财既尽骨肉离，今日垂年一身苦"，这是老百姓对骨肉分离、有家难归的悲叹……一场紧接着一场血洗的灾难过后，"百万人家无一户"，田园荒芜，老百姓流离失所、朝不保夕，大唐国运急转直下，只能苟延残喘。

这首《秦妇吟》因其强烈的现实精神和高超的艺术水准而享有崇高的诗坛地位，后人将《孔雀东南飞》《木兰辞》和《秦妇吟》并提，并称“乐府三绝”。因为这首诗，韦庄当时还赢得了一个公认的雅号——“秦妇吟秀才”。

在这一轮又一轮的血雨腥风中，四十七岁的韦庄不得不于唐僖宗中和二年（882年）春，仓皇逃出兵荒马乱的长安，开始了他半生的漂泊。他一度寓居洛阳、浙西、金陵（今南京）、婺州（今浙江金华）等地，在江南、江西、湖南之间往来奔波，为在乱世之中求得一线生机而四处流浪，这样的日子持续了十一年。

这十多年的逃难生涯，多半就是《菩萨蛮五首》创作的背景。相对于长安城的动乱，江南水乡在这位北方游子的眼里就显得平静多了。虽然流离失所，虽然贫困交加，但韦庄并没有放弃希望、自暴自弃，而是让自己的心沉静下来，去感受江南水乡带给他的安慰：“春水碧于天，画船听雨眠。”词人在这里可以惬意地于江边垂钓，欣赏碧水蓝天，可以悠闲地荡舟湖上，听雨入眠。

当然，江南不是只有美景，还有美人儿。下阕的“垆边人似月，皓腕凝霜雪”就暗用了卓文君当垆卖酒的典故。

汉代第一才子司马相如琴挑文君之后，卓文君瞒着父母，与司马相如一起逃到成都。文君不顾一切逃离家庭的举动，在当时被看作大逆不道之举。父亲盛怒之下，对这个“败坏门风”的女儿采取了强硬的经济封锁：“女至不材，我不忍杀，不分一钱也。”果断宣布断绝父女关系，一个子儿都不分给他们。而卓文君呢，私自嫁给了司马相如以后才知道，这位风度翩翩的大才子，其实是个不折不扣的穷光蛋，按《史记》的说法是“家居徒四壁立”，穷到家徒四壁啊！

但贫穷是可以改变的，卓文君并没有因此而后悔自己的爱情选择。于是在卓文君的建议下，他们开了一家简陋的小酒馆，千金小姐卓文君亲自站在酒馆门口，放下架子大声吆喝，亲手为客人沽酒，活脱脱一个能干、泼辣的劳动妇女。美男子兼大才子司马相如也放下书生的清高，系上粗布大围裙，当上了酒馆里忙前忙后的店小二，洗碗扫地，脏活累活样样抢着干。

机会总是会垂青那些有准备、能坚持、不着急、不放弃的人。后来，汉武帝偶然读到了司马相如的作品，不由得叹息道：“我怎么就没有和这个人生活在同一个时代呢？”结果旁边的人立即回答：“陛下，司马相如还活着呢，现在就在成都。”汉武帝一听大喜，立即将司马相如召到京城，上演了一出“凤凰男”逆袭的喜剧故事。

司马相如与卓文君共患难同富贵的爱情故事是流传已久的一段佳话，韦庄用这个历史典故，主要是为了突出卓文君的美貌——江南处处都有像卓文君那样才貌双全的佳人，肤如白雪，面若银盘，一笑解千愁。这样好的地方，这样的才子佳人，又何必老是念念不忘遥远的故乡呢？

而韦庄这个时候的处境，比起当年家徒四壁的司马相如还要悲惨，所以置身于江南美景中的词人，内心是有着浓厚的悲伤情绪的，只是他将这种悲伤隐藏得很深。“未老莫还乡，还乡须断肠。”他的故乡是长安，是那个依然处在连天烽火中的城市，是他回不去的故乡。

还是不要回去了吧！不如趁着年轻，好好享受江南的旖旎风情。如果回去看到家乡一派战后残败的景象，一定会痛断肝肠啊！

在江南漂泊了十多年，一直到五十八岁，韦庄才再次回到故乡长安，并且在第二年终于考中进士。

即便再次回到故乡的怀抱，而且故乡也回报了这位游子一个进士及第的荣耀，但唐王朝毕竟已经是穷途末路，它给不了韦庄一个光明的前途。“未老莫还乡，还乡须断肠。”这样的故乡，早已不是韦庄日思夜想的故乡，长安反而成了他不得不逃离的地方。眼见着大唐王朝要走到命运的尽头，韦庄做出了他人生中最艰难的一个选择：接受西川节度使王建的邀请，到成都辅佐王建。这一年，韦庄六十六岁。

公元907年，唐朝灭亡，朱全忠篡唐登基，改国号为大梁。这一年九月，七十二岁的韦庄上书，力劝王建自立称帝。王建自然不愿意奉朱全忠的“大梁”为正朔，于是欣然采纳韦庄的建议，登基为皇帝，国号大蜀，史称前蜀。

作为王建开国称帝的心腹参谋，王建给韦庄的回报也是很丰厚的：韦庄以开国功臣的身份，先是被授予左散骑常侍、判中书门下事，一应“郊庙之礼、册书敕令”，刑政礼乐、开国制度均出自韦庄之手。七十四岁的时候，韦庄又被授予吏部侍郎平章事，这就是前蜀的宰相之职了。

七十四岁的韦庄，走过了人生最漫长、最难熬的冬天，终于在蜀地迎来了他生命中的春天。除政治上的辉煌之外，仕蜀期间，韦庄还迎来了他文学事业的最高潮。他甚至在成都浣花溪畔找到了杜甫草堂的旧址，虽然这里早已荒芜破败，但“柱砥犹存”(《浣花集序》)，昔日的结构规模还隐约可见。出于对“诗圣”的衷心追慕，韦庄就在杜甫草堂旧址上结庐而居。天复三年（903年）六月，他的诗集《浣花集》问世，之所以题名为“浣花”，也是想承继杜甫的诗歌气象，承继杜甫爱国忧民的深厚情怀。

韦庄在唐宋词坛上有着不可替代的重要地位，他和温庭筠一起，成为中国第一部文人词集——《花间集》的重要作者，与“花间鼻祖”温庭筠并称“温韦”，开创了花间词派，与温庭筠堪称词坛的“双璧”。温庭筠的词风艳丽华美，意象密集；韦庄的词风则清新淡雅，疏朗自然。

或者，这种清新淡雅、疏朗自然的风格，最适合用来描述江南水乡之美吧？即便是在人生最失意的时刻，即便是在最看不到前途的黑暗中，韦庄依然能够用他那双寻找光明的眼睛，发现并镌刻身边的每一幅美景，依然能够用一种不慌不忙的从容，细细雕刻着属于自己的时光故事。

真正成功的人生，并不是在忙忙碌碌、慌慌张张中追求着所谓的功成名就，而是真诚地书写着自己的故事。等到我们老了，再回忆自己一生的时候，真正属于我们的，其实只有那些在记忆里永不褪色的故事。这些故事就像一坛由时间酿成的老酒，或许并不会香飘万里，但一定醇厚甘甜，令人回味无穷，能够伴随我们走过“春水碧于天，画船听雨眠”的悠悠岁月。

李煜：

在错误的时间遇见对的人（《菩萨蛮·花明月暗笼轻雾》）

爱情是文学最永恒的主题，但每个人的爱情又是千差万别的。有像罗密欧与朱丽叶那样，一见钟情就生死相许的爱情；有像简·爱与罗切斯特那样，历尽磨难最后有情人终成眷属的爱情；有像超级丑陋却又无比善良的卡西莫多对美丽姑娘埃斯梅拉达那样，一往情深的单恋；有像杜丽娘和柳梦梅那样，超越生死的爱情；有像李清照和赵明诚那样，心心相印、细水长流的爱情；有像陆游和唐琬那样，恩爱甜蜜最终却被棒打鸳鸯散的悲情；有像冒辟疆与董小宛那样，令人艳羡的才子佳人、郎才女貌的爱情组合；有像白居易和湘灵那样，只能终生遥望却注定不能相守的痛苦初恋……

我们要分享的这首词也和一段非常传奇的爱情故事有关，而且这个爱情故事应该不是什么八卦绯闻，而是真正的历史事实。这个爱情故事的男主角，就是南唐后主李煜，而记录这段爱情的就是他的《菩萨蛮·花明月暗笼轻雾》：

花明月暗笼轻雾，今宵好向郎边去。刬袜步香阶，手提金缕鞋。　　画堂南畔见，一向偎人颤。奴为出来难，教君恣意怜。

《菩萨蛮》是最早流行的词调之一，早在唐玄宗天宝年间以前，这个词调就已经相当流行，敦煌曲子词里就有《菩萨蛮·枕前发尽千般愿》《菩萨蛮·敦煌古往出神将》等。据学者考证，《菩萨蛮》这个词调本是古缅甸的音乐，由云南传入中原。武则天当政时期，唐朝大将李蒙征讨南诏，南诏国的疆域大致在今天的云贵高原，尤其是云南一带，与缅甸接壤。李蒙军战败，跟随出征的郭仲翔陷入菩萨蛮洞为奴，后来终于逃回唐朝疆域，《菩萨蛮》的调名很可能跟这段历史有关。

“菩萨蛮”有可能是“骠苴蛮”或者“符诏蛮”的另外一种翻译版本，“蛮”本就是中原人对南方少数民族的称呼。李白小时候受到西南音乐的影响，也是较早使用《菩萨蛮》调填词的文人，他的《菩萨蛮·平林漠漠烟如织》被誉为“百代词曲之祖”（据杨宪益《零墨新笺》）。到了晚唐时期，唐宣宗酷爱唱《菩萨蛮》，当朝宰相为了投其所好，暗中命令大词人温庭筠偷偷写了二十首《菩萨蛮》进献给皇帝，供皇帝“开个人演唱会”时选用。现存第一部文人词集《花间集》里收录的其中的十四首《菩萨蛮》，便是《花间集》的开卷之作。

说完了词牌名的来历，我们该说说李煜的这首词和他的传奇爱情了。

传奇的爱情当然会经历许多复杂的过程，其中约会肯定是最重要的环节之一，古往今来，很多经典的爱情诗都将笔墨聚焦在了对约会的描写上。按我们的经验推测，约会当然是两个人的事儿，一个巴掌拍不响嘛，比如说《诗经》中最著名的约会诗之一《溱洧》，一开篇约会的男女主角就同时登场亮相了："溱与洧，方涣涣兮。士与女，方秉蕑兮。""士"就是男主角，"女"就是女主角了。快乐的约会过后，两个人互赠礼物依依不舍地告别："维士与女，伊其相谑，赠之以芍药。"分别的时候，还要赠送芍药花。为什么男女约会要送芍药呢？因为在古音里面"芍药"的"芍"和"约会"的"约"是谐音的，大家注意一下，"芍"字和"约"字的声旁都是"勺"字。

言归正传，有意思的是，李煜的这首约会词，从头至尾镜头都只聚焦在女主角一个人身上，男主角不仅没有正式出场，反而好像只是这一组镜头的一个观众，目不转睛地盯着镜头，将女主角的一系列动作、情绪的变化尽收眼底，而且还将这个过程化作妙趣横生的文字。我们现在就来看看这一系列镜头到底是怎么移动的。

第一个镜头，是约会开始的背景环境——"花明月暗笼轻雾"。朦胧的月色，幽幽的花香，烟雾凄迷的夜晚，这真是约会的绝佳时间。

简单交代约会背景之后，紧接着在第二个镜头中，女主角闪亮登场了——“今宵好向郎边去”。这么浪漫而又暧昧的夜晚，女主角简直是迫不及待要去见心爱的男朋友了。一个“好”字泄露了少女迫切的心情。我们平时说男女朋友约会，女孩子总得表现得矜持一点，稍微迟到一会儿是女孩子的特权。可是这首词里面的女主角真是率真得可爱，毫不顾忌那些传统的条条框框，一点儿都不掩饰自己的满心欢喜，急不可耐地奔向情郎所在的地方。

如果读词读得细心的话，我们还会产生一个疑问，为什么女孩会这么迫切呢？想想看，如果是天天能够见面甚至朝夕相处的恋人，例如大学同学的恋情，又如办公室恋情，见面相对容易而且频繁，那他们约会应该不至于这么急迫吧？所以“今宵好向郎边去”中的这一个“好”字，又隐约告诉我们，这对恋人平时单独相处的时间应该是很少的，正因为约会的机会太难得，女孩子才会这么按捺不住狂喜的心情。

既然是急切地奔向情郎，那么第三个镜头就迅速变为“特写+慢镜头”的组合了，这个特写慢镜头对准的是少女的脚：“刬袜步香阶。手提金缕鞋。”这两句词太有画面感了！

刬袜，就是没穿鞋子，只穿着袜子。女孩匆匆跑过落满花瓣、香气暗溢的台阶，手里还提着她那双用金丝线绣成的鞋子。想象一下那个美得醉人的画面，少女洁白的袜子跑过的地方，裙角飞扬，台阶上落满的花瓣都随之轻舞飞扬，你仿佛都能闻到空气中传来的幽幽暗香，那是少女的体香和花香的完美融合。时不时地，少女手里提着的金缕鞋也会闯入画面，注意，是“金缕鞋”！这说明，这位少女不是普普通通的平民女子——平民女子偷偷与恋人约会似乎也不稀奇，可是一位贵族少女，一个人大胆地去和情郎约会，这就不仅需要勇气，还需要智慧了。

当然了，手提鞋子，脚穿袜子一路小跑的镜头其实也有着情绪的暗示，如此华贵的鞋子，她为啥要脱下来拿在手里呢？答案显而易见，走路时，鞋子发出的声音会比较响，而少女去赴约肯定是不想让任何人知道的。换句话说，这不是一次正大光明的约会，而是一次瞒人耳目的名副其实的“幽会”。“刬袜步香阶，手提金缕鞋。”简简单单的十个字，就将少女既迫切赴约又忧心忡忡的复杂心情刻画得非常传神。

第四个镜头，一路迅速而又优美的奔跑过后，约会的地点终于到了。“画堂南畔见”，他们约会的地点是在画堂的南边。“画堂”是指装饰华美的厅堂、殿堂，这和李商隐“昨夜星辰昨夜风，画楼西畔桂堂东”的“画楼”一样，都是指贵族家庭的建筑装饰，富丽堂皇。这再一次证明了，这次约会的男女主角都不是普通人。

镜头移动到这里，按逻辑推测，男主角应该登场了吧？事实上，男主角确实登场了，但导演很“小气”，始终不肯把镜头转给男主角，还是一直停留在女主角身上。

“一向偎人颤”，这是第五个镜头。“偎人”，显然少女已经一头扑到了恋人怀里。好吧，我承认，这个镜头里也不是完全没有男主角的身影的，至少，镜头应该给了他一个背影，或者是一个宽阔的胸膛。至于脸部镜头嘛，对不起，那是没有的，因为脸部特写和身体特写全都给了少女。“一向偎人颤”,“一向”就是一晌、片刻的意思。少女蜷缩在恋人怀里，还在忍不住地微微颤抖。

这个“颤”字有玄机！这是一语双关啊！少女为什么会身子发抖、脸颊绯红呢？我想大家都猜得出来，谁还没有过热恋的经历呢？原因之一，是激动与娇羞的心情交织；另外一个原因，当然是一路跑过来，气喘吁吁，身体和心情都还没有平复下来。

尽管没有男主角的特写镜头，我们也能想象得出他此时此刻的心情吧？怀里抱着心爱的女孩，那么温柔美丽、娇羞可爱，为了约会不顾一切地跑出来，她那微微颤抖的身体和急促的喘息一定是惹人无比怜惜、无比疼爱的。女主角如此小鸟依人、楚楚可怜，男主角此刻的保护欲也一定是“爆棚”了吧！

第五个镜头也是这次约会的最后一个镜头，因为镜头停在了“一向偎人颤”的女主角身上再也没有移动过。少女喘着气，鼻尖上可能还渗出了细密的汗珠，鬓发可能也有些凌乱，但她都顾不上了，只顾得上说出两句世界上最动人，也是最大胆的情话：“奴为出来难，教君恣意怜。”

最动人的是前一句“奴为出来难”，奴家为了见你，出来一趟真是太不容易了，郎君你可要好好珍惜我啊！

最大胆的一句是“教君恣意怜”，更准确地说是大胆在“恣意”这个词语上。恣意是什么意思呢？恣意就是放肆、尽情的意思。“怜”当然就是爱怜的意思了。这句着实让人震惊吧？你一定要放肆、尽情地爱我啊！

你是不是觉得这好像也不怎么大胆啊？那是因为你我都是现代人，当代女性有着较强的平等意识，所以表达爱情自然也可以率性而为。可是对古代女性，尤其是古代贵族未婚女性来说，这简直就是胆大妄为啊！你看《红楼梦》里林黛玉那么爱贾宝玉，可是还得拼命掩饰着，后来终于被贾母窥破了一点门道，贾母立马就说要是宝黛之间有了私情，那林丫头也不值得她疼爱了。就连李清照那么大胆的人，表达爱情也只敢含蓄地说“知否，知否，应是绿肥红瘦”，或是“此情无计可消除”之类，哪里敢这么赤裸裸地说你一定要放肆爱我呢！

是的，“奴为出来难，教君恣意怜”，翻译成现代汉语大约就是：咱们见一次面不容易，我要让你一次爱个够！

整个约会的情节就在特写镜头“一向偎人颤”这里停住了，而整个约会的高潮也在女主“教君恣意怜”的大胆表白中戛然而止。这真是一个最高明的导演，很是知道情节该怎么铺垫、怎么发展、怎么推向高潮，并且在高潮处突然卡住从而留下无穷余味……如果这部微电影真有观众的话，那么观众看完整部作品肯定会大呼好看又直呼不过瘾吧？

是的，很好看又总觉得还没看过瘾，没看过瘾没关系，导演留下的那点“余味”，我们可以通过进一步地解读来补充完整。比如说，剧中的男女主角分别是谁？他们的身份和容貌怎么样？他们究竟为什么爱得这么热烈又这么偷偷摸摸？

接下来，我们就一一回答这些问题。

迄今，学界几乎公认这首词中约会的男女主角分别是词人李煜和他后来的妻子小周后。换句话说，他们事实上是南唐的皇帝和皇后。当然，对当时的大宋王朝而言，偏安一隅的李煜是不敢称皇帝的，而且他已经去国号只能称江南国主。但是在南唐国内，李煜还是被自己的臣民视为皇帝，他的妻子当然也就是皇后了。小周后是李煜的续弦，是李煜的原配妻子大周后的亲妹妹。小周后和李煜陷入热恋的时候还只是十五六岁的少女，李煜比她大十三岁左右，大约是三十岁。

再来看外貌和性格。小周后当然是容华若桃李的绝代佳人，不光拥有倾城的美貌，还特别聪慧敏捷。《南唐书》对她的评价是“警敏有才思，神彩端静”。因为姐姐是皇后，小周后少女时期就经常出入宫廷，连李煜的母亲圣尊后都特别宠爱这个活泼可爱的女孩，下旨让她经常进宫来陪自己解闷儿。这样看来，李煜和小周后恋爱，圣尊后还是间接的推动者。

从小才貌双全，姐姐是皇后，姐夫是皇帝，连太后都对她青睐有加，小周后是集万千宠爱在一身的，因此她的个性就不像一般的贵族女性那样谨慎小心，而是带着一点儿娇憨任性。所以才会出现“刬袜步香阶，手提金缕鞋”那样调皮的样子，才会出现“奴为出来难，教君恣意怜”那样火辣辣的、毫不掩饰的爱情告白。

而男主角呢？从词里看，男主角显然低调得多。虽然男主始终没有正面亮相，但显然，男主角李煜对这位小姨妹相当宠溺和呵护。“奴为出来难，教君恣意怜”，表面上是出自少女之口，但没有男主角一贯的宠爱，少女是绝不会如此主动大胆的。

在这里，我要着重解释一下，为什么李煜始终不在词中正面亮相。根据当时的形势，我觉得原因至少有两个。

第一，小周后是李煜的小姨妹，从姐夫和姨妹的关系转变成热恋情人的关系，这对李煜来说的确是一个挑战，他在心理上还需要一个适应过程，表现得太主动似乎不大合适。

李煜和原配大周后的夫妻感情非常好。大周后十九岁嫁给当时还是王子的李煜，到二十九岁去世，给李煜生了三个儿子，十年婚姻中大周后几乎是专房之宠，按史书上的说法是“宠嬖专房”。大周后去世之后，李煜一度伤心得骨瘦如柴，要撑着拐杖才能勉强站起来。他用大周后生前最爱的金屑檀槽琵琶为其陪葬，还亲自为大周后撰写了《昭惠周后诔》词，“其辞数千言”，不仅文辞凄切，催人泪下，而且李煜还自称“鳏夫煜”，酸楚之情令人动容。

大概正是因为和大周后的这份夫妻深情，所以李煜在接受小姨妹的爱情的时候，表现得更为保守甚至犹疑就可以理解了。

小周后因为和姐姐年龄差距大，而且姐姐入宫的时候她还只是几岁的幼女，姐妹朝夕相处的时间不长，因此姐姐的去世，对她来说，在礼法和情感上的禁忌就要小得多。

十五六岁的少女一旦坠入情网，又百无禁忌，再加上从小被娇惯得任性，于是她对爱情的追求更为大胆和热烈。当李煜胆战心惊地想要和她约会，并再三嘱咐她一定要小心小心再小心的时候，她调皮地拎着鞋子，只穿着袜子踩在地上直奔向她的爱人；因为爱人的谨慎和犹疑，她甚至口无遮拦又不无埋怨地对爱人说："奴为出来难，教君恣意怜。"这哪里是一个矜持含蓄的大家闺秀呢？分明是一个大大咧咧、毫不做作的小女生啊。

因此，在这首词中，我们能明显感觉到少女在约会当中的表现要比男主角主动得多，"今宵好向郎边去"是多么主动的表白啊，而等在画堂南畔的男主角则表现出了相对的被动。

第二，除与大周后的情感因素之外，李煜和小周后的恋情还面临着一个最大的障碍，那就是在大周后去世的第二年九月，李煜的母亲圣尊后去世。根据礼制，母后去世，李煜必须守孝三年，三年之中废止一切娱乐活动，当然更不许和其他女子谈情说爱。这应该是导致他们的约会只能是"地下活动"的最主要原因。一方面，爱情来得猝不及防又势不可当；另一方面，因为礼制的禁忌，他们不能公开恋爱，更不能谈婚论嫁，这才出现了词中描述的如此"隐蔽"的约会。他们只能选在花明月暗的夜晚，连小周后去赴约还得"刬袜步香阶，手提金缕鞋"，不敢发出一点儿声音。

或许可以用一句话来概括此时李煜和小周后的恋情——在错误的时间遇见了正确的人。

三年守孝期满之后，李煜以极其盛大的婚礼迎娶了小周后，她正式成为他的妻子，他的皇后。有意思的是，李煜虽然贵为一国之主，但因为他和小周后这一段违背礼制的地下恋情，导致他们在结婚时还遭到大臣们的谴责。就在婚礼举行的第二天的宴席上，大臣们居然还写诗毫不留情地指责李煜守丧期间不遵礼法，偷偷摸摸和小姨妹谈恋爱，而李煜居然也不好意思对他们发脾气，或许多少还是觉得心虚吧。

说到这里，你可能要问了，既然他们是地下恋情，每一次约会又都是这么小心谨慎，怎么还是让大臣们知道了呢？

这就要说到李煜这个人的性格特点了。别看李煜是一国之主，可他却一点儿都不像个皇帝，当然了，他也从未想过自己会当皇帝。

李煜是南唐中主李璟的第六子，按照古代帝位的传承顺序，他本来无缘帝位，所以他从小就埋头在艺术世界当中，培养了学识渊博又多才多艺的气质。可是命运偏偏不肯放过他，他的几个哥哥都相继夭折，宋太祖建隆二年（961 年）六月，李璟去世，七月二十九日，二十五岁的李煜在金陵继南唐国主位。

就这样，从来不想当国君的李煜被强悍的命运推到了那张龙椅上。

就这样，一个从小就梦想当艺术家的人，阴差阳错地被命运安排成了一国之主。

可即便是被推上了帝王之位，李煜那种似乎是与生俱来的艺术家的气质却是一点儿都没改。我想用两个词来概括他的艺术家气质——浪漫与天真。

从这首词对约会的描写，我们已经可以看出李煜别具一格的浪漫气质了。他的天真又体现在哪里呢？

他天真就天真在根本不懂自我约束。想到什么就做什么，做了什么就说什么，好像总是不通世故，不计后果。

比如说，他想接受小姨妹火热的爱情，他就接受了，压根儿不管守孝期的礼制；谈恋爱偷偷谈也就罢了，可是爱情太美好，他又忍不住写出了这么浪漫美丽的词，来记录恋爱中最美的瞬间，这不等于是白纸黑字地给人留把柄吗？

这样的把柄还被写到正儿八经的历史书上，《南唐书》中就有这么一段话："（小周）后自昭惠殂，常在禁中。后主乐府词有'刬袜步香阶，手提金缕鞋'之类，多传于外。至纳后，乃成礼而已。""昭惠"是大周后的谥号。这就是说，大周后去世之后，小周后时常出入宫廷，开始了和李煜的热恋，因此后主李煜为她写的词，诸如"刬袜步香阶，手提金缕鞋"之类香艳的句子，也透过层层宫墙而流传在外，导致世人皆知李煜和姨妹谈恋爱的时间长达两三年之久，虽然他们直到为太后服丧期满才正式成婚，但婚礼其实不过是一个仪式而已。

据史书记载，李煜以帝王之尊"行亲迎礼"，以新郎的身份亲自迎接新娘，这样盛大的庆典造成举国上下轰动，甚至达到万人空巷，"民间观者万人"的地步。更有甚者，为了看得清楚一点，爬到屋顶上，结果屋顶不堪重负，观看的人随着瓦片坠地而亡……

我很能理解李煜对小周后这种热烈如火的爱情。李煜和大周后虽然感情也非常好，但他们结婚的时候李煜才十八岁，比大周后还小一岁，可以说是“姐弟恋”。李煜本来就有那种天真浪漫的艺术家气质，他对大周后的感情可能有点类似于弟弟对姐姐的依恋。大周后的性格也的确像个大姐姐，史书上说她“虽在妙龄，妇顺母仪，宛如老成”。大周后陪着他走过了从王子到太子再到一国之君的过程，经历了风风雨雨的考验，两人之间称得上有相濡以沫的感情。

可小周后就不一样了。小周后比李煜小了十三岁左右，和李煜开始谈恋爱的时候也不过十五六岁，虽然出落得天姿国色，可依然是稚气未脱的少女。这个可爱伶俐的小女孩从小就得到所有人的宠爱，包括姐夫李煜，也因此养成了任性刁蛮的性格。即便当他们成为恋人之后，小周后依然是一派天真烂漫，甚至她的任性刁蛮、她的恃宠而娇都带给李煜一种全新的感受。原来“大叔”和“小萝莉”的组合是这么让人沉醉，原来被别人宠爱和宠爱别人是两种完全不同的感觉。

在大周后那里，李煜得到的是姐姐般的保护和宠爱；可在小周后这里，他尝到了一个成熟男人保护和宠爱单纯小女生的滋味，被小女生无条件崇拜、信任的滋味。那种新鲜感和刺激感征服了李煜，让他心甘情愿地陷入这个美丽的爱情“陷阱”，还让他忍不住手痒，写了这首盛传于外的《菩萨蛮·花明月暗笼轻雾》。

想想看，臣民百姓谁不想知道皇帝的私生活啊？谁不会津津乐道于皇帝的爱情故事啊？哪怕皇帝没事儿，人们都要编出一些事儿来安在皇帝头上，更何况，这还是李煜自己老实交代的呢！

怎么样，你也觉得李煜天真吧？可是他也天真得有几分可爱。

李煜的天真不仅仅表现在爱情上，在治国上也是这样。后来南唐被大宋所灭，亡国之后李煜写过一首《破阵子·四十年来家国》，词的下阕是这样写的："一旦归为臣虏，沈腰潘鬓消磨。最是仓皇辞庙日，教坊犹奏别离歌。垂泪对宫娥。"金陵城破，国主沦为俘虏将要被押解到大宋去的那一刻，教坊演奏起了最后一首离别的歌曲，李后主却"垂泪对宫娥"，对着宫女们泣不成声。

"垂泪对宫娥"，这句结尾貌似不是什么神来之笔，只是描写一个脆弱的亡国之君，对着他从前的宫女默默垂泪。可是，如果李煜是一个心思成熟、复杂的人，他应该想到，作为国君，有些事你可以想，甚至也可以做，但是你不能写。以他的身份，一旦写成白纸黑字，传开去了，那就很可能万劫不复，将自己推向舆论的深渊。

李煜没想到的，后来的苏轼帮他想到了。苏轼评价《破阵子》时说过这么一段话：李后主作为亡国之君，"故当恸哭于九庙之外，谢其民而后行，顾乃挥泪宫娥，听教坊离曲"（苏轼《东坡志林·卷七》）。

苏轼讽刺李煜的软弱和天真，他的意思是，你被人出卖了，国家都被灭了，当然上愧对先王祖宗，下愧对黎民百姓，亡国的时刻，你应该在太庙之外痛哭，向列祖列宗忏悔，向黎民百姓请罪，怎么却对着宫女流泪，还有心思听着教坊离别的曲子呢？

苏轼说得对，作为一国之君，哪怕你的内心已经虚弱到了极点，但在你的列祖列宗、黎民百姓面前，也应该保持一个国君的样子，挺直你的脊梁，怀着一颗忏悔的心承担起自己的罪责。

可我觉得，李煜也是对的。他对，就对在他的真实。他是这么想的，也是这么做的，所以，他就这么说、这么写了。这是他在那一刻最真实的行动和最真实的感情，他毫不掩饰地将其写出来了。至于别人怎么看、怎么评价，那已经不是他的事了。

正如王国维《人间词话》中所说："词人者，不失其赤子之心者也。故生于深宫之中，长于妇人之手，是后主为人君所短处，亦即为词人所长处。"李煜赤子般的天真，女性般的柔弱，是他作为一国之君的致命弱点，同时也是他作为"词中帝王"的绝对优势。

很显然，李煜没有苏轼想得那么深、那么远。他本来就不应该是一个国君，他天生就只是一个词人。

李煜的天真还远不止于此，他被囚禁在大宋都城开封的时候，作为亡国奴，他是被严密监视的对象，可是他沉浸在对故国的日夜思念和忏悔中，还写出了《虞美人·春花秋月何时了》这样的词句："春花秋月何时了，往事知多少。小楼昨夜又东风，故国不堪回首月明中。”

据说这首词传到了宋太宗耳朵里，太宗大怒，一个亡国之君，怎么还敢公然唱什么“小楼昨夜又东风，故国不堪回首月明中”？居然还敢念念不忘你的故国？于是，赵光义命人到李煜府上，赐给他一壶酒，酒里已经放了剧毒——“牵机药”，一代词人就这样陨落了。

李煜的这段遭遇让我想起了刘备的儿子刘禅。刘禅亡国后被软禁在洛阳，司马昭请他吃饭，还故意让人安排表演了蜀地的特色节目，别人看到了都觉得很伤感，刘禅却“喜笑自若”，一副没心没肺的样子。后来，司马昭又问他：“你想念蜀吗？”刘禅张口就答：“此间乐，不思蜀。”——还是这里好玩，我压根儿就不想回去啊。

刘禅多聪明啊，一句“乐不思蜀”等于表白自己是真心投降了，由此换来了自己性命的保全。

可李煜就不像刘禅这么世故了，他都当亡国之君了，居然还唱什么“故国不堪回首月明中”，这不是天真又是什么呢？

我们平时读李煜的词，更加倾向于读他亡国之后那些悲悲切切的词，因为以南唐亡国为界限，李煜的人生被分成了上下半场：上半场是风流浪漫的富贵天子，下半场是失去自由的亡国奴，因此他后半生的词更能打动人。虽然他前半生和后半生的境遇天差地别，但我觉得，李煜的性格其实是一以贯之的，无论是尊贵为帝王，还是卑微如俘虏，他的天真自始至终都没有改变过。这也是我选择和大家分享李煜前半生的这首词的一个重要原因。我们能够从这首词当中，看到李煜在幸福甜蜜中的天真，理解他在亡国之后的天真。

说完了李煜的天真，让我们再把镜头调回来对准小周后。大婚以后，小周后延续了姐姐大周后宠嬖专房的神话。李煜专门为她修建了一个装饰华美的花房，仅能容纳两个人，春天百花盛开的时候，夫妻俩就在花房中赏花饮酒，吟诗唱曲，享受着浪漫风流的二人世界。

当然，这样的爱情神话最终终结在李煜的亡国上。李煜投降宋朝之后，小周后被随同押解到开封，封为郑国夫人。作为宫廷命妇，小周后经常被宋太宗赵光义以这样或那样的理由召进宫，别的命妇很快就出宫了，可小周后每每一留就是好几天。每次出宫后回到自己的府第，小周后总是忍不住伤心得大哭不止，李煜也只能默默地陪着妻子饮泣。他还能说什么呢？作为一国之君，他不能保护自己的国家和人民；作为丈夫，他自身难保，更不用说保护自己的女人。

也许，对于这个时候的小周后而言，陪伴丈夫，是她忍受着剧痛和耻辱努力活下去的唯一理由。

李煜去世之后，小周后“悲哀不自胜”，三个月后也随丈夫而去，并且与丈夫同穴而葬。

李煜和小周后的爱情故事讲到这里就要画上一个句号了。

假如我们忘记李煜的国主身份，那么，这首《菩萨蛮·花明月暗笼轻雾》表现的，就只是一个天真浪漫的艺术家和一个任性少女的爱情。

南唐后主李煜的艺术作品能够代代相传，或许也离不开正史和野史里面塑造的有关他的那些传奇经历与形象，艺术经典与浪漫传说共同构成了他独特的魅力。

换句话说，李煜的世界，是不属于凡夫俗子的世界，那是一个艺术家的世界。

再换句话说，我们的日子可以过得很平凡、很琐碎，但平凡的我们，也可以试着去理解，甚至欣赏艺术家的世界。

因为这样，会让世俗的我们或多或少获得一些艺术化的审美能力，将日子过得更加有声有色、有滋有味。

苏轼：

人生是一个风雨交加的过程（《定风波·莫听穿林打叶声》）

一说起苏轼，我们就忍不住要送他一顶“豁达乐观”的帽子，因为他为我们树立了一个标杆：他似乎总是能从逆境中超脱出来，不管什么时候，总是过得那么乐呵呵的，潇洒得无与伦比。最能够代表他这种潇洒乐观个性的作品就是这首《定风波·莫听穿林打叶声》：

莫听穿林打叶声，何妨吟啸且徐行。竹杖芒鞋轻胜马，谁怕？一蓑烟雨任平生。　　料峭春风吹酒醒，微冷，山头斜照却相迎。回首向来萧瑟处，归去，也无风雨也无晴。

这首词读起来感觉就和别的词不一样，我们通常认为大多数词都是悲悲切切的，可是苏轼的词常常带给人耳目一新的感觉，和那些成天沉溺在“负面情绪”中的人不一样，苏轼的词总是能够让人一扫阴霾，变得阳光起来。这首《定风波·莫听穿林打叶声》就是这样的代表作。

我们不妨随着苏轼的描写，想象一下他笔下那个潇洒脱俗、怡然自得的场景吧。

暮春三月，天气晴和温暖，正是适合踏青春游的季节，苏轼当然不会宅在家里辜负了这样的好天气。于是啊，由苏轼带头，一行人开启了徒步旅游模式，他们深一脚浅一脚地走在崎岖、狭窄的山间小路上。可是，三月的天气善变，虽然出发的时候还是晴空万里，但转眼间，一场倾盆大雨就不期而至。其实出门的时候，苏轼还是考虑周全了，因为正是雨季，他事先让书僮带上了雨具。可一路走来并没下雨，书僮走得又快，早早走到前面去了。苏轼和朋友们一边看风景，一边聊天，不知不觉就落在了后面。没想到大雨说来就来，一点余地都不留，雨伞雨衣来不及送过来，朋友们一下子慌了神，有的喊着："赶紧把袍子脱下来顶在头上遮遮雨吧！"有的加快脚步奔跑起来，边跑边嚷嚷："快跑快跑，说不定前面有人家可以躲躲雨什么的！"可是脚下一个不留神摔了个满身泥……

正当大家狼狈不堪的时候，只有苏轼一人好像完全没有受到暴风骤雨的影响，他保持着先前悠闲的节奏，拄着一根竹制的拐杖，不紧不慢地在雨中漫步，非但不慌张，反而还吹起了口哨，哼起了流行歌曲，风声、雨声、歌声、口哨声交织在一起，还真像是一场天然的交响乐音乐会，他脚下的草鞋虽然早就被泥水浸透了，但这丝毫没有影响他步履的轻松。

这一幕风雨山行图，就是这首词上阕记录的真实场景："莫听穿林打叶声，何妨吟啸且徐行。竹杖芒鞋轻胜马，谁怕？一蓑烟雨任平生。"这一部分是写实，滂沱大雨打在山林的树叶上，发出密集的唰唰声，可那又怎么样？别去管那风声雨声了吧，还不如唱着歌、吹着口哨淡定前行呢。拄着竹杖，穿着草鞋，披着蓑衣，着一身登山的打扮轻装前行，比骑马还显得轻快一些呢。

在这里我要强调一下，这首词的第一句"莫听穿林打叶声"的第二个字"听"最好读成第四声，因为不仅仅是这首词的格律要求第二个字是仄声，而且"听"读第四声的时候，更能够突出那种任凭、听凭的意思，而不仅仅是用耳朵去听的意思。换言之，如果要用白话文翻译"莫听穿林打叶声"这句词的话，不应该翻译成：你不要去听雨水打在树叶上的声音了；而最好翻译成：别去管那大雨穿林打叶的声音了。

怎么样？这两种不同的翻译，情绪是不一样的吧？

上阕最后两句是从真实经历中提炼出"东坡式"的人生哲理："谁怕？一蓑烟雨任平生。"一场大风雨又有什么可怕的？人生总是要经历这样那样的风雨坎坷，既然躲不过，那就让我披一袭蓑衣，一直这样潇洒地往前走吧！

词的上阕描写突然遭遇的风雨，下阕转入雨后天晴。

"料峭春风吹酒醒，微冷，山头斜照却相迎。回首向来萧瑟处，归去，也无风雨也无晴。”风雨虽然大，但山雨来得快去得也快。没多久雨就停了，山风吹在身上还带着几分料峭的春寒，确实让人感觉有点凉意，但山头那一缕斜射过来的阳光让“我”心里平添了几分温暖。于是“我”悟出了一个人生的道理，阳光总在风雨后，人生就是一个风雨交加的过程。风雨来的时候，躲是躲不掉的，绕也是绕不开的。所以无论多大的风雨，都不能退缩、不能害怕，只要你从容地闯过去，就一定会有温暖的阳光在前方迎接你。

这样的人生道理听上去似乎也没有多高深，甚至还有点“心灵鸡汤”的味道，难道苏轼也不过是这种水平？

显然不是，“也无风雨也无晴”并不只是简单地鼓励人们坦然地面对风雨，勇敢闯过风雨，去迎接前方的阳光。我觉得，这句词的独到之处其实不在“也无风雨”，而是在“也无晴”！

可以想象，在这场大风雨过后，那些本来很狼狈的朋友可能都恢复镇定了吧？在温暖的夕阳的照耀下，他们又恢复说说笑笑的喜悦了吧？可是苏轼呢，也并没有因为雨过天晴而狂喜不已。在风雨中，他是那么悠闲自得；在阳光的沐浴下，他还是那么从容淡定。

“也无风雨也无晴”正是苏轼理性人生的智慧表现：世间万物都在变化，没有什么是一成不变的，万里无云的晴空也许正酝酿着一场暴风雨，而暴风骤雨过后也许就是明媚的阳光。人生的道路不也是这样吗？遇到风雨不要惊慌失措，沐浴阳光也不必得意忘形，要始终保持一种达观、乐天的心态。更重要的是，要始终保持清醒和理智，既要有居安思危的意识，又要有化险为夷的能力，才能达到那种率性自然的人生境界。

“归去，也无风雨也无晴。”这样的话，猛听上去的确很像是“心灵鸡汤”，不过我并不这么以为。如果是一个生活一帆风顺、没有真正受过什么苦的人这么说，那很有“鸡汤”的嫌疑，但苏轼不一样，苏轼是经历过大风大浪，甚至是曾经和死神擦肩而过的人。我们都以为苏轼潇洒豁达，开朗乐观。但其实，哪有天生就豁达乐观，什么都看得开、想得明白的人呢？一个豁达乐观的苏轼，不是老天一开始就安排好的，而是苏轼在历经磨难之后，用强大的勇气和力量慢慢修炼而成的。

换句话说，真正的智慧是在苦难中修炼出来的。我们只看到了修炼成功之后快乐的苏轼，很可能忽略了在漫长的修炼过程中曾经也痛苦过，甚至绝望过的苏轼。

这首《定风波·莫听穿林打叶声》表面上只是描写了自然界的一场暴风骤雨，而苏轼在写这首词的时候，其实刚刚经历过一场人生的暴风骤雨，那就是北宋历史上一场著名的文字狱——乌台诗案。那么，乌台诗案到底是怎么引起的呢？它又给苏轼带来了怎样的影响呢？

北宋神宗年间，朝廷的政治矛盾主要集中在所谓新党和旧党之间。王安石是新党的领袖，他厉行变法，轰轰烈烈地展开了北宋历史上有名的“熙宁变法”；苏轼作为旧党的代表人物，很不赞同王安石的变法。可王安石是铁腕宰相，又得到神宗的极力支持和信任，为了避免政治矛盾进一步激化，苏轼不得已只好请求外放，在杭州、密州、徐州等地辗转担任地方官。

元丰二年（1079年），御史台搜罗了苏轼的诗文作品，从中深文罗织，费尽心思揪出了苏轼讽刺变法的证据，说他不满朝廷，妖言惑众，罪该万死。宋神宗勃然大怒，下旨逮捕苏轼。当时苏轼正担任湖州知州，七月二十八日，派去执行逮捕令的官员气势汹汹地闯入湖州州府衙门，当着全家人的面，将苏轼五花大绑带走；苏轼的家里也被抄得一片狼藉，他的妻子王闰之害怕得失魂落魄，生怕再被发现什么证据，只能将苏轼留下的文稿付之一炬。

苏轼以为自己这回必死无疑，不仅和妻子诀别，还专门写信给弟弟苏辙交代后事。

八月十八日，苏轼被押解到京城，锒铛入狱。

被御史轮番逼供的苏轼，身心濒临崩溃，他甚至动了绝食自杀的念头，还偷偷藏了青金丹，准备服药自尽。他在狱中分别给弟弟苏辙和妻子王闰之写下了绝命诗。

他在给弟弟的诗中说：“是处青山可埋骨，他年夜雨独伤神。与君世世为兄弟，又结来生未了因。”他对弟弟说，死并不可怕，到处的青山都可以是他的葬身之地，只是当年与弟弟一起寒窗苦读时，一起夜雨对床的誓言再也不能实现了，留下弟弟一个人在凄风苦雨的暗夜里独自伤神。他希望来生还可以和苏辙再做兄弟，再续手足之情。

在给妻子的绝命诗里，苏轼说：“眼中犀角真吾子，身后牛衣愧老妻。”在面对死亡时，他挂念着孩子们，他们一个个相貌堂堂，不愧是苏轼的后代！老妻和自己相濡以沫十多年，可是他没有留下什么积蓄，一想到妻子以后要受到贫穷的折磨，他就觉得很惭愧。

狱中的苏轼，已经在绝望中做好了赴死的心理准备。

苏轼入狱是一个震惊朝野的政治事件，从朝廷的逮捕令下达的时候开始，各方营救苏轼的行动差不多也在同时进行。不少正直之士都挺身而出，为营救苏轼而奔走出力。连他的政治对头王安石都亲自上书为他说情：“岂有圣明之世却杀害才学之士的呢？”太皇太后也被惊动了，亲自出面为苏轼求情，宋神宗这才对苏轼“网开一面”。于是，在监狱被关押了130天之后，苏轼以水部员外郎黄州团练副使的身份被贬谪黄州（今湖北黄冈）。在这一事件中，凡与苏轼有交游的人都受到了不同程度的处罚，例如苏辙被贬筠州（今江西高安），这就是著名的“乌台诗案”，也是北宋历史上的第一场文字狱。“乌台”是御史监狱的代称，因为汉代御史台外经常聚集很多乌鸦，十分地聒噪，充满着恐怖的气氛，所以御史台又被称为“乌台”。

元丰三年（1080年）正月初一，当首都汴京（今河南开封）还沉浸在过年的热闹喜庆中时，苏轼却在衙役的押解下，带着长子苏迈，凄凉地离开了汴京。一个月以后，也就是二月一日，苏轼、苏迈父子俩到达黄州，暂时安置在黄冈县东南边的一座寺庙定惠院中。五月下旬，弟弟苏辙护送苏轼的妻子王闰之及全家二十多口人抵达黄州，在鄂州知州朱寿昌的帮助下，苏轼一家搬进了黄州城南门外长江边上的临皋亭。从此，苏轼一家在黄州度过了四年多的贬谪时光。

经历了这一场政治“飓风”之后，苏轼来到黄州的心情又是怎样的呢？是不是还是那么洒脱乐观呢？我可以很负责任地说，不是。

苏轼毕竟是一个人，他不是神，他有血有肉，也会恐惧、会害怕。初到黄州的那段时间里，他整天闭门不出，只敢在晚上悄悄地出去，到附近转转，昼伏夜出，就好像是一只惶惶不可终日的小老鼠。他在一首诗中这样写道：“昏昏觉还卧，展转无由足。强起出门行，孤梦犹可续。”这首诗的诗名很长——《二月二十六日，雨中熟睡，至晚强起出门，还作此诗，意思殊昏昏也》。白天闷头大睡，晚上趁着夜色才敢出门，有如惊弓之鸟，这就是苏轼初到黄州时的生活状态和心理状态。

直到被贬黄州的第三年寒食节，苏轼写的《寒食雨二首·其二》中还有这样的句子：“君门深九重，坟墓在万里。也拟哭途穷，死灰吹不起。”那种身陷绝境、心如死灰的情绪简直是挥之不去。

“乌台诗案”毕竟是苏轼人生中第一次经历的大风大浪，这一事件给苏轼留下的心理阴影，并不是像我们以为的那样，潇洒豁达的他轻飘飘地挥一挥衣袖，就荡然无存了。苏轼是真的花费了很长的时间、积聚了很大的勇气，才终于从这场灾难当中慢慢地走出来，才让我们看到了一个“莫听穿林打叶声，何妨吟啸且徐行”的洒脱“男神”。

这首《定风波·莫听穿林打叶声》写于元丰五年（1082年）三月七日。也就是苏轼抵达黄州之后的第三年。这个时候的苏轼，已经接受了自己“贬官”的身份，甚至做好了在黄州终老的心理准备。此前从来不知道体力劳动是怎么回事的苏轼，还跟当地老农学会了开荒种地，实现了自给自足。因为作为一介贬官，他正常的俸禄早被剥夺了，官府只是按时发放一点物资，代替所谓的“薪水”，这一点微薄的物资对苏轼一大家子二十多口人而言实在是杯水车薪。何况，除长子苏迈已经是二十多岁的成年人并已娶妻成家之外，另外两个儿子苏迨、苏过都只有十多岁。俗话说得好：“半大小子，吃死老子。”这么多人口，如果没有稳定的经济来源，怎么过得下去呢！

于是，苏轼想用有限的一点儿积蓄，在黄州附近买块便宜一点儿的地，盖几间房子让他们一家人安身，再种点儿粮食和蔬菜，够一家人吃饱肚子就行了。这个想法一传出来，愿意帮忙的热心朋友不少，很快就向他推荐了沙湖的土地。沙湖在黄州郊区，距离黄州城三十来里，听说那里地理位置不错，土地肥沃，价钱也比较实惠，苏轼一听便有些动心，于是就有了和朋友的沙湖之行。

这就是这首词诞生的背景了。了解了苏轼在此之前经历过的那场差点儿要命的灾难，了解了苏轼到黄州之后的种种挣扎，也许我们才能真正地体会“谁怕？一蓑烟雨任平生”中蕴含的勇气与力量。但是，“谁怕？”听上去只有简简单单两个字，真要做到什么都不怕，在人的一生当中该有多么艰难，又需要怎样的智慧呢？“莫听穿林打叶声，何妨吟啸且徐行”，这样的潇洒，真有一点沧海一声笑，笑傲江湖、笑对风雨的味道呢！

“谁怕？一蓑烟雨任平生。”苏轼不是没有害怕过，但他没有在害怕和恐惧中自暴自弃，而是终于闯过风雨，迎来了生命中的晴天。而他即便是在朗朗晴空下，也并没有忘记曾经历过的风雨。

“谁怕？一蓑烟雨任平生”，这是在逆境中的勇气，也是一种力量。

“归去，也无风雨也无晴”，这是在顺境中的清醒，也是一种智慧。

那么，苏轼这种力量和智慧又是怎么修炼而来的呢？我想，这还是来自他多年积淀的学识以及比别人更为开阔、更为高远的精神追求。在苏轼的思想世界中，既有儒家积极进取的精神，又有道家顺其自然的潇洒态度，甚至还有佛家洞察世事、超然物外的空明智慧。不读死书，不钻牛角尖，不怨天尤人，一个精神世界足够丰富的人，才能够从容应对同样变化莫测的人生。

这就是苏轼笑对风雨的气魄，也是他直面人生种种变化的智慧，或如德国著名浪漫派诗人荷尔德林所说的那样："人或因生活艰辛而仰天发问，我应该如此吗？……人辛勤劳作，却诗意地安居在这大地上。"（《在可爱的蓝天下》，王佐良译）

从绝望到淡定，中间其实只差了一个"诗意"的距离。吟啸徐行是一种诗意，一蓑烟雨是一种诗意，山头斜照也是一种诗意。

诗意无处不在，而且，一直都在。

李清照：

细水长流的相扶相伴（《减字木兰花·卖花担上》）

有一些李姓诗人是唐宋诗坛的佼佼者，甚至有“词坛三李”的说法。第一位当然是唐代的李白，他的《忆秦娥·箫声咽》《菩萨蛮·平林漠漠烟如织》被誉为“百代词曲之祖”，李白也被誉为“词中鼻祖”；第二位是南唐后主李煜，他的“春花秋月何时了”“无言独上西楼”“林花谢了春红”是大家耳熟能详的词句；第三位当然非李清照莫属了。

古人对李清照的评价我就不多介绍了，我想说说现代人对李清照的评价。例如，杭州《民国日报》总编辑胡建中称李清照为中国文学史上唯一的一位天才女词人；还有人说她是“前无古人后无来者，中国最伟大的女性文学家”（王杏邦《女词人李清照》）。如果说这些评价还只是将她放在女性群体中比较的话，那么不妨看看其他一些评价，这些评价将李清照置于完整的词史发展中，例如日本学者铃木虎雄称赞李清照：“凡是研究宋词者无不推为第一流词家。”著名的艺术家陈铎也说：“对于这位旷代女文豪，我有十二分的敬仰！十二分的崇拜！没有那样完美繁复的生活背景，她艺术的造诣绝不能到最高地步。同时，她的词对词坛明星辛弃疾影响很大。我希望在这白话盛行的时代，在解放的自由诗体之中，能找到几首她那样完美的作品，能产生第二个易安居士出来。”

这些评价说明，李清照的影响力绝不仅仅限于古代、限于女性群体。尤其是像陈铎这样的评价，不仅说明李清照相当伟大，用“完美”这样极致的形容词来称赞她的作品也毫不过分，且他进一步指出，李清照的影响力不只是在婉约词，连辛弃疾这样公认的豪放词人，也受到李清照的直接影响。即便我们现在是处于白话文时代，不再是文言文和格律诗词的时代，李清照的价值也没有衰减。

说完现代人对李清照的评价，我们该说说李清照的词到底怎么“完美”了。我们一起来欣赏李清照的《减字木兰花·卖花担上》：

卖花担上，买得一枝春欲放。泪染轻匀，犹带彤霞晓露痕。　　怕郎猜道，奴面不如花面好。云鬓斜簪，徒要教郎比并看。

这首词并非李清照词集中最有名的作品，而且，你是不是觉得这首词和她的其他作品有点不一样呢？我们熟悉的那些句子例如“知否，知否，应是绿肥红瘦”“寻寻觅觅，冷冷清清，凄凄惨惨戚戚”“物是人非事事休，欲语泪先流”“莫道不销魂，帘卷西风，人比黄花瘦”，等等，都显得悲悲切切，好像李清照就是一个多愁善感、成天泡在泪水里的闺中怨妇。但其实那只是李清照生活和情感的一个侧面，她的生活从整体上来说是充满乐趣的，尤其是在“靖康之难”爆发，北宋灭亡之前，她的生活，尤其是婚姻生活更是充满亮点，这首《减字木兰花·卖花担上》里描绘的场景就是亮点之一。

先来看词牌名，《木兰花》是唐代教坊曲，用作词调，和《玉楼春》的格式差不多，因为欧阳炯写有“同在木兰花下醉”的句子，庾传素写有“木兰红艳多情态，不似凡花人不爱”，所以别称《木兰花》。

“减字”是音乐术语。词的曲调都有定格，可是在具体演唱的时候，歌手对音节、声腔可以随机进行一些调整，甚至转调都有可能。有一档著名的电视音乐节目叫作《我是歌手》，后来改名为《歌手》，这档节目一个重要的卖点就是参加节目的歌手必须翻唱别人的歌曲，而且还必须唱出不同于原唱的新特点，因此翻唱之前的编曲等就显得特别重要了。

唐宋时代也是这样，不同歌手在不同场合演唱同一首曲子时，往往会根据需要进行一些改编，例如在原来歌词的基础上适当增加几个字或者减去几个字，旧曲就变成了新声。

减少字数就是“减字”，又叫“偷声”，因为歌词字数减少了，演唱的时候必然会减少声腔，反过来也是这样，偷声变律后歌词字数就必然减少。所以在宋词当中减字、偷声往往是连用的，例如晏几道的《南乡子·新月又如眉》中的“减字偷声按玉箫”说的就是这种翻唱的做法。和减字、偷声相反的是增加字数，称为添字、摊破，又称为添声、摊声。当然，无论是添字还是减字、偷声还是摊声，翻唱的效果是不是比原唱更出色，那就要考验歌手的演唱技巧和编曲水平了。

齐言的《木兰花》是双调五十六个字，一共八句，每句七个字。李清照的这首词在这个基础上减掉了十二个字，即在第一、三、五、七句各减掉了三个字，变成了双调四十四个字。

说完词调，再来看看李清照这首词的亮点到底在哪儿。

首先，这首词暗示了李清照的容貌。或者说，至少暗示了李清照对自己容貌的自信。

现在留存的几乎所有的文献在说到李清照的时候，都在夸她的才华，几乎没有说到她的长相的，只有一幅她三十一岁时候的画像流传至今，但画像和本人之间相似度到底有多大，我们无法确知。但别人不夸没关系，李清照夸自己的本事是很高明的。那我们来看看，李清照到底是怎么夸自个儿长得漂亮的。

“卖花担上，买得一枝春欲放。泪染轻匀，犹带彤霞晓露痕。”词的上阕说，在春天的一大早，词人禁不住卖花声的诱惑，买了一枝开得最艳、最新鲜的花。

宋代人非常喜欢花，尤其是春天，卖花的小贩特别多，买花的人多，卖花的生意当然就特别好做。“卖花者以马头竹篮盛之，歌叫于市，买者纷然。”（《梦粱录》）这种风气一直延续到南宋，像陆游就写过“小楼一夜听春雨，深巷明朝卖杏花”的诗句。

请注意，“春欲放”这三个字是一语双关，聪明的诗人、词人总是很善于利用一语双关，因为这样既节约了字数，又丰富了蕴意。“春欲放”既是说春天的鲜花含苞待放，新鲜得让人眼馋，又暗指女子的容颜像含苞的春花一样美不胜收。

“泪染轻匀，犹带彤霞晓露痕”，这是具体描写花到底是怎么个美法的。花瓣上还残留着清晨的露水，就好像美女的泪珠挂在粉红的脸颊上。你看，李清照“狡猾”吧？上阕看上去句句在写花漂亮，实际上呢，句句都是在夸人既年轻又娇艳。

当然了，一个更“狡猾”的李清照还在下阕。觉得自己长得漂亮还不满足，总还需要自拍一张发个朋友圈刷一下存在感，收获满满的赞美吧？李清照也是这样，虽然她没有朋友圈，但她也是有观众的。那么，她的观众是谁呢？

“怕郎猜道，奴面不如花面好。云鬟斜簪，徒要教郎比并看。”“郎”当然是郎君，就是丈夫了。这说明，写这首词的时候，李清照已经嫁为人妻，是一个不折不扣的少妇了。不过显然，李清照不像一般的新娘那么羞涩，例如李白的《长干行二首·其一》里面的那位新娘：“十四为君妇，羞颜未尝开。低头向暗壁，千唤不一回。”结婚一年了，她还不敢正脸看自己的丈夫。

李清照就不同了，她的性格活泼率性，她自认为很美，可是又担心丈夫觉得自己还不够美：“怕郎猜道，奴面不如花面好。”其实，她哪里是怕自己在丈夫眼里比不上娇艳的鲜花，这里的“花面”又是一语双关，既然以花喻人是诗词的一个传统，“花面”当然也可以暗指其他美女。她生怕丈夫觉得自己没别人好看，偏要将鲜花斜斜地插在云鬓上——云鬓，多美的词呀。云鬓是形容美女的鬓发浓密、乌黑又柔顺光滑，像李商隐的“晓镜但愁云鬓改”就是这个意思。白居易在《长恨歌》里也用这个词来形容杨玉环的美貌：“云鬓花颜金步摇。”“云鬓”还可以单独用来代指年轻貌美的女子，例如《山家闺怨》：“王孙春好游，云鬓不胜愁。”

“云鬓斜簪”表面只写了戴花这一个动作，但这么爱美的女子梳妆打扮肯定不止戴一朵鲜花那么简单，只是她的笔墨很精炼，省略了一系列复杂的化妆过程而已。因此“云鬓斜簪”的意思就是，化了一个美美的妆之后，她故意走到丈夫跟前，扭过来晃过去，还要转儿圈，360度无死角地展示自己的美，还一定要“逼问”丈夫：“到底是你的娇妻漂亮，还是花漂亮？”

每次读到这里，我的脑海里闪现的并不是那个打扮得花枝招展的李清照，而是那个“呆头呆脑”的丈夫赵明诚。我总是想，这一刻的赵明诚，到底是为自己娶了一个才貌双全的妻子而感到幸福满满呢，还是觉得超级“无辜”加无奈，面对这么“文艺范儿”的娇妻而不知所措呢？

在这首词中，赵明诚虽然自始至终都没有出场，但我总是情不自禁地“脑补”出赵明诚两种可能的反应。第一种反应，是他满脸惊喜加宠溺和得意，忙不迭地回答娇妻说：“肯定是你更美啊！全天下就属我的夫人最漂亮。”

听听，有没有觉得这个回答特别像格林童话《白雪公主和七个小矮人》里魔镜的回答？那面魔镜总是回答女巫王后说：“王后，你是这个地方最美丽的女人。”

我估计，每当这个时候，赵明诚就得扮演那面魔镜的角色，哄着自己的妻子开心了。

而另外一种可能的场景是，赵明诚“呆萌”地愣在那里，不知道该怎么回答。因为，类似的问题，妻子肯定不止问过一次，每次戴上了一朵新鲜的花儿，或是换了一种新的发型，她都有可能“强迫”丈夫回答同样的问题。每当这个时候，估计赵明诚就一边摆弄着他手头的文物古董，一边头也不抬地敷衍两句：“嗯，你美、你美。”

这两种反应到底哪种更有可能呢？我们是永远不可能知道答案的，所以只能凭借自己的生活经验，去猜测李清照没写出来的那部分关于丈夫的反应了。

当然，你也可能会说，词人写词，未必一定是写自己的经历。的确，李清照有不少作品是对前人诗作的改写或者化用，但无论是她写自己的经历，还是化用前人的作品，都必然融入了她自己的情感体验和态度。比如这首《减字木兰花·卖花担上》，很显然，她对词中这位女性的大胆活泼、撒娇任性的表现，是相当赞赏的。甚至可以说，李清照词中的女性形象，有不少就是这种类型的女子。她还有一首《丑奴儿·晚来一阵风兼雨》，写的也是新婚少妇的形象：

> 晚来一阵风兼雨，洗尽炎光。理罢笙簧。却对菱花淡淡妆。　　绛绡缕薄冰肌莹，雪腻酥香。笑语檀郎：今夜纱厨枕簟凉。

《减字木兰花·卖花担上》写的是春天，这首《丑奴儿·晚来一阵风兼雨》写的是夏天。词的大意是说，夏天的傍晚一阵风雨过后，天气终于凉爽了，女主角弹完琴，又对着镜子仔细地化了一个淡淡的晚妆，换上了轻薄透明的睡衣，细腻的皮肤透着一股幽幽的暗香。女主角对自己的打扮非常满意，于是笑意盈盈地对丈夫说："夫君早点休息吧，今天晚上很凉快哦。"

这首《丑奴儿·晚来一阵风兼雨》比起《减字木兰花·卖花担上》要大胆、香艳得多。

正因为这些表达爱情的词写得相当大胆，所以关于它们到底是不是李清照写的还颇有些争议。例如有人说，这类词意思肤浅，恐怕不是李清照的手笔。可是别忘了，在当时就有人批评过李清照的词大胆直露。最有代表性的是王灼的评语，他说李清照的词"轻巧尖新，姿态百出，闾巷荒淫之语，肆意落笔，自古缙绅之家能文妇女，未见如此无顾忌也"。意思就是李清照作为一个大家闺秀，真是什么都敢说、敢写，一点儿顾忌都没有啊！

“闾巷荒淫之语，肆意落笔”，这样的批评已经是相当严厉了，这当然是卫道士站在封建礼教的立场上对女性进行的批评，我们可以不必在意。在那个年代，男性作家处处留情是佳话，女性写夫妻间的甜蜜爱情就成了荒淫放肆，这对女人实在是相当不公平。但这段评价同样证明，当时李清照确实有一些很大胆的作品流传出去了，《减字木兰花·卖花担上》很可能就代表这类作品的风格。所以也有不少学者认为，这样的词“清新浅近，并未违反她的创作风格，除封建的观点以外，没有什么理由能说不是她的作品”（黄盛璋《李清照与其思想》）。复旦大学教授徐培均先生也认为，像《减字木兰花·卖花担上》这样的作品，实在是李清照尽情表现了“青春气息与新婚之乐”。

像《减字木兰花·卖花担上》《丑奴儿·晚来一阵风兼雨》这样甜蜜的词作当然是写于李清照娇憨可爱的少妇时光，可是北宋灭亡、赵明诚突然病逝之后，李清照的晚年生活是在漂泊动荡、孤苦伶仃中度过的。她再也不可能像新婚时期那样“云鬓斜簪，徒要教郎比并看”，因为这个世界上，再也没有她爱的人了。

李清照晚年凡是写到和梳妆有关的词句，无一例外都是写她无心梳妆打扮的。在《武陵春·风住尘香花已尽》中，她写道：“风住尘香花已尽，日晚倦梳头”；在《永遇乐·落日熔金》中，她写道：“如今憔悴，风鬟霜鬓，怕见夜间出去”；在《摊破浣溪沙·病起萧萧两鬓华》中，她写道：“病起萧萧两鬓华，卧看残月上窗纱”。那个娇羞美貌的女子再也找不到了，我们看到的只是一个憔悴、病弱、两鬓斑白、无心打扮的孤寡老妇的形象。

如果将李清照前后期的词作对比着看，我宁可相信，“卖花担上，买得一枝春欲放”“云鬓斜簪，徒要教郎比并看”这样的词句，真的是李清照在写她自己的幸福婚姻。就像我们现在说的一样，看一个女人的婚姻是不是幸福，只要看她脸上是不是妆容精致、容光焕发就行了。

讲到这里，词本身已经解释得差不多了。但从这首词中，我们还能看出李清照经营婚姻的一种态度。为什么这么说呢？我从两个方面来说说我的理由。

一方面，李清照的婚姻可以说是“文艺女”与“考古男”的组合。赵明诚是北宋著名的金石学家，也就是考古学家。我没有特别熟悉的考古学界的朋友，所以不敢乱说考古学家的职业性格大致是怎么样的。但我看相关文献，总觉得赵明诚这样痴迷于考古的学者，是不大可能像李清照那样浪漫又有情趣的，所以“考古男”会不会有点像我们刻板印象中的“工科男”？那么，文科女和工科男的组合会撞出怎样的火花或者尴尬呢？别人我不知道，但赵明诚和李清照生活当中就有不少尴尬事儿。比如说，冬天下雪的时候，李清照爱披上蓑衣斗笠，去郊外赏雪，寻找写诗填词的灵感，这就是典型的文艺女的做派了。问题是她自己写也就罢了，写完还一定要赵明诚与她唱和，“明诚每苦之也”——

让赵明诚鉴别古董文物还行，写诗填词可真是把他给愁坏了。

每次读到这样的记载，我总是深切同情那个抓耳挠腮，对妻子的才华甘拜下风的“考古男”。娶了全天下最有才的女子，真是痛并快乐着啊！

但是，嫁了一个“榆木疙瘩”的丈夫，李清照并没有气馁。丈夫不懂浪漫、不懂情趣没关系，那女主人就主动创造浪漫、制造情趣嘛。现在很多夫妻可能也有这样的体会，妻子总是在等着丈夫给自己带来“惊喜”，比如结婚纪念日的烛光晚餐，比如三八女神节的特别礼物，比如情人节的一束玫瑰，或者生日的时候带妻子来一场说走就走的旅行……可是丈夫呢，总是以为“我心里有你就行了，那些表面文章就算了吧”。久而久之，很可能妻子会越来越怀疑丈夫对自己的爱，原本的一对爱侣渐渐活成了一对怨偶，总是互相埋怨、互不谅解。

可李清照不是这样，她永远不会被动地等待丈夫给她“惊喜”，而总是主动地制造着平凡生活中的浪漫情趣，比如说“云鬓斜簪，徒要教郎比并看”这样的生活日常，又比如说在丈夫出差的时候写一封情意绵绵的情书，问他“云中谁寄锦书来，雁字回时，月满西楼”。我想，有这样一位才华横溢又知情识趣的妻子，赵明诚真是相当有福气的男人。

另一方面，除主动增添生活中的浪漫情趣之外，李清照更让人佩服的一点是，她还主动了解丈夫的专业领域，甚至逐渐成了丈夫考古事业的得力助手，而且为了支持丈夫搜集金石古玩，她主动将自己的生活水准降到了最低点。

李清照在《金石录后序》这篇文章中说，她嫁给赵明诚之后，“食去重肉，衣去重采，首无明珠翡翠之饰，室无涂金刺绣之具”。也就是说，吃不讲究什么大鱼大肉，更不需要什么燕窝鲍翅，荤菜从来只有一种；穿不讲究鲜艳华丽、绫罗绸缎，漂亮点的能够出得厅堂的衣服也只有一套；头上更是从来不戴什么金银珠宝、翡翠玛瑙；住的房子也从来没有豪华装修、贵重家具……他们没有讲究过物质享受，可是精心收藏的金石文物、书画墨宝，却装了满满十几间屋子。

尤其是他们刚结婚那会儿，赵明诚还只有二十一岁，还是个太学生，“大学”没毕业呢，当然也就没有经济收入。可是没钱也就罢了，赵明诚偏偏有一个特耗钱的爱好——收藏文物。文物可不比一般的收藏品，动辄价值连城。而且赵明诚收藏文物还不是一般的业余爱好，他从小就痴迷于此，达到了专业水准。他编写了三十卷著作《金石录》，后人把它跟欧阳修的《集古录》相提并论，两人并称“欧赵”。为了收集有价值的文物古董，赵明诚花钱如流水，自己不能挣钱，却特能花钱。因为收购大量的金石古玩，夫妻俩几乎耗尽了所有的财产。

就这样，两人还“不思悔改”。没钱花的时候，他们拿几件好衣服去当铺当了，去古玩一条街换几件文物宝贝，顺便买些点心回家吃。吃点心倒还在其次，关键是买了文物宝贝，夫妻俩要相对把玩好一阵子——都穷成这样了，还穷开心呢。

有一回，一个人拿了一幅南唐著名画家徐熙的牡丹图给赵明诚看，夫妻俩左看右看，越看越爱，盘算着一定要买下来。但是卖主一开口，要价二十万！天价！夫妻俩哪有那么多钱？就算把所有的好衣服都当了也换不来二十万哪！夫妻俩只好把牡丹图留了几天，天天抚摩、欣赏，最后还是忍痛，让卖主拿回去了。为这事，他俩耿耿于怀，伤心了好久。

李清照不仅全力支持丈夫收藏文物的爱好，她还不断学习，和丈夫共同进步，与丈夫一起从事金石学的研究。她常常和赵明诚一起将收集来的古籍进行校勘、修订，几年下来，他们家的《周易》《左传》是当时考古界收藏最完整的版本。两人住的地方，桌子上、床上都摆满了经史子集。他们夫妻俩每每吃完晚饭，就悠闲地煮上一壶茶，指着书柜里堆积如山的书籍文献，说起某件事应该记载在哪本书的哪一卷的哪一页的哪一行，夫妻俩拿这个来打赌，说对了的可以先喝茶，说错了的话，对不起，一边看着去！李清照聪明啊，记性特别好，所以她赢的时候总是比赵明诚多。不过每次李清照说中了，“即举杯大笑，至茶倾覆怀中，反不得饮而起”——举着茶杯开心得哈哈大笑，常常不小心笑得茶水都泼洒在衣服上，反倒什么也没喝到，而茶香已溢满了整个书房。按李清照的说法，是“虽处忧患困穷，而志不屈”，那是她人生中最幸福的一段时光了。

如果是换了别的女子，以为嫁一个官二代，从此就过上了好日子，没想到物质条件还不如以前，可能免不了对生活心怀怨尤。可是李清照却偏偏无怨无悔，倾尽全力支持着丈夫的事业和爱好，这就难怪赵明诚会视她为唯一的知己了。还有这么一个小故事可以说明赵明诚在精神上对她的依赖。

靖康元年，因为一次偶然的机会，赵明诚见到了一幅白居易的亲笔楷书《楞严经》，对于他这样疯狂的收藏家来说，那可比天上掉下一千两黄金还要高兴啊！赵明诚一拿到这幅白居易的真迹，就立刻骑上马往回跑，赶回去"与细君共赏"。细君即夫人，夫人就是李清照！你看，他拿到宝贝的第一想法，就是第一时间赶回去，跟李清照一起好好欣赏这幅字。回家时，天已经很晚了，两人兴奋不已，用赵明诚的话说，是"狂喜不支"，哪里还想睡觉？得，开酒庆祝吧。这酒一喝，两个人都喝得醉醺醺的，还舍不得放下宝贝去睡觉，又煮了一壶"小龙团"茶，边喝茶醒酒边欣赏字画。

可见，对于这夫妻俩，一边欣赏文物，一边喝酒煮茶是很平常的生活方式。这一天，他们也是这样，仔细展开白居易的手迹，促膝把玩。一支蜡烛烧完了，换一支，又烧完了，还是不肯睡，赵明诚干脆和李清照磨好墨，铺开纸笔，把得到《楞严经》的前后经过，包括怎么急急忙忙赶回家跟李清照一起分享快乐的情景，原原本本地记了下来。

注意，这个故事可是赵明诚自己说出来的，绝对不是李清照的"自卖自夸"。而且还请大家注意一下，靖康元年，李清照已经四十三岁，红颜早已不再，她不可能再凭借自己“云鬓斜簪”的娇美容貌，将新婚丈夫迷得神魂颠倒了。四十多岁的中年夫妻，他们彼此在生活上的依靠、在精神上的依恋，才是婚姻长久的保障。

这就是李清照智慧的地方，她不会总是埋怨丈夫不理解她，而是主动去了解丈夫关心的世界，培养共同的兴趣爱好。的确，执子之手、与子偕老的婚姻，需要的并不是天天你侬我侬的浪漫激情，而是心心相印、细水长流的相扶相伴。

这也难怪，自从历史上有了赵明诚和李清照这样的模范夫妻之后，后来很多文化名人，一旦说起自己的婚姻幸福，尤其是说妻子才德貌俱全，往往就将自己的婚姻和李清照的相比。例如，清代词人纳兰性德在回忆和妻子卢氏的婚姻生活的时候，就用了李清照和赵明诚赌书泼茶的故事——“赌书消得泼茶香”。又如，明末清初的一代大儒钱谦益和秦淮八艳之一柳如是的婚姻也被别人誉为李清照与赵明诚式的幸福婚姻。

不知道读完李清照的这首词，你是不是也准备好了，要经营一段地久天长的爱情与婚姻呢?

陆游：

如果理想遥远，不如换一种心情等待（《临安春雨初霁》）

说起陆游，我想大多数人一定会想到他那首大名鼎鼎的《示儿》：

死去元知万事空，但悲不见九州同。
王师北定中原日，家祭无忘告乃翁。

如果要给陆游贴一个身份标签的话，我想大家多半会同意我的意见：首先送他一个词——“爱国”，用爱国诗人来定义陆游百分百是正确的，而且作为南宋最著名的诗人，陆游的爱国还有特定的目标——抗金。

因此这样来定义陆游的身份应该是很贴切的——一个将抗金北伐作为终生理想的爱国诗人。

但是，我也必须说明，这个身份只能定义陆游一生经历的主流。我一直在强调，对于任何一个伟大的诗人来说，他的个性气质从来都不可能是单一的，他的人生经历也绝不可能是单调的。

世界就像一个万花筒，你每转一个角度就会发现一组新的图案；人也是一样，你每换一个角度去看，同一个人就会显示出不同的特点，同样的人生就会显示出不同的光彩。就好像我以前说，豪迈飘逸的李白也有款款情深的一面，沉郁悲凉的杜甫也有调皮可爱的时候一样。那么，陆游除抗金爱国之外，还有哪些不太为我们所熟知的侧面呢？我们通过这首诗来认识一个不同的陆游——《临安春雨初霁》：

世味年来薄似纱，谁令骑马客京华。
小楼一夜听春雨，深巷明朝卖杏花。
矮纸斜行闲作草，晴窗细乳戏分茶。
素衣莫起风尘叹，犹及清明可到家。

我用一个词来概括这首诗的主题，那就是两个字——“有闲”。

“有闲”，这个词看上去挺简单的，但其实它的内涵还真是不简单。想想看，我们一辈子真正“有闲”的时候能有多少呢？小时候就好像被戴上了紧箍圈一样，成天就是应付考试、考试、考试；青年时期要忙着找工作、买房、结婚、养孩子；中年人就更不用说了，上有老，下有小，生活也是焦头烂额的；到了老年退休了，总该闲下来了吧？也未必。就比如我的父母吧，除要忙家务、忙着参加各类老年艺术团、上养生学习班之外，还要经常忙着上医院看望生病的亲戚朋友；有的老人还要忙着带孙子……每个年龄段似乎都有永远忙不完的事儿。

但读陆游的这首《临安春雨初霁》，我们的第一印象很可能就是，陆游真是“有闲”得很啊！当然，我们通常理解的“有闲”，就是在忙碌的工作和生活之余，给自己挤出一点儿时间，彻底地放空身心。那么，陆游的“闲”是不是这样呢？

我们不妨先来看看陆游在这首诗里面是怎么描述这种“有闲”的感觉的，然后再来介绍他为什么会这么“有闲”，以及“有闲”带来的后果是什么。

诗的首联“世味年来薄似纱，谁令骑马客京华”，即是陆游深沉的感叹：近年来真是感觉人情淡薄，世态炎凉啊。可是，明知近年来自己对于世态人情的兴趣已经淡薄得就像一层纱一样，那又是什么原因驱使“我”再次骑马来到喧嚣繁华的京城呢？

“京华”是指当时南宋的京城临安，也就是今天的杭州。“客京华”，陆游是山阴人，也就是绍兴人。这首诗写于淳熙十三年（1186年）春天，陆游从老家再次来到杭州，此时的他当然是“客人”，而不是“主人”。杭州虽然风景优美，但陆游可不是到杭州旅游的，他这次来是奉旨入京，所以他不像其他游客那样早出晚归，急急忙忙到各个旅游景点去“打卡”。到了京城之后，朝廷的正式旨意迟迟没有下来，他又被晾在“招待所”里，好几天没人理他，所以他才会这么“有闲”。

颔联是这首诗中的经典名句：“小楼一夜听春雨，深巷明朝卖杏花。”你看陆游真是“有闲”哪，他可以躺在“招待所”的小楼里，听一夜淅淅沥沥的春雨，第二天一大早，又聆听小巷深处传来的叫卖杏花的声音。

从艺术技巧上来看，这联诗的对仗也很巧妙，“小楼”对“深巷”，是不是一下子就给人一种江南古城的感觉？幽深狭窄的石板巷子，一栋连着一栋的精致小楼，一色的白墙灰瓦；“一夜”对“明朝”，下了一夜的春雨之后，第二天早上天放晴了，可以想象，被雨水洗涤过的城市，空气中弥漫着清新的味道和淡淡的花香。

我再提醒大家一下，这首诗的题目是《临安春雨初霁》，“霁”就是雨过天晴的意思。这说明整个江南小城都沐浴在暖暖的阳光下，清晨的古城一定会显得更加温柔妩媚吧？“听春雨”对“卖杏花”更绝，听春雨的是诗人自己，卖杏花的当然是流动小贩，看上去这两件事儿写的不是同一个人，但其实陆游写的都是他自己，因为听春雨的是他，听卖花小贩的叫卖声的也是他。听了一晚上的雨声，又听了一早上的卖花声，你说陆游闲不闲呢？

这还不算，接下来的颈联更“闲”：“矮纸斜行闲作草，晴窗细乳戏分茶。”陆游真是厉害，整首诗好像没有出现一个人物，其实句句都指向了诗人自己。听完早上的卖花声之后，漫长的白天又怎么打发呢？别急，陆游很有闲情逸致，他有的是放空自己的办法——煮一壶茶，然后写写书法。当然，他不是随便煮茶和写书法，既然他有的是闲工夫，自然可以将喝茶和写书法这两件事儿做得更有情趣一些，所以他才说是“闲作草”和“戏分茶”。

他铺开宣纸，斜斜地写下一行行草书，一边写还一边饶有兴味地自我点评一番，写完字又坐在窗户前，沐浴着雨后晴天铺洒进来的阳光，不厌其烦地烹茶、分茶、品茶。

唐宋人喝茶不像我们今天喝茶通常用冲泡的方式，他们多半是喝“团茶”，又叫饼茶，而且不像今天的普洱或黑茶还能看到紧压的茶叶，他们的团茶是看不见茶叶原本的形状的。茶叶经过蒸、榨、磨、加香料、定型等多道工序之后，再烘焙干燥做成茶饼。喝茶的程序也比较复杂，要把团茶烤干、碾碎再煮茶汤，煮出来的茶水是像牛奶一样的乳白色，所以那个时候喝茶的茶碗以深色尤其是黑色为最佳，黑色茶碗衬托白色茶汤和汤花，真是赏心悦目，香远益清。

所谓“分茶”，是宋代一种煎茶的方法，带有观赏和游戏的性质。向茶碗中注入茶汤的同时用茶筅搅拌茶乳，使茶汤泛起波纹，每搅拌一圈，水波就会变幻出不同的形状，同时手势也可以耍得“酷炫”无比。要是碰上分茶高手，那茶汤简直是千变万化，让人眼花缭乱：“纷如擘絮行太空，影落寒江能万变。”（杨万里《澹庵坐上观显上人分茶》）

所以千万不要以为陆游只能是那种“铁马冰河入梦来”的钢铁汉子，他其实很懂得享受生活，连分茶这种游戏也被他玩儿得炉火纯青。

除了“戏分茶”，写草书也是生活悠闲的重要标志。为什么陆游说只有很闲的时候才会写草书呢？我是书法的门外汉，可能很多外行像我一样，以为草书很容易写，因为草书看上去龙飞凤舞，好像一笔下来随随便便就写出来了，反正看的人也不一定认识。平时我们可能也有这样的经验，时间一紧，字就写得很潦草了。但其实内行都知道，草书是审美性、观赏性极强的一种书法艺术形式。不能将草书的“草”简单理解为“潦草”的“草”。汉代著名的书法家张芝擅长草书，被誉为“草圣”、草书的鼻祖，他说过“匆匆不暇草书”，意思就是，写草书需要极其充裕的时间，急急忙忙是写不好草书的。也有人说，这里所说的草书指的是章草，因为章草很讲究章法，不能随便乱写，如果时间不充裕是写不好的，所以古代书法界就有了“事忙不及草书”的说法。

正因为草书费工夫、耗时间，特别考验书法家的水准，所以陆游才会在这无所事事的一天里，从容地“闲作草”了。

“小楼一夜听春雨，深巷明朝卖杏花。矮纸斜行闲作草，晴窗细乳戏分茶。”这两联诗，将陆游从前一天晚上到第二天的“闲”，层层推进，渲染得淋漓尽致。这样的描写，差点要让我们误以为陆游很享受这样的悠闲时光呢，就像我们平时在忙碌的工作间隙，偷得浮生半日闲，泡一壶好茶、悠闲地晒个太阳，都忍不住要发个朋友圈炫耀一下自己的慢生活一样，陆游是不是也是这样，好不容易偷个闲，也忍不住要写首诗“矫情”一下呢？

在此，我还有个小故事很想和大家分享一下，因为这个故事和对这首诗的理解有关。有一次我和一位书法家聊天，那位书法家对古典诗词也有很深的了解，于是，我就向他请教："陆游《临安春雨初霁》中有一句诗和书法有关，'矮纸斜行闲作草'，为什么陆游说要有空的时候才写草书呢？草书真有那么难写吗？"

那位书法家一听我的问题就很激动，因为他也很喜欢这首诗，而且还真想过这个问题。他回答我说："从书法的角度而言，陆游的这句诗确实还可以有另外一种理解。除表示草书难写、要花时间之外，我觉得还和古代不同字体的不同功能有关。比如说，写公文应该都是用正楷字体，陆游如果要给皇帝写奏章，那肯定得写规规矩矩的正楷，来不得半点潦草；如果是给朋友亲人写信，多半会用行楷。但草书呢，既不是公文字体，也不是人际交往的常用字体，尤其是唐代以后，草书基本上完全脱离了实用功能，变成艺术性、审美性、观赏性的字体了。你想啊，假如陆游是被朝廷重用，工作繁忙，那他肯定有很多公文要写，有很多同事之间的书信要回复，他用得最多的字体应该是正楷或者行楷。一个成天忙于公务的人哪里有时间、有闲心写草书呢？所以，我觉得'矮纸斜行闲作草，晴窗细乳戏分茶'表面上看是说陆游很'有闲'，其实他真正想说的是自己很无聊，想赶紧找点正经事儿来做，也就是说，他很希望早一点被朝廷重用。"

听了书法家的这一番话，我对他的理解是相当认同的。因为这首诗表面上确实写了陆游的悠闲，但其实，陆游并不享受这样的"闲时光"，反倒是担心这样无聊的日子还会一直持续下去。

虚度光阴啊！

我这样理解，还有另一个重要原因，那就是陆游创作这首诗的背景。

虽然这首诗只写了从前一天晚上到第二天白天的时间，但写这首诗之前，陆游闲下来已经有七个年头了。

早在七年前，也就是南宋孝宗淳熙六年（1179年），陆游被罢官后回了老家。这当然不是陆游第一次被罢官，至于罢官的理由，官方每次都会有一些冠冕堂皇的说法，但归根结底，是因为陆游坚守了一生的抗金主战主张，和朝廷的主和政策背道而驰，所以主战的代表人物陆游便屡屡被罢官了。

这一次罢官，陆游被迫回到绍兴老家，开启了长达七年的闲居生活，他再有满腔的报国热情和策略也没用，朝廷根本不给他工作机会啊！别说偶尔"矮纸斜行闲作草，晴窗细乳戏分茶"了，他就是天天喝茶写草书、天天听雨看杏花都没关系，反正他也不用上班打卡，不用处理公务，不用应付上下级的复杂关系，更不用上战场去冲锋陷阵。一句话，他闲得很，甚至是闲得无聊、闲得发慌！

七年之后，陆游忽然再次被朝廷起用，他被任命为从六品的朝请大夫，知严州（今属浙江杭州）。接到旨意之后，陆游匆匆从山阴赶到临安（今杭州），可是到了京城却迟迟没有得到皇帝的接见，陆游住在西湖边的"招待所"，眼见着春光从身边飞速流逝，却只能“游手好闲”地徜徉在美丽的西湖边，百无聊赖地打发着大好时光。这种无奈而又焦急的心绪化为了这首流传千古的经典诗篇——《临安春雨初霁》。

了解了这首诗的创作背景，我们就能明白，陆游的“有闲”绝对不是只有这一两天，而是整整七年。正因为有了前面漫长的七年等待，陆游才会在再次进京之后，连短短几天的时间都等得坐立不安，夜夜无眠。偶尔地放空自己，那当然是一种奢侈的享受。可是长期失业、明明很有才却没有用武之地，那无异于痛苦的煎熬啊！所以，“小楼一夜听春雨，深巷明朝卖杏花”写的真不是陆游的悠闲浪漫，而是他彻夜失眠的无奈；“矮纸斜行闲作草，晴窗细乳戏分茶”写的也不是陆游的书法水平和分茶技巧，而是他一事无成的痛苦。“闲作草”“戏分茶”，都只是陆游用来平复内心焦虑的一种手段，表面上的悠闲，只是为了反衬心境的苍凉。

一直到尾联两句，才终于流露出他真正的内心感受：“素衣莫起风尘叹，犹及清明可到家。”“素衣”指素色的衣服。南朝诗人谢朓的《酬王晋安》诗说：“谁能久京洛，缁尘染素衣。”这两句诗原意是指像京城这样的大都市人潮如织，路上频繁扬起的黑色尘土，将身上的素色衣裳都染成了黑色。诗人借都市繁华的车水马龙，影射高官豪门之间的迎来送往让京城尘土弥漫，洁白的衣服都染上了黑色的尘埃，让人心生厌倦。这样的日子并不让人留恋，陆游不由得对自己客居京华的举动再次产生了怀疑：这里虽然繁华，却并不属于自己。别人都在忙忙碌碌，只有自己无所事事，再这样蹉跎下去毫无意义，不知道是不是来得及在清明节前回到家乡呢？

诗读到这里，其实已经解释得差不多了。现在我们可能更关心的是，在这样焦虑地等待过后，陆游的“闲生活”到底有没有结束呢？朝廷对他的工作到底有没有新的安排呢？

答案很快就出来了。陆游被任命为严州知州，他有了新工作，而且新工作看上去还真不错。严州地理位置相当好，毗邻杭州，交通也很方便。宋孝宗在召见陆游的时候，还特意交代了他一番话，孝宗对他说：“你就要去严州做官了，那可是个好地方啊，风景优美，你又是我朝最棒的诗人，在工作之余，可以好好地游山玩水，多写点儿诗词怡情悦性嘛。”

看来，陆游的七年没有白等，朝廷并没有忘记他。只是，这份新工作离陆游抗金报国的终极理想还有很大的差距，他的目标绝对不只是当一个工资高、工作轻松的官。毕竟，这是一个新的起点，也是一个新的转折点。对于陆游来说，任何一个机会，只要能够让他离理想近一点儿，他都不会放弃。

如果理想暂时还有些遥远，如果现状暂时还无法改变，那么何妨换一种心情等待呢？耐心等待和执着追求并不矛盾，因为只有耐心等待，只有学会暂时地放空自己，才能积聚新的能量，才有可能在下一个转弯的路口，邂逅真正属于你的人生机遇。

辛弃疾：

被命运赋予的愁绪（《丑奴儿·书博山道中壁》）

“少年不识愁滋味，为赋新词强说愁”是一直活跃在我们日常口语中的词句，这两句词常常被用来形容青少年不谙世事却偏偏多愁善感的一种状态，甚至可以说，这是大多数人在成长过程中、在青少年时期必然会体验到的一种状态。这两句词出自南宋著名英雄词人辛弃疾笔下的《丑奴儿·书博山道中壁》：

少年不识愁滋味，爱上层楼。爱上层楼，为赋新词强说愁。　　而今识尽愁滋味，欲说还休。欲说还休，却道天凉好个秋。

这首词的词牌名《丑奴儿》，原名《采桑子》，曲调应该是源于唐代教坊曲《杨下采桑》。汉乐府中有一首很有名的诗《陌上桑》，讲述了一个采桑的美女秦罗敷拒绝一位高官求爱的故事。《采桑子》还有一个别名叫《罗敷媚》或者《罗敷媚歌》，这些名字的灵感来源大概是受到了汉乐府《陌上桑》的启发。《丑奴儿》

或者说《采桑子》词调的正体是双调，四十四个字，上下阕各四句三平韵。辛弃疾这首《丑奴儿》为双调四十四个字，前后段各四句，两句平韵一句叠韵，其中第三句即叠上句。

说完了词牌名，我们该说说这首词了。这首《丑奴儿》词牌名后还有一个词题“书博山道中壁”，主要是说明了辛弃疾写这首词的地点，当然这个地点同时也暗示了他写这首词的大致时间与心境。

那么，博山到底是哪里呢？

南宋的时候，博山地处江南东路信州永丰县（今江西上饶广丰区）西郊二十余里的地方，原名通元峰，因为远远看去形似庐山香炉峰，所以改名为博山。

博山炉是古香炉的名字，因为香炉炉盖上的造型很像传说中的海上名山博山而得名博山炉。博山也成为名贵香炉的代称。

辛弃疾显然是很喜欢博山这个地方的。他在上饶闲居期间，常常流连在博山一带，永丰的博山寺以前还保留着辛弃疾的读书堂。博山出现在了辛弃疾的很多词作中，在他的词集中就有《江神子·博山道中书王氏壁》《丑奴儿近·博山道中效李易安体》《清平乐·博山道中即事》《鹧鸪天·博山寺作》《点绛唇·留博山寺，闻光风主人微恙而归，时春涨断桥》，等等。他甚至还将博山比作陶渊明笔下的世外桃源：“一川松竹任横斜，有人家，被云遮。雪后疏梅，时见两三花。比着桃源溪上路，风景好，不争多。”（《江神子·博山道中书王氏壁》）

博山真是一个好地方，一年四季，春夏秋冬，博山都用自己独特的风景，吸引着辛弃疾在这里流连忘返。那么问题就来了，辛弃疾是怎么来到上饶、来到博山这个好地方的呢？《丑奴儿·书博山道中壁》中有“而今识尽愁滋味”的句子，对应第一句“少年不识愁滋味”，这说明，写这首词的时候，辛弃疾至少已经是中年以后了。辛弃疾到底经历了什么，会让中年以后的他感慨“而今识尽愁滋味”呢？接下来，我们不妨简单回顾一下在来上饶博山之前辛弃疾的主要人生经历。

辛弃疾，原来字坦夫，后来改字幼安，中年以后号稼轩居士，他本是济南历城（今山东济南）人，出生于金熙宗天眷三年，也就是南宋绍兴十年（1140年）五月十一日。这一年，距离靖康之难已过去了十四年。这一年，南宋朝廷还发生了许多事，例如抗金名将李纲卒于此年正月。这年五月，也就是辛弃疾出生的这个月，宋高宗赵构用议和好不容易换来的太平日子，又因金人单方面撕毁协议而被打破——都元帅完颜宗弼率军分四路大举攻宋。虽然南宋抗金名将刘锜、岳飞屡次击败这次南侵的金兵，并乘胜收复了不少失地，可惜朝廷被秦桧等人控制，岳飞、韩世忠等相继奉诏班师，黄河以南州郡又被金人攻陷。

第二年，宋金签订绍兴和议，以淮水为界，宋朝皇帝向金国称臣，纳岁币银帛各二十五万两。岳飞被赐死于大理狱。此后的南宋朝廷于屈辱中换得了数十年的“太平”。

而在女真贵族统治下的北方，金人对汉族老百姓实施了极为严酷的统治政策。比如，禁止汉人穿自己的民族服装，一律必须剃发结辫，谁敢违抗，即刻处死。不仅如此，大量的汉人还被金人像奴隶一样驱使，当牲口一样贩卖。金国统治者为了继续入侵偏安江南的南宋王朝，还不断向汉族居民大量征兵征饷……

辛弃疾就是在这样的形势下出生并成长于属于沦陷区的山东。当时，济南已经被金政权统治了十二年，正是民族矛盾异常激烈的时候。由于父亲辛文郁早逝，辛弃疾从小由祖父辛赞抚养。辛赞本来在宋朝做官，北宋灭亡后没来得及跟随朝廷一起南渡，为了族人的安全，辛赞只好屈身在金朝做官。可辛赞是典型的“身在曹营心在汉”，虽然他在金朝忍辱偷生，可心里的民族大义是一刻都没有忘记过，并且还深深影响到了他的孙子——幼小的辛弃疾。从他小时候起，爷爷辛赞就带着他登高望远，指点着被金兵统治的大好河山，希望他将来能继承爷爷没有完成的志向，抗击金兵，报仇雪恨。辛赞甚至还带着辛弃疾和他的部下两次到达燕山，仔细观察抗金的地理形势。

爷爷这种言传身教，使得幼小的辛弃疾很早就在心里种下了对金朝的深仇大恨，很早就树立了有朝一日一定要赶走金兵、收复中原失地的远大目标。青年时代的辛弃疾甚至聚集了一支以抗金为目标的起义军，他人称之为“青兕”，意思是凶猛的犀牛，可见他的勇猛善战。

当时济南还有另外一支抗金起义军，以耿京为首领，人数较多，力量也更为强大。为了集中力量，给金人以迎头痛击，辛弃疾深明大义，说服自己队伍中的一些领导骨干，率领部属投奔到耿京的旗下，担任了耿京的“掌书记”，为耿京出谋划策。有了辛弃疾这样的得力帮手，耿京的队伍如虎添翼，迅速壮大起来，号称有 20 多万人，严重动摇了金政权在北方的统治地位。

公元 1162 年，耿京接受辛弃疾的建议，派辛弃疾作为起义军的代表，南下建康去联络南宋朝廷，表达他们归附朝廷共同抗击金兵的愿望。宋高宗非常高兴，亲自接见了他们。没想到就在辛弃疾南下的这段时间内，起义军内部风云突变——起义军中的一个部将张安国，被金人收买，刺杀了起义军首领耿京，遣散了大部分义军，最后伙同部分兵将投靠了金人。金朝立马封了张安国的官——让他去做济州的知州，相当于今天山东巨野县的县长。

辛弃疾完成了与南宋结盟的使命，从建康北归，走到海州的时候，突然听到了张安国叛变的消息，他大吃一惊，与手下商量道：“我是奉主帅的命令来归附南宋朝廷的，没想到发生这么大的变故，我还怎么回去复命呢？”于是他当机立断，聚集了手下 50 名骁勇的起义军人，直扑金兵营地。当时，张安国正春风得意，和金兵将领喝酒划拳，做着升官发财的美梦呢。没想到神兵突降，辛弃疾率领 50 名骑兵，居然冲破了金兵 50000 人的重围，就在金兵军营的酒桌上活捉了张安国，并以迅雷不及掩耳之势把他绑在马上，再冲出金兵重围。辛弃疾一边冲还一边振臂高呼，号召了上万名耿京的旧部下和他一起，杀出金军营地。50000 金兵眼睁睁地看着这个彪形大汉发威，竟然奈何他不得！

诸位想想看，这像不像一部武侠片里的场景？50人冲进50000人的军营，活捉叛徒再冲杀出来，这是只有电影里才有的情节吧！被迫跟随张安国投降的万余起义军旧部，本来就是“身在曹营心在汉”，看到“老领导”辛弃疾如此神勇，也纷纷倒戈，跟随着辛弃疾一路呐喊着杀出金军营地的重重包围。辛弃疾一路马不停蹄，奔过淮河，率领上万名起义军壮士，接连飞驰几昼夜，奔回南宋朝廷，把叛徒张安国献给宋高宗杀了。这一年，辛弃疾才二十二岁。

可是，让辛弃疾没有想到的是，他好不容易辛辛苦苦投奔到日思夜想的“娘家”——南宋朝廷，“娘家人”和他却并不完全是一条心。他甚至还遭到了“娘家人”的猜忌，带回来一起投奔“娘家”的万余起义军，被当成流民遣散到各个州县。被解除武装的辛弃疾，满腹文韬武略、报国热忱失去了用武之地。可怜英雄辛弃疾，原本是想回到南宋朝廷后，能够不再以“草寇”的身份“打游击”，而是以堂堂正正的正规军的身份与金兵正面交战，为国家、为民族建立一番不朽的功勋，结果他的这一伟大理想，随着南宋小朝廷偏安局面的暂时稳定，被摧毁得支离破碎。

淳熙八年（1181年），辛弃疾遭到言官的猛烈弹劾后被罢官，开始了长达十年的隐居生活。从孝宗淳熙九年（1182年）迄光宗绍熙二年（1191年），辛弃疾一直隐居在江西上饶的带湖。

辛弃疾写这首词的时候，大约是在淳熙十二年（1185年）前后，这一年离辛弃疾南归的绍兴三十二年（1162年）已经过去二十多年了，离辛弃疾被罢官的淳熙八年也过去四五年了，这一年，他四十六岁。这就是《丑奴儿·书博山道中壁》创作的时代背景和辛弃疾个人的主要经历。

那么接下来，我们该谈谈这首词最重要的特点了。

这首词之所以能够成为传唱不朽的千古名作，主要有三大特点：首先，是辛弃疾高超的创作技巧，他采用了今昔对比的手法，用“少年”时候的心态与中年时的心态进行对比，在短短的一阕小令中，浓缩了词人大半生的人生经历与深沉感慨；其次，是个人经历的感慨上升为所有人的人生共鸣，“少年不识愁滋味”不仅仅是辛弃疾个人的人生经历，更是每个人都必然经历的，所以特别能够引发读者的集体共鸣；最后，辛弃疾用一句“而今识尽愁滋味”来概括中年人的心境，巧妙地省略了他个人的种种复杂经历，却因为这种省略，反而给读者留下了巨大的联想空间，就好像一位小说家故意在情节的高潮处留下一个悬念，类似于“此处省略一万字”这样的处理，而省略的部分完全交给读者去补充，每个读者都可以根据自己不同的人生经历，来把这个“而今识尽愁滋味”的“滋味”给“脑补”完整。这样一来，我们读词就不仅仅是被动地接受作者的“灌输”，而是成为主动的创作者。

我们先来看第一个特点：少年与中年的心态对比。“少年不识愁滋味，爱上层楼。爱上层楼，为赋新词强说愁。”青少年时代的辛弃疾，曾作为起义军领袖纵横驰骋在抗金的前线，叱咤风云，威名远扬。那时的他，最爱登高望远，指点江山；那时的他，对未来充满了自信，认为收复中原、统一祖国指日可待；那时的他，还没有真正体验过人生的忧愁悲苦，可是为了填写新词，偶尔也会做出一副多愁善感的样子，写下一些无病呻吟的词句。

很可惜的是，虽然辛弃疾流传到今天的词有六百多首，是宋代留存词作最多的词人，但他词集中的第一首词是写于绍兴三十二年十二月二十四日，也就是公元1163年1月28日，这一天正逢立春。这也是辛弃疾回归南宋之后的第一个春天，他写下了南归后的第一首词《汉宫春》：“春已归来，看美人头上，袅袅春幡……”这一年，辛弃疾二十三岁。

这是辛弃疾词集中的第一首词，也极有可能是辛弃疾流传至今的人生中的第一首词。他此前当然也应该写过词，只是没有流传下来。也就是说，二十三岁之前的辛弃疾，有过哪些“少年不识愁滋味，为赋新词强说愁”的词作，我们已经没办法知道了。当然，也有可能是辛弃疾自己成年以后，看着少年时代那些无病呻吟的文字，越看越觉得幼稚，生怕给后人留下嘲笑他的“话柄”，干脆一把火烧掉。

你可别以为我这是毫无根据的猜测，是以小人之心度君子之腹，我这么说其实是有根据的。古代的很多大诗人，都有中年以后看少年时候的作品不顺眼，干脆销毁的经历。例如，大诗人陆游，他在四十二岁的时候，亲自删订了以前的诗稿，只收集了四十二岁以前的一百二十五首诗，集为《剑南诗稿》。他自己说，这一百二十五首诗还不足他所有诗作的十分之一。也就是说，他在编诗稿的时候，删掉了以前所作的超过十分之九的诗。还有人认为陆游的《剑南诗稿》保存下来的诗只有他之前所有诗作的二十分之一，《宋史》说陆游十二岁就能写诗，他自己则说“自年十七八学作诗”，而且他几乎是天天都要写诗的。可以想象，从十多岁到四十多岁，近三十年间的诗，被删掉的数目应该超过了一千首！

陆游是这样，那么辛弃疾删掉少年时期“为赋新词强说愁”的作品也不足为奇了吧？

其实不光是大诗人这样做，我也有过长大后将少女时期写的那些无病呻吟的日记之类的撕个粉碎的经历，你有没有这样做过呢？

“少年不识愁滋味，爱上层楼。爱上层楼，为赋新词强说愁。”少年时期的多愁善感和无病呻吟，虽然很幼稚，但毕竟是人生中一段宝贵的体验，尤其是多年之后，人到中年，经历了太多的世事沧桑，也许更会怀念少年时代的单纯吧？辛弃疾也不例外：“而今识尽愁滋味，欲说还休。欲说还休，却道天凉好个秋。”

从二十二岁南归，到四十六岁闲居上饶，一晃二十多年过去了，眼看着大好的青春年华转瞬即逝，可是南宋朝廷在抗金战线上仍然毫无作为，朝廷内部的党争却持续不止，像辛弃疾、陆游这样的抗金志士不断被排挤、被打击。二十多年来，他已经尝尽人生的种种忧愁滋味，可是，愁绪积累得太深太多，反而让他不知道该从何说起，该如何诉说，又该向谁诉说，千言万语、千愁万绪只化为一句“好一个凉快的秋天啊”。

“却道天凉好个秋”，这看似平淡的一句话，却蕴含着辛弃疾最为深沉、最为悲凉、最为无奈的情绪，蕴含着他忧国忧民的深切感怀，也蕴含着他报国无门的强烈愤慨。

我们再来看看这首词的第二个特点。辛弃疾作为一位词坛大师级的人物，他是怎么将“少年不识愁滋味”的个人体验，上升为人类的共同体验的呢？

不是每个人都会经历像辛弃疾那样的传奇人生，在战场上出生入死，在官场上跌宕起伏，但每个人都必然会经历懵懂单纯却又渴望成熟，甚至自以为成熟的少男少女时期。每个人少年时的经历肯定都不一样，但“少年不识愁滋味，为赋新词强说愁”却是很多人都有过的人生体验吧？

例如，我记得以前看歌德的小说《少年维特的烦恼》，就感觉自己和主人公特别有共鸣。小说的主人公少年维特，主要的心态就是“烦恼”，不过和辛弃疾不同的是，维特的少年烦恼主要是因为单恋，或者说是单相思，但他却又因为人生经验的不足，无法理智地认识、控制自己的情绪，更无法准确地理解他爱恋对象的回应，致使自己陷入了深深的痛苦之中。

又如中国的古典小说《红楼梦》，其中也着力描写了一个“少年不识愁滋味，为赋新词强说愁”的少年郎——贾宝玉。举个例子，《红楼梦》第二十二回《听曲文宝玉悟禅机　制灯谜贾政悲谶语》中，薛宝钗生日这天请戏班子唱戏，听了戏文后，史湘云跟林黛玉开了个玩笑，贾宝玉知道林黛玉容易生气多心，赶紧向史湘云使眼色想要制止她，哪知史湘云认为“为什么就我不能和她开玩笑”，林黛玉则认为史湘云出身侯门，“难道我就不配与她说笑话了”？贾宝玉本来是怕林黛玉不高兴，又怕史湘云得罪了林黛玉，没想到一番好意反而弄了个两头不讨好，气得写了一首解嘲诗：“你证我证，心证意证。是无有证，斯可云证。无可云证，是立足境。”黛玉看到宝玉的偈语，觉得可笑又可叹——宝玉这明显就是“少年不识愁滋味，为赋新词强说愁”嘛。

宝玉和维特的烦恼有非常相似之处，很重要的表现就是少年时期若隐若现的爱情，成长阶段若有若无、不可名状、不可言传的莫名情绪。

可见，无论古今中外，无论是贵族还是平民，少年男女普遍经历的“少年不识愁滋味，为赋新词强说愁”，其实是因为少年对愁绪、对人生还没有足够的理性去辨识、去把握。

你的少年时期又经历过哪些难以诉说，却又真实存在过的“愁滋味”呢？

我的职业是大学老师，平时交往的主要群体是青年学生，对于这个阶段年轻人的“少年不识愁滋味，为赋新词强说愁”还是挺有一些体会的。比如说，生活中最常见的就是类似于少年维特那种情窦初开的“愁滋味”，暗恋、失恋，甚至是热恋当中的患得患失都有可能带来种种伤感的情绪。这种情绪在古人那里也相当常见，例如李商隐就有一首《无题》，描写一位少女怀春的愁绪：“八岁偷照镜，长眉已能画。十岁去踏青，芙蓉作裙衩。十二学弹筝，银甲不曾卸。十四藏六亲，悬知犹未嫁。十五泣春风，背面秋千下。”这位女孩从八岁到十五岁，每一次年轮的增长都会带给她不同的愁滋味，尤其是十五岁的时候，古代女子十五及笄就是成年人的标志了。这个女孩子十四岁就开始憧憬自己未来丈夫的模样，十五岁若是还没有定亲的对象，她的心里就会无比失落、无比烦恼了。

少年的“愁滋味”除了情窦初开的忧愁，还有对时光流逝的愁。每年 9 月开学的时候，新生入校，满校园都是新鲜、好奇的面孔，于是大二、大三、大四的学生就在朋友圈里疯狂地“为赋新词强说愁”，说自己如何变成校园里的“老人”了，感叹时光如梭，等等。我以前看到大学生感叹自己老了的时候特别不能理解，可是后来也渐渐懂了。

还记得 2018 年元旦那天，一早起来，我就发现朋友圈被各种“18 岁的照片”“刷屏”了，后来一问才知道，原来是因为那一天意味着最年轻的一批“00 后”也成人了，于是“80 后”“90 后”等就自称历尽沧桑的中年人，争先恐后地回忆起自己的 18

岁了。还有一些流行语，例如“00后”还在喝酒“撸串”的时候，“90后”已经开始用保温杯泡枸杞来养生了，第一批“80后”已经秃顶了……诸如此类，当下这种流行语在网络上比比皆是，尽管很多时候只是人们的一种调侃，但也从一个侧面反映出当代人面对生活压力，对容颜老去、青春易逝的敏感。

这样看来，感受时光流逝的愁绪，不仅仅是中老年人的特权，青少年也一样会有强烈的体会。

当然，还有一种“愁滋味”是中老年较少体会，而青少年体验最为强烈的，那就是对未来有无限期待却又兼具恐惧担忧的心理状态。大学时代可以说是青少年最后一段无忧无虑的时光，因为学生时期一直生活在父母和学校的庇护之中，还没有完全独立去面对社会。一旦大学毕业，就意味着独立生活的正式开始，就业的压力，被家人催婚、催生、催二胎的压力，养家糊口的压力会接踵而至。年少时候的梦想能不能实现，年少时候爱过的人能不能“执子之手，与子偕老”，等等，这一切的一切都会成为青少年的“愁滋味”的来源。

也许可以这样说，对于理想的期待和担心现实的挫折，这是“少年愁滋味”最重要的元素吧。年轻人将生活所有的希望都寄托在了明天，然而对明天的期待同时也暗含了对当下的忧虑。毕竟，美好愿景的实现，需要付出太多的艰辛和努力。

正因为每个人都会有期待着美好未来的懵懂的少年时代，也都会迎来阅尽沧桑的中年时期，所以辛弃疾的“少年不识愁滋味，为赋新词强说愁”才会引发无数人的情感共鸣，他的“而今识尽愁滋味”“却道天凉好个秋”的无奈也才会让无数人心有戚戚。

既然“而今识尽愁滋味”“却道天凉好个秋”说尽了一个中年人的沧桑无奈，那么我们再来看看为什么辛弃疾的中年感慨也会让我们心有戚戚。

中国人常说“三十而立，四十不惑”，不惑就是活明白了，活清楚了。辛弃疾说“少年不识愁滋味”，“不识”就是不明白、不懂的意思；“而今识尽愁滋味”，“识尽”就是不惑，是因为经历了很多事，思考了很多事，所以也就想明白了很多事。

一个四十岁的中年人，经历了少年时期的懵懵懂懂、青年时期的跌跌撞撞，在四十岁的年纪，在生活的压力下开始懂得了生命的意义和存在的价值。我们现在常说中年危机，这种危机是有现实性的：上有父母越来越衰老，越来越需要子女的陪伴与照顾；下有儿女不断在成长，需要足够的经济支撑；还有职场打拼的压力等，都要求中年人更多地具备行动力，而不是少年时期的莫名愁绪。

作为一名职业女性，我觉得在当代社会，中年女性的压力可能在某种程度上来说要更大一些。男性的压力主要源于事业，而职业女性要面对的则不仅仅是职场的压力。她们要承担不比男性轻松多少的工作任务，同时还需要承担生育及培育孩子的使命，并且在大多数家庭里，承担琐碎家务的主力也是女性。对于男人来说，事业成功大约就可以看作人生成功的标准，可是对于女性来说，人生的成功却有双重标准，她必须在事业取得成功的同时，使家庭也和睦圆满。如果一个女性全力以赴成就事业，而忽略了对孩子的教育或对丈夫的照顾，恐怕会引发不少非议。从这个角度来说，中年女性承受着平衡家庭和事业矛盾关系的压力，这种压力可能是很多男性没有想到的。

当然，中年男性也有属于男人的“愁滋味”，否则怎么会有“中年油腻男”这个网络流行语的走红呢？“油腻男”的出现，大概也是生活压力在中年男性身上的一种搞笑式的反映吧。这种中年愁滋味，在国学大师王国维的笔下也有过哲学性的反映，他的《蝶恋花》这样写道：“阅尽天涯离别苦，不道归来，零落花如许。花底相看无一语，绿窗春与天俱暮。待把相思灯下诉，一缕新欢，旧恨千千缕。最是人间留不住，朱颜辞镜花辞树。”

“最是人间留不住，朱颜辞镜花辞树。”每个人都将要面对时间的流逝和青春的逝去，这是人世间不可抵抗的规律，就像花开花落一样，再自然不过了。

中年人的“愁滋味”，除生活压力、年华逝去的伤感之外，还有一种与少年时代不同的孤独感。少年人大多喜欢结交各种朋友，并对新朋友充满期待，少年人的友谊往往是动态的，是热闹的；而中年人却更加体会到，其实一生当中真正的朋友很少很少，发个朋友圈或许可以收获无数“点赞”，可是当你真有烦心事需要倾诉甚至需要实实在在的帮助的时候，拿起手机，在通讯录中的几百、上千个名字中，却找不到你想倾诉的那个对象。这就是一种属于中年人的深刻的孤独感吧？

辛弃疾说的“而今识尽愁滋味，欲说还休。欲说还休”，也是一种类似于当代人拿起手机，却不知能把电话拨给谁的孤独感，因此满腔的心事只能再咽回肚子里，自己一个人消化，最后化成一句看似轻描淡写的“却道天凉好个秋”。

这就是辛弃疾智慧的地方，这也是这首词的第三个特点。辛弃疾说“少年不识愁滋味”，并没有具体解释“愁”的原因与内容；“而今识尽愁滋味”，他也没有具体说如今识尽了怎样的愁滋味。这就给读者留下了无尽的想象空间，我们可以从中读到属于我们各自的愁和人生经历。作者没有将他的经历强加在这首词中，我们甚至都无须知道辛弃疾曾经的抗金经历，就能从这首词中读出各自的生命感伤。

在这首词中，我们每个人都可以成为词的抒情主角，我们可以带入自己的生活经验和情感经历，“脑补”出自己的生存状态，而在这首词中得到情绪的宣泄和升华。

读了辛弃疾的《丑奴儿·书博山道中壁》，也许我们终究会发现：这一生，所有你经历过的愁，等你勇敢地克服它、超越它之后，再回头看时，会发现其实那些真的都不算什么。那些命运赋予你的愁绪，只是在帮助你一步步地摆脱少年时候的无知懵懂，一步步地成为一个成熟和强大的成年人。

一个人的成长，并非一帆风顺、无忧无虑，而是逐步获得将经历过的痛苦、忧愁转换为人生经验的能力与智慧，是从“不识愁滋味”到终于能够“识尽愁滋味”，懂得人生的苦难，并且领悟到人生真谛的过程。

翁森：

人生唯有读书好（《四时读书乐》）

很多人可能没听说过“翁森”这位诗人的名字，的确，我们熟悉的大多是唐、宋两代的诗人，翁森却生活在宋代末年、元代初年，他是浙江仙居人，也就是今天浙江台州的仙居县人。翁森是一个很有骨气的诗人，南宋灭亡以后，他不愿意在新朝入仕，于是在家乡隐居，办学校、教学生，没有做官却桃李满天下，是一个非常纯粹的读书人。他的一组诗《四时读书乐》据说在民国时候曾经入选语文课本，不过有意思的是，这四首诗虽然很有名气，但因为作者太没有名气了，所以这组诗一度被认为是朱熹的作品，大概是因为朱熹的“半亩方塘一鉴开，天光云影共徘徊。问渠那得清如许？为有源头活水来”（《观书有感二首·其一》）太有名了吧，因而人们很容易就将“读书”这样的主题作品，算到朱熹的名头下面去了。

好了，闲话少说，我们还是先来读读翁森的这四首《四时读书乐》。

第一首，写春天读书的乐趣。

山光照槛水绕廊，舞雩归咏春风香。
好鸟枝头亦朋友，落花水面皆文章。
蹉跎莫遣韶光老，人生唯有读书好。
读书之乐乐何如，绿满窗前草不除。

第二首，写夏天读书的惬意。

修竹压檐桑四围，小斋幽敞明朱曦。
昼长吟罢蝉鸣树，夜深烬落萤入帏。
北窗高卧羲皇侣，只因素稔读书趣。
读书之乐乐无穷，瑶琴一曲来薰风。

第三首，写秋天读书的心旷神怡。

昨夜庭前叶有声，篱豆花开蟋蟀鸣。
不觉商意满林薄，萧然万籁涵虚清。
床前赖有短檠在，对此读书功更倍。
读书之乐乐陶陶，起弄明月霜天高。

第四首，写冬天读书的清心宁静。

木落水尽千崖枯，迥然吾亦真见吾。

坐对韦编灯动壁，高歌夜半雪压庐。
地炉茶鼎烹活火，一清足称读书者。
读书之乐何处寻，数点梅花天地心。

不知道这四首诗你读下来的第一感觉是什么，反正，我第一次读这四首诗的反应就是：这四首诗跟以前读到过的很多有关劝学、读书的诗和故事都不一样啊！通常来说，我们好像一提到读书就会说读书有多么多么辛苦，那些耳熟能详的诗词、俗语都在反复唠叨这一点，比如说“学海无涯苦作舟”，比如说“寒窗苦读”，等等。还有好多有关读书的故事，都在一个劲儿地渲染读书的艰辛，比如说悬梁刺股、凿壁偷光、囊萤映雪，还有范仲淹读书时的断齑画粥，欧阳修的母亲画荻教子，等等。“诗圣”杜甫苦口婆心地告诫大家要苦读书：“富贵必从勤苦得，男儿须读五车书”（《题柏学士茅屋》）；唐代诗人杜荀鹤也“碎碎念”着要苦读书：“窗竹影摇书案上，野泉声入砚池中。少年辛苦终身事，莫向光阴惰寸功”（《题弟侄书堂》）；明代理学家曹端更是直言“苦苦苦，不苦如何通今古”（《书户》）。正是“黑发不知勤学早，白头方悔读书迟”啊！

即便到了当代，苦读书似乎比起古代也有过之而无不及。现在的孩子们读书更苦，尤其到了中学，很多学生甚至家长聚在一起的时候，都会吐槽读书实在是太苦了——在最需要充足睡眠的年龄阶段却不得不经常熬夜赶作业、“刷题”；在最需要游戏玩耍的时期，周末和假期却几乎被课外补习班占得满满的……

不仅仅是学生辛苦，家里有一个孩子在读书，全家人都跟着受累，接送孩子上学放学、陪写作业，昂贵的补课费、竞争激烈的升学考试，等等，几乎是每个家庭都会面临的现实。但是，从古到今，明知读书这么苦，人们依然不放弃读书的一个主要原因，很有可能就是中国人潜意识里“吃得苦中苦，方为人上人”的观念。唐代诗人孟郊在高中进士后写的“昔日龌龊不足夸，今朝放荡思无涯。春风得意马蹄疾，一日看尽长安花”，可以说一语道尽了隋唐以来古人读书就是为了金榜题名。范仲淹在功成名就之后也写诗告诫他的父老乡亲说，你们别羡慕我现在的风光，还是让孩子们好好读书吧：“乡人莫相羡，教子读诗书。”而当代的学生读书多半也有这样的目的，努力读书，是为了考上好大学，最好是“985”、双一流高校，一旦进了名校，就意味着能够享受到更好的教育资源，以后也会有更好的就业选择。

以前我在学校的时候，同学们之间还流传着一首打油诗：“春来不是读书天，夏日炎炎正好眠。秋有蚊虫冬又冷，收拾书包待来年。”这就是在调侃不爱读书的人，觉得一年四季都不是读书的好时候，因为读书真的很苦啊！

但是，翁森的这一组《四时读书乐》偏偏和别人不一样，他完全不提考试、功名、做官、发财这些功利的追求，而只是着眼于读书本身所具有的无穷乐趣，而且是一年四季各有各的乐趣。

所以，这组诗在艺术上最大的一个特点就是，它们都不是先直接写读书本身，而是先烘托不同的季节、不同的自然环境，因此在不同季节读书就拥有了一种特别的审美情趣。

首先是春天。翁森用一个字来概括春天读书的特点——“好”！春天读书好！好在哪里呢？当然是天气越来越温暖，不仅大自然万物复苏，人的身心也从冬天的寒冷中舒展开来。“好鸟枝头亦朋友，落花水面皆文章。”春天的大自然仿佛是人类最好的朋友，鸟语花香，和风拂面，空气中弥漫着百花的芳香。这么美好的季节当然不能虚度了，“蹉跎莫遣韶光老，人生唯有读书好”。那么，春天读书又有什么好呢？

诗当中好像没有明确地回答，但是，翁森用了一个典故——“舞雩归咏春风香”。这个典故比较含蓄地表明了春天读书好的态度。这个典故出自《论语》：

有一天，孔子和弟子们围坐在一起，他让每个学生都说一说自己的平生理想。有的学生说以自己的能力可以当一个大国的国相，有的说以自己的水平足够治理一个小国家，孔子都不以为然。最后问到曾点，曾点当时正在鼓瑟，他不慌不忙地弹完一曲，然后站起身来，说：“我的理想就是能够在暮春三月，换上春天的衣裳，和五六个青年人、六七个小孩子，一起去沂水里游泳，然后到舞雩台上吹吹温暖的春风，一路吟唱着歌谣，自由自在地走在回家的路上。”

曾点说完，孔子会心地点头说：“我的平生志向和曾点是一样的啊。”

乍一听，你可能会觉得，曾点的这个志向实在是不怎么远大嘛，好像一点都没有那种治国平天下的豪情壮志，可是为什么孔子偏偏最欣赏他的这番描述呢?

我想，大概就是因为曾点描述的这一番春天的景象，正是孔子向往的人与自然、人与人之间和谐相处、怡然自乐的状态。翁森化用这个典故，也想表达类似的态度：读书的乐趣，就和冬去春来的自然规律一样，不用强求，也无须附加这样或那样的功利目的，仅仅是读书本身，就已经具有一种最高境界的自由和美丽了。因为，读书本身，就像春风不经意地轻轻拂过一样，就像春天的阳光不经意地洒进窗户一样，让人身心舒畅，情绪也不知不觉地变好。

既然春天读书带来的是一种自然而然的身心愉悦，那么夏天读书又会有什么不同呢?翁森还是用一个字来概括夏天读书的特点，那就是——“趣”。

从季节的变化来讲，夏天和春天自然是不同的。春天温暖，气候适宜，可夏天一般很炎热，似乎并非读书的好季节。但翁森却不这么认为。夏天也有夏天的好，对于古人来说，夏天最大的好处就是白天特别长，这真是读书人最大的红利了。因为我们都知道，古时候没有电灯，点着蜡烛或者油灯读书，光线还是太暗，眼睛很容易疲劳。可是在夏季长长的白天里，读书人可以打开窗户，在自然明亮的光线下悠然地看书，甚至在一般人听来特别烦人的蝉鸣声，都会被读书人看作他所吟之诗的唱和——“昼长吟罢蝉鸣树”。古人还认为蝉是一种品格清高的生物，只饮露水不吃其他杂食。号称“咏蝉三绝”的三首唐诗都说到了蝉的这种寓意：虞世南咏蝉说“垂緌饮清露，流响出疏桐。居高声自远，非是藉秋风”；骆宾王咏蝉说“无人信高洁，谁为表予心”；李商隐咏蝉说“烦君最相警，我亦举家清”。

看来，夏天清亮的蝉鸣声和朗朗的读书声更相配哦。

在夏天的晚上读书同样很有趣：“夜深烬落萤入帏。”虽然白天已经够长了，可是沉浸在读书乐趣中的人还嫌不够，晚上继续点灯读书，直到灯芯燃尽了，萤火虫又一闪一闪地飞了进来，这真是令人惊喜的夏日夜景了。要是没有挑灯夜读的习惯，又怎么能够享受到萤火虫相伴的美妙呢！

于是，体会到了夏日读书乐趣的人，就会感到自己简直就是“北窗高卧羲皇侣”。这首夏日读书乐的诗里，也用到了一个有关读书趣味的故事——“羲皇侣”。羲皇本来是指上古三皇之一的伏羲氏，古代诗文里面经常出现的“羲皇上人”说的就是在伏羲氏那个年代，社会安定，人们生活恬静闲适，心无俗念，颇有隐士的感觉。东晋大诗人陶渊明在给儿子写信谈到读书乐趣的时候，就这样说过：“五六月中，北窗下卧，遇凉风暂至，自谓是羲皇上人。”农历的五、六月正是盛夏，捧着一本书，倚靠在北窗之下，突然在书中看到了让自己怦然心动或是豁然开朗的文字，那种感觉就像是在炎热的夏天忽然遇到了一袭凉风一样，通身舒泰！陶渊明特别喜欢这种悠闲自在的读书状态，因为只要是好书，必然开卷有益，这是一种不必强求却欣然会意的感觉。

这种感觉，当代学者钱锺书先生也说过："世界上还有一种人，他们觉得看书的目的，并不是为了写批评或介绍。他们有一种业余消遣者的随便和从容，他们不慌不忙地浏览……"这正是陶渊明式的好读书不求甚解，但求一种从容欣然的状态而已。这正是非功利读书的妙趣。

"北窗高卧羲皇侣，只因素稔读书趣"这句里翁森显然化用了陶渊明的这个典故，在没有空调的时代，从书里面获得的乐趣就好比炎热的夏夜偶遇的那一缕凉风。这种"凉风暂至"的感觉，古人还有另外一种描述，读诗读词突然感受到一种难以言传的妙趣，就"如冷水浇背，陡然一惊"。想想看，若是在热得仿佛直冒烟的夏天，一盆凉水突然浇在身上，那叫一个爽啊！这便是夏夜读书之趣了。

享受到了春天读书的好，夏夜读书的趣，接下来就该是秋天了，秋天读书是什么感觉呢？还是一个字——"倍"，事半功倍的"倍"。为什么秋天读书可以事半功倍呢？是因为"静"。相比春天的繁华、夏日的热烈，秋天的自然显得更为沉静，而沉静不正是读书的最佳状态吗？虽然也有萧萧的落叶，也有微弱的蟋蟀声，但秋天毕竟更加给人一种"萧然万籁涵虚清"的寂静之感。

热闹的时候，当然也可以好好读书，但如果环境安静，没有杂事杂音的打扰，读书的效率肯定会更高，就更能够达到事半功倍的效果。

类似的读书环境，还有一位清代的词学家况周颐也进行过详细的描述："人静帘垂，灯昏香直。窗外芙蓉残叶，飒飒作秋声，与砌鼎相和答。据梧暝坐，湛怀息机。每一念起，辄设理想排遣之。乃至万缘俱寂，吾心忽莹然开朗如满月，肌骨清凉，不知斯世何世也。"这种感觉和翁森所说的"萧然万籁涵虚清"是何等相似。

在古人眼里，秋天是一年之中最为天高气爽的季节，尤其是仲秋八月，还是月色最为清润明朗的季节，当然也是读书条件最好的季节。如果说，夏天读书好比是在炎热中邂逅不经意的凉风，那么秋夜读书就好比是与天地万物，与清风明月来一场心灵的对话，没有喧嚣，只有心灵相通的宁静与默契。

读着读着，不知不觉，我们就来到了冬天。按理说，冬天是最不适合读书的季节了吧？论自然环境，冬天是最萧条的时候，"木落水尽千崖枯"，树叶早就落光了，甚至河水都结冰了，到处都是一片光秃秃、冷清清的样子，再加上呼啸的寒风和突如其来的冰雪，连动物都悄没声地躲起来了，人也要被冻僵了，哪还有心思悠闲自在地读书啊？

可诗人不这么想。真正喜欢读书的人，没有条件也会创造条件读书。所以在自然条件最为恶劣的冬天，世界万物好像都冬眠了，读书就成了一个人的狂欢。

一个人的狂欢，是一种什么样的读书状态呢？我觉得，冬天读书有两大特点：第一是孤独，第二是在孤独中制造读书的仪式感。孤独我们好理解，对古人来说，冬天肯定是最“宅”的一个季节了，既不能像春天那样曲水流觞，来一场读书人的雅集，也不能像盛夏那样，将家里的书都搬到太阳底下去暴晒，捎带着炫耀一下自己的博学，更不能像秋天那样，置身于天地之间，捧着最爱的书，与清风明月来一场灵魂的旅行、心灵的对话。那么，怎样才能排遣冬日读书的孤独感呢？

很简单，制造一点儿仪式感。仪式感，对我们的生活真的很重要，过日子需要一些仪式感，因为仪式感会让我们从按部就班的日常生活中暂时解脱出来，怀着一种特殊的心情，去用一种审美的眼光、艺术的眼光或者是充满爱意的眼光，重新看待平凡的日子。比如元宵看一场灯会，冬至包一回饺子，情人节送一回玫瑰和巧克力，生日时候下一碗面条、打两个荷包蛋，结婚纪念日来一次远途旅行，等等。仪式可以隆重，也可以朴素，但一定要有一点与众不同的味道。

读书也一样。既然读书是可以不带任何功利的目的的，那么，何妨营造一点极具审美情趣的仪式感呢？比如像翁森这样，“地炉茶鼎烹活火”。我们可以将古人营造的仪式稍微进行一下现代化的转换：想象一下，一盏温暖的台灯，柔和的光芒洒在书房内，电磁炉上煮着的是黑茶或者是熟普，书房里茶香四溢，茶杯的温热好像将书本都染上了几分暖意。

“坐对韦编灯动壁”，这一句又用到了一个典故，而且这个典故还是和孔子有关。据《史记》记载，孔子晚年特别喜欢读《周易》，读的次数多且读得很深入细致，甚至到了韦编三绝的地步。孔子那个时候读的是竹简，“韦”就是编缀竹简的皮绳，后人就以“韦编”泛指各类经典书籍了。

说到这里，我想顺便做一个小小的调查，你一生中读得最多的书是哪一本或者哪一类呢？我们现在当然不可能读到韦编三绝的地步，可是翻得最多的那本书肯定会比别的书显得更加破旧。就拿我来说吧，平时读的书种类很多，可是出于专业的原因，我的书架上一眼看去最破烂，甚至书页和封面都脱节了的书通常是工具书，例如《汉语大字典》和《辞海》等，这说明我平时最常用的书是工具书。除专业需要之外，作为休闲时阅读的书，被我翻得最旧的是早年出版的一套《红楼梦》，这可以说是我的最爱了。

书被翻烂了，这可不是我不爱惜书的表现，其实我是很爱惜书的，有时候不小心将书折了个角都会心疼，平时看得最多的书修补的痕迹也最多。不过我觉得对书的珍爱，绝对不应该是把崭新漂亮的书整整齐齐地摆在书架上供人观赏，而是应该在生活的每个角落，都可以随手拿到一本自己喜欢的书。

我们再回到翁森的《四时读书乐》上来。四首诗我们都读完了，你可能会发现，虽然翁森说一年四季读书都是一件快乐的事，可是他并没有具体说读什么书，以及为什么要读书。那么，他通过这四首诗告诉我们的读书的快乐到底是什么呢？

翁森的这组诗给了我启发，我们可以从四个步骤去体验读书的快乐：

第一步，是读书的动机要纯粹，不是抱着功利目的去读书；

第二步，从外在环境上营造读书的意境，也就是我前面说的要营造读书的仪式感；

第三步，从内在体验上让读书的心态沉静下来，静静体会读书带来的心灵的交流与变化；

第四步，有了前三点的基础，我们就能将读书变成一种生活的习惯，而这种习惯的最高境界，就是读书已经内化成我们的一种修养、气质和智慧，这也就是苏轼所说的“腹有诗书气自华”了。

我们先来看第一步，不为功利目的去读书。这一点其实很好理解。我们必须承认，功利化的读书是有必要的，比如说学生要为了通过考试而读书，工作以后要为了提升职业素养而读书“充电”、考各种职业资格证，但为了这样或那样的实际目的而读书的话，我们往往因为太过于看重结果，而让读书的过程变得很艰苦、很枯燥。比如，你明明不喜欢某一门课程，可因为它是必考科目，你就不得不“吭哧吭哧”地苦读，这样的读书，当然谈不上有什么乐趣了。

那么，什么才是非功利化的读书呢？就是陶渊明所说的“好读书，不求甚解；每有会意，便欣然忘食”。“好读书，不求甚解”简直就是对非功利化读书的最好诠释。人们读书应当不是为了考试，不是为了升职，不是为了显摆自己有文化，只是纯粹为了享受读书的过程。说白了，喜欢读书，就是自己一个人的事，与任何其他的人、其他的事都没有关系。就像陶渊明说的那样，书读着读着，越读越觉得有趣，甚至连吃饭、睡觉都会忘记。

说到这里，我突然想到，陶渊明说读书的快乐会让人“欣然忘食”，其实读书何尝不是一次美食之旅呢？功利化的读书，类似于为了解决温饱问题而吃饭，这当然是必要的。但很多时候，我们并不只是为了吃饱饭而吃饭，更是为了品尝美食，享受美食带来的幸福感。比如，我吃惯了湘菜，可有时候也会想去吃一顿重庆火锅、吃一顿北京烤鸭，或者品尝精致的粤式点心。这种时候，我绝对不会计较这顿饭是不是能吃饱，能够给我提供多少营养元素，又会增加多少卡路里的能量，等等，我只是为了享受美食带来的愉悦，就这么简单。非功利化的读书，不正像我们对美食的享受一样吗？

第二步，从外在环境上营造读书的仪式感。我们当然可以带着孩子去图书馆、书店读书，让那里的氛围感染我们，但绝大多数时候，读书是一个人的事。营造一个人读书的仪式感，会让我们用更隆重、更认真的态度将读书和日常生活的吃喝拉撒、上下班区别开来。当然，每个人对仪式感的理解不一样，翁森更加注重自然风景和读书环境的相互衬托，如春天的“绿满窗前”“舞雩归咏”，夏天的“修竹压檐”“北窗高卧”，秋天的“篱豆花开”“起弄明月”，冬天的“高歌夜半雪压庐”“地炉茶鼎烹活火”……那我们呢？也许对于大多数的城市人而言，我们读书的仪式感更容易从家居环境中获得，例如捧一壶茶，点一炉沉香，亮一盏橘黄色的台灯，轻轻地播放着自己喜欢的背景音乐。或者，窗外有清淡的月光，抑或有断断续续的雨声，伴着茶香、沉香、书香，我们进入那个忘我的读书境界——这个时候的我们，就从一个仪式的导演、观众，不知不觉地变成了那个读书仪式里的主角，而且是唯一的主角！

说实话，相比古人而言，我们读书实在要方便得多。哪怕是在地铁、公共汽车上，甚至是自己开着车，我们也能打开手机的 APP，听一段自己喜欢的书。“听书”和“看书”，仪式感不同，但目的都是一样的——感受读书之乐，只不过，听书是将碎片化的时间利用起来，而看书相对来说更适合在一段比较完整的时间，看更加“大部头”一点的作品。比如说我自己，上班开车大约需要 20 分钟，这段时间正适合听一段书。如果出差去外地，也许我会选择看小说来打发时间。例如，我经常从长沙到北京，单程高铁近 6 个小时，往返就是 10 多个小时，这段时间用来看一部长篇小说再合适不过了。在读书的享受中，漫长的旅途也会不知不觉地变得轻松愉悦起来。

第三步，有了纯粹的读书动机和外在的仪式感，我们也许更能触摸到读书带来的心灵的沉静与变化。仪式感的营造不是为了表面的虚荣，而是为了让我们被日常工作和生活压力逼迫得躁动不安的心情平静下来，能够更加不受干扰地感受读书带来的快乐。翁森的四首诗虽然描写的是在不同季节读书，但你可能也发现了，这四首诗有一个最大的共同点，那就是它们都指向了环境的安静和心境的宁静。

你也许会问，不是说有人特意跑到热闹的广场上去读书，就是为了锻炼自己读书时的定力吗！

确实，读书就有这样的好处，只要你读进去了，外面的环境再喧嚣，最终都会因为你沉浸于读书而安静下来，那时，这个世界只剩下你和书在进行一场心灵私语。

最后是第四步。当我们有了前三步的基础后，也许你会发现，读书已经成了我们精神生活中最重要的一个组成部分，我们读过的那些书，随着日积月累的时光流转，已经内化成了我们的知识体系、思维方式、价值观乃至精神气质的一部分，这种气质跟学历文凭、跟专业职业都没有必然的关系，也很难用语言准确地描述出来，但是我觉得，我们特别熟悉的朱熹的那两句诗，很适合拿来描述爱书人的气质：“问渠那得清如许，为有源头活水来。”朱熹的原意当然是借用源头活水来比喻读书是思想永不枯竭的源泉。但我更愿意用这两句诗来形容爱书，并且拥有读书习惯的人的气质，尤其是其中“清如许”的这个“清”字，最适合用来形容“腹有诗书气自华”的读书人气质。读书会让我们充满灵气，并且外显为一种清雅的书卷气。

说到这里，我又想起了《红楼梦》里贾宝玉的一段“谬论”，贾宝玉的大意是说女孩子们没出嫁前都是一泓清澈的水，一嫁人就变成掺了泥巴的浑水，所以他见了女孩儿家就觉得浑身清爽，一见到婆子们就觉得腌臜。虽然贾宝玉这段“谬论”听着刺耳，但细想之下我们也真应该有所警觉。为什么女性会有这样巨大的变化呢？我想，主要原因还是结婚以后的女性，容易被生活的各种压力困扰，少女时期的清澈单纯被慢慢磨损，整个人就变得庸俗琐碎了，而且当代女性的压力比起古代女性还要大得多，古代女性基本上只有家庭压力，而当代女性既要打拼事业，同时还要养育子女、主持家务，面对职场和家庭的双重压力，少女时期的单纯梦想更容易被磨损，甚至被摧毁。

我作为职业女性中的一员，当然能够深切体会到当代女性的这种不容易，但我依然坚持认为，无论压力有多大，我们始终要留一个角落为自己而活，让读书为我们的精神世界留一盏灯，开一扇窗，注入一点活水，让我们在压力之下，依然能够保有一种清雅的书卷气。我坚持认为，对于当代女性而言，温暖的人间烟火气和清雅的书卷气息，是让我们活得自在而从容的两大气质。

我心目中就有这样一位兼具这两大气质的女性典范——九十多岁的叶嘉莹先生，每次她一出现，我总是会被她浑身散发的那种“仙气儿”所感染，并为之倾倒。岁月会带走青春和美貌，却带不走清香隽永的书香气质。“岁月从不败美人”，说的就是这个意思吧？

想象一下，无论我们是三十岁，还是四十岁、五十岁，或者是白发苍苍的八十岁、九十岁，我们还能从容地走过一年四季，走过春天的“落花水面皆文章”，走过夏天的“小斋幽敞明朱曦”，走过秋天的“萧然万籁涵虚清”，走过冬天的“高歌夜半雪压庐”，悠闲地感受着“读书之乐乐无穷”。

因为，有书相伴，花开四季，每一个季节，每一个年龄阶段，都会是我们最美的年华。

张可久：

简单的日子，过出艺术的品位（《人月圆·山中书事》）

《人月圆·山中书事》是我们这本书中唯一入选的元曲。我们平时所说的唐诗、宋词、元曲都属于广义的古典诗歌，只不过是不同的诗歌形式罢了，而且元曲和宋词有一点很相似——它们在当时都是配乐演唱的歌词。当然了，宋词和元曲所配的音乐是不同的，这一点我们稍后会解释，而我们这一篇要讲的这首元曲，跟元散曲的主流又有一些不同，具体是哪些不同，我也留待后面再说。我们先一起来看看元代散曲家张可久写的这首《人月圆·山中书事》：

兴亡千古繁华梦，诗眼倦天涯。孔林乔木，吴宫蔓草，楚庙寒鸦。　　数间茅舍，藏书万卷，投老村家。山中何事？松花酿酒，春水煎茶。

首先来看看这首散曲的曲牌《人月圆》。我们都知道，元朝是由蒙古族统治的朝代，北方少数民族入主中原，必然会带来南北文化的激烈碰撞，带来汉族和少数民族文化的交流与融合，音乐和文学当然也会带上时代文化背景的烙印。南宋时候流行的那种具有高雅气质的词已经不适合新时代的文化了。所谓“长江后浪推前浪”，元代的时候，词这种音乐文体虽然并没有消亡，但比起元曲的流行来说，那已经是小巫见大巫了。随着宋词的衰退，一种被称为“北曲”的新的音乐文学成为时尚的主流。《人月圆》就属于北曲的曲牌，其实也就是音乐的曲调名。这种性质类似于我们此前讲到过的词牌名，同一个词调或者同一个曲调都可以用来填写不同的歌词。

那你可能要问了，元曲曲牌是怎么来的呢？这个问题可就复杂了。既然元朝是南北文化大碰撞、大交流的时代，那么曲牌的来源当然也就非常复杂了：有的出自唐宋大曲，有的出自唐宋词，有的来自西北少数民族的曲调，有的是元代文人自己创作的曲调，有的是宋代歌舞剧曲，有的出自金代民间俗曲或者金院本和金诸宫调，等等。《人月圆》出自唐宋词，也就是说《人月圆》本来也是个词牌名，据说最早的作品是吟咏元宵的，有“人月圆时”的句子，所以取名为《人月圆》。到了元代，元曲中的《人月圆》曲调跟宋代肯定不一样了，只是这个曲牌名一直沿用了下来。

张可久的这首《人月圆》除曲牌名之外，还附加了一个词题“山中书事”，说明这是张可久隐居山中的时候创作的散曲。既然说到作者了，我们就简单介绍一下张可久这位散曲家。

张可久，字小山，庆元（今天浙江的鄞州区）人。作为一名江南文人，在元朝是很难有机会闯出一条成功的仕途来的。蒙古人入主中原后，元朝皇帝将国民分为四等：第一等当然是蒙古族人；第二等是色目人，也就是蒙古以外的西域各民族；第三等为汉人，也就是黄河流域的人民；第四等为南人，即长江流域的宋人。汉人和南人的地位极为卑贱，蒙古贵族将汉人、南人当奴隶驱使是普遍现象。张可久显然是地位最低的南人。

蒙古人、色目人、汉人、南人这四个等级是按民族和聚居地域来划分的。如果按职业来划分，据南宋入元的遗民谢枋得记载，元人将国民分为十个等级：一官、二吏、三僧、四道、五医、六工、七匠、八娼、九儒、十丐。曾经最受人尊重的儒生在元代的地位降到了甚至比娼妓还要低微的程度，仅仅比乞丐高一级。元朝还一度取消了科举制度，这几乎彻底摧毁了读书人成功的梦想，断绝了他们仕进的念头，尤其是汉人和南人，他们生活更为艰难，心情也更为灰暗。例如写过《窦娥冤》的著名杂剧作家关汉卿，就长期沉沦在社会的底层，无奈地自称"郎君领袖""浪子班头"，表达了他对社会现实的不满和叛逆。

这对读书人来说真的是一次致命的打击。要知道，汉族人崇尚的是"万般皆下品，惟有读书高"。中国历来最为尊重读书人，春秋时期管仲就提出过"士农工商"的说法，拥有文化知识的"士"阶层是四民之首；到了宋朝，重文轻武成为宋朝历代帝王奉行的基本国策，读书人的待遇更为优厚，即便出身寒门，一朝登第，就会成为万人羡慕的对象。若是能有幸高中状元，那份荣耀甚至要远远超过收复河山、凯歌高奏的大将军。

可想而知，读书人在元代的处境和心情一定一落千丈。不过，蒙古人虽然轻视、打压读书人，但蒙古族却是一个能歌善舞的民族，他们成为统治者之后自然也将他们的音乐带到了中原，北方音乐和中原音乐不断融合创新，取代了宋词，迅速成为元朝最为盛行的娱乐方式——元曲。元曲分为杂剧和散曲两种，杂剧是有完整故事情节，类似于歌剧的表演形式；散曲的性质和宋词类似，相当于元代的流行歌曲，是配合元代流行音乐而创作的歌词。

为什么说张可久的这首《人月圆·山中书事》和元散曲的主流又有一些不同呢？我们刚才讲到，元散曲中的北曲带有浓郁的北方少数民族风格，所以元曲的风格大多比较直率活泼，也比宋词更加通俗、口语化，更容易被老百姓接受，因而迅速成为元代最具代表性的“一代之文学”。简单来说，就是宋词雅、元曲俗。俗到什么程度呢？古人甚至将曲的“俗”与食品中的“蛤蜊”“蒜酪”相提并论。蛤蜊、蒜酪，我想大家可能都是吃过的。蛤蜊是海产品，味道很腥；蒜酪是辛辣的，这几种食材味道都是相当刺激的。可想而知，元曲得有多俗了吧！反正，怎么刺激怎么来，怎么过瘾就怎么写，怎么痛快就怎么唱。

宋词的主流是婉约，豪放是“非主流”。元曲恰恰相反，豪放泼辣是主流，清丽优美反倒是“非主流”。我们熟悉的张养浩就属于元曲中的主流豪放派，他的《山坡羊·潼关怀古》是入选了语文课本的一首散曲："峰峦如聚，波涛如怒，山河表里潼关路。望西都，意踌躇，伤心秦汉经行处，宫阙万间都做了土。兴，百姓苦！亡，百姓苦！"这样的散曲够豪放、够痛快了吧？

可是张可久的散曲总体上却并不是这样豪放泼辣的，他属于元代曲坛的"清丽派"，和另一位散曲家乔吉并称"张乔"，二人被看作清丽派散曲家的代表人物。刘熙载说过"元张小山、乔梦符为曲家翘楚"（《艺概》），小山就是张可久的字了。张可久是所有元散曲作家中留存作品数量最多的一个，其现存的散曲有八百多首，据学者统计，相当于整个元朝留存散曲的五分之一了。

这首《人月圆》很能代表张可久清丽的曲风。作为一个在元朝混得很不得志的江南底层文人，张可久一生只做过一些很小的地方官吏，辗转半生之后，他终于还是放弃了对元朝统治者的幻想，挂冠归隐，开始了隐居生涯。这首《人月圆》就是他隐居之后的代表作。所以这首曲子一开始就有一种人生失意的感叹："兴亡千古繁华梦，诗眼倦天涯。"这里的"诗眼"当然就是作者走天涯、看世界的那双眼睛，而这双诗意的眼睛看到的是什么呢？是"兴亡千古繁华梦"。

这里就有时间上的历史兴亡，以及空间上的繁华与冷寂的对比了。注意，张可久是浙江人，他住得最久的地方是杭州西湖。不要以为住在杭州西湖是件多美的事儿，虽然杭州西湖风景确实很美，你看当年北宋的林逋也是隐居在西湖的孤山，梅妻鹤子，多么潇洒风雅。可千万不要忘了，元代的杭州，再也不是宋代的杭州了。宋代的杭州是“东南形胜，三吴都会，钱塘自古繁华”（柳永《望海潮》）。那是国际大都会，南宋的时候更是将杭州定为首都。可想而知，在元朝朝廷统治下，身处前朝都城（杭州）的文人，内心深处该有多深的兴亡情结啊！

作为一名江南的汉人，又身处杭州这样的敏感地带，张可久最熟悉的就是江浙地区，他发出“兴亡千古繁华梦”的感慨，那真是从内心深处自然而然流淌出来的声音。

再看紧接着的这一句“诗眼倦天涯”。作为一名读书人，张可久原本还是有着自己的事业理想的，但元朝的江南文人只能怨自己命不好，没有生在宋朝那个文人扬眉吐气的时代。辗转半生，浪迹天涯之后，他终于累了，倦了。这种疲倦不是简单的放弃，而是他带着一双诗眼看透了这个世界之后的领悟，这是多么痛的领悟！

的确，当代有历史学家就认为，相比宋朝，蒙元统治是历史的倒退。比如北京大学历史系赵冬梅教授就说：“蒙元统治有两大倒退。一是对国家性质的认识上大幅倒退，将整个天下都看成统治者一家一姓的私有财产，导致了元朝在历史上的空前腐败；另外一大倒退就是君臣关系发生了严重倒退，君臣关系变成了主人和奴婢的关系，士大夫在面对皇权时候的那种铮铮风骨就这样被扼杀了。”

这样的政治大环境，怎能不让读书人心寒，怎能不让读书人发出“诗眼倦天涯”的悲叹呢？走遍天涯都看不到出路，也看不到光啊！

那么诗人的眼睛和一般人的眼睛又有什么不同呢？我以为，一般人的眼睛只能看到当时当地视力所能够到的地方，诗人的眼睛却能穿透时空，打破时间和空间的阻隔，看到历史的道路从过去一直延伸而来。所以说，“诗眼倦天涯”，这里的“天涯”既有空间的移动，也有时间的延续。在无限的时空当中，张可久的诗眼看到的是什么呢？

是“孔林乔木”，是“吴宫蔓草”，是“楚庙寒鸦”。

接下来这三句听上去非常精练而且对称，但其中蕴含的时空意识恰恰是特别宽广的。

首先，“孔林”指的是山东曲阜孔子的墓地，其周围种满了花草林木，绵延数十里。“吴宫”出现在诗词中一般有两种可能的指向，一种可能是春秋时期吴王的宫殿。当年越王勾践将美女西施献给吴王夫差，吴王专门为西施建造了馆娃宫，故址在今天苏州的灵岩山。另外一种可能是指三国时候东吴建都的建业，也就是今天的南京。李白的名作《登金陵凤凰台》就写到过吴宫：“吴宫花草埋幽径，晋代衣冠成古丘。”不过我个人认为这里的吴宫指的是春秋时期的吴国，因为接下来的“楚庙”是指战国时候楚国的宗庙。孔林、吴宫、楚庙是春秋战国时期三个非常有代表性的地方，它们代表了不同时空中曾经的繁华。孔子创立的儒家思想，是汉族文明的支柱之一，可如今，孔子的故乡只剩下萧瑟的乔木；当年称霸一方、巍峨壮丽的吴宫，如今只剩下疯长的蔓草；而战国最强大的国家之一楚国，其宗庙如今只剩下寒鸦飞过的身影和凄凉的鸣叫声。

其实，“孔林乔木，吴宫蔓草，楚庙寒鸦”想要表达的意思，就是我们平时常用的一个成语——沧海桑田。繁华如梦，世事变幻，有什么是亘古不变的呢？

我想提醒大家尤其注意“孔林乔木”这一句，这一句隐含的沧桑感和无奈感尤为深刻，因为这是元朝，是儒家思想被轻贱的朝代，是读书人备受煎熬的漫漫长夜。“孔林乔木”就是读书人深藏在内心的悲恸。所以，“孔林乔木，吴宫蔓草，楚庙寒鸦”其实是呼应了第一句“兴亡千古繁华梦”，将千古兴亡落实到了三个具体的地方，让读者的感受更加深刻。

读书人的这种兴亡感叹，张可久在另外一首散曲中表现得更加直接，他写的《卖花声·怀古》这样说道：“美人自刎乌江岸，战火曾烧赤壁山，将军空老玉门关。伤心秦汉，生民涂炭，读书人一声长叹。”

回到这首散曲中来，作者在上阕感慨历史与文化的盛衰兴亡，下阕就转到了自己的个人生活了：“数间茅舍，藏书万卷，投老村家。山中何事？松花酿酒，春水煎茶。”

这简直就是典型的隐士生活，或者说是古代读书人的标准配置了：几间茅草房，万卷藏书，有松花酿酒，有春水煎茶。读书人年纪大了，不喜欢喧哗的地方，宁愿在淳朴幽静的乡村里找个地方安顿下来，这简直是世外桃源的生活啊！

读到这里，你也许会嗤之以鼻了！也不是人人都会这么想吧？张可久一生不得志，既没当大官，也没赚大钱，仅有的一点儿工资全用来吃饭、买书了，那他退休之后当然只能躲到乡下去，在几间简陋的茅草屋中了此余生呀！

这个想法偏偏是错的。千万别以为只有落魄的读书人才会选择这么简单的隐居生活。恰恰不是！我举几个例子吧。比如说北宋的王安石，退休之前是宰相，一人之下万人之上，可他退休之后赋闲金陵十年，只领最基本的“退休工资”，住宅十分简陋，出行的交通工具就是一头毛驴而已，日常生活和一般的村夫野老没什么不同。

再往前说，欧阳修也很厉害吧？曾经的副宰相、翰林学士，可当他决定退休养老之后，就给自己取了一个号——“六一居士”。

有人问他：“为什么叫‘六一’呢？”

欧阳修笑着回答：“我有藏书一万卷、《集古录》一千卷、琴一张、棋一局、酒一壶。”

人家追问：“这才五个一啊？”

欧阳修俏皮地回答：“还有我这一个白胡子老头，在这五样东西间慢慢变老，不就是六个一了吗？”

你看，欧阳修的回答，和张可久的“数间茅舍”“藏书万卷”“松花酿酒”“春水煎茶”的生活理想是何等惊人地相似，就更不要说陶渊明的归隐田园，“方宅十余亩，草屋八九间”了。

所以，古代读书人的理想生活的标配就这么三样简单的东西：书、酒、茶。当然，根据个人的不同喜好还可以再增加点儿附属配置：喜欢抚琴的配一张好琴，喜欢下棋的备一副好棋，至于像苏轼那样下棋不怎么样、唱歌也不怎么样的人，那就就地取材，发明几款美食，好好犒劳自己的胃吧。

这样看来，古代读书人无论是在顺境还是在逆境，无论是大富大贵还是贫穷终老，他们都有一个共同点，那就是培养自己除工作以外的兴趣，使之成为自己的精神寄托，尤其是那些具有审美品位的兴趣爱好，会让人始终保持对生活的热情，有了它们，平淡的时光才会散发出醉人的味道。

我们还是回到张可久身上来，你看他，穷是穷了点，老是老了点，日子过得是委屈了点，可他一点都没丢掉自己的兴趣，“松花酿酒，春水煎茶”，多美！多滋润！“松花酿酒”是用松树的花来酿酒，光是听听就觉得很有读书人的那股清雅之气。据《本草纲目》记载，松花还可以益气润心肺，除风止血，用来酿酒不仅味道好，还很养生。松花，不过是山村里随处可见的东西，不值钱，可是经过精心的酝酿，却具有如此的妙用。

“春水煎茶”，用春天的水来烹煮春天的新茶，是不是更加简单、养眼又清心呢？

春水和松花，茶和酒，听上去很有诗意，其实就是身边最普通的东西。谁说生活的享受，就一定是要花大价钱在奢侈品店里不停地买买买呢？真正的诗意不是靠奢侈品堆砌出来的，而是要善于因陋就简、就地取材。所以，并不是这个世界本来多么有诗意，而是看我们的灵心妙手到底能够赋予它怎样的诗意。化腐朽为神奇，说的就是这个意思吧？

我每次读到“松花酿酒，春水煎茶”这两句，就忍不住对那样的场景悠然神往，我甚至会不知不觉忘了张可久这一生的颠沛流离，只记住了他这一刻的闲雅自在。我相信张可久也是这样，当他坐在竹林下，品着自己亲手酿制的松花美酒，听着身边的小火炉煮着春天的新茶发出的咕嘟咕嘟声，翻开一本摊在膝上的闲书，一页一页地翻过去，光阴的故事就这样静静地流淌着。

简单的日子，就这样过出了艺术的品位。

我想，对张可久来说，这样的日子，一定能够抚慰他的半生漂泊、半生孤独吧？

这样想来，我都有点羡慕张可久了，我甚至想，当他写下这样的句子的时候，肯定也挺自得的吧？

“山中何事？松花酿酒，春水煎茶。”读到这几句的时候，我还想到了另外一位山中隐士——南朝梁的陶弘景。在陶弘景的隐居生活里，也有着类似于张可久这样自得的资本。

与张可久不同的是，陶弘景虽然是隐士，但深得当时的皇帝——梁武帝的器重与尊重，梁武帝几次三番诚心诚意地想请他出山，都被他拒绝了。

梁武帝也是个妙人儿，就写了一封信问陶弘景：“你住的那座山上到底有什么好东西，值得你这么留恋啊？我这样邀请你，你都不肯出来！”

这封信看着挺幽默，可是隐隐也透露出皇帝的几分不满。确实，皇帝的面子你都不给，要是惹怒了皇帝，有几个脑袋也不够砍的啊！

如何拒绝皇帝又不让皇帝生气，这个分寸还真不好把握。可陶弘景不是一般人，他也非常巧妙地回了一封信给梁武帝，这封信的内容是一首很短的五言诗——《诏问山中何所有赋诗以答》：

山中何所有，岭上多白云。

只可自怡悦，不堪持寄君。

皇帝不是问山中到底有什么好东西让他乐不思蜀吗？陶弘景答得更巧妙：“岭上没什么了不起的贵重东西，也没有什么了不起的奇特美景，倒是白云很多。”

是的，白云对皇帝来说不算什么值钱的东西，可对于一位山中隐士来说，却是自由的象征。

对张可久来说其实也一样，山中到底有什么好东西，能够让他终于安顿了自己的身心呢？

是“松花酿酒”，是“春水煎茶”。最简单的东西，却代表了最舒展的心灵。

其实哪有什么岁月静好，真正的岁月静好是在你积蓄了足够的力量和热情之后，去对抗生活带给你的风风雨雨，当一切终于尘埃落定的时候，你能够按照自己想要的方式，酿造你自己的流金岁月。

“山中何事？松花酿酒，春水煎茶。”生活并非本来简单，只有当你经历过了风雨，才能在简单生活中发现岁月的美好。

纳兰性德：

他在人间，爱人在天上（《画堂春·一生一代一双人》）

纳兰性德是清代最著名的多情公子，他身上具有的四大特质，让他在很多少女心目中，成了一个当之无愧的“男神级”偶像。这四大特质是：相门公子的高贵出身，风度翩翩的潇洒气质，文武双全的职业素养，一往情深的多情禀赋。在品读他的作品之前，我们不妨先简单了解一下纳兰性德这个人。

纳兰性德是康熙初年著名宰相纳兰明珠的长子，他不仅是相门公子，而且还是康熙皇帝的表弟，他的曾祖父和康熙皇帝的曾祖母孝慈高皇后是亲兄妹。“纳兰”是女真语，也就是我们通常所说的叶赫那拉氏，因为音译的关系，又可以翻译成叶赫纳兰氏。

纳兰性德不仅出身高贵，还是一个少年成名的大才子。他二十二岁的时候就以全国第十名的好成绩高中进士，不久又成为康熙皇帝的近身侍卫，年纪轻轻就由正五品的三等侍卫晋升到正三品的一等侍卫。

纳兰的气质更是风神俊逸，他的老师徐乾学曾经将他比作东晋的大书法家王羲之。王羲之不但书法风流，他的潇洒风度也是当时人们津津乐道甚至是模仿的对象。人们评价他的气质就像他的书法一样——“飘如游云，矫若惊龙”，既像天上的流云一般飘逸脱俗，又如神龙一般矫健，风神摇曳。

血统的高贵、才学的渊博、皇帝的宠信、仕途的顺利，再加上容颜俊美、风采绝世，无论是在当时，还是直到三百多年后的现在，纳兰性德都拥有无数为他痴迷的“粉丝”。纳兰性德，字容若，所以他还会被“兰迷”们亲昵地称为容若或者是容若公子，甚至直接以“公子”相称。不过，上述这些特质还都不能算是容若公子最让人倾倒的魅力，他真正引无数粉丝“竞折腰”的地方，还是他一往情深的多情禀赋。我们来一起品读容若“一往情深”的代表词作《画堂春·一生一代一双人》：

一生一代一双人，争教两处销魂。相思相望不相亲，天为谁春。　　浆向蓝桥易乞，药成碧海难奔。若容相访饮牛津，相对忘贫。

纳兰容若最擅长写爱情词，然而在他所有哀感顽艳的爱情词中，这首《画堂春·一生一代一双人》最能够代表他的爱情信仰，“一生一代一双人”也是容若词中最为人熟知的名句之一。不过，这句词并不是容若的原创。早在唐代的时候，“初唐四杰”之一骆宾王就在他的诗《代女道士王灵妃赠道士李荣》中写过这样的句子："相怜相念倍相亲，一生一代一双人。"容若将前人的诗句信手拈来，放在他自己的词作当中，却好像和下文浑然天成，没有一点儿违和感。

"一生一代一双人，争教两处销魂。"第一句就用"一生一代一双人"，以一种很坚决的态度表明了生死相许的爱情信仰，可是紧接着的一句"争教两处销魂"，又让人感受到爱情信仰的毁灭，既然是天生一对，为什么又要让人两地分离，各自黯然神伤呢？

那么，到底是什么样的女子，到底是什么样的爱情，让容若有了"一生一代一双人"的信念，却又生生承受着"争教两处销魂"的幻灭呢？我觉得，这首词最有可能写的就是纳兰容若和结发妻子卢氏的爱情。我这样说是有理由的，第一个理由是容若和卢氏的夫妻感情，用"一生一代一双人"来概括最为合适。在讲容若和卢氏的婚姻之前，我觉得有必要对容若一生的感情经历做一个简单的回顾。

据我们所知，容若一生至少有四次爱情经历。

第一次是初恋。在容若的少年时代，他和初恋情人曾有过山盟海誓，但外在的压力迫使两人不得不分手，容若为这段初恋以悲剧告终而悔恨不已。

第二段爱情，就是容若和卢氏的婚姻了。

第三段感情经历是容若的第二次婚姻。原配妻子卢氏去世以后，容若续娶了官氏为夫人。对于第二次婚姻，容若极少在自己的文字里提到。

除原配卢氏、继室官氏之外，容若还有一房侧室颜氏。不过由于文献的缺乏，对颜氏的情况我们了解得很少，我们能够知道的是，容若的长子福哥，就是颜氏所生。但纳兰对颜氏的感情，从他的文字里很难找到蛛丝马迹。这似乎只能证明一点，纳兰对官氏和颜氏，也许有一些亲情，但在爱情的程度上，她们是远远不能和卢氏相比的。

容若经历的最后一段感情，是他与一位江南才女沈宛的爱情。但也许是相爱容易，相处太难，这段爱情并没有持续多久。容若和沈宛最终是因为什么而分手，外人不得而知，只知道，后来沈宛黯然离开北京。据传，在沈宛返回江南的时候，她的腹中已经怀有容若的孩子。这个孩子成了纳兰的遗腹子，也就是他的第三个儿子富森（也译福森）。但富森后来的生活状况怎么样，没有任何可靠的文献记载，他很可能跟随母亲沈宛流落江南，不知所终。

在这四段感情经历中，容若对原配妻子卢氏付出的感情无疑是最深厚，也是最不可替代的。在卢氏死后，容若写过无数缠绵悱恻的悼亡词，以寄托他绵绵无尽的追忆，像“当时只道是寻常”“不辞冰雪为卿热”“已是十年踪迹十年心”，等等，都是他为卢氏留下的悼亡名句。

康熙十三年（1674 年），二十岁的容若迎娶了十八岁的卢氏。

卢氏同样出身名门，她的父亲是康熙年间的两广总督、兵部尚书卢兴祖，汉军镶白旗人，是清朝有名的封疆大吏。

卢氏，是容若一生最爱的女人，甚至可以说，是他唯一付出了全部爱情的女人。

容若曾经这样描述他和妻子日常生活的幸福与甜蜜："记绣榻闲时，并吹红雨；雕阑曲处，同倚斜阳。"（《沁园春·丁巳重阳前》）在日常的工作完成之后，他和妻子常常安静地依偎在一起，一起看黄昏的斜阳，一起怜惜春天的落花，享受着新婚燕尔的甜蜜。

卢氏不仅是容若生活中最亲密的伴侣，还是他心灵上唯一的红颜知己。在现实生活中，夫妻关系可以分为好几种。有的夫妻是"生活伴侣"，生活内容主要是生儿育女和柴米油盐酱醋茶，生活得简单朴实，普通老百姓的婚姻多是如此。有的夫妻看重的是利益的结合，可以说是"利益伴侣"，物质利益甚至政治利益是这类夫妻追求的主要目的。古代的大家族联姻往往是受"利益"的驱动，现代的夫妻也多有将"利益"置于爱情之上的考虑。有的夫妻，则不仅是生活伴侣，更是志趣相投的精神伴侣，夫妻间的相处就像知心朋友一样，互相理解、互相支持，彼此之间很有默契。这样的爱情，是一种"知己之爱"，是最高境界的爱情。

在我们熟悉的古代名人中，也有过这样的知己之爱。文学作品里，有《红楼梦》中的贾宝玉和林黛玉。在真实的历史中，有汉代大才子司马相如和卓文君，唐代大诗人杜甫和他的妻子杨氏，宋代才女李清照和赵明诚，元代著名书画家赵孟頫和他的妻子管道升，明末清初一代大儒钱谦益与秦淮八艳之首的柳如是，大才子冒襄与董小宛，等等。他们都用自己充满真情的文字，书写了一个又一个撼人心魄的爱情故事。

容若就曾经将他和卢氏的婚姻比作赵明诚和李清照那样心心相印的夫妻关系，但卢氏和李清照也有不同：李清照是一个当时来看很有些叛逆的女性，且她留下了不少经典作品，成为文学史上公认的才女、最著名的词人之一。卢氏却是一个深受传统教育熏陶的女性，她对纳兰的爱情，是那种“润物细无声”的默默付出。她不求风光无限，也不求青史留名，她的存在只有一个目标，那就是深深地爱着丈夫，并且被丈夫深深地爱着。

聪慧的卢氏，会在丈夫挑灯夜战的时候，温柔地陪在丈夫身边，安安静静地绣着花或是写着“鸳鸯小字”。隔一会儿，她会起身给丈夫的杯中添点热茶，拨亮一下灯花，给丈夫披上一件外衣……

看看夜已经深了，妻子心疼熬夜的丈夫，也会温言软语地催促：“别太晚睡啊，已经很晚了。你的病才刚刚好一点，要注意身体啊……”

有时容若会和老师、朋友聚会，但不管他回来得有多晚，卢氏总会为他留一盏烛光，让迟归的丈夫感受到家的温暖……

从二十岁到二十二岁，这是容若一生中最幸福、最美丽的一段时光，但是，对于容若而言，这样美丽的人生就像烟花一样，它太美、太美了！美得灿烂，美得炫目，美到极致之后却是跌入无尽的黑暗！这样美丽的日子只持续了短短的三年——康熙十六年（1677年），也就是容若二十三岁这年，令他痛苦一生的悲剧发生了！

在这一年前，卢氏生下了儿子海亮。喜添贵子，这本来是一件大好事，也给纳兰府平添了喜庆和快乐的色彩。可是，卢氏因为难产，生下儿子后身体一直很虚弱，只能卧床调理。康熙十六年（1677年）的五月三十日，卢氏永远地离开了容若。

如果说，此前的容若是沉浸在温暖的爱情中，那么，此后的他，对于爱情的姿态，就定格成了孤独的遥望——他在人间，爱人却在天上。“一生一代一双人，争教两处销魂。相思相望不相亲，天为谁春。”曾经美满的“一生一代一双人”被残酷的命运拆散了，从此以后，他们只能“相思相望”“两处销魂”，却再也不能亲密地依偎在一起。春天依然每年还会回来，可是，容若爱情的春天却永远逝去了，他的内心世界，从此只剩下了冰冷的冬天。

在容若的爱情世界里，除了卢氏，还有谁当得起“一生一代一双人”的深情呼唤呢？

我认为这首词是写容若与卢氏婚姻的第二个理由在于词中引用的典故。短短的一首词，竟然一连引用了四对夫妻的故事，来表达容若的爱情态度：“浆向蓝桥易乞，药成碧海难奔。若容相访饮牛津，相对忘贫。”这是哪四个故事呢？

第一个故事，“浆向蓝桥易乞”。这是讲裴航和云英有情人终成眷属的故事。蓝桥，在陕西蓝田县东南边的蓝溪上。唐代裴硎《传奇》一书记载：古代有一个秀才叫裴航，他在途经蓝桥驿的时候，因为口渴便向一位老妇人讨水喝。老妇人让女儿云英给裴航端来一碗琼浆。裴航与云英一见钟情，便向老妇人提出想要重金聘云英为妻子。老妇人对裴航说：“想娶我的女儿可以，但我这里有一些神仙给的灵药，一定得用玉杵臼来捣药才行。如果你能帮我找到玉杵臼，我就将女儿许配给你。”于是裴航四处寻访，终于找来了玉杵臼，并且帮老妇人捣药百日，制成灵药，娶得云英为妻，最后夫妻一起得道成仙。

第二个故事，“药成碧海难奔”。这是我们都熟悉的嫦娥奔月的传说。《淮南子·览冥训》中记载：“羿请不死之药于西王母，恒娥窃以奔月。”“恒娥”，又名“姮娥”，即嫦娥。传说中嫦娥是后羿的妻子，因为偷吃了西王母的长生不老药，飞到月亮上成了月仙。唐代大诗人李商隐的《嫦娥》中就写过这样的句子：“嫦娥应悔偷灵药，碧海青天夜夜心。”神仙的生活虽然是人人都羡慕的，可是永远离开了深深相爱的丈夫，即便是当了长生不老的月仙又怎么样呢？独居高处不胜寒的月宫，日日夜夜忍受着两地相思的苦苦折磨，这样的寂寞与痛苦也许会让嫦娥后悔当初“奔月”的选择吧？

第三个故事，“若容相访饮牛津”。这是关于牛郎织女的神话。

古时候，人们认为大海的尽头就是天河。每年八月，海上有木筏通往天河。有个人很好奇，就乘着木筏到了天河，正好碰到一个男子牵着牛在河边的渡口让牛喝水，原来这个牵牛的人就是传说中的牛郎。

牛郎织女鹊桥相会的故事，可能是中国民间流传最广的爱情传说之一了。

了解了这三个故事，大家应该已经发现这里面隐藏的奥妙了吧？裴航与云英、后羿与嫦娥、牛郎与织女，都是古代传说里著名的神仙夫妻，用我们今天的话说，他们都属于“天仙配”，是人间难得一见的绝配。

是不是在容若看来，他和妻子卢氏的关系，就像裴航和云英、后羿和嫦娥、牛郎和织女一样，也是属于“一生一代一双人”的神仙眷侣呢？

第四对夫妻的故事，“相对忘贫”。这句词说的又是谁呢？古人有“乐道而忘贫，故利不动心”（《文子》）的说法；唐代诗人元稹在写给妻子的悼亡诗中，也有这样两句：“诚知此恨人人有，贫贱夫妻百事哀。”（《遣悲怀三首·其二）元稹在和原配妻子韦丛结婚时，还只是一个贫寒的读书人，可出身官宦之家的韦氏并不以贫穷为意，她和丈夫患难与共，俭朴持家，甚至拔下自己头上的金钗去给丈夫换酒喝，两个人过着虽然困窘却精神富足的生活。

容若出身高贵的相门，又有皇家血统，他当然不可能真的体会穷人家的生活，所以词中的“相对忘贫”很可能是受到元稹诗歌的启发，只是为了表达夫妻之间的爱情远远重于物质利益的观点，并且呼应起句“一生一代一双人”的爱情信仰。

是的，世界上最美丽的爱情童话，最后往往都以一个盛大的婚礼作为结局，并且“王子和公主从此幸福地生活在了一起”。但是每一对现实中的夫妻都知道，对爱情真正的考验还在后面，婚礼只是一个开始而已，而且多半是一个令人恐惧的开始。因为婚姻中的柴米油盐、衣食住行、生儿育女、房贷养老，诸如此类的种种压力，终究会磨损玫瑰花一样的浪漫爱情。像元稹和韦丛那样，将贫困的日子活出相依为命、苦中作乐的模样，没有强大而深沉的爱，真的是难以做到。

“浆向蓝桥易乞，药成碧海难奔。若容相访饮牛津，相对忘贫。”既然词中所有的典故都和历史或传说中的著名夫妻有关，我当然有理由推测这首词也是写纳兰容若与卢氏的婚姻和爱情，因为他们的爱情并没有结束在一个盛大的婚礼上。婚礼只是他们爱情的序曲，其后的三年婚姻里，卢氏用自己的善良、智慧与爱，演奏出了一曲动人的婚姻交响曲。我甚至完全相信，如果容若和卢氏足够健康长寿，他们同样能够将漫长的人生演绎成将爱情、亲情、知己之情交融的动人模样。

但命运对容若实在是有些残忍，三年的婚姻，酿成了容若一生的苦苦相思。“浆向蓝桥易乞，药成碧海难奔。若容相访饮牛津，相对忘贫。”传说中的这四对夫妻虽然都是人人艳羡的美满姻缘，但他们的爱情结局却大多并不完美：牛郎织女被银河分隔两端，一年的相思相望才能换来一次相见；后羿和嫦娥更是一个人间一个天上，永远相思却永远不能相见；元稹和韦丛感情深厚，可是韦丛在结婚七年之后不幸去世，成了元稹心中最深的痛。裴航与云英虽然是一对美满夫妻，可是容若却故意反着说"浆向蓝桥易乞"，"易乞"说明这样的好姻缘得来很容易，好像是天赐良缘，天上掉下来的馅饼，可接下来对应的这句"药成碧海难奔"，恰恰说明姻缘得来容易，失而复得却永无可能，一旦他们天人永隔，到哪里再去找到仙药，飞奔到天上去找回他失去的爱人呢？"药成碧海难奔"，恰恰说明了再见的艰难啊！

"浆向蓝桥易乞，药成碧海难奔。若容相访饮牛津，相对忘贫。"四句词中，裴航和云英、后羿和嫦娥、牛郎和织女、元稹和韦丛，四对夫妻的故事，也许都只是为了证明容若的爱情信仰——"一生一代一双人"。

卢氏去世以后，容若曾经发出悲痛的感叹："知己一人谁是？已矣。赢得误他生。"（《荷叶杯·知己一人谁是》）"知己一人谁是？"纳兰容若这一生，只有一个真正的红颜知己，那就是他的妻子卢氏；"已矣"，他的知己已经永远离他而去了；"赢得误他生"，留在人间的容若，唯一能做的就是等待，等待"他生"，等待下一辈子，他和卢氏还做永远的知己。

容若和卢氏的这份知己之爱深深地感染了他身边的朋友。容若的一个好朋友叶舒崇在《卢氏墓志铭》中这样说过："于其没也，（容若）悼亡之吟不少，知己之恨尤深。"这就是说在卢氏去世以后，容若写过很多悼亡词，了解他的朋友都知道他们夫妻情同知己，因而容若的丧妻之痛也比一般人更深切。失去卢氏，对于容若而言，不仅是失去了一个生活的伴侣，而是失去了人生当中最重要的亲人、爱人和知己。世上漂亮的女子多的是，多才多艺的女子多的是，优秀的女子多的是，出身名门的女子多的是，可容若为什么偏偏只认准了这一个，不可能再找一个"替代品"呢？

答案只有一个：遇见她，是偶然的缘分；爱上她，则是因为在冥冥之中找到了唯一能够与自己身心合一的另一半。一个人身心的另一半，又怎么可能有其他的替代品呢？

是的，你可能会遇到很多优秀的男人或女人，但能够相知相爱并且走到一起、走过一生的，却只有这"一个"。换句话说，"一生一代一双人"其实是特指，你的另一半不一定是这个世界上最优秀的人，但他（她）一定是你在这个世界上最知心、最贴心、最暖心的人！

图书在版编目（CIP）数据

美了千年 ：杨雨品读古诗词 / 杨雨著. -- 杭州 ：
浙江教育出版社，2021.10
ISBN 978-7-5722-2478-2

Ⅰ. ①美… Ⅱ. ①杨… Ⅲ. ①古典诗歌—诗歌欣赏—
中国—通俗读物 Ⅳ. ①I207.2-49

中国版本图书馆 CIP 数据核字（2021）第 193758 号

责任编辑 赵清刚 **美术编辑** 韩 波
责任校对 马立改 **责任印务** 时小娟
产品经理 康爱爽 魏 帆 **特约编辑** 孙佳怡

美了千年：杨雨品读古诗词
MEI LE QIANNIAN: YANGYU PINDU GUSHICI

著 者 杨 雨

出版发行 浙江教育出版社
（杭州市天目山路 40 号 电话：0571-85170300-80928）
印 刷 三河市中晟雅豪印务有限公司
开 本 880mm × 1230mm 1/32
成品尺寸 145mm × 210mm
印 张 15.25
字 数 302 千
版 次 2021 年 10 月第 1 版
印 次 2021 年 10 月第 1 次印刷
标准书号 ISBN 978-7-5722-2478-2
定 价 80.00 元（上下册）